형사
텐우의
수기

天吾手記

ⓒ 雙雪濤(shuang xuetao) 2016

All rights reserved

Original Chinese edition published by Guangdong Flower City Publishing House
Co., Ltd, China
Korean Translation edition published by arrangement with Guangdong Flower
City Publishing House Co., Ltd, China

이 책의 한국어판 저작권은 Guangdong Flower City Publishing House와의 독점 계약
으로 (주)글항아리에 있습니다. 저작권법에 의하여 한국 내에서 보호를 받는 저작물이므로
무단 전재와 복제를 금합니다.

묘보설림

___012

형사 톈우의 수기

솽쉐타오 장편소설
박희선 옮김

天

吾

手

記

글항아리

가장 중요한 것은,
우리는 우선 선량해야 하고 다음으로는 성실해야 하며
마지막으로는 앞으로 영원히 서로를 잊지 말아야 한다는 것이다.

_ 도스토예프스키 『카라마조프 가의 형제들』

차례

1.

카메라와
고양이 마을

100시간 후면 죽음이 찾아올 것이다. 이것은 타이베이의 거리에 서 있는 리톈우李天吊가 알고 있는 몇 안 되는 사실 중 하나다.

타이베이를 이미 하루 동안 돌아봤지만 단서는 전혀 없었다. 이곳은 확실히 사람을 상당히 편안하게 해주는 도시다. 건물 자체가 보기 좋을 뿐만 아니라 높다란 빌딩 무리와 키 작은 카페들이 어울려 서로 더욱 돋보였다. 일본식으로 지어진 총통부 주위를 양식이 완전히 다른 중국식 건물들이 둘러쌌고, 거리는 깨끗했다. 오토바이들이 무리를 지어 거대한 광고판 아래로 몰려갔고, 습한 바람이 건물들 사이를 선회했다. 사람들은 당황하지도, 한눈을 팔지도 않고 두 손을 어떤 음악에 맞추듯이 가볍게 까딱거리며 태연자약하게 걸었다. 편안했다. 아무도 그에게 이 사람들이 이렇게나 편안해 보일 거라고 알려주지 않았다.

거리를 걷는 이 많은 편안한 사람 중에서, 그는 단 한 명도 알지 못했다.

손을 뻗어 허리에 찬 권총을 만져보았다. 그건 그가 체면을 유지하는 가장 좋은 방법이었다. 작고 정교한 반자동권총 한 자루에 총탄 여덟 발이 장전되어 있다. 중량은 480그램, 총탄 한 발이 35그램이다. 35그램이면 그를 다른 쪽 세계로 보내줄 수 있다. 하지만 치밀한 조작이 필요하다. 방아쇠를 당기는 순간에 아주 단호해야만 반동이 정확도에 미치는 영향을 최소화할 수 있다. 보통은 총탄이 영화에서처럼 대뇌를 가로질러 관통해 반대쪽 관자놀이를 뚫고 나오지 않는다. 대뇌는 텅 비어 있는 것처럼 여겨지곤 하지만 사실 그 내부의 조직은 아주 두텁고 빽빽해서, 대략 120억 개의 뇌세포가 모여 벽 같은 구조를 형성하고 있다. 총탄은 그 안에서 원뿔 모양의 홈을 만들며 서너 번 회전한 끝에 비강 주변에서 멈출 것이다. 입 안에다 총을 쏠 때와 다른 점은, 두개골이 완전히 깨져 날아가는 것이 아니라 몇 개의 큰 조각으로 부서지긴 하지만 겉보기에는 여전히 완전해 보이는 형상을 유지한다는 것이다. 다만 피와 뇌수가 콧구멍과 귀와 입으로 흘러나오겠지만, 그래도 상관없다. 입관사가 깨끗이 닦아주기만 한다면 심장병 발작으로 죽은 이들의 시체와 별다를 것이 없어 보일 테니까.

그의 눈앞에서 해가 졌다. 거의 완전한 원형의 태양이 자연계의 어떤 장엄함을 담고서 두 개의 건물 사이로 천천히 떨어졌다. 마치 늙어버린 시대처럼, 뒤편으로 사라지면서도 여전히 위엄이 남아 있었다. 그는 낯선 태양을 주시했다. 이 태양은 고향의 것과는 완전히 달랐다. 고향의 태양은 한여름에는 빛을 사방으로 비추며 우쭐거렸고, 겨울에는 그 빛을 온몸에 받아도 따뜻한 느낌이 거의 들지 않았다. 태양은 그저 매일 시간 맞춰 출근만 할 뿐 자기의 직무를 전혀 수행하지 않거나 혹은 이미 꼭두각시로 변해버리고 사방에 퍼진 차가운 공기가 수렴청정을 하고 있는 것만 같았다. 하지만 이곳의 태양은 서산으로 지려는 때에도 온화한 정취를 지니고 있었다. 이별하는 게 아니라 잠시 쉬는 것뿐이라, 만족스럽게 한잠 자고나면 머지않아 다시 올 것이라는 듯이. 그는 이곳을 떠나기 전에 누군가와 포옹하고 싶다는 생각이 들었다. 큰형처럼 푸근한 이 석양 속에서, 아무도 그를 모르고, 그가 반드시 떠나야 하는 이곳에서, 가슴과 양 어깨를 열고 누군가를 꼭 끌어안고 싶었다. 얼굴을 상대방의 머리칼 언저리에 기대고, 손으로 상대방의 허리께를 감싸고, 온몸을 완전히 붙이고서 몸의 숨결과 마음의 암호를 서로 나누고 싶었다. 그는 똑바로 서서 눈을 감고, 자기가 오토바이와 행인이 뒤섞여 물밀 듯 지나가는 도로를 향해 서 있다고 상상했다. 그는 평행으로 달리고 있는 두 대의 열차를 양 손끝으로 만지려는 것처럼 힘껏 어깨를 뻗고 가슴을 폈다. 앞에 큰 나무 한 그루가 있으면 딱 좋겠다. '정말이지 바보 같군.' 그는 속으로 생각했다. 이 동작의 정수는 모든 경계를 완전히 풀어버린다는 데 있었다.

"뭐 하는 거예요?"

그는 깜짝 놀라 눈을 떴다. 눈앞에 웬 여자아이가 서 있었다. 얇은 스웨터와 체크무늬 셔츠에 짙은 색 청바지를 입고 있었는데, 바지 양쪽에 모두 구멍이 나 있어 흰 피부가 드러나 보였다. 검은 머리칼은 짙은 빨간색의 비단 머리끈으로 머리 뒤쪽에서 묶여 있다. 그는 이 여자아이가 마치 깊은 우물 같은 두 눈을 가진 것을 알아보았다. 그런데 우물 위에는 안개가 떠 있는 것 같았다.

보아하니 열여덟, 열아홉 살이나 되었을까.

리톈우는 좀 난처해져서는 무의식적으로 양손을 펼쳤다. 순간 뭐라고 설명해야 할지 알 수 없어서, 입을 열어 혀를 약간 움직였지만 아무 말도 하지 못했다. 얼결에 손을 들어 자기 입을 가리켰다. 이 동작의 뜻은, 그는 내지* 사람이라 말을 하면 듣기 좋지 않으니 그냥 말을 안 하는 게 나을 거라는 의미였다. 그녀는 좀 더 가까이 다가와 그가 입을 열었다 닫는 걸 보더니 물었다. "그럼 들을 수는 있어요?" 리톈우는 즉시 고개를 끄덕였다. 그는 그런 후에야 상대가 자신을 벙어리로 파악했다는 걸 깨달았다. 어차피 몇 분 지나지 않아 헤어질 텐데, 자신을 벙어리가 아니라 강아지라 생각한들 무슨 상관인가. 그는 자신의 입과 귀를 가리키며 고개를 저었다. 여자아이는 갑자기 그의 손을 잡으며 말했다. "무슨 뜻인지 알겠으니 겁내지 마요. 집에 데려다줄게요." 리톈우는 생각했다. 이거 정말 큰일 났네. 연기가 너무 변변찮아 얘는 내가 말만 못하는 게 아니라 머리에도 문제가 있다고 생각하는구나. 하지만 그녀의 손은 아주 부드러웠다. 죽음 혹은 좀더 정확히 말하면 귀환이 멀지 않은 곳에 있다는 사실이 다시 머릿속에 떠올랐다. 이 작고 낯선 손은 마치 어릴 때 울고 있다가 갑자기 엄마가 손 안에 쥐어준 사탕 같았다. 사탕이 달콤해서가 아니라, 갑자기 어떤 물건이 몸의 주위에 다가왔기 때문에 안전한 느낌을 주었다. 먼 곳까지 왔다는 고독감과 소망을 이룰 수 없다는 좌절감 그리고 조만간 떠나야 한다는 무력감이 한순간 눈가에 일제히 몰려왔다. 그는 우는 일이 거의 없었고 성인이 된 후로는 극히 드물었다. 어쩌면 바로 그랬기 때문

---

* 타이완과 구별해 중국 대륙을 뜻함.

에 눈물이 줄줄 쏟아져 나와 눈 깜짝할 사이에 온 얼굴에 흘러내린 건지도 모른다. 그녀는 모든 것을 예상하기라도 한 듯 당황하지 않았다. 자기 앞에 서 있는 사람이 튼튼한 남자지만, 마음은 대여섯 살짜리 어린아이나 다름없다는 걸 알고 있는 듯했다. 어린아이의 특징은 어른이 오면 그제야 운다는 것이다.

여자아이는 리톈우를 껴안았다. 바로 이때 그의 마음속에 돌연 한 줄기 기묘한 느낌이 피어올랐다. 이유는 알 수 없었다. 그는 여자보다 머리 하나는 더 컸지만 두 사람은 꼭 맞붙어 있었고, 몸의 모든 부분이 상대방 몸의 같은 부분에 하나하나 얽혀 들어갔다. 마치 오랫동안 각자 떠돌다가 마침내 만나 하나가 된 한 쌍의 패찰 같았다. 리톈우는 순간 경계심을 되찾았고 눈물도 그쳤다. 그는 팔을 풀고 소매로 눈물을 닦고는, 한 손을 들어 검지와 중지로 걷는 모양을 흉내 내면서 다른 손으로는 자기 가슴을 두드렸다. 혼자 집까지 걸어갈 수 있으니 안심하라는 뜻이었다. 그런 다음 두 손을 모으고 깊이 허리를 숙여 인사했다. 여자아이는 그의 옷소매를 붙잡았다. "가지 마요. 내가 왜 사람들 사이에서 당신을 발견했는지 알아요?" 리톈우는 다시 한 번 양손을 펼쳐 보였다. 자신의 이 자세가 사람의 눈길을 너무 끌었기 때문이 아니냐는 뜻이었다. 여자아이는 그의 등 뒤를 가리키며 대답했다. "맞아요. 당신이 여기 서 있는 게 꼭 예수님처럼 보였거든요." 리톈우는 뒤를 돌아보았다. 알고 보니 뒤에는 교회가 있었다. 3층짜리 건물에 채색된 유리가 끼워져 있고, 벽돌로 된 벽은 아주 두꺼워 보였다. 정면에는 짙은 붉은색의 나무문이 있었다. 나무문 위로, 세 층의 유리창과 벽을 모두 지나서, 교회의 맨 꼭대기에는 흰색의 십자가가 있었다. 등 뒤에 교회가 있었다니. 높이를 보니 그가 찾고 있는 교회는 아니었지만, 아무튼 등 뒤에 있었는데도 그는 전혀 알아채지 못하고 있었다. 여자아이가 말했다. "바로 가지 말고, 몇 분만 더 있다 가면 안 돼요?" 리톈우는 어떻게 거절해야 할지 알 수 없었다. 그녀의 눈을 보자 그냥 가버릴 수는 없었다. 해가 이미 완전히 져서 가로등이 하나씩 켜졌다. 보이지 않는 손 하나가 성냥을 들고 차례대로 불을 밝히는 것 같았다. 리톈우는 점점 밝아오는 거리를 바라보며 고향에 내리던 큰 눈을 떠올렸다. 함박눈은 온 하늘에 가득 휘날렸지만 길가의 가로등 아래에서만 가장 아름답게 보였다. 그 불빛은 꼭 무대 같아서, 눈꽃은 무대를 지나칠 때는 마음대로 춤을 추다가 불빛 아래 어두운 땅에 닿으면 막을 내린다. 갑자기 교회 안에서 종소리가 울려 퍼졌다. 땅 속 수천 미터 아래에서 울리는 듯 머나먼 곳에서 들려온 종소리는 또렷하고도 느릿하게 여섯 번을 울리더니 그쳤다. 교회 안에서 아이들이 노래를 부르기 시작했다.

큰 산은 치울 수 있고, 작은 산도 옮길 수 있지만
사람에 대한 하느님의 큰 사랑은 영원히 변하지 않네
하느님은 죄과를 내게서 저 멀리 떨어뜨려주시고
하느님은 자애가 하늘처럼 높은 곳에서 내게 임하게 하시네
눌려 쓰러진 갈대를 그분은 결코 꺾지 않으시고
꺼져 가는 등불을 그분은 절대 불어 끄시지 않네
하늘을 나는 참새들은 누구도 결코 잊지 않지
들판에 핀 작은 꽃이 얼마나 아름다운지
태양은 선한 이도 악한 이도 모두 밝게 비추고
비는 의로운 이와 의롭지 못한 이에게 모두 내리네

이 사랑 드넓고 깊어 차별 없이 베푸니
모든 이가 구원받고, 누구도 몰락하지 않기를

성가라니! 희망이 생긴 기분이었다. 신선한 혈액이 그의 심장과 뇌에 다시 돌아온 것 같았다.

"정말 아름답죠?"

리톈우는 고개를 끄덕였다. 노랫소리는 이미 그쳤다. 교회 안에서 발소리가 들려오더니 검은색 예복을 입은 아이들이 무거운 나무문을 열고 걸어 나왔다. 한 떼의 검은 새들이 거리 위를 낮게 날고 있는 것 같았다. 아이들은 서로 가볍게 대화를 나눴다. 한 소녀가 갑자기 무리를 벗어나 달려 나가고, 다른 소년이 예복 자락을 말아 쥐고서 그녀를 쫓아갔다. 소녀는 버스 위로 뛰어오르더니 창밖으로 고개를 내밀고 익살스러운 표정을 지어 보였다.

교회 문은 버스가 출발하면서 이미 굳게 닫혔다. 여자아이의 얼굴은 황혼 속에서 더욱 앳되어 보였다. 해는 저물었지만 그녀는 여전히 젊고 아름다운 얼굴이었다. 하지만 동시에, 그녀의 뺨 위에 어렴풋이 진실하지 못한 부분이 있는 것을 리톈우는 발견했다. 그러나 구체적으로 어느 부분이 그런지 콕 집어 말할 수는 없었다.

"그럼, 우리 이제 갈까요?"

그는 다시 두 손가락을 뻗어 걷는 시늉을 해 보였다.

"안 돼요. 분명히 길을 잃을 거예요. 내가 싫어서 그런 거라면 경찰을 불러줄게요."

리톈우는 이곳에서 동행을 만나게 될 거라고는 생각지도 못했다. 지금 같은 상태라면 삼류 경찰이라도 그에게서 빈틈을 수도 없이 간파

해낼 것이다. 그는 절대로 타이베이의 동업자가 쏜 낯선 총탄에 맞아 끝장나고 싶지는 않았다.

그냥 호텔까지 같이 가자. 그는 생각했다. 허튼 생각은 없어. 그냥, 입구에 도착하면 입을 열어 말하는 거야. 이 애가 뺨을 한 대 치더라도 상관없지 뭐. 그는 여자아이의 손을 흘끗 쳐다보았다. 아주 작고 예쁜 것이 사람 손이 아니라 꼭 고양이 손 같아서, 뺨을 때린다 해도 아플 것 같지도 않았다. 그런데 그 손 역시도 어떤 면에서는 조금 진실하지 않은 느낌이었다. 내 눈에 문제가 생긴 거겠지. 경찰은 신체검사를 자주 하는데 야맹증이라도 생긴 거라면 큰일이군. 해가 지면 용의자를 쫓을 수 없을 테니. 하지만 그는 생각을 바꿨다. 이곳은 완전히 다른 세계다. 한때는 동일한 시간의 좌표축에 있었다고는 하지만, 어느 특별한 순간에 누군가 궤도 변환기를 작동시킨 것처럼 내지와 섬이 각자 자기 차원의 시간을 밟게 만든 것이다. 비록 같은 공간에 존재하며 사람이나 돈이나 물건이 자주 왕래하긴 하지만, 사실은 벌써 한참 전부터 같은 시간 속에 존재하지 않고 있는 것이다. 그렇다면 이 세계에서 무슨 일이 일어나든 이상할 게 뭐란 말인가? 이곳은 그의 눈앞에서 달려가고 있는 세계인데.

리톈우는 자기가 묵고 있는 호텔의 방향을 가리키며 여자아이에게 따라오라고 손짓했다. 그녀는 미소를 지으며 그와 발을 맞춰 걸었다. 사실 2킬로미터 정도밖에 안 되는 거리였기 때문에, 그는 일부러 걷는 속도를 늦추며 성가에 대해 어떻게 물어봐야 할지 궁리했다. 하지만 느리게 걸을수록 더욱 지능에 문제가 있는 사람처럼 보였다.

"이름이 뭐예요?"

리톈우는 고개를 갸웃하다가, 그녀가 벌써 등에 메고 있던 가방 속에서 종이와 펜을 꺼낸 걸 발견했다. 등에 가방을 메고 있었구나. 어쩐지 아까 껴안았을 때 손이 뭔가에 막혀서 닿질 않더라니.

그는 종이와 펜을 받아들고 초등학교 시절의 글씨체를 애써 떠올려 글자를 적었다. 샤오우小吾. 주저 없이 두 글자를 적었지만, 사실 그를 이렇게 부르는 사람은 거의 없었다. 어머니는 그를 정확하게 리톈우라고 불렀다. 이름 앞에 성까지 붙여서 불러야만 다른 사람과 혼동되지 않을 거라고 생각하는 듯했다. 동료 중 몇몇은 점이라는 뜻의 우즈痦子라는 단어의 발음을 본떠 그를 우즈痦子라고 불렀다. 그의 얼굴엔 점이 없어 이 별명으로 인해 놀림거리가 되지는 않았다. 그를 샤오우라고 부른 사람이 누가 있었던가.

"샤오우…… 샤오우라. '작은 나'라는 뜻이에요? 재미있는 이름이네요."

예상하지 못한 해석이지만 그냥 웃으며 고개를 끄덕였다. 그러고는 그녀를 가리켰다.

"나는 샤오주小久라고 해요. 남자 이름 같죠? '톈창디주天長地久'의 주久요. 일일이 설명하기 좀 귀찮더라고요."

설명해봤자 고작 10년일 텐데 벌써 귀찮다니, 확실히 애는 애구나. 그는 마음속으로 생각했다.

호텔 입구에 도착하자 샤오주는 의아하다는 듯 그를 바라보았다.

헤어질 때가 되자 뭐라고 첫마디를 꺼내야 할지 알 수 없었다. 나는 사기꾼이니 내 뺨을 때려달라고 말해야 할까. 아니면, 갑자기 말을 할 수 있게 되었다고, 이건 네 포옹의 힘 덕분이니 정말 고맙다고 해야 할까.

"어떻게 여기 묵고 있어요?"

이번엔 정말로 말문이 막혔다. 그건 확실히 한 마디로 설명할 수 없는 일이었기 때문이다.

샤오주는 종이와 펜을 그에게 건넸다. "당신 방은 몇 호실이에요?"

"409."

샤오주는 종이 위에 적힌 숫자를 보며 한참 동안이나 말이 없었다.

"정말 이상하네요. 내 방은 바로 옆방이에요. 아까 그 성가가 마음에 든다고 했죠?"

그는 고개를 끄덕였다.

"당신도 집에서 도망친 거예요?"

그는 고개를 끄덕였다. 그건 확실히 그렇다고 할 수 있다.

"나처럼 돌아가고 싶지 않거나, 돌아갈 수 없는 거예요. 맞죠?"

고개를 끄덕였다. 돌아갈 곳이 그가 나고 자란 도시를 말하는 거라면 정확했다.

"가고 싶은 곳이 있어요?"

그는 고개를 저었다. 지금은 목적지가 없다.

"샤오우, 좀 이상한 생각이 났어요. 아니, 이상한 부탁이 있어요. 당신은 도망쳐 나와서 가려는 곳이 없지만 난 갈 수 있는 곳이 있고, 반드시 가야만 해요. 그런데 도와줄 사람이 필요해요. 어려운 일은 아니고 그냥 버튼 하나만 눌러주면 돼요. 어쩌면 우린 같이 가야 할지도 몰라요. 물론 거절해도 되고요. 왠지 모르지만, 갑자기 이런 생각이 들었어요."

리톈우는 샤오주의 두 눈에 뭔가 투명한 물질 같은 것이 흐르는 걸 보았다.

그는 대답하지 않고, 그저 마음속에서 호기심이 솟구치게 내버려두었다. 그는 손가락으로 자기의 머리를 가리키며 미간을 약간 찌푸려 보였다.

좀 더 자세히 얘기해줘, 대충 그런 뜻으로.

샤오주는 앞장서면서 프런트를 향해 손을 뻗어 열쇠를 받고는 고맙다고 인사했다. 리톈우도 마찬가지로 열쇠를 받았다. 프런트 직원은 대략 스물 예닐곱쯤 된 여자였다. 우아한 정장을 입고, 머리를 깔끔하게 틀어 올린 그녀는 모든 동작이 세련되고 아름다웠다. 하지만 지금은 의심이 가득한 표정으로, 마치 이렇게 묻는 것 같았다. 응? 당신들 두 사람이 어떻게 같이 오는 거야? 그래도 아무튼 그녀는 그의 손에 열쇠를 내려놓았다. 리톈우는 샤오주를 따라 엘리베이터를 타고 위로 올라갔다. 그는 계속 샤오주를 따라 걸어가며 자기 객실을 지나쳤다. 샤오주는 열쇠로 411호 객실 문을 열더니 들어가라고 손짓했다. 그는 아주 긴 한숨을 쉬었다. 그 한숨이 등 뒤의 문을 철컥 닫아버리기라도 한 것 같았다.

그의 방과 똑같은 콤팩트한 1인실이었다. 침대에서 욕실까지의 거리는 한 걸음. 붉은 나무로 된 책상 한쪽에는 직사각형 거울과 갓이 비스듬히 씌워져 있는 전등, 책상 위에는 유리컵과 연필 한 자루가 놓여 있었다. 침대 위는 양말과 머리핀들로 어지러웠다.

"미안해요. 여자들은 다 이래요. 예쁘게 꾸미고 외출하지만 방은 엉망이거든요."

리톈우는 손을 뻗어 종이와 펜을 달라고 했다.

"양말이 참 예쁘네." 일단 이렇게 쓴 종이를 찢어 건네고는, 고개를 숙인 채 계속 적었다. "버튼을 누르는 일에 대해서 얘기해줘."

샤오주는 가방을 벗어 카메라를 하나 꺼내더니 셔터를 가리켰다.

"이 버튼이요. 나를 향해서 셔터를 눌러줬으면 해요. 그러면 난 이 속으로 들어갈 거예요. 그 다음엔 인화한 다음에 이 안에 넣으면 돼요."

그녀는 가방 속에서 커다란 사진첩을 꺼냈다. 표지는 크레용으로 그린 타이완 지도였다. 어린아이가 몇 날 며칠 열심히 꼼꼼하게 그린 그림처럼 보였다. 지도 위에는 선 몇 개가 불규칙적으로 삐뚤삐뚤하게 그려져 있었고, 그 위에 검은색 크레용으로 신주新竹, 이란宜蘭, 먀오리苗栗, 타이중臺中, 자이嘉義, 장화彰化, 난터우南投라는 지명들이 적혀 있었다. '타이베이'라는 두 글자만 붉은색 크레용으로 아주 선명했는데, 일기예보 화면에서 '베이징'이라는 글자가 눈에 띄게 적혀 있는 것과 비슷했다.

사진첩을 열어봤지만 사진이 한 장도 없었다. 사진을 찍어달라는 거였군. 일반적인 요구에 비하면 좀 괴상하긴 하지만, 그래도 그의 모호하고 흐릿한 예감에 비하면 훨씬 현실적이고 정상적이었다.

하지만, 그녀가 집을 나온 목적이 그저 사진을 찍고 인화해서 사진첩에 넣기 위해서일 뿐이라니. 사진을 찍는 것 자체는 별로 이상할 게 없지만, 그 논리가 꽤나 난해했다.

"교회에 기도하러 가던 길이었어요. 자주 가거든요. 기독교 신자는 아니지만 교회 안에서 차분히 마음을 비우는 걸 좋아해서요. 오늘은 당신이 우는 바람에 들어가는 걸 잊어버렸어요. 그래도 성가를 들으며 기도를 했으니 걱정하지 않아도 돼요. 카메라로 사진 찍을 수 있죠? 검지로 여기를 이렇게 누르면."

그녀는 시범을 보여주며 그의 사진을 한 장 찍었다. 그러더니 액정을 돌려 찍힌 모습을 보여주었다. 리텐우는 좀 얼떨떨해졌다. 여전히 자신을 완벽한 벙어리로 생각하는 것 같았다. 예전에 벙어리 소매치기를 붙잡았던 일이 생각났다. 그들은 대부분 뛰어난 기술로 사람들이 거의 눈치 채지 못하게 일을 했지만, 일단 발각되면 대번 난폭하게 돌변해 전혀 주저하지 않고 칼로 찌르려 했다. 자기의 직업적 능력이 모욕을 당했다고 생각해서 그러는 것 같았다. 체포되면 그들은 곧장 불쌍하고 바보 같은 벙어리 행세를 하면서, 정말로 귀도 먹고 글자도 모르는 것처럼 아무리 심문해도 전혀 반응하지 않았다. 지금 리텐우의 표정이 바로 네가 아무리 심문해봐야 나는 절대로 자백하지 않겠다는 듯한 그런 모습이었다.

"네 쪽을 보고, 검지로, 이걸 누르라는 거지." 글씨체는 점점 더 유치해졌다.

"맞아요. 그러면 성공이에요."

"왜 이렇게 하는 건데?" 이제 이 질문을 할 때가 되었다고 느꼈다.

"설명하기 어려워요. 하지만, 당신이 이해하지 못한다고 해도 얘기해줘야겠죠. 결국 우린 파트너니까요. 그리고 가장 중요한 이유는, 왠지는 모르겠지만 난 당신을 확실히 믿는다는 거예요. 우린 이제 막 알게 됐지만 갑자기 당신을 완전히 신뢰하게 됐어요. 아무 이유 없이요. 그러니까 난 당신에게 말해주고 싶어요. 참 이상한 일이죠. 말을 하면 할수록 이런 느낌이 점점 더 절실해지네요. 당장 모든 걸 다 얘기해주고 싶을 정도예요."

샤오주는 리텐우의 팔을 끌어다가 침대 위에 앉히더니 자기는 테이블 앞의 의자를 돌려서 그를 마주보고 앉았다. 그녀는 유리컵을 들어

꿀걱 하고 물을 한 모금 마셨다. 금속제의 작은 전등에서 흘러나온 희미한 빛이 얼굴을 비췄다. 그녀는 머리를 묶고 있던 머리끈을 풀고 머리카락을 늘어뜨렸다. 머리칼은 꽤 길어 어깨 아래까지 내려왔다. 생머리 혹은 다른 무언가가 그녀가 마치 다른 모습이 된 것처럼 보이게 했다.

꼭 취조하는 것 같지만 본인이 말하고 싶어서 하는 것이니 괜찮다고 리텐우는 생각했다.

"내 이야기를 하기 전에 먼저 고양이 마을 이야기를 할게요. 이 이야기는 어떤 독일 사람이 기록한 거라고 해요. 그런데 내가 보기엔 아무래도 꾸며낸 것 같더라고요. 하지만 중요하지 않아요. 중요한 건 이야기 자체니까요."

샤오주가 곁가지로 새려는 것 같아 리텐우는 자기의 눈을 가리켜 보였다.

'집중해.'

"미안해요. 이 이야기는 제1차 세계대전과 제2차 세계대전 사이에 일어난 일이에요. 풍경을 감상하는 걸 좋아하는 청년이 있었어요. 청년은 특별한 목적지 없이 기차를 타고 가다가 풍경이 괜찮아 보이면 기차에서 뛰어내리곤 했어요. 물론 당연히 기차가 멈춰 섰을 때 뛰어내리는 거죠. 어느 날 기차는 작은 역에 정차했는데, 청년이 창밖을 보니 아름다운 작은 강이 있었고 그 위엔 다리가 고요히 놓여 있었어요. 물론 다리 건너편엔 고색창연한 작은 성이 있겠죠. 청년은 호기심이 동해서 기차에서 내려서 마을 안으로 들어갔어요. 아쉽게도 그곳은 사람이 살지 않는 마을 같았어요. 가게와 도로들은 멀쩡해 보였지만 사람은 없었죠. 청년은 지루해져서 다음날 기차가 오면 이곳을 떠나기로 했어요. 걱정하지 마요. 이 뒤부터는 그렇게 단순하지 않으니까. 이 마을은 고양이들의 마을이었던 거예요. 해질녘이 되자 고양이들이 거리로 나오더니 사람처럼 밥을 먹고, 놀고, 가게에서 물건을 사고, 몇 마리는 마을 사무실 책상에 앉아 사무를 보기도 했어요. 청년은 깜짝 놀라서 마을 중앙에 있는 시계탑으로 달려가서 탑 위에 숨었어요. 하지만 알다시피 고양이들은 후각이 아주 뛰어나잖아요. 마을 안에서 사람 냄새가 나는 걸 알아챈 고양이들은 사방으로 찾아다닌 끝에 얼마 지나지 않아 시계탑 위까지 올라왔어요. 청년은 분명히 들킬 거라고 생각했어요. 들키면 어떻게 될지는 모르지만 분명 그리 좋은 결말은 아니겠죠. 그런데 고양이들은 청년의 눈앞을 그대로 지나쳤어요. 분명 그의 냄새를 맡았는데도 그를 보지 못하고, 도저히 이해할 수 없다는 듯이 가버렸죠. 청년은 이제 살았구나 하면서, 다음날 기차가 오면 반드시 당장 올라타고 이 두렵기 짝이 없는 마을에서 도망쳐야겠다고 생각했어요. 그런데 다음날, 기차는 역에 서지 않았어요. 심지어 속도를 줄이지도 않고, 그곳에 역이 있다는 걸 잊어버린 것처럼 그의 눈앞에서 그대로 지나간 거예요. 그 이후로 며칠 동안 모든 기차가 이렇게 지나가버렸죠. 청년은 마침내 깨달았어요. 이곳은 고양이 마을 같은 곳이 아니라, 그가 사라지기로 정해져 있는 장소라는 걸요. 청년은 어떤 의미에서 보면 이미 투명하게 변해버렸거나, 아니면 자기 자신을 잃어버린 거예요."

리톈우는 이야기를 경청하는 도중에 마치 얼음처럼 차가운 뭔가가 온몸을 꿰뚫고 지나가는 기분이 들었다. 그는 당장 샤오주 자신의 이야기를 듣고 싶었다.

"그럼 이제 내 얘기를 할게요. 한 마디로 말하면." 샤오주는 말을 멈추더니 남아 있던 물을 전부 마셨다. 리톈우는 그녀가 말을 멈추는 순간 자기의 심장도 거의 멈춘 것 같다고 느꼈다.

"한 마디로 말하면, 난 흐려지고 있어요. '흐려지다' 외에 더 적절한 동사가 있을지는 모르겠지만 아무튼 난 이 단어를 찾아냈어요. 바로 얼마 전부터 난 내 얼굴색이 날마다 흐려지고 있다는 걸 알게 됐어요. 고양이 마을에 들어간 그 청년처럼 한 순간에 자기 자신을 잃어버리는 게 아니라, 점점 조금씩 흐려지는 거예요. 우리 부모님은 내가 아주 어릴 때 이혼했는데 내가 이런 이상한 병에 걸렸다는 걸 안 후로 재결합해서 나를 잘 돌봐주고 계세요. 부모님은 처음엔 나한테 심리적인 문제가 생긴 줄 알고 정신과에 데려갔는데, 한동안 진찰해보더니 정신과 의사마저도 내가 흐려졌다는 걸 인정하더라고요. 간단히 말하면, 색깔이 옅어지는 게 아니고, 무슨 피부병인 것도 아니고, 그냥 나라는 사람 자체가 흐리게 변해가는 느낌이 드는 거예요. 그 후로 유명한 병원을 여러 군데 찾아갔지만 뾰족한 방법이 없었어요. 의사들은 매일 나를 둘러싸고 살펴보면서 피 검사며 소변 검사를 수십 번이나 했지만 전혀 문제를 발견하지 못했어요. 의사들은 내가 교회 식당에 그려져 있는 그 유명한 벽화처럼 날마다 흐려지고 있다는 걸 인정했을 뿐, 그 외에는 어떤 방법도 결론도 찾아내지 못했어요."

최후의 만찬이었던가, 그 그림의 제목이.

"정상적인 논리대로라면 난 언젠가 사라지겠죠. 이건 거스를 수 없는 추세인 것 같고, 요 며칠 동안 이 추세는 점점 더 빨라지는 기미가 보여요. SF 소설에 나오는 것처럼 투명인간으로 변해서, 거리를 걸으면 공중에 옷가지만 둥둥 떠다니는 것처럼 보여서 사람을 놀래고 겁주는 그런 게 아니에요. 나는 완전히 사라질 거예요. 그리 오래 걸리지도 않겠죠. 타이베이라는 이 도시에서 녹아 사라지게 될 거라는 걸, 난 틀림없이 느낄 수 있어요. 그래서 카메라와 사진첩이 필요해요. 물론 샤오우, 당신도요. 내가 흐려지는 원인은 알아내지 못해도 적어도 내가 담긴 이 사진첩을 남길 수는 있겠죠. 내가 점점 흐려지다가 사라지는 과정을 기록한 사진첩이요. 샤오우, 당신은 이해하지 못할지도 모르지만, 이건 내가 흐려지는 것에 대항할 수 있는 유일한 방법이에요. 그래서 집을 나왔어요. 내 계획에 누구도 끌어들이고 싶지 않았거든요. 물론 당신만 빼고요. 오늘은 행동에 나선 첫날이에요. 교회에 가서 하느님께 조금이라도 더 많은 곳에 가볼 수 있게, 너무 빨리 사라지지 않게 해달라고 기도하려고 했어요. 내 이야기는 이제 끝났어요. 너무 두서없었지만 이해하지 못한다 해도 상관없어요."

인도자다. 리톈우는 생각했다. 마음속에 갑자기 그 단어가 떠올랐다. 어쩌면 그는 그렇게 급하게 총으로 자기 머리를 깨버리지 않아도 될지 모른다. 그는 당장 그녀에게 사장에 대한 얘기를 하고, 혹시 뭔가 아는 게 있는지 알아봐야 한다. 그녀가 아무것도 모른다 해도 상관없다. 한 소녀가 사라져버리는 이런 일이 이곳에서 일어날 수 있다면, 101빌딩보다도 더 높은 그 교회도 어쩌면 존재할지도 모른다. 그리고, 그는 확실히 카메라를 다룰 수 있고, 그녀를 도울 수 있다.

여자아이는 새끼손가락을 내밀며 말했다. 날 도와줄래요, 샤오우?

리톈우는 가느다란 그 손가락에 그만 넋을 잃어, '거래 성립이야. 이제 내 얘길 들어줘'라고 말하고 싶었다.

그는 입을 열었지만, 목소리가 전혀 나오지 않았다.

그는 자기가 벙어리가 되었다는 걸 깨달았다.

2.

파일-1
경찰 장부판

마지막으로 장부판蔣不凡과 함께 출동했을 때, 나는 그의 뒤에 서 있었다. 아주 오랫동안 기다렸지만 해는 아직도 지지 않았다. 유리창 너머로 그 사람이 옛날 둥베이東北 식의 파란색 솜저고리를 입고서 땅바닥에 쪼그리고 앉아 난롯불을 지피는 게 보였다. 일단 오래된 신문지를 밑에 깔고, 그 위에 가느다란 장작을 놓고, 맨 위에는 잘게 쪼개진 석탄 덩어리를 얹은 후에 그는 남겨뒀던 신문지의 가장자리에 불을 붙였다. 머지않아 작고 녹슨 연통 위로 연기가 피어오르더니 겨울날의 저녁 하늘 속으로 흩어져 사라졌다.

　"차에 가 있어."

　벌써 한참 전에 히터를 꺼뒀기 때문에 차 안이 바깥보다 더 추웠다. 그렇다고 지금 시동을 걸 수도 없었다. 우리는 존재하지 않는 척을 하거나, 아니면 여기에 없는 척을 해야 했다. S시의 겨울은 저녁 무렵이 가장 적막했다. 잎을 전부 벗어버린 나무들은 가지가 훤히 드러나, 햇빛을 충분히 받지 못한 채 거지의 앙상한 팔처럼 덜덜 떨었다. 밤이라면 모든 것이 한밤의 어둠 속에 녹아들어, 그냥 찬 공기 때문에 춥게 느껴지긴 해도 고독한 느낌은 들지 않았다. 하지만 저녁때는 달랐다. 풍경은 전부 그대로 보이면서 추위가 막 내려앉기 시작하면, 짝을 이루고 무리를 지어 거리를 걷고 있어도 고독한 기분이 든다. 마치 길가에 심어진 가로수처럼 의지할 곳이 없어, 도움을 구하며 손을 뻗어도 대답을 얻지 못하는 것처럼 느껴지는 것이다.

"춥지?" 장부판은 담배 두 대를 꺼내 내게 한 대를 건넸다.

"아닙니다." 나는 입에 물고 크게 한 모금 빨았다. 조금 따뜻해진 것 같았다.

장부판을 처음 만났던 건 2007년 여름, 막 발급받은 경찰관 하복을 입고서였다. 인사 관리자인 부국장은 나를 장부판의 사무실로 데리고 들어가더니 그를 가리키며 말했다. 이쪽은 장부판. 우리 서에서 최고로 실력 있는 베테랑 수사관이야. 그런 다음 나를 가리키며 말했다. 이쪽 리톈우는 올해 경찰학교 졸업생 중 가장 우수한 학생이야. 모든 평가에서 전부 최상위권에 들었다는군. 둘이 얘기 나누고 파트너로 쓸 만한지 한번 봐. 그는 사무실을 나가기 전에 내 어깨를 두드리며 말했다. 너무 그렇게 굳어 있지 마. 장부판의 파트너가 못 되더라도 자네를 쫓아내진 않을 테니까. 알았지? 나는 고개를 끄덕였다.

아마 그때 장부판은 우리가 한 말을 듣지 못한 것 같았다. 그는 인터넷으로 체스를 두고 있었는데, 컴퓨터 모니터를 노려보며 혼잣말을 했다. 체크메이트는 안 불러. 그러면 내가 진 거나 마찬가지니까. 난 널 괴롭혀서 죽여줄 테다. 나는 그 앞에 서서 기다리고 있었는데, 모니터 뒷면에는 볼만한 것이 없었다. 아마 모든 기계의 뒷면이 다 비슷할 것이다. 나는 그때, 어쩌면 체스는 소금나小擒拿[*]처럼 형사의 필수 과목인지도 모른다고 생각했다.

장부판은 그 판을 이기고 나서 찻잔을 들고 차를 마셨다. 이가 빠진 구식 도자기 찻잔은 한 모금 마실 때마다 찻물 위에 떠 있는 찻잎을 후후 불어야 했다.

"보온병 어디 있는지 봤어?"

"봤습니다."

"내 찻잔이 거의 빈 건 봤나?"

"봤습니다."

"그럼 왜 가만히 있는 거야?"

이게 도대체 무슨 소린가. 내가 해야 할 일이 얼마나 많은데, 보온병 물을 따라달라니.

"혹시 괜찮다면, 저는……."

"사건 파일 좀 보고, 사건 좀 따라다니고. 지금 당장 시작하고 싶다고?"

"네, 그리고 저는 아직 총이 없습니다."

"그렇군." 그는 책상 위에 놓인 내 이력서를 펼쳐 보았다.

"리톈우, 남자, 미혼. 1983년 9월 S시 출생. 2003년 경찰학교 문화과 수석 입학, 2007년 7월 졸업. 사격, 격투, 이론시험, 실전연습 과목 졸업성적 전부 우수. 본적은 베이징, 만주족 후예."

"그렇습니다."

"경찰학교에선 제법이었군."

---

[*] 사람의 관절을 공격하는 격투술

"아닙니다, 해야 할 일을 한 것뿐입니다."

장부판은 권총집을 풀어서 책상 위에 내려놓았다.

"이게 뭔가?"

"54식 반자동권총입니다. 탄창에는 총알이 여덟 발 있고, 중량은 480그램, 총알 한 발당 35그램입니다."

"확실해?"

"확실합니다."

"분해해봐."

나는 총을 집어 들어 전부 분해했다. 무슨 이유에선지 모르지만, 어쩌면 압박감 때문인지, 내 기록인 27초를 거의 깰 뻔했다.

"꽤 빠르군."

"아닙니다."

"총알이 몇 발 있어?"

한 발도 없었다. 명색이 최고의 형사라는 사람이 총에 총알이 없다니.

"여덟 발 있다며?"

"여덟 발 있어야 합니다."

"세 가지를 기억해둬. 첫째, 모든 사고는 전부 서둘러서 생기는 거야. 둘째, 총알은 내가 장전한 만큼 있는 거지, '있어야 한다'는 건 헛소리야. 셋째, 학생 냄새는 빨리 빼버려. 다른 이유 때문이 아니라, 그래야 네가 몇 년이라도 더 살아남을 테니까."

"알겠습니다."

"알아두라는 소리가 아니라, 기억하란 소리다."

"기억했습니다."

"한 가지 더 기억해둬. 좋은 경찰한테는 총알이 필요 없어. 그렇다고 아예 장전하지 말라는 소리가 아니야." 그는 내게 알이 채워진 탄창을 하나 건넸다. "장전하고 따라와. 총 신청해줄 테니까. 잘 들어. 앞으로 너한테 요구할 건 단 한 가지야. 내 지휘에 따르든가, 아니면 썩 꺼져. 할 수 있나?" 그는 내 이력서를 흘끗 쳐다보았다. "리톈우."

"최선을 다하겠습니다." 나는 진심으로 대답했다.

장부판은 라이터를 다시 주머니에 넣으며 말했다. "추우면 뭐 따뜻한 거라도 좀 생각해봐. 여자 친구 엉덩이라든가."

"그냥 추운 채로 있을게요."

"왜?"

"지금 여자 친구 생각을 하면 일에 방해가 될 것 같아서요."

"이봐, 생각을 안 하면 더 방해가 되는 거야. 공책에 필기해두라고."

밥 짓는 연기가 계속 피어오르는 동안 결국 날이 저물었다. 먼 곳의 나뭇가지는 점점 나무 그림자로 변했다. 그 사람은 자리에서 일어서서 발을 몇 번 구르더니 집 안으로 들어갔다. 이제 그의 파란색 솜저고리는 보이지 않게 되었다.

"놈이 도망칠까요?"

"저녁거리 준비하러 집에 들어간 거잖아."

"그걸 어떻게 아세요?"

"불을 지폈으면 이제 들어가서 저녁 준비를 해야지. 그런 건 네 어머니도 아시겠다."

"이런 사람이 사람을 죽일 수 있다고요? 확실해요?"

"아홉 명을 죽였어. 그런데 주범은 아니고, 밧줄을 전달해주는 일을 했지."

"그 일만 한 겁니까?"

"밧줄 양 끝에 매듭도 묶고, 운전도 해주고."

"그놈들 때문에 저 사람을 먼저 잡는 겁니까?"

"제 패거리에 비하면 저놈은 담이 작은 편이지만, 우리와 비교하면 겁 없는 놈이야. 살인범들은 다들 우리보다 담이 크다고. 그런데 사실 그 때문은 아니고, 진짜 이유는 지금 우리가 저놈밖에 못 찾았기 때문이지."

"저 사람은 용의자 아닙니까? 법원에서 재판한 후에야 정확히 알 수 있겠지만요."

"웃기고 있네. 이 장부판은 여태껏 용의자를 잡은 적이 한 번도 없어."

소문에 장부판은 총을 쏜 적이 없다고 했다. 그가 체포한 범인들의 형기를 전부 더하면, 만약 무기징역을 15년으로 쳐서 더한다면 족히 500년이 된다고도 했다. 소문에 부인을 지극히 사랑한다고 하는데 여태껏 자식이 없었다. 마지막 소문은 그가 직접 한 말이니 분명 사실일 것이다. 그가 말하길, 부인이 자기와 같이 살기로 한 건 부인이 선택한 일이지만, 자식은 선택권이 없이 태어나면 반드시 그와 같이 살아야 하기 때문에 자식을 낳지 않기로 했다고 했다. 나는 그에게 가족이 복수를 당할까봐 두려운 거냐고 물었다. 그는 잘 모르겠다면서, 가장 큰 이유는 경찰 일을 하면서 별의별 괴상한 일들을 다 겪다보니 심리 상태가 일반인들과 달라져서 정상적인 자식을 키워내지 못할까 걱정되어서라고 말했다. 내가 물었다. 그럼 경찰이 되지 않을 생각은 안 해보셨어요? 그는 나를 한참 동안 빤히 쳐다보더니 말했다. 난 제대하자마자 곧장 경찰서에 들어왔어. 안 그러면 노동자가 돼야 했거든. 노동자가 된다는 게 어떤 느낌인지 아나? 내가 말했다. 압니다. 부모님이 노동자시거든요. 그가 말했다. 그럼 내가 더 말할 것도 없겠군. 난 그냥 경찰이나 할 거야. 장 부인을 몇 번 만난 적이 있는데, 평범한 사람이었다. 그녀는 민정국에서 사람들에게 결혼 증서를 발급해주었다. 물론 이혼 증서도 발급해주었다. 말주변은 별로 없었지만 어딘가 위엄이 있었는데, 나는 이 위엄이 장부판에게 사랑을 받아서 생긴 건지 아니면 그녀가 수중에 장악하고 있는 무수히 많은 결혼과 이혼 때문에 생긴 건지 알 수 없었다. 나는 장부판이 누굴 존경하는 걸 본 적이 없다. 그는 누구를 대하든 쉽사리 그 사람의 결점을 꼬집어내곤 했다. 하지만 자기 아내 얘기를 할 때만은 반드시 '우리 부인'이라고 불렀는데, 그 호칭은 고상하면서도 아주 어색했다. 그래서 그의 부인에게는 '장 부인'이라는 별명이 붙었다. 장 부인은 사람들에게 사랑을 증명하거나 혹은 사랑이 깨졌음을 증명하는 증서를 발급해주는 일을 하는 것 외에는 집을 사고 다녔다. 그녀는 그 집들을 세심하게 꾸며서는 낯선 이에게 팔고, 그런 다음 다시 집을 사서 꾸며서 또 낯선 이에게 팔았다. 그녀는 이 일을 몇 년이나 질리지도 않고 계속했다. 그 집들을 친자식처럼 여기는 것 같았다. 자식을 다 키워 성인이 되면 양자로 보내고 나서 또 낳는 것이다.

언제부터인지 모르지만 장부판과 나 사이에는 대화가 점점 늘어났다. 나는 그에게 반항하지도, 아첨하지도 않으면서 그냥 그가 한마디 하면 한마디 대답하곤 했다. 나는 그때 이미 그가 좋은 경찰이라고 확신하고 있었다. 심지어 그가 겸손하다는 생각까지 들었다. 비록 제복을 입는 일은 거의 없었지만, 그는 타고난 경찰이었다. 이치대로 따지자면 타고난 경찰은 개성 없는 얼굴이어야 한다. 하지만 장부판은 그렇지 않았다. 그의 눈은 꼭 매의 눈 같았는데, 사람을 볼 때는 무슨 신선한 고깃덩이를 보는 듯했다. 쉰이 다 되었지만 눈은 탁한 기색이 전혀 없이 맑게 빛났는데, 이 눈은 그의 산만한 성격과는 퍽 어울리지 않았다. 키는 170센티미터쯤으로 군인처럼 허리를 꼿꼿하게 세우고 아주 빠른 속도로 걸었다. 여름엔 짙은 색 폴로셔츠를, 봄가을엔 짙은 색 가죽점퍼를, 겨울엔 짙은 색 패딩 점퍼를 입었고, 하의는 언제나 검은색 양복바지를 입고 검은 가죽구두를 신었다. 그는 수타면 요리를 좋아했다. 면을 먹을 때마다 후루룩 소리를 내면서 온 얼굴에 땀을 흘렸는데, 수타면은 반드시 이렇게 먹어야 한다는 듯이 팔을 휘둘러 면을 잡아 당겨가며 먹었다. 그는 종종 사무실에 담배꽁초를 함부로 버렸고, 5성급 호텔 로비에서도 아무데나 가래침을 뱉었다. 하지만 자기가 발을 딛고 있는 이 도시에 대해서는 제 손금을 보듯이 훤히 알고 있었다. 어떤 작은 골목에 들어서더라도 그는 골목의 이름을 댈 수 있었고, 이 골목에서 과거에 그리고 지금 어떤 사람들이 돌아다니고 있는지도 말할 수 있었다. 그가 도시 안의 일방통행 도로를 전부 알고 있는 걸 보고 나는 곧잘 그가 경찰이 되기 전에 택시기사를 했던 게 아닌가 의심했다. 하지만 그는 자기가 볼 때 이 정도는 상식이라며, 막 경찰이 됐을 때 자전거를 타고 다니며 조금씩 익힌 것이라고 했다. 그의 시간관념은 놀랍도록 엉망이었다. 현장에 출동할 때면 언제나 느릿느릿 나타나곤 했다. 그런데도 그는 쉬지 않고 사건을 해결했으며 많은 동료가 이 점을 의아하게 여겼다.

언젠가 그가 내게 물었다. 현장을 조사할 때 제일 중요한 게 뭐지?

말해봐. 내가 대답했다. 세심함입니다. 그가 말했다. 헛소리. 현장 조사할 때 제일 중요한 건 현장을 훼손하는 거야. 그가 지금껏 훼손한 현장은 부지기수였다. 그는 살인사건 현장인 집 안을 멋대로 돌아다니다가 바닥에 놓인 흉기를 손 가는 대로 집어 들어 살펴보고는 다시 내버려두기도 했다. 한번은 그가 말했다. 도끼. 그러더니 시체 위에 던져진 도끼를 들어 올려 내게 내밀며 말했다. 말해봐. 도끼를 받아들다가 발등에 떨어뜨릴 뻔했다. 내가 말했다. 범인은 건장한 남자입니다. 적어도 완력이 뛰어난 사람입니다. 그가 말했다. 거 바보 같은 추리소설은 잊어버려. 이놈은 원한이 있었던 거야.

내가 그의 파트너가 된 지 1년이 지난 2008년 한여름, 베이징 올림픽 전야에, 도시 가장자리에 있는 연립 별장에서 일가족 몰살 사건이 일어났다. 피해자 가족은 세 식구였는데 어른 둘과 초등학교 1학년생 아들이 목이 찔린 처참한 모습으로 죽어 있었다. 집 안의 현금은 동전까지 싹싹 긁어가 한 푼도 남지 않은 채였다. 당시엔 이미 경공업 제품 도매상인 피해자 같은 사람을 제외하면 집 안에 거액의 현금을 보관하는 사람은 잘 없었다. 장부판은 피해자 집에 있던 젓가락을 가져와 목에 난 상처를 벌려서 살펴보고는 젓가락을 그대로 꽂아둔 채 일어서더니 말했다. 한 방에 끝냈군. 제법이야. 나는 그 옆에서 미간을 찌푸렸다. 그가 물었다. 왜 그래? 토할 것 같아? 내가 말했다. 아니요. 형사님이 피해자를 좀 존중하지 않는 것 같아서요. 그가 말했다. 피해자를 최고로 존중하는 방법은 사건을 해결하는 거야. 네가 사건을 해결해봐. 그럼 너는 피해자를 존중하는 게 되겠지. 내가 말했다. 그건 별개의 일입니다. 형사님은 늘 개념을 슬쩍 바꿔치기해서 두 가지 일을 한 가지로 뒤섞어서 얘기하시잖아요. 그가 말했다. 한 가지로 뒤섞을 수 있는 일은 그냥 한 가지 일인 거야. 네 생각을 말해봐. 내가 말했다. 범인은 숙련된 살인범이고, 돈이 부족한 상태입니다. 아니면, 몇 년 동안이나 조용히 있다가 무슨 이유에선지 다시 범행을 저지른 거든가요. 그가 말했다. 그럭저럭 짜내긴 했지만 그래봐야 헛소리야. 내가 읽으라고 했던 요 몇 년 사이의 사건 파일은 읽었나? 내가 대답했다. 전부 읽었습니다. 그가 말했다. 그래, 전부 허투루 봤군. 2002년 섣달 그믐날 새벽 5시 20분경에, 폭죽을 팔던 남자와 이혼한 전 부인 사이에서 낳은 열세 살짜리 딸이 집 안에서 목이 찔려 죽은 채로 발견됐어. 현금은 전부 사라졌고. 그 사건은 미해결 상태야. 첫째는 범인의 수법이 확실히 능숙했기 때문이고, 둘째는 그때 워낙 명절 분위기라 서에서 대대적으로 움직이지 않아 사건을 해결할 최적의 시기를 놓쳐버렸기 때문이야. 그리고 셋째는 내가 그 사건을 맡지 않았기 때문이지. 어떤 멍청한 놈이 넉 달을 질질 끌다가 결국 해결을 못 한 채로 전출되면서 사건을 내버려두고 갔거든. 미제 사건이 수두룩한데, 그건 죄다 책임자가 멍청이라서 그런 거야. 알겠나? 내가 말했다. 알겠습니다. 동일범의 짓인가요? 그가 말했다. 살인하는 방식은 많고 많지만 목을 찌르는 방식은 내가 이렇게 오랫동안 경찰 일을 하면서도 거의 본 적이 없어. 범인은 분명히 대단히 자신이 있었기 때문에 이렇게 한 거야. 목을 찌르면 피가 아주 많이 튈 테니 자기 몸에 묻기도 쉬울 테고, 단칼에 끝장내지 못하면 피해자가 집이 떠나가라 비명을 지를 것 아냐. 두 사건 모두 사망자가 두 명 이상인데, 이건 놈이 첫 번째 피해자를 죽일 때 전혀 기척을 내지 않았다는 뜻이야. 너라면 이렇게 할 수 있겠나? 내가 말했다. 못 합니다. 그가 말했다. 피해자뿐만 아니라 범인도 존중해야 돼. 범인이 한 일을 우리는 할 수 없으니까 우리는 범인을 잡아야 하는 거야. 이 사건이 바로 좋은 예지. 놈의 자신감은 전적으로 지난번 사건으로부터 온 거야. 그 탓에 결국 한 가족이 추가로 살해당했지. 그래도 이번엔 도망 못 갈 거야. 내가 말했다. 장담하긴 힘들지 않을까요. 그가 말했다. 두 번 다 집 안으로 들어왔는데, 두 집 모두 창문에 방범창이 있었고, 문을 딴 흔적도 없어. 내가 말했다. 면식범이군요. 그가 말했다. 첫 사건 때도 그렇게 생각했어. 이놈은 범행 당일 밤에 피해자의 집에서 잤을 가능성이 아주 높아. 그렇게 판단하고 조사했지만 발견하진 못했어. 그러니 범인에게 전과가 없다는 건 분명해. 이번에도 같은 수법을 썼으니, 두 피해자의 교우관계를 대조해보면 곧 떠오를 거야. 아마 이놈도 장사꾼이고, 요즘 장사가 잘 안 되는 상황일 거야. 내가 보기에 이놈은 수법이 악랄할 뿐만 아니라 질투심도 아주 강한 놈이야. 강도질을 한 대상이 둘 다 장사가 번창하는 동종업계 종사자니까 말이야. 자기 장사 안 되니까 잘 나가는 다른 장사꾼을 죽이고 돈을 빼앗은 거지. 말하자면, 네가 좋은 경찰이 못 됐다고 나한테 총을 쏘는 거나 마찬가지인 거야. 내가 말했다. 자꾸 저를 예시로 들지 마세요. 형사님은 반쯤은 제 사부님이라고요. 그가 말했다. 친한 척 하지 마. 사부는 무슨 놈의 사부야. 나이 차가 좀 있긴 하니까 너와 나는 반쯤만 친구인 걸로 하자고. 내가 물었다. 그럼 나머지 반은요? 그는 잠깐 생각해보더니 대답했다. 나머지 반은 그냥 남이지. 쓸데없는 소리 그만하고 빨리 가서 조사나 해봐. 조사해서 나오면 이 사건은 네가 해결한 셈인 거니까. 내가 말했다. 그러면 안 되죠. 이 사건은 형사님 겁니다. 그가 말했다. 난 다른 사건도 있어서 여기 신경 쓸 시간 없어. 이 사건은 네가 맡으라고. 체포할 때는 사람을 좀 많이 데려가고 넌 그냥 뒤에서 따라가기나 해. 아직 직접 체포해본 적이 없으니까 제대로 못 할 거야. 이놈은 아주 주도면밀하고 냉정한 놈이니까 집 안에 다른 무기를 숨겨뒀을 가능성이 높아. 그리고 이미 너무 많은 사람을 죽였으니 제가 죽는 것도 겁내지 않을 테고. 그러니까 조심하라고. 나는 불쑥 물었다. 형사님은 예전에도 파트너가 있었어요? 그가 말했다. 아니, 네가 처음이다. 아주 귀찮아. 내가 말했다. 알겠습니다. 그가 물었다. 알긴 뭘 알아? 1년이 넘도록 무슨 표적을 따라다니듯이 붙어 다니는 게 귀찮아 죽겠다고. 그래도 뭐, 난 이제 더 이상 승진을 못 할 텐데 라오왕은 계속 날 써먹고 싶어하니 어쩔 수 없지. 너는 승진할 테고, 그러면 난 너한테 영수증을 정산받아야 될 테니까, 그래서 널 데리고 다니는 거야. 알겠냐?

나는 직접 범인을 체포하지 않는 한은 결코 체포하는 방법을 배울수 없을 거라고 생각했다. 그래서 결국 사제 엽총에 쇄골과 왼쪽 얼굴을 맞았다. 마치 모래를 잔뜩 실은 화물트럭이 내 가슴팍을 깔아뭉개고 지나간 것 같았다. 죽음이 다가온 듯한 착각이 중추신경으로부터 전해져왔다. 한 순간에 모든 기억을 잃은 듯하다가, 그 다음엔 삶과 죽음의 경계로 진입해 강물에 둥둥 뜬 채로 기슭에 닿기를 기다리는 기분이 들었다. 내가 탄 나룻배를 젓던 노인은 내가 너무 젊은 것이 마음에 안 들었던 모양인지, 반대편 기슭에 거의 도착했을 때 다시 배를 돌려 왔던 길로 돌아가서 나를 푸른 풀이 가득 자라난 남쪽 기슭에, 삶의 기슭에 버려두었다. 불꽃처럼 새빨간 새 한 마리가 상처 입은 내 왼쪽 얼굴 옆에서 연이 떠오르듯 날아오르는 걸 보았다. 새는 다리에 가느다란 실이라도 묶인 양, 한참을 날갯짓했지만 하늘로 날아오르지 못했다. 나는 눈을 떴다. 알고보니 그 새는 창가에 놓인 새하얀 꽃병에 꽂힌 한 송이 붉은색 튤립이었다. 창밖은 칠흑같이 캄캄했다.

장부판이 내 침대 옆에 앉아 있었고, 바닥엔 담배꽁초와 가래침 자국이 가득했다. 간호사는 도대체 어디서 뭘 하기에 병실에서 담배를 피우게 놔뒀단 말인가. 나는 이 생각을 끝으로 다시 의식을 잃었다. 다시 정신이 들었을 때는 어머니가 겉옷을 입은 채로 발치에 놓인 간이침대에 누워 자고 있었고, 장부판은 침대 옆에 놓인 의자에 다리를 꼬고 앉아 있었다. 그는 잠들어 있지도 않았고 담배를 피우고 있지도 않았다. 바닥에도 담배꽁초가 보이지 않았다. 아마 방금 전엔 내가 뭘 잘못 본 모양이었다. 그런데 병실 안에서 왜 이렇게 담배 냄새가 나는 거지?

"혹시 담배 피우신 겁니까?" 이 한 마디를 하고 나자 가슴에 또 총이라도 맞은 것처럼 아팠다.

"한 대 줄까?"

"전 담배 안 피웁니다."

"그거야 시간문제지."

그는 담배 두 대를 입에 물고 불을 붙이더니 한 대를 내 입에 물려주었다. 나는 그걸 바닥에 뱉어버렸다.

"숨 막혀 죽으라는 거예요?"

"엽총을 맞고도 살았는데 뭐가 그리 무섭다고."

그는 바닥에 떨어진 담배를 주워서 불을 끄고 귀 뒤편에 꽂았다.

"리더취안李德全은 잡았습니까?"

"총알을 죄다 너한테 쏴버렸는데 달아날 방법이 있었겠어?"

"생포했어요?" 나는 마음이 놓여 그제야 숨을 들이쉬었다.

"그래, 상한 데 없이 아주 멀쩡해. 얼마 후면 깨끗한 시체가 되겠지."

"또 누가 다친 사람이 있습니까?"

"너 같은 바보가 뭐 그리 많으려고?"

나는 눈을 감고서 '범인은 잡혔고, 난 안 죽었다'라고 마음속으로 되뇌었다.

"너 정말 그 녀석들 말대로 다취안大川 대신 총을 맞은 거냐?"

"글쎄요, 팝콘 튀는 소리 같은 게 한 번 들린 것 말고는 기억이 안 나네요."

"넌 이 지역을 몰라."

"전 여기서 자랐는데요."

"그래봐야 소용없어. 여기를 모른다는 건 여기 사는 사람들을 모른다는 뜻이야. 망할, 여기 사람들을 알지도 못하면서 앞장서서 뛰어나가지 말라고."

"아는 것과 제가 뛰어나가는 게 무슨 상관이에요?"

"내가 말했지, 넌 모른다고. 전부 서로 연결돼 있는 거야. 더 말해봐야 이해도 못할 테니, 다 낫고 나면 날 좀 따라다니면서 보라고."

"네."

어머니는 깨지 않고 깊이 잠들어 있었다. 아마 지난 며칠 동안 나도 그런 모습이었겠지.

"난 아는 사람이 너무 많다니까."

"무슨 말씀이세요?"

"너희 어머니도 알게 되고 말이야."

"그게 뭐 어때서요? 어머니가 형사님을 원망하기라도 한대요?"

"아니, 네 어머니는 좋은 분이야. 너 때문에 며칠이나 눈도 못 붙이셨지."

"형사님도 괜찮은 사람이에요. 제가 눈 떴을 때 두 번 다 여기 계셨으니까."

"그건 좀 별로인데. 그래도 뭐, 이미 그렇게 된 일이니 더 뭐라 해봐야 개뿔 아무 소용도 없겠지. 그러니까," 그는 귀 뒤에 끼워뒀던 담배를 입에 물었다. "말을 말아야지."

"전 언제 퇴원할 수 있대요?"

"금방 퇴원할 수 있을 거야. 총상은 원래 그래. 죽지만 않았으면 금방 멀쩡해지지. 그런데 넌 흉터가 생기긴 할 거야. 얼굴에."

손을 들어 얼굴을 만져보고 싶었다. 그의 말을 듣고 나니 갑자기 얼굴이 아주 불편한 기분이 들었다. 자기 얼굴인데 남이 가르쳐줘야 알게 되다니.

"움직이지 마. 상처가 벌어지면 또 응급실로 들어가야 되니까. 기다란 흉터가 아니라 보조개보다 좀 큰 구멍 두 개니까, 그냥 보조개라고 생각해. 죽는 것보다야 낫지. 그리고 경찰한테 얼굴이 뭐가 중요해."

"그냥 경찰 얼굴인 게 아니라, 제 얼굴이기도 하다고요."

"구멍 두 개 나고 이등공二等功 상을 받았으니 남는 장사지 뭘 그래. 총 맞은 경찰이라고 전부 상을 받는 것도 아니라고."

"그럼 전 이번에 뛰쳐나가길 잘한 거네요?"

"내 말 똑바로 들어, 네가 뭐 그리 잘난 줄 알지 말고. 공안국에서 영웅이란 죄다 죽어야 하는 법이야. 영예란 건 죽은 놈한테나 주는 거라고. 경찰 일을 하면서 제일 중요한 게 뭔지 아나?"

그는 담배에 불을 붙이며 나를 쳐다봤다.

"그만 피우시면 안 됩니까? 냄새 때문에 힘든데요."

"안 돼. 뭐일 것 같아?"

나는 생각에 잠겼다. 사실 나는 이 문제에 대해 아주 오랫동안 고민하고 있었다.

"아마 도시를 좀 더 좋은 곳으로 만드는 거겠죠."

"도시를 모욕하는 소리 하고 있네. 살아남는 거야. 계속 살아남는 형사가 제일 대단한 형사라고."

그는 말을 마치고 일어나더니 한 모금 빤 담배를 바닥에 던져버렸다.

"꽃은 네 여자 친구가 가져온 거야. 내일도 온다더군. 그만 쉬고 남은 얘기는 여자 친구하고나 해라."

"보셨어요?"

"그래. 예쁘던데. 좀 과하게 예뻐서 아까울 정도더군."

"혹시 무슨 말 하던가요?"

"걱정 마, 얼굴에 구멍 났다고 널 차버리진 않을 테니까. 그런 건 심문 안 해도 알겠더군."

"내일도 오실 거예요? 그러니까, 얘기나 좀 하러 오실래요?"

"안 올 거야. 사건이 있어. 그리고 담배 피우면 네가 힘들 것 아냐. 출근하면 곧장 내 사무실로 와. 그리고 다음에 또 내 지휘에 안 따를 거면 그냥 꺼져버려. 파트너는 네 맘대로 정하고. 농담 아니다."

나는 오래된 나사를 돌리듯이 그를 향해 고개를 비스듬히 돌렸다.

"제가 죽으면 어떻게 하실 생각이었어요?"

"혼자 하는 거지." 그가 대답했다.

차 안의 온도가 조금 높아졌다. 장부판은 창문을 열고 고개를 내밀어 연통 위에 떠도는 연기를 살펴보았다.

"음식을 만들기 시작했군."

"언제 행동할까요?"

"놈이 밥을 다 먹고 나서 다시 주방으로 들어갔을 때. 사람은 밥을 먹은 후엔 좀 게을러지는 법이거든. 총 꺼내서 점검해둬."

총알은 여덟 발이 꽉 차 있었고, 허리춤 뒤쪽엔 탄창이 두 개 더 있었다.

나는 얼굴에 난 흉터를 만져보았다. 장부판의 말처럼 깊은 구멍이 두 개 남았다. 하나는 지름이 5밀리미터쯤 되고 다른 하나는 7.5밀리미터 정도인데, 사이에 거리를 1센티미터쯤 두고 떨어진 것이 꼭 크고 작은 두 개의 섬이 바다를 사이에 두고 서로 마주보고 있는 것 같았다. 이 흉터 외에도 사실 불투명한 유리처럼 아주 작게 긁힌 자국이 두 개의 흉터 주위에 있었는데 꼭 세찬 파도처럼 보였다. 원래 용모가 단정한 편이어서 학교 다닐 때는 여학생들로부터 쪽지나 연애편지를 받기도 했다. 외모는 분명 아버지로부터 물려받은 것이다. 아버지는 나보다 훨씬 잘생겼는데, 나는 이목구비의 윤곽만 닮았을 뿐 정수는 물려받지 못했지만 그것만으로도 꽤 잘생긴 편이었다. 여자아이들이 지금 나를 본다면, 상처가 없는 오른쪽에 서서 나를 보지 않는 한은 절대로 알아보지 못할 것이다. 얼굴이 이미 많이 변해버렸으니까. 이렇게 생각하자 마치 뭔가를 거역하기라도 한 듯 비밀스러운 기쁨이 느껴졌다. 나는 흉터 같은 것에 전혀 신경 쓰지 않았다. 경찰이 되기로 결심한 그날부터 이 겉가죽은 이미 나에게 속한 게 아니었다. 죽지만 않으면 사명을 완수할 기회가 아직 있을 텐데, 완전히 추한 모습으로 변해버린다 한들 무슨 상관이겠는가. 다만 어머니에게는 좀 잔인한 일이었다. 어머니 생각이 나자 나는 머리를 두어 번 두드렸다. 어머니가 필요하다고 한 라디오를 아직 사다드리지 않았기 때문이다. 이

임무가 끝나고 나면 톈닝天寧과 함께 사러 가야겠다.

　퇴원한 후로 장부판은 나를 데리고 S시의 곳곳을 돌아다니기 시작했다. 첫 번째로 간 곳은 대수부大帥府*였다. 그는 매표소 직원에게 경찰 신분증을 보여주며 말했다. 용의자를 미행하는 중이니 소란 피우지 말고 성인 표 두 장 주시오. 직원은 잔뜩 들뜬 얼굴로 표 두 장을 찢어 그에게 건네주었다.
　대문으로 들어가 중문 앞에 서서 그는 내게 문 위의 현판을 보라고 했다. 현판에는 '요새 밖까지 뜻을 널리 펼치다宏開塞外'라고 적혀 있었다. 문 양쪽으로는 노란 바탕에 검은 글씨로 적힌 대련이 걸려 있었는데, 한쪽에는 '요새를 닫고 무기를 드니 금빛 칼날과 곧은 갑주가 천 개의 성과 만 리에 달하다關塞伏金鋒屹甲千城萬里'라고 적혀 있었고, 반대쪽에는 '바다 밖으로부터 나라 절반을 맞이하니 그 밝은 빛이 삼성 육주에 미치다海外接半壁昭澤三省六洲'라고 적혀 있었다.
　"편액은 새 거지만 글귀는 예전과 똑같아."
　"원래 있던 편액은요?"
　"두 번이나 부서졌지. 일본인들이 한 번 부수고, 문화대혁명 때 한 번 부수고."
　중정으로 들어가 보니 왼쪽에 장쭤린의 접견실이 있었다. 접견실 내부는 아주 단순했다. 마호가니로 된 탁자와 의자, 구식 전화기가 있었고, 붓통 안에는 먼지투성이 붓이 거드름을 피우듯 꽂혀 있었다. 벽

　• 랴오닝성 선양시에 있는 둥베이 군벌 장교 장쭤린張作霖과 아들 장쉐량張學良의 사저. 장쭤린의 사저를 대수부, 장쉐량의 사저를 소수부小帥府라고 하며 두 곳을 합해 장씨수부張氏帥府라고 한다.

에는 세필화가 여러 장 붙어 있었는데 그리 훌륭한 그림은 아니었다. 하지만 이런 방 안에 붙어 있으니 꽤 독특해 보였다. 그림들은 순서대로 연결된 것처럼 보였는데, 나는 나중에야 그 그림들이 다른 방안에 붙어 있는 그림들과 함께 완전한 이야기를 구성하고 있다는 걸 알게 되었다. 그림은 당시에 안산鞍山의 어느 노화가가 그린 거라고 했다.

"가서 의자에 좀 앉아봐."

"안 되죠. 이건 다 문화재인데요. 그리고 들어가지 말라고 붉은 줄도 쳐놨잖아요."

장부판은 붉은 줄을 걷고 안으로 들어갔다.

"걱정 말고 앉으라니까. 편액과 마찬가지로 이것도 다 새 거야."

나는 의자에 앉았지만 딱히 특별한 느낌은 들지 않았다. 먼지 냄새가 나서 꼭 관 속에 앉아 있는 기분이 들었다.

"어때?"

"글쎄요, 좀 높네요."

"그렇겠지, 대수大帥* 키가 158센티미터였다고 하니까."

"형사님이 제 옆에 서 있으니 기분이 좀 이상한데요."

"뭐가 이상한데?"

"형사님이 좀 장쉐량 같아서요."

장쉐량이 유명세를 얻게 만든 그 노호청老虎廳에 가보니 누런 호랑이 두 마리가 방 가운데에 서 있었다. 호랑이란 놈들은 참 신기한 물건이라, 조잡하게 만들어진 가짜 인형인데도 제법 위풍당당했다. 그저 털이 좀 오래되어 낡아 있었다.

• 장쭤린. 장학량은 소수小帥라고 한다.

"그 당시였다면 우린 이렇게 들어오자마자 총에 맞았을걸."

"무슨 죄를 지었기에요?"

"총을 못 가지고 들어오게 돼 있었거든. 총은 전부 접수처에 두고 들어와야 했어. 하마석下馬石 앞에서 문관은 가마에서 내리고, 무장은 말에서 내리는 것처럼 말이야. 노호청 사건에서 죽은 그 두 사람도 아마 총을 안 가지고 있었기 때문에 장쉐량한테 그렇게 쉽게 끝장났을 거야."

그러더니 그는 벽에 걸린 장쭤린의 초상화를 가리켰다.

"이 쬐그만 놈이 한때 펑톈성奉天城을 다스렸지."

"둥베이왕東北王이잖아요."

"어떻게 죽었지?"

"황구툰皇姑屯에서, 일본 놈들이 터뜨린 폭탄 때문에 죽었잖아요. 상식이죠."

"일본 놈들이 왜 장쭤린을 죽였는데?"

"장쭤린한테 민족의 기개가 있었으니 그랬겠죠."

"네가 일본인이었다면, 비적 놈한테 마음대로 휘둘리기만 하고 아무 득도 못 봤는데 기분이 어땠겠어?"

대수부의 내부 장식을 보니 어떻게 보면 사실상 소수부라고 부르는 게 더 옳아 보였다. 장쭤린에 관한 물건은 안쓰러울 정도로 거의 없고, 장쉐량을 기념하는 전시실과 전시품들이 대부분의 공간을 차지하고 있었기 때문이다. 중정검中正劍*을 보고 나서 시안 사건西安事件 전시실에 걸린 액정TV 화면을 보니, 하도 늙어서 눈썹이 거의 다 빠

• 장제스가 황푸 군관학교 학생들 혹은 공을 세운 부하에게 하사한 검.

진 장쉐량이 기독교식의 동그란 검은색 모자를 쓰고서 덜덜 떨면서 둥베이 사투리로 말하고 있었다. 시안 사건 때, 내가 장제스 선생을 난징으로 배웅하는데, 리셰허李協和 선생께서 하신 말씀이 있습니다. 나한테 하신 건 아니지만, 나는 지금까지 기억하고 있습니다. 평생 그 말을 기억하고 있어요. 나는 그 말을 아주 좋아합니다. 우리 부자 모두에게 의미가 있는 말이에요. 선생께서 그러십디다. 너는 과연 대수의 아들답구나. 난 이 말을 평생 기억했어요.

"사람이 평생 기억할 수 있는 말은 대부분 사실이 아니라, 그냥 자기 자신에 대한 기대일 뿐이야." 장부판은 고개를 들어 TV 화면을 노려보았다.

"장쉐량은 타이완에서 어떻게 지냈을까요?"

"그거야 장쉐량 본인밖에 모르겠지. 그래도 계속 살아 있을 수 있었다는 건 나름대로 의미가 있는 일이야."

"장제스가 아량을 베푼 걸까요?"

"너를 살려줄 테니 도대체 누가 옳고 누가 틀렸던 건지, 네가 도대체 무슨 짓을 한 건지 한번 봐라. 아마도 뭐 대충 그런 뜻이었겠지."

"형사님 생각은 왜 항상 그렇게 괴상해요?"

"내가 보기엔 책에서 배운 대로만 판단하는 네 그 좆같은 생각이 괴상한데 뭘."

"질문이 있는데요. 형사님 마음속에는 영웅이 있긴 합니까?"

"나도 질문이 있는데, 영웅이 도대체 뭐냐?"

"마음속에 큰 뜻을 품은 사람이죠."

"그게 누군데?"

"장쉐량 정도면 영웅 아닙니까?"

"장쉐량이 사람을 얼마나 많이 죽였는지 알아? 이놈이 장제스를 붙잡아놓는 바람에 공산당이 항일을 한답시고 천하를 차지했잖아. 그러고 나서는 또 사람이 얼마나 죽었어? 장제스가 타이완으로 간 다음에 타이완에선 또 얼마나 많은 사람이 죽었는데?"

"그거야 그때가 난세였으니 그렇죠."

"난세가 뭣 때문에 생겼는데? 잘 들어. 무슨 목적으로 그랬든 간에, 이놈들은 죄다 살인범이야. 넌 경찰이라는 게 살인범이 어떤 인간들인지도 몰라? 기독교 신자가 됐다고 살인범이 살인범이 아니게 되기라도 하냐? 만약에 지금 우리가 사람을 체포했는데 그 사람이 자기는 이미 하느님한테 귀의했다고 하면, 우린 그냥 그럼 됐으니 가서 예배나 잘 드리라고 하면 된다는 거야?"

"그게 기독교와 무슨 상관이에요. 현재 법률상 규정한 정당방위처럼, 남이 나를 죽이려고 해서 내가 그 사람을 죽였다면 죄를 지은 게 아니라는 거죠. 아니면, 우리가 지금 살인범을 체포했는데 만약에 그 살인범이 사형 판결을 받으면, 형사님 논리에 따르면 우리도 간접적으로 살인을 하는 거겠네요?"

"우리는 경찰이니까 그렇게 비교할 수는 없지."

"그 사람들은 군인이었잖아요."

"나도 옛날엔 그 망할 군인이었다고."

"그럼 잘 아시겠네요. 군인의 직무가 바로 적을 철저히 섬멸하는 거 아닙니까?"

"그러니까, 우리도 영웅이 아니라는 거야. 우린 그냥 여기서 밥이나 얻어먹고 사는 거지. 밥을 얻어먹었으면 사정을 봐줘야 하는 법이니까, 우리는 사람을 잡아야 되는 거야. 그런 직업인 거지."

"그러니까 우리 직업은 사람을 잡고, 가끔은 사람을 죽이는 거네요."

"잡을 놈은 잡고, 죽일 놈은 죽여야지."

"아무튼 간에, 장 형사님. 만약에 지옥이란 게 있다면, 우리도 지옥에 떨어지겠네요? 장쮀린과 장쉐량 둘 다 지옥에서 우릴 기다리고 있겠죠."

장부판은 아무 말도 없이 노호청 안의 뭔가를 노려보고만 있었다. 아니, 어쩌면 아무것도 노려보지 않고 있었는지도 모른다. 그는 한참 후에야 입을 열었다. "저 호랑이 좀 봐. 제법 위풍당당한데. 우리 부인한테도 하나 사다가 집에 놔두라고 해야겠다."

"제가 질문했잖아요."

"난 지옥 같은 건 안 믿어. 신앙이 없으니까. 난 사람이 죽으면 등불이 꺼진다고 믿는다."

"어쩌면 안 꺼지고 다른 등불로 바뀌는 것일 수도 있죠."

"너 혹시 죽다 살아난 후로 이런 생각을 하게 된 거냐?"

"아뇨. 리더취안이 사형 판결을 받았다고 해서 이런 생각이 든 겁니다."

"그건 안 되지. 그놈은 마땅한 벌을 받는 거니까. 그 새끼는 헹켈 과도로 두 가족을 몰살시켰다고."

"리더취안 아버지도 노동 교화를 받은 범죄자였어요. 1982년에 이웃집에 널려 있던 옷을 훔쳤다가 8년형을 받았죠. 어머니는 리더취안이 어릴 때 다른 남자와 도망가서 그 후로 할머니, 할아버지 집에서 컸는데, 밥을 좀 많이 퍼먹으면 할아버지한테 맞았다더군요. 그럼 우린 왜 리더취안의 아버지와 어머니, 할아버지, 할머니는 체포를 안 하는 겁니까?"

"야, 임마. 천당에 갈 수 있는 사람은 얼마 안 돼. 그런 게 있다면 말이지만."

"우리는 갈 수 있을까요?"

"모르지. 아마 천국엔 뉴턴이나 아인슈타인 같은 사람들이나 있을걸?"

얼굴에 남은 흉터 때문에 내 잘생긴 얼굴에 흠이 좀 생긴 것 외엔, 나는 겉보기에는 평소와 똑같았다. 하지만 나약한 마음을 억누르기 위해 아무리 인정하지 않으려 해도, 사실은 총에 맞은 후로 악몽이 끊임없이 찾아왔다. 꿈속에서 나는 산소통 안에 갇힌 채로 깊은 바다 속에 던져져 심해 생물들을 관찰하고 있었다. 그 생물들은 엄청난 압력 속에서 살아가느라 아주 납작한 모양이 되어, 종잇장처럼 내 주위를 떠다녔다. 어떤 녀석은 눈이 없었고, 어떤 녀석은 눈이 엉덩이에 나 있었다. 또 다른 녀석은 길고 가느다란 수염 위에 눈이 나 있었는데, 전통 무용 복장의 기다란 소매처럼 물속에서 흩날리는 게 나를 보고 있는 건지 아니면 그냥 길을 찾고 있는 건지 알 수가 없었다. 산소통에 달린 탐조등이 바다 속을 비췄다. 터널 같은 빛줄기 속에선 모든 것이 기이할 정도로 뚜렷했고, 오색찬란한 듯하다가도 또 아무런 색채가 없는 것 같기도 했다. 생물들은 강한 빛에 놀라 달아나지 않고 오히려 다가와 산소통을 둘러쌌다. 몇몇 무모한 녀석이 내 품속으로 뛰어들려는 듯이 유리 덮개에 몸을 부딪쳐왔지만 내게는 아무런 소리도 들리지 않았다. 유리 덮개에 와 부딪치는 생물들은 점점 더 늘어나 나중에는 거의 벌떼처럼 쇄도하기에 이르렀다. 여전히 소리는 들리지 않았지만 유리 덮개에 금이 가기 시작했다. 나는 큰 소리로 도움을 청했지만 아무 소용이 없었다. 나에게조차 내 목소리가 들리지 않았으니까. 결국 나는 바닷물 속에 잠겼고, 산소통의 파편이 주위에서 떠올랐다. 그리고 나는 다시 삶과 죽음의 경계로 떨어졌다. 지난번과 똑같은 강물 위, 똑같은 배 위에 타고 있었지만, 노를 젓는 노인은 내게 이렇게 말했다. 이번엔 방법이 없어. 어쨌든 난 자네를 북쪽 기슭으로 보내줄 거야. 내가 물었다. 북쪽 기슭엔 새와 꽃이 있습니까? 노인이 대답했다. 북쪽 기슭엔 새가 영원히 땅에 내려앉지 않고, 꽃이 영원히 시들지 않고, 해가 영원히 지지 않지. 내가 말했다. 그러면야 정말 좋겠네요. 그가 말했다. 단, 자네는 다른 사람이 되어서 지금의 자신을 잊어버리게 될 거야. 내가 말했다. 안 돼요. 저는 아직 할 일이 있다고요. 노인이 말했다. 배에 탄 이상 자네한테는 선택권이 없어. 분명 후회하지는 않을 거야. 왜냐하면 자네는 아무것도 기억하지 못하게 될 테니까. 내가 말했다. 안 됩니다. 저는 아직 못한 일이 있다니까요. 배는 쏜살같이 앞으로 나아갔다. 나는 물속으로 뛰어들고 싶었다. 하지만 다리에 가느다란 끈 같은 거라도 묶여 있는 양, 아무리 해도 뛰어내릴 수가 없었다. 한참을 끙끙대며 애쓰는데 노인의 목소리가 들렸다. 북쪽 기슭에 다 왔어. 나는 돌연 눈을 번쩍 떴다. 방 안은 칠흑처럼 캄캄했다. 몸을 일으켜 앉아 손을 뻗어 발목을 만져봤지만 끈은 묶여 있지 않았다. 톈닝도 잠에서 깨어 내 등을 어루만지며 물었다. 꿈 꿨어? 내가 말했다. 꿈에 내 발목에 끈이 묶여 있었어. 누가 묶어놔서 도망칠 수가 없었어. 톈닝은 손을 내 얼굴에, 정확히 말하면 내 흉터 위에 올려놓았다. 잘 알고 있네. 내 발목에도 끈이 묶여 있거든. 우린 둘 다 도망 못 가. 내가 말했다. 난 네가 생각하는 것만큼 좋은 사람이 아니야. 그녀가 말했다. 밤중에 이치 같은 거 따지지 말고 빨리 자.

리더취안은 사형 판결을 받은 후에 항소를 하지 않았다. 형 집행일 2주 전에 나는 구치소에 그를 한 번 보러 갔다. 그는 침대 위에 걸터앉아 벽에 등을 기대고 고개를 숙인 채 글을 쓰고 있었다. 그는 초등학생처럼 또박또박 쓰면서 때때로 아래로 흘러내리는 안경을 추어올렸다.

"편지 쓰는 건가?" 내가 물었다.

그는 고개를 들고 나를 보더니 턱을 만지작거렸다.

"수염이 길었는데, 면도칼을 못 쓰게 하더군."

"여기선 칼날이라는 것에 꽤 민감하게 구니까."

그는 안경을 벗어 죄수복 자락으로 닦았다. 수갑 소리가 낭랑하게 울렸다. "편지는 아니야. 편지를 부치면 사람들이 보고 깜짝 놀랄걸? 그냥 글씨 연습을 하는 거야."

"날 알겠어?"

그는 안경을 썼다. "본 기억이 나는군. 당신을 정부政府라고 불러야 하나, 장관이라고 불러야 하나? 아니면 동지라고 부를까?"

"됐어, 전부 다 아니니까. 글씨 쓴 것 좀 보여줄 수 있나?"

"그건 안 되겠는데. 당신 전리품을 보러 온 건가?"

흥미롭군, 비유법을 쓰다니.

나는 내 왼쪽 얼굴을 한번 쓸어보며 말했다. "하마터면 내가 당신 전리품이 될 뻔했지?"

"그건 내 탓이 아냐. 난 당신을 쏘려던 게 아니었으니까."

"나도 알아. 당신이 날 쏘게 만든 건 내 책임이지."

"할 말이 있으면 해봐, 들어 줄 테니."

"음, 무슨 일이 있는 건 아니고, 그냥 얘기나 좀 하고 싶어서."

"날 인터뷰하고 싶은 건가? TV에 나오는 것처럼, 사형수를 인터뷰해서 내가 참회하는 말을 듣고 최후의 만찬에 요리를 하나 더해준다든가 하는 거 말이야."

"난 카메라도 안 가져왔는데. 그냥 당신이 사실을 말하는 걸 좀 듣고 싶은 것뿐이야."

"그런 거라면 실망하게 되겠군."

"왜 사람을 죽였는지 말해봐."

"그건 이미 말했는데. 가서 찾아보지 그래?"

"찾아봤지. 돈을 손에 넣으려고 그랬다면서."

"그야 당연하지."

"그게 다인가?"

"질투심도 있었지."

"또 다른 건?"

"없어."

"리더취안, 이 시간을 귀하게 여겨야 돼."

"무슨 뜻이지?"

"귀하게 여겨야 한다고. 당신은 앉아 있고, 나는 서서 당신 말을 경청하고 있지. 난 당신이 하는 말 한마디 한마디를 전부 기억할 거야."

"그건 나한테 아무 의미도 없어. 당신이 뭐라도 되는 줄 아나? 난 누가 날 기억해주기를 바라지 않아. 당신이 기억한다고 해봐야, '리더취안이라는 그 살인범이 죽기 전에 나와 대화를 했다'는 정도나 떠올리겠지. 그런 건 필요 없어."

"당신 파일을 읽어봤어. 가정 문제가 많긴 했지만 어려서부터 성적이 아주 좋았던데. 당신은 지금 마흔한 살이지. 대학에선 문서관리를 전공했고. 그런데 대학을 졸업하고 시 위원회 사무소에서 2년간 일한 후에 바로 그만두고 사업에 뛰어들었어. 왜 그런 거지? 단순히 돈을 많이 벌기 위해서였나?"

"질문 하나 해도 되나?"

"해봐."

"당신 그때, 그 사람 대신 총을 맞았던 거야?"

"그렇다고들 하던데. 난 기억이 안 나지만. 정말이야."

"만약 그게 사실이라면, 당신은 왜 그 사람 대신 죽으려고 했던 것 같아? 어쩌면 그 사람은 당신을 대신해서 살 가치가 전혀 없는 사람일지도 모르는데? 그 사람과 잘 아는 사이인가?"

"무의식적으로 그랬겠지. 그 사람은 지국 쪽 사람이라 그 전까지는 모르는 사이였어."

"무의식이 뭔데? 설명 좀 해줄 수 있나?"

"무의식은 그러니까, 만약에 내가 당신이고 당신이 내가 돼서 날 잡으러 왔다면, 당신도 마찬가지로 남을 대신해서 총에 맞았을지도 모른다는 거지."

"내가 그럴 거라고 생각해?"

"글쎄, 그럴 수도 있지. 이런 게 바로 무의식이야."

"그 사람은 당신한테 어떻게 인사를 했지?"

"과일을 사들고 나를 보러 왔었다더군. 내가 의식이 없던 때."

"그게 끝이야?"

"그 사람도 수동적인 입장이었으니까. 일은 전부 나 때문에 일어난 거지. 아니, 근본적으로 보자면 당신 때문에 일어난 거고."

그는 종이를 침대 위에 내려놓았다. "그냥 돈을 많이 벌기 위해서만 그랬던 건 아냐."

"그럼 왜?"

"나 같은 사람은 시 위원회에서 제대로 일할 수가 없어."

"출신성분 때문에?"

"그 당시엔 이미 출신성분이란 말을 안 썼어. 1990년대 중후반이었으니까. 하지만 당신이 말하기 전에도 그 부분에 대해서는 고려해봤지. 내가 위원회에 들어간 것만 해도 이미 꽤 괜찮은 거였어. 완전히 실력만으로 들어간 거니까. 그런데 아무리 열심히 해도 내 기대에 미칠 수가 없더군."

"기대가 너무 컸던 것 아닌가?"

"난 그저 능력 있는 사람이 마땅히 할 일을 할 수 있기를 바랐을 뿐인데, 그게 기대가 너무 큰 거라고 할 수 있나?"

"일을 그만두고 사업에 뛰어들었던 걸 보면 그 당시엔 꽤 패기가 있었던 모양이지."

"그렇지도 않아. 그 당시엔 사업을 하는 사람이 아주 많았어. 추세가 그랬으니까. 다른 사람은 어떻게 생각했는지 모르겠지만, 나는 그 사회 속에선 비교적 공평할 거라고 생각했어. 아무도 내 아버지가 누구인지 신경 쓰지 않을 테니까."

"막 시작했을 땐 괜찮았나?"

"쭉 나쁘지 않았어. 남한테 속지만 않았다면 말이지. 난 떳떳하지 못한 장사를 한 적이 없어. 그러는 게 돈도 빨리 벌 수 있고, 그 당시엔 딱히 위험한 일도 아니었지만 말이야. 아마도 가정환경의 영향인지, 난 그 사람들과 똑같이 굴고 싶지 않았거든. 그런데 잘 아는 사람이 바로 내 이런 부분을 배신하니 참을 수가 없더군. 두 번 다 무방비로 당했어."

"그래서 범행을 두 번 저지른 거군. 자백할 때 이런 얘기는 없었잖아."

"말할 필요가 없었으니까. 이건 내 사생활일 뿐이야. 그리고, 이런 얘기를 한다고 나한테 무슨 소용이 있나?"

"당신이 죽인 두 가족 다 당신을 배신한 사람이었군."

"첫 번째는 맞지만 두 번째는 아냐. 두 번째 놈은 도망갔는데 못 찾았어."

"그래서 두 번째로 속았을 땐 더 화가 났겠군. 똑같은 일을 또 당하면 보통은 그런 법이니까. 그래서 장사가 제일 잘 되는 동종업계 사람을 찾아서 분풀이를 한 거야."

"그놈의 분석 좀 그만할 수 없나? 그 인간은 다른 사람을 등쳐먹었어. 상품을 담보로 남의 돈을 1년 동안이나 빌려서, 그 사람은 결국 빌딩에서 투신을 했다고. 과일 좌판 위에 떨어져서 죽지도 못하고 불구가 됐지."

"아, 개인적인 원한을 갚는 것뿐만 아니라 가끔은 하늘을 대신해서 정의를 행하기도 하는 거군."

"그건 아냐. 이런 식의 담보 대출은 자주 있는 일이니까. 그 집을 선택한 건, 첫째로는 그 사람은 확실히 남을 해쳤기 때문이야. 둘째로, 나와 잘 아는 사이였지. 아주 가까워서 거의 친구라고 해도 좋을 정도였어. 내가 첫 번째로 배신당한 후에 재기할 수 있었던 건 훔친 돈이 있었기 때문만이 아니라, 그 사람이 나한테 자금의 3분의 2를 빌려줬기 때문이야. 셋째로, 그 사람은 당뇨병이 있어서 몸이 약해서 내 적수가 안 됐기 때문이지."

나는 잠시 자리를 떠서 종이컵을 찾아 그에게 물을 한 잔 떠다주었다.

"고맙군. 마침 목이 말랐거든."

"그럼 이렇게 봐도 되나? 두 번째 범행에서 그 집을 선택했던 건, 분풀이와 범죄에 대한 전문적인 고려 외에도 수치심 때문이기도 했다고 말이야. 그 사람이 도와줬지만 당신은 또 망했으니까."

그는 물을 전부 마시고 종이컵을 내게 돌려주었다. "그렇게 봐도 되겠지. 어쩌면, 정말로 그런 걸지도 몰라. 하지만 어쩌면, 난 나 자신을 파괴하기 전에 나와 관련된 좋은 것들을 먼저 망쳐버리고 싶었던 건지도 몰라. 어린아이가 화가 났을 때 자기가 가진 제일 좋은 장난감을 부수는 것처럼 말이야."

"두 번째엔 도망치지 못할 거라는 걸 알고 있었지?"

"잘 모르겠어. 예감이 있긴 했지. 그렇다고 가만히 앉아서 죽기를 기다릴 생각은 아니었어. 만약 당신들이 날 못 잡았다면 뭘 해야 할지 알 수 없었을 거야. 생각해보면 꽤 이상한 상태였던 거지."

"음, 당신은 자기 자신에 대해 어떻게 생각하지?"

"이렇게까지 된 데는 내 책임도 있다고 생각해."

"그 말은 좀 명확하지 못한데."

"그건 내 알 바 아냐. 당신이 알아서 할 일이지. 꼭 달리 말해야 한다면, 난 사실 좀 더 나은 인간일 수도 있었다고 말할 수 있겠지."

"반드시 이렇게 해야만 했던 건 아니라고, 그렇게 이해해도 되나?"

"뭐 비슷하겠지. 사람이 어떤 일을 하는 데는 대부분은 전부 이유가 있어. 하지만 그 이유 있는 일을 반드시 해야만 하는 건 아니야."

그는 안경을 벗어서 다시 닦았다. 나는 그제야 그의 안경에 알이 없는 것을 눈치챘다. 그는 계속 안경테만 닦고 있었던 것이다. 그는 텅 빈 안경테를 쓰더니 나를 보며 말했다. "고통을 대하는 방식은 여러 가지가 있어. 내 방식은 좋지 않지. 나는 여기 앉아서, 특히 그 두 아이들을 죽였던 때를 회상하면서 그 점을 확실히 깨달았어. 그 애들은 조그만 토끼처럼 나한테 붙잡혀서 목을 찔렸어. 내게 애원할 기회조차 없었지. 나는 그저, 이 아이들을 나와 똑같이, 고아처럼 살게 만들고 싶지는 않다는 생각만 했어. 어쩌면 나는 반드시 그 애들 대신 이런 결정을 할 필요는 없었을지도 몰라. 그건 그 애들의 인생이니까. 내 방식은 좋지 못해. 당신은 이런 걸, 내가 참회하는 말을 듣고 싶었던 게 아닌가?"

"솔직히 말하면, 참회로 들리지는 않아. 그래도 진실한 구석이 있긴 하군."

"그래. 어쩌면 내가 시간을 때우려고 당신을 상대로 이야기를 지어낸 건지도 모르지." 그러더니 그는 말없이 종이와 펜을 집어 들어 다시 글씨를 쓰기 시작했다.

"참, 그렇지. 질문이 하나 더 있어. 범행은 이 두 건만 저지른 건가?"

그는 아무 말이 없었다. 내가 여기에 온 적도, 나와 대화한 적도 아예 없었다는 것처럼.

"2003년에 황구皇姑구 치산루岐山路에 있는 일본식 주택에서 열여덟 살짜리 여자애 하나가 실종됐어. 시신도 발견되지 않았고, 유서도 없었지. 당신이 첫 번째 범행을 저지른 다음 해에 일어난 일인데, 혹시 뭐 기억나는 게 있나?"

그는 말이 없었다.

이미 충분하다고, 아마도 그렇게 생각하는 듯했다.

내가 말했다. 잘 지내라고, 리더취안.

내가 돌아서서 복도를 빠져나가기 전에 그가 내 등 뒤에 대고 말했다. "난 시체를 옮긴 적이 단 한 번도 없어. 시체가 무섭거든."

나는 그를 돌아보고 말했다. "고마워."

"됐어. 방금 그 질문은 나에 대한 모욕이라고 말하고 싶은 것뿐이니까. 당신도 잘 지내라고. 매번 그렇게 운이 좋진 못할 테니까."

그러더니 그는 다시 글씨를 쓰기 시작했다. 그 순간 그의 인생에서 그보다 더 중요한 일은 없다는 듯이.

장부판이 타고난 경찰이라고 인정하지 않을 수 없었던 것처럼, 그의 파트너가 된 지 3년이 지나자 나는 그가 정말 대단한 역량을 지닌 경찰이라는 걸 점차 인정하지 않을 수 없었다. 그는 경찰 업무 외에도 몇몇 조직의 활동에 대한 안전을 책임지고 있었으며 그들 사이의 분쟁을 중간에서 조정하는 일도 했다. 이런 식으로 조정하는 경우 개입하는 정도는 깊을 수도 얕을 수도 있었고, 아니면 얕게 시작해서 점점 깊어질 수도 있었다. 그는 이런 식의 전화통화를 하곤 했다. 톄쥔鐵軍, 저녁 여섯 시에 황허대로黃河大街에 있는 한두韓都라는 고깃집으로 나와. 식사 자리에 나가서는 이렇게 말했다. 류즈六子 일은 나도 알고 있어. 일단은 건드리지 마. 톄쥔은 음식에는 손도 대지 않고 말했다. 그쪽에서 나를 용납하질 않아요. 장부판이 말했다. 나도 알아. 다음에 다시 얘기하자고. 톄췬은 보리차를 한 모금 마셨다. 알았어요, 장 형님. 그럼 먼저 갑니다. 장부판이 말했다. 고기 좀 먹고 가. 톄췬은 시루 위에 놓인 반쯤 익은 고기 한 점을 집어 입에 넣고 한참을 씹어 삼키고는 말했다. 장 형님, 그럼 먼저 가볼게요. 장부판이 말했다. 한 달 후에 우리 집에 밥이나 먹으러 와. 네 형수님이 너 보고 싶단다. 톄췬은 자리에서 일어나 내게 목례를 하고는 자리를 떴다. 내가 그를 따라다닌 시간이 길어지자 그는 그 사람들에게 나를 소개하기 시작했다. 그가 말했다. 이쪽은 톈우라고, 내 친구야. 그러자 맞은편에 앉은 이가 말했다. 톈우 형님, 잘 좀 부탁합니다. 내가 말했다. 그냥 톈우라고 부르세요. 한번은 머리는 이미 반백인데 얼굴은 아무리 봐도 마흔 안팎 정도로 보이는 사람을 하나 만났다. 그가 말했다. 너무 예의 차릴 것 없어요. 난 젊어서부터 머리가 센 거니까. 장부판은 나를 가리키며 말했다. 잘못해서 톈우한테 붙잡히지 마라. 이 녀석은 소년 포청천이거든. 그 중년 남자가 말했다. 그럴 리가요, 우린 다 장사하는 사람이라 법을 어기는 짓은 안 합니다. 나중에 작은 문제가 생기더라도 톈우 형님이 잘 보살펴주시겠죠. 장부판이 말했다. 그럼 됐어. 돈은 누구한테든 죄를 지은 적이 없으니까, 돈 버는 건 옳은 일이야. 법은 어기지 마라. 남자가 말했다. 네, 장 형님. 돈은 죄가 없다는 얘기지요? 장부판은 고개를 끄덕이더니 말했다. 백발아, 친황다오秦皇島에 좀 가 있어야겠다. 남자는 술을 한 모금 마시고는 물었다. 얼마나 오래요? 장부판이 말했다. 그건 잘 모르겠다. 일단 가 있어. 그쪽에 있는 친구가 마중 나올 거야. 남자가 물었다. 제 처자식은 어쩌고요? 장부판이 대답했다. 데리고 가. 비행기 표는 이미 사놨으니까, 마오펑毛鋒한테 가서 받고. 거기 가면 자주 나다니지 말고, 무슨 일 있으면 경찰에 신고해

라. 알았지? 백발은 고개를 끄덕이며 말했다. 애가 학교에 가야 될 텐데 어떡하죠? 장부판이 말했다. 내가 알아볼게. 넌 이름을 바꾸는 게 좋겠다. 백발이 말했다. 바꾸지 말고 그냥 두죠 뭐. 몇 십 년이나 쓴 이름이라, 마누라가 잠꼬대를 할 때도 이 이름을 부르는걸요. 장부판은 고개를 끄덕였다. 그래. 그럼 네 딸애 이름이라도 바꿔. 너무 이기적으로 굴지 말고. 백발이 말했다. 알겠습니다. 바꿀게요. 장부판이 물었다. 원래 이름이 뭐지? 백발이 말했다. 탕린唐琳입니다. 장부판은 나를 돌아보며 물었다. 뭘로 바꾸는 게 좋겠어? 내가 말했다. 모르겠는데요. 장부판이 말했다. 그럴 줄 알았다. 그래도 아무거나 말해봐. 내가 말했다. 탕뤄린唐若琳이요. 그냥 생각나는 대로 말한 거예요. 장부판은 백발에게 물었다. 네가 듣기엔 어때? 백발은 내 쪽을 보며 말했다. 좋은 이름이네요. 탕뤄린, 탕뤄린. 좋습니다. 장부판이 말했다. 그럼 탕뤄린이라고 해. 또 바꾸지 말고.

어느 날 나는 장부판과 함께 찻집에서 차를 마시며 사람을 기다리고 있었다. 장부판은 찻물로 찻잔을 먼저 씻은 다음 다도용 집게로 찻잔을 집어 내 코앞에 내밀며 말했다. 향을 맡아봐.

"잘 안 나는데요."

"한 번에 알기는 힘들지. 몇 번 더 마셔보면 어떤 게 좋은 차인지 알게 될 거야. 여기 찻잎은 그냥 보통이야. 좀 오래되기도 했고. 그래도 가게는 괜찮지."

벽에는 왕희지의 「난정집서蘭亭集序」 모작이 걸려 있었다. "이곳에는 높은 산과 험준한 봉우리, 무성한 숲과 곧은 대나무가 있고, 또한 맑은 물과 세찬 여울이 좌우에 띠를 두른 듯이 비춘다."

"저는 차도 가게도 잘 모르겠는데요. 형사님이 좋다면 좋은 거겠죠."

장부관이 물었다. "네가 나와 같이 다닌 지 몇 년 됐지?"

"4년 좀 넘었죠."

"난 이제 곧 퇴직할 거야."

"아직 멀었잖아요. 형사님은 이제 오십이 갓 넘었는데."

"모르는 소리. 난 곧 퇴직할 거야. 그냥 알고만 있어라."

"그럼 퇴직한 후엔 뭘 하실 거예요?"

"생각 없어."

"생각 없다는 게 무슨 뜻인데요?"

"내가 꼭 해석을 해줘야 한다면, 전혀 모르겠다는 뜻이다. 넌 도대체 왜 이렇게 늘 나하고 말다툼을 하려고 드냐?"

"전 형사님 파트너가 된 첫날부터 그랬잖아요. 그게 싫으면 그날 당장 저한테 꺼지라고 하실 수도 있었을 텐데요. 아니, 지금까지도 언제든 꺼지라고 하실 수도 있었죠."

"너 날 좀 무시하는 것 같다?"

"어떤 부분은 그렇죠."

"뭐, 그래도 나를 당해낼 수가 없었던 거겠지. 계속 나한테 붙어 있으면서도 말이야."

"그래요, 제가 계속 붙어 있긴 했지만 확실히 형사님 약점을 잡지는 못했어요. 하지만 약점을 못 잡았다는 게 아무것도 모른다는 소리는 아니죠. 제 말에 이의 있으세요?"

"아니, 맞는 말이야. 난 그냥 질서가 좀 있었으면 할 뿐이라고."

"질서랑, 큰돈도요."

"돈도 질서의 일부분이야. 만약에 내가 없어지면, 그러니까 만약에 내가 오늘 죽는다면 여기가 어떻게 변할지 알아?"

"꼭 유엔 사무총장처럼 말씀하시네요."

"젠장, 이것도 충분히 겸손하게 말하는 거거든? 너도 알잖냐. 우리가 아무리 사건을 해결해봐야 범죄율은 감소하지 않아. 질서가 생겨야만 이 도시가 좀 더 안전해질 거다. 여기 거리들을 보면 대부분이 신호등 체계가 불합리해서 자동차에 자전거에 보행자까지 전부 한데 밀리는데, 그럴 때는 교통경찰의 지휘가 필요하잖아. 신호등이고 뭐고 필요 없이 수신호만 잘 해주면 되는 거라고."

"꽤 구체적이긴 한데, 그래 봐야 궤변이네요. 그러니까, 형사님이 해결한 사건은 전부 질서 바깥의 사건들이란 거네요. 아니면 형사님의 질서 바깥에 있는 거든가요."

"그런 셈이지. 담배는 마음대로 팔 수 있는데 마약은 못 그러는 이유가 뭔지 아냐? 담배는 값이 싸고, 마약보다 일찍 생겨났기 때문에 이미 더 큰 질서가 확립돼 있어서 그런 거야. 어차피 모든 사건을 해결할 순 없어. 어느 정도에 도달한 후에는, 그러니까 더 이상 너 자신을 증명할 필요가 없어졌을 때는, 경찰 일을 한다는 건 양심 문제가 되는 거라고."

"양심이라, 간 크게도 그런 말을 쓰시네요. 형사님의 질서 안팎에서 혹시 실종사건도 다루십니까?"

"그 질문을 너한테 골백번은 더 받은 것 같은데. 전국에 실종자 수가 얼마나 많은지 알아? 누군가가 네가 자기를 못 찾게 만들고 싶다면, 얼마나 쉽게 그렇게 할 수 있는지 아냐고."

"그런 건 알 필요 없어요. 제가 말하는 건 사람이지, 숫자가 아니라고요."

"나한테는 숫자야. 그리고 그 사건은 벌써 종결됐어. 이미 사망으로 처리됐다고. 너도 법률 규정을 모르지는 않을 것 아냐."

"전 그저 사망으로 처리됐다는 것과 진짜로 사망했다는 것 사이에 얼마나 큰 차이가 있는지만 압니다."

장부판은 나를 상대하지 않고 다기를 만지작거리더니 욱한 듯한 기색으로 차를 두 잔 들이켰다. "내가 약속했잖아. 그 실종사건은 계속 지켜보겠다고. 내가 경찰을 그만두기 전까지는 잊어버리지 않겠다고 말이야."

"기억합니다. 그리고 형사님 말에 의하면 얼마 안 있어서 그만두실 거라고 했지만, 그래도 감사합니다."

장부판은 내게 차를 한 잔 따라주었다.

"넌 내가 깨끗하지 않다고 생각하면서도 왜 날 따라오는 거냐?"

"저도 저 나름의 생각이 있으니까요. 그리고 제 모든 행동에 대해 설명할 의무는 없는 것 같은데요."

"그 더러운 강물에 너도 빠질까봐 걱정되진 않고?"

"그 강이 어디 있는지는 알고 있으니까요. 그리고, 수영할 줄 아는 사람이야말로 물에 빠져 죽는 법이라고들 하잖습니까. 전 수영할 줄 모르거든요."

"아, 그래. 넌 수영하는 걸 안 좋아한다 이거군."

"좋아합니다. 전 평범한 사람이에요. 정상인이라고요."

"내가 도와줄 수 있어."

"전 월급도 나오고, 실업보험도 들어뒀고, 주택기금房屋公積金•도 있

• 자신과 직장이 공동으로 부담해 장기간 적립하는 개인 주택기금.

어요. 명절 때는 서에서 선물도 주고요."

"그걸로 충분하다고?"

"충분하죠."

"이 자식, 넌 보통내기가 아니야. 이건 진심이다."

"전 보통 사람이에요. 형사님이 보통 사람의 기준을 너무 낮게 잡은 거죠. 사실 전 지금 당장 형사님한테 수갑을 채워야 해요. 하지만 저는 제가 하려는 일을 하고 싶을 뿐이고, 그 일만 해낼 수 있으면 그만이에요. 어떤 경찰이 되느냐 하는 건 저한테 있어서 중요한 문제가 아니에요."

"헛소리 마라. 넌 지금 너도 모르는 사이에 의욕이 넘치는 좋은 경찰이 되어 가고 있는데 뭘."

"전 잘 모르겠는데요. 전 그냥 제가 할 일을 끝마치기 전까지는 본연의 업무를 좀 해야겠다고 생각할 뿐입니다."

"보아하니 넌 날 위해서 일해줄 수는 없겠구만."

"어떤 일인데요?"

"예를 들면, 여러 방면에서 나를 대신하는 것 말이야."

"못 합니다. 전 그럴 능력이 없어요."

"그래, 차나 마시자. 말을 너무 많이 했더니 목이 쉴 지경이다."

"앞으로도 저를 데리고 다니실 겁니까?"

"쓸데없는 소리. 우린 아직 반쯤은 친구 사이잖아."

마침내 밤이 왔다. S시에 남은 몇 안 되는 달동네 중 한 곳인 여기서는 밤이 다른 곳보다 더 어둡게 느껴졌다. 우리 차는 좁다란 흙길가에 세워져 있었다. 나지막한 집들에서 불빛이 새어나오고 있었는데,

가로등이 없어서인지 불빛이 비추는 곳만 다른 곳보다 더 따뜻해 보였다. 사람들은 잇따라 집으로 돌아갔다. 반찬거리와 술을 손에 든 사람도 있었고, 자전거를 타고 총총 길을 서두르는 사람도 있었다. 도시와 농촌의 경계에 위치해 있으면서 S시의 관할 구역에 속하는 이곳은 집값이 가장 쌌고, 치안도 가장 허술했다. 가난한 시민과 도시로 가서 군인이 되려는 농민 그리고 좀도둑질을 하는 유민들은 모두 이곳에서 자기에게 딱 맞는 집과 이웃을 찾을 수 있었다. 때때로 술에 취해 비틀거리는 남자가 바지를 내리고 길가에 서서 소변을 보는 모습이 보였다. 꽤 많은 집들의 벽 위에 '징수'라고 적혀 있는 걸 보니, 이곳에도 머지않아 상업적으로 개발된 주택 지구가 들어서려는 듯했다. 아마도 아까 그 비틀대던 남자도 바로 이 일로 적지 않은 이주비를 받게 될지도 모른다. 하지만 그 이주비 중에서 얼마가 술로 변해 그의 뱃속으로 흘러들어가, 다시 또 폐수로 변해 어느 어두운 길모퉁이에 뿌려질지는 알 수 없는 일이다.

우리가 주시하고 있는 그 중년 남자는 이미 구들 위에 놓인 작은 상 위에 잇따라 요리를 차려놓았다. 상 위에 차려진 요리만 벌써 여섯 접시인데, 그는 마지막으로 또 큰 대접에 국을 담아다가 갖다 놓았다. 그들 무리 중에는 전국 A급 지명수배범이 둘 있었는데 그 둘은 쌍둥이 형제였다. 오늘 밤의 목표인 이 남자까지 합하면 무리는 전부 다섯 명이었는데, 평균 연령은 46세이고 대부분이 전과가 있거나 아니면 무직에 이혼 경력이 있는 사람들이었다. 1992년부터 2002년까지 그들은 네이멍구內蒙古, 헤이룽장黑龍江, 지린吉林, 랴오닝遼寧 등지에서 밤중에 네 명의 택시기사를 강도 살인했다. 그들은 대체로 피해자를 목 졸라 죽였는데, 그런 다음 시체를 택시 트렁크에 넣고, 다음날 새벽엔 곧장 그 차를 몰고 가서 은행이나 저축 영업소를 약탈하면서 은행 직원 두 명과 경비원 두 명, 행인 한 명을 총으로 쏘아 죽였다. 범행 장소에서 도망친 후에는 교외 지역의 외진 곳에 차를 버리고 불태운 다음 해산했다. 이 무리는 2002년 말에 갑자기 종적을 감췄다. 이건 아주 드문 일이었다. 이 정도로 미친 듯이 날뛰는 강도 무리는 참혹한 내분이라도 일어난 게 아니라면 보통은 이런 식으로 갑자기 손을 털지 않았다. 장부판의 말에 의하면 그들이 범행을 멈춘 건 그 무리의 두목, 그러니까 쌍둥이 중에서 형이 어느 날 갑자기 무리 전원의 총을 압수하고 해산하겠다고 선포하고는 혼자서 광저우로 갔기 때문이라고 했다. 정보원 말로는 여자 때문에 그런 거라고 했다.

이 사건을 해결하면 넌 부대장이 되겠군. 장부판은 그날 차에 타기 전에 그렇게 말했다. 내 생각에 그는, 손을 씻고 조직에서 나온 지 10년이나 된 중년의 도주범을 상대하는 게 그리 힘든 일은 아닐 거라고 생각하는 듯했다. 그리고 그는, 내가 부대장이 되고 나면 언젠가 마음을 바꿔서 그의 자리를 물려받아 이 도시에 뿌리를 내린 커다란 활엽수가 되어, 지상에 뻗은 푸르른 가지와 땅 속에 뻗은 회색의 뿌리가 모두 무성해져서 질서뿐만 아니라 퇴직하고 나이가 든 장부판까지도 보호해줄 수 있게 될 거라고 생각하는 것 같았다. 나는 그가 이렇게 생각하고 있다고 믿었다. 그런데 그 작은 집의 밥상 위에 다섯 벌의 수저와 밥공기가 놓이면서 일은 우리가 파악하지 못한 방향으로 흘러가기 시작했다.

"형사님 정보원이 이런 말은 안 했잖아요." 쌍둥이 중년 남자 두 사람이 집을 향해 걸어왔다. 두 사람은 거의 똑같이 생겼는데, 한쪽은 입 주위에 짙은 수염을 1센티미터 좀 넘게 기르고 있고, 다른 한쪽은 면도를 아주 깨끗이 했다는 것만 달랐다.

"진정해. 더 잘 됐지 뭘, 여기 전부 모인 거니까." 그는 손을 뻗어 총이 제자리에 있는지 확인했다.

"우리 둘만 갑니까?"

"그건 안 되겠지. 무전기 꺼내서 지원 요청해. 상황 설명 정확히 하고."

내가 무전기를 집어 들자마자 누군가 장부판이 앉은 쪽의 창문을 두드리는 소리가 들렸다. 우아하게 생긴 얼굴에 화장기가 없는 서른 남짓의 여자가 얇은 흰색 재킷을 입고서 덜덜 떨며 서 있었다. 내가 멍하니 쳐다보는 사이에 장부판은 벌써 창문을 열었다. 여자는 장부판이 들고 있는 담배를 가리키며 말했다. 선생님, 이 근처에 담배 가게가 있나요? 남쪽 지방 억양이었다. 게다가 담배 가게라니. 질문도 이상했고, 억양도 이상했다. 나는 갑자기 이 상황이 아주 적절치 못하다는 생각이 들었다. 바로 그때, 내 쪽의 차 문이 열렸다.

"차 안은 추우니까, 집에 들어가서 얘기합시다."

다섯 사람이 차를 둘러싸고 서 있었다. 내 앞에 선 그 사람은 손을 차 문 위에 공손하게 올려놓고 있었는데, 그의 입 주위에 난 수염엔 서리가 끼어 있었다.

3.

강철 심장과
커트볼

다시 말을 할 수 있게 된 건 30분이 지난 후였다. 그는 사장과 했던 계약의 마지막 조항, 그러니까 어느 때고 이 계약 내용에 대해 말하려 한다면 30분간 말을 할 수 없게 되는 벌을 받을 거라는 조항을 기억해냈다. 리텐우에게 있어, 성가를 이미 찾아냈다는 것만 해도 상당히 순조로운 시작이었다. 하지만 교회는 아직 찾아내지 못했다. 사장이 말한 것처럼 타이베이에서 가장 높고 웅장한 고딕 양식의 큰 교회를 아직까지 찾아내지 못했다. 더 큰 문제는 그 교회가 아예 존재하지 않을지도 모른다는 것이었다. 길을 가는 사람들을 붙잡고 아무리 수소 문해봐야 돌아오는 대답은 전부 이런 식이었기 때문이다. 타이완에서 제일 높은 건물은 101빌딩이에요. 교회요? 못 들어봤는데요. 101빌딩 보다 더 높은 교회라고요? 그런 게 있을 리가요. 어떤 사람은 웃으면서 이렇게 말하기도 했다. 나도 그런 교회를 찾고 있는데 혹시 찾아내면 좀 가르쳐줘요. 그 사람은 눈빛으로 이렇게 말하는 듯했다. 어쩌겠어? 요샌 어딜 가든 이렇게 바보 같은 내지 관광객이 가득한데. 안 그러면 아리산阿里山 관광열차가 왜 뒤집혔겠어? 그게 다 바보들을 너무 많이 태웠다가 그렇게 된 거잖아. 그렇다면 인도자는? 리톈우는 인도자라는 중요한 조항을 떠올렸다. 그때 눈부시게 밝은 오후 내내 이리저리 흥정한 끝에, 사장은 장부판이 예전에 한동안 그에게 인도자가 되어주었던 것처럼 괜찮은 인도자를 붙여주기로 동의했었다. 암호는 뭐였지? 리톈우는 사실상 족히 한 시간이나 벙어리처럼 말이 없었다. 나머지 30분은 그 암호가 뭐였는지 생각해내려고 계속 애쓰고 있었기 때문이다. 그는 생각했다. 어쩌면 떨어질 때 머리를 부딪쳐서 생각이 안 나는 건지도 몰라. 하지만 그는 자기가 어떻게 떨어졌는지 생각나지 않았다. 그저 눈을 떴을 때 뚱뚱한 택시기사가 그를 연신 부르고 있었던 것만 기억날 뿐이다. 택시기사가 말했다. 손님, 손님, 일어나세요. 계속 가다간 타이베이 밖으로 나가게 될 거예요. 도대체 어디로 가시는 겁니까? 이렇게 계속 가는 게 능사가 아니라고요. 리톈우는 머리를 두어 번 젓고는 물었다. 여기가 어딥니까? 기사의 어깨 너머로 보이는 미터기에는 500위안*이라는 금액이 표시되어 있었다. 500위안이라니, S시에서 베이징까지 택시를 타고 가도 이만큼은 안 나올 텐데. 사장은 도대체 어디서 이렇게 속이 시커먼 택시기사를 데려왔단 말인가. 리톈우는 젊은 경찰관으로서의 직관에 따라 수갑을 가지고 있는지 확인하기 위해 허리춤을 더듬어보았다. 수갑은 당연히 있었다.

"여긴 중샤오시루忠孝西路예요. 계속 앞으로 가면 중샤오차오忠孝橋

---

* 중국 대륙의 인민폐로 우리 돈 8만 5000원 가량이다.

를 건널 거고요."

"중샤오차오요?"

"그래요, 단수이허淡水河 위에 있는 중샤오차오. 소생은 택시를 25년을 몰았으니 틀릴 리가 없네요. 분명히 중샤오차오가 나옵니다."

"더 앞으로 가면요?"

"산충三重이 나오고, 타오위안桃園, 톈허우궁天后宮, 타오위안 공항이 있죠. 이쪽으로 가려는 거라면 맞게 가는 거예요. 공항으로 가시는 거예요?"

"아니요, 아직 떠날 때가 안 됐어요."

"그럼 어디로 갈까요? 관인산觀音山이요?"

"잠깐 생각 좀 해볼게요. 정말 미안합니다, 자다 깼더니 머리가 멍해서요."

기사는 속도를 줄이더니 차를 길가 쪽으로 몰았다.

"괜찮아요, 손님처럼 바로 정신을 못 차리는 사람은 많으니까. 급한 일이 있는 게 아니면 마음 놓고 천천히 생각해보세요. 타이완 안에 있는 곳이고, 그리로 가는 길만 있다면 어디든 태워다드릴 수 있으니까요. 물론 손님한테 돈이 충분히 있어야겠지만요. 친척 집에 오신 외지 분인가요? 아니면 그냥 여행객이신가요? 그냥 물어보는 거니 대답하기 싫으면 안 해도 돼요."

"뭐가 다른데요? 외지 사람이란 게 무슨 뜻입니까?"

"외지 사람이란 여행객이라 생각하고 왔다가 예상치 못하게 여기 눌러앉은 사람들이죠.

"그럼 아직은 여행객이겠네요."

"타이완엔 처음 오신 거예요?"

"네."

"타이완은 재미있는 곳이에요. 분명히 다음에 또 오고 싶어질 겁니다."

"아마 이번이 처음이자 마지막일 겁니다. 그래도 재미있는 게 낫죠. 그냥 여기서 내려주세요."

리톈우는 품속에서 지갑을 꺼냈다. 지갑 속에는 1000위안짜리 지폐가 가득 채워져 있었다. 그는 한 장을 꺼내 기사에게 내밀며 물었다. "어때요?"

"뭐가 어떠냐는 거예요?"

"돈 말이에요. 그러니까, 이 지폐요."

"돈이 돈이지 뭐 어떻겠어요, 보니까 기분만 좋네."

리톈우는 그제야 한시름 놓았다. 보아하니 사장이 그에게 장난을 친 건 아닌 모양이었다. 5만 타이완 달러 현금과 10만 타이완 달러를 쓸 수 있는 HSBC은행 신용카드는 전부 진짜였다. 택시비로 판단해볼 때, 돈을 함부로 쓰지만 않는다면 여기서 지내는 며칠 동안은 마음 놓고 행동할 수 있을 것 같았다. 그는 방금 전 택시기사에 대해서 오해한 게 미안해졌다. 1000위안짜리 지폐가 통용되는 곳이라면 택시비가 800위안•이 나오는 것도 이상할 게 없는 일이다.

"그럼 그냥 받으세요."

"그러면 안 되죠. 이렇게나 많은 돈을 받는 건 예의 없는 일이잖아요."

리톈우는 기사의 말을 뒤로 하고 이미 자리를 떴다. 그는 중샤오시

• 인민폐와 대만 달러의 환율은 1:4 정도다.

루와 중화루中華路의 교차로에서 호텔을 하나 발견했고, 그 다음날 저녁에 샤오주와 마주쳤다.

암호가 뭐지? 실마리가 잡힐 것도 같은 기분이 들었다. 사장은 그와 인도자 사이의 암호는 한눈에 볼 수 있게 인도자의 몸 위에 드러나 있거나 그와 인도자 사이에 미묘한 관련이 있다는 것을 쉽게 알아볼 수 있을 거라고 했다. 당시 리톈우는 이 말을 듣고 짜증이 났다. 길에서 만나는 사람마다 벗겨보라는 말도 아니고 말이다. 하지만 사장은 이미 그에게 유사 이래 가장 좋은 조건을 제시한 거라서 더 이상은 물러설 수 없다며, 이 조건을 받아들일 수 없다면 그만 두면 된다고 말했다. 사장의 비장의 무기나 마찬가지였다. 리톈우는 조건을 받아들일 수밖에 없다는 걸 알고 있었다. 그와 사장 사이에는 어쨌든 직원과 고용주라는 엄청난 신분 차이가 있지 않은가.

샤오주는 이야기를 마친 다음 다시 방을 정리하면서 저녁에 뭘 먹으면 좋을지 얘기하기 시작했다. 뉴러우몐*을 먹을지, 스린土林 야시장 국수를 먹을지, 아니면 훠궈를 먹을지. 타이베이에서는 5월에 훠궈를 먹더라도 그리 덥지는 않을 거라면서. 그녀는 리톈우가 손짓으로 대답하기를 기다리는 한편, 자신도 앞으로의 일을 정리하는 것 같았다. 리톈우는 생각했다. 눈앞에 있는, 자기가 흐려지고 있다고 주장하는 이 여자의 몸에서 아직 암호를 발견하지는 못했지만, 분명 뭔가 관련이 있다는 걸 이미 확신할 수 있다고. 그는 숨을 깊이 들이마신 다음 입을 열었다.

"사실 나도 뭘 좀 찾고 있어."

---

* 진한 고기 국물에 소고기를 얹은 굵은 면발의 국수로 타이완에서 많이 먹는다.

샤오주는 날카롭게 비명을 지르더니 화장실 안으로 숨어버렸다.

"고의로 속이려던 게 아냐. 그냥 좀…… 이유가 있어서, 방금 전엔 말을 할 수가 없었어."

화장실 쪽에선 한참 동안 아무 소리도 들리지 않더니 이윽고 수도 꼭지에서 물줄기가 쏟아지는 소리가 들려왔다. 혹시나 우는 건가. 화장실에 들어가고 싶었지만, 그가 아무리 멍청한 인간이라 해도 그러면 안 된다는 건 알고 있었다.

"선생님, 나가주세요."

마치 『서유기』에 나오는 동굴 뒤편에서 들려오는 듯한 목소리였다. 샤오주는 하늘에서 내려온 손오공처럼 단호했다. 이렇게 빨리 축객령을 듣게 될 줄이야.

"너의 일을 도와줄 수 있어. 그리고 내가 말을 할 수 있으면 더 편하잖아."

"그렇긴 하지만, 난 거짓말쟁이는 필요 없어요."

"난 거짓말쟁이가 아냐. 그냥 좀 망설였던 것뿐이지. 생각해봐. 지금까지 살아오면서, 네가 망설였기 때문에 거짓말을 한 것처럼 보였던 때가 정말 없었어?"

"없었어요. 난 망설여질 때는 망설이고 있다고 얘기하지, 말을 못 하는 척하진 않아요."

방금 전까지 양말을 여기저기 어질러놓았던 귀여운 소녀는 순식간에 사라지고 없었다. 꽤 당황스럽다.

"나도 뭔가를 찾고 있어. 어쩌면 네 도움이 필요할지도 몰라."

"이제 보니 날 도와주려던 게 아니라, 내가 도와주길 바랐던 거네요."

"난 그냥, 여기 처음 온 거라 잘 모르고, 아는 사람도 없고, 너도 사진을 찍어줄 사람이 필요하다고 하니까. 물론 안전하게 보호해줄 수도 있어. 우린 서로 도울 수 있을 거야."

"이 도시에 대해 아는 것도 없으면서 안전을 보호해준다니, 그것 참 고맙네요."

"너랑 같이 다니면 아무것도 모르는 사람은 아니게 되겠지?"

"미안하지만, 나가주세요. 정중하게 말하는 거예요. 내가 당신이라면 이 기회를 놓치지 않을 걸요."

리톈우는 자리에서 일어나 문 쪽으로 걸음을 옮겼다. 문을 열자 눈앞의 복도가 너무나 낯설게 느껴졌다.

리톈우는 샤오주의 방과 똑같이 생긴 바로 옆 객실로 돌아왔다. 그는 저도 모르게 숨을 죽인 채 뒤통수를 침대 머리맡의 벽에 기대고, 샤오주의 방에서 나는 소리에 귀를 기울이고 있었다는 걸 깨달았다.

샤오주의 방에선 여전히 아무런 기척이 없었다. 날은 이미 캄캄해졌다. 리톈우는 창밖으로 달이 떠오르는 걸 보았다. 꼭 다문 입매 같은 상현달이었다. 불야성으로 유명한 타이베이가 또 한 번의 대낮처럼 환한 밤을 맞이하고 있었다. 여기는 현실 세계, 사장이 그에게 약속한 현실 세계였다. 하지만 현실 속의 이 외딴 섬에서는 육지에 있는 사람과 연락을 취할 수 없었다. 사장은 이 점에 대해서는 협상의 여지를 주지 않고 그저 무표정하게 말했다. 확실히 말하겠네. 만약 자네가 내지에 있는 어느 누구에게든, 어떤 방식으로든 연락을 취한다면 그 사람은 당장 사라지게 될 거야. 물론 지금 자네 마음속에는 사라지게 만들고 싶은 사람의 명단이 이미 떠올랐을지도 모르지. 그렇다면 실제로 그렇게 해도 전혀 상관없어. 하지만 잘 알아둬. 만약 자네가 명단을 잘못 만든다 해도 난 그걸 고칠 기회는 절대 주지 않을 걸세. 못 믿겠다면 한번 시험해봐.

샤오주의 방문이 열렸다. 분명, 똑똑히 들었다. 몰래 따라 붙어 어디로 가는 건지 알아보고 싶었다. 하지만 그래봐야 뭘 어쩐단 말인가? 거짓말쟁이 옆에 그보다 더 수치스러운 미행자란 이름이 더해질밖에. 리톈우는 억지로 잠을 청할 수밖에 없었다. 샤오주는 인도자가 아닌 걸까? 그러면 그녀를 따라 다녀봐야 쓸모없는 일이었다. 하지만 생각을 고쳐먹으려 해도 도저히 잠들 수 없었다. 이미 그녀가 지울 수 없는 존재가 되었다는 걸, 그의 현재 상황만 봐도 알 수 있었다. 이런 생각 때문에 밤새 잠들지 못할 게 뻔했다.

너무나도 절묘한 순간에 문을 두드리는 소리가 들렸다. 리톈우는 아직 상의도 벗지 않은 채였다. 문을 열자 샤오주가 서 있었다.

"이유가 필요해요. 당신을 다시 믿어볼 만한 이유요. 그리고 나 자신이 이랬다저랬다 하는 사람이 아니라고 믿을 수 있는 이유도요."

"일단, 네가 흐려지고 있다는 것, 그리고 그게 돌이킬 수 없는 추세라는 걸 믿어. 누구든 그런 걸 다 믿진 않을 거야."

"그리고요?"

"타이완에 아는 사람이 너밖에 없어."

"그게 무슨 이유가 돼요? 오늘 막 알게 됐을 뿐이잖아요."

"그래도 난 이미 네가 날 도와줄 수 있고, 나도 널 도와줄 수 있다고 확신하고 있어. 서로의 문제를 해결해줄 수 있을 거야."

"당신 문제가 뭔데요."

"교회를 찾고 있어. 타이베이에서 제일 높은 건물. 그 안에 내 친구의 행방을 알려줄 뭔가가 있어."

"내가 알기로 그렇게 높은 교회는 없는데요."

"알아. 모두가 다 그렇게 말했으니까. 하지만 난 찾아야 돼. 사실은 포기할 생각도 했지만 지금은 어찌됐든 찾아야겠다고 생각하고 있어. 무슨 말인지 알겠어?"

"있든지 없든지 찾을 거란 말이죠?" 좀 누그러진 말투였다.

"그래. 사람이 흐려지게 만드는 도시라면, 101빌딩보다 높은 교회가 없으란 법도 없잖아?"

"그 친구가 당신한테 아주 중요한 사람인가 보네요."

"예전에 나한테 제일 중요한 사람이었어. 그런데 잃어버렸거든."

"그런데 계속 못 찾았다는 거죠."

"아무리 해도 찾을 수 없었어."

"이건 다른 문제인데, 카메라를 쓸 수 있다고 했죠?"

"난 사진 찍는 걸 좋아해." 이건 분명히 거짓말이 아니라고 그는 생각했다. 사진을 찍은 대상이 대부분 시체이긴 했지만.

"내가 흐려지고 있다는 말을 어떻게 믿어요? 너무 믿기 힘든 일이 잖아요."

"난 알아볼 수 있으니까."

"그럴 리가요. 알아보기 힘들 텐데요."

"난 경찰이거든."

"어디 경찰인데요?" 호기심이란 이 얼마나 중요한 소통 방식이란 말인가.

"내지 경찰이야."

"그럼 공안이란 말이네요."

"뭐라고 불러도 상관없지만, 제일 정확한 호칭은 인민경찰이지."

"그래요. 내가 흐려지고 있다는 것 말고는 뭘 알아냈어요?"

"시간이 얼마 안 돼서 아직은 없어. 하지만 며칠 같이 다니다보면 다른 것들을 알아낼 수 있을 거야."

"진짜 이름은 뭐예요?"

"리텐우. 어릴 때는 샤오우라고 불렸어. 거짓말을 한 게 아냐. 날 샤오우라고 불러도 상관없어. 내가 너보다 좀 나이가 들긴 했지만."

"아주 많이."

"그렇지."

"마지막 질문인데요, 내가 필요한 게 확실해요?"

"확실해." 진심이었다.

"그럼 이 국수는 당신 거니까 받아요. 국수는 스린 야시장이라는 걸 기억해둬요. 난 아홉 살 때부터 이걸 먹었는데 아직까지도 질리지 않았어요."

"기억할게." 리텐우는 국수를 받아들고 인도자에 관해서 뭔가 더 말하려 했지만, 샤오주는 자기 몫의 국수를 들고 이미 411호 객실 쪽으로 가버렸다.

다음날 아침 7시 15분. 샤오주의 전화로 잠에서 깼다. 그녀는 차가운 새벽 공기 같은 말투로 간결하게 명령했다. 5분 후에 로비에서 봐요. 운동화 신는 것 잊지 말고요. 리텐우가 운동화는 없다고 막 말하려는데, 샤오주는 이미 말투와 똑같이 간결한 동작으로 전화를 끊어버렸다. 그녀는 흰색 운동복을 입고 있었다. 빨간색 머리끈 대신 검은색 가죽 끈으로 머리를 묶은 채. 대신 빨간색 운동화를 신고 있었는데 몸에 반드시 빨간색 물건을 지녀야 한다는 규칙이라도 있는 듯했다. 리톈우는 그녀의 온몸에서 발산되는 세련된 활기를 느꼈을 뿐만 아니라, 하룻밤 사이에 조금 더 흐려졌다는 것도 알아챌 수 있었다. 마치 특수한 화장품 같은 게 있어 한 겹씩 더 바를 때마다 사람이 조금씩 더 흐려지는 것 같았다.

"난 운동화가 없는데."

"그럼 오늘 고생 좀 하겠네요." 샤오주는 리톈우의 검은색의 가죽구두를 보며 말했다.

"집에서 나올 때 옷을 아주 많이 가지고 나온 모양이네."

"아주 많이가 아니에요."

"그럼 얼마나?"

"전부 다요."

뉴러우몐 가게의 주방 창문 안쪽에는 보기만 해도 군침이 도는 연한 쇠고기가 걸려 있었고, 그 외에도 마잉주 전 총통과 가게 주인이 함께 찍은 사진이 걸려 있었다. 두 사람은 황금빛 우승컵을 같이 들고 있었다. 가게 구석에 매달린 TV에서는 흰색 투피스를 입은 여자 아나운서가 아침 뉴스를 전하고 있었다. 정치인들은 능숙한 솜씨로 서로를 질책했고, 젊은 폭력배 하나가 어느 중요한 조직의 우두머리를 총으로 쏴 죽였고, 중부 지방의 어느 농민이 타이완 역사상 최고로 큰 수박을 수확했다. 아나운서가 숨 돌릴 틈도 없이 보도하는 걸 들으면서, 리톈우는 자기 마음속의 어느 부분에 조금씩 변화가 생기는 것 같다고 생각했다. 첫째로는 어젯밤에 샤오주를 붙잡은 후로 그는 예전보다 좀 더 말을 하고 싶은 기분이 들었다. 물론 순식간에 수다쟁이가 되지는 않겠지만, 대체로 수동적이었던 과거에 비하면 지금은 말을 하고 싶은 욕망이 조금 생겼다. 둘째는 그가 둥베이 억양을 조심스레 감추고, 타이완 억양이 섞인 보통화(표준어)로 말하려 하고 있다는 것이다. 방금 전 샤오주와 대화할 때도 그랬다.

"이 집 뉴러우몐 마음에 들어요?"

"마음에 들어."

"아닌 것 같은데요, 그렇게 느리게 먹는 걸 보면."

"뭘, 뉴스 듣느라 그런 거야."

뭘? 이게 무슨 말인가, 내가 이런 말을 하다니. 다시 한 번 떠올려보았다. 아냐, 뉴스 듣고 있었어. 아니, 이 정도로는 한참 모자란다. 리톈우는 속으로 고향의 욕을 전부 쏟아내고 나서야 기분이 좀 편해졌다.

"왜 그렇게 인상을 써요?"

"뭘?" 젠장, 또 이런 말을 하다니.

"거울이 없다고 시치미 떼는 거예요? 직접 한번 봐보라고요."

"내 억양이 이상한 것 같아서 그래."

"당연하죠, 당신은 내지 사람이잖아요."

"난 둥베이 사람인데, 지금 타이완에 온 지 고작 하루밖에 안 됐는데 타이완 억양이 좀 섞인 것 같아."

"그래서, 방금 타이완 억양이 옮았다고 화를 냈던 거예요?"

"그래. 그래서 마음속으로 둥베이 말로 욕을 했더니 기분이 좀 나아졌어."

"왜 마음속으로 욕을 해요?"

"무슨 말이야?"

"소리 내서 욕을 하면 기분이 훨씬 나아질 텐데요."

"그럴 순 없지." 젠장, 또 이런 식으로 말하다니. 리톈우는 마치 자기

영역을 지키기 위해 보이지 않는 군대와 싸우는 듯한 기분이었다. 지금까지는 연전연패다.

"당연히 괜찮죠, 한번 해봐요. 욕."

"안 돼. 타이완 사람들은 어떤 욕을 해?"

"타이완 말 알아들을 수 있어요?"

"못 알아듣지."

"타이완 욕도 꽤 사납죠. 그럼 이렇게 해요. 당신이 내지 욕을 하나 가르쳐주면 나도 하나 가르쳐줄게요. 기대해도 좋아요."

"난 알아듣지도 못하는데 욕인지 아닌지 어떻게 알아."

"바보 같긴. 욕이라는 건 들으면 바로 알 수 있어요."

소리 내서 욕하면 나아진다, 정말로 그럴지도 모른다.

"그럼 하나 가르쳐줄게. 이렇게 하자. 두 가지 중에 하나 골라봐." 리텐우는 옆자리에 앉은 커플이 자리에서 일어나 계산하러 가기를 기다리며 힘줄이 섞인 고기를 한 점 씹어 삼키고는 말했다. "왕바두즈王八犢子와 군두즈滾犢子 중에 골라봐."

"너무 빨리 말해서 제대로 못 들었어요."

"지나갔으니까 어쩔 수 없어. 골라봐."

"그럼 두 번째 말이요. 무슨 뜻이에요?"

"첫 번째 말과 같은 뜻."

"그게 뭐예요!"

"알았어. 그러니까, 좀 설명하기 힘들지만, 원래 뜻은 상대방에게 멀리 가버리라고 하는 말이야. 두즈犢子는 동물 새끼라는 뜻인데 여기선 그냥 군滾이란 말에 효과를 더하기 위해서 붙인 접미사 같은 거야."

"그럼 Leave me alone과 비슷한 뜻이라고 보면 돼요?"

"표면적으로는 비슷해. 꺼져버리라는 말이니까. 됐어, 이제 네 차례야."

샤오주는 목을 가다듬더니 타이완 말로 크게 내뱉었다. "씨발."

막 계산을 마친 그 커플이 무슨 일이라도 생겼나 하고 이쪽을 돌아보았다.

"목소리 좀 낮출래?" 리텐우는 고개를 숙이고 국물을 마시는 척했다.

"이 욕은 큰소리로 해야 맛이 난단 말이에요."

오해란 건, 오해라는 걸 인식했을 때는 이미 오해가 시작된 이후인 경우가 많다. 리텐우는 샤오우와 함께 잔뜩 붐비는 출근길 지하철에 올라탔다. 샤오우는 사람들 틈에 끼어서도 계속해서 방금 전에 배운 욕을 연습했다. 군두즈. 저기요, 발음이 아까보다 좀 더 나아지지 않았어요? 리텐우는 정말 괴로웠다. 지금까지 이렇게 계속 욕먹어본 적이 없었기 때문이다. 하지만 '두즈'는 접미사니 뭐니 하면서 똑똑한 척 설명해준 사람은 바로 그였고, 샤오주는 마치 학생처럼 질문했기 때문에 정말이지 어쩔 수 없었다. 그는 "이제 충분해, 그만 연습해도 돼. 둥베이 사람보다도 더 정확해"라고 말했지만 소용없었다. 전철 안에는 각양각색의 사람들이 있었다. 많은 사람이 한 손으로는 손잡이를 잡고 한 손에는 아이패드를 들고 인터넷 신문 혹은 전자책을 보고 있었다. 그들의 눈동자와 아이패드 화면이 같은 빈도로 움직였다. 귀에 이어폰을 끼고 눈을 감고 있는 사람들도 있다. 쪽잠이라도 자려는 모양이었다. 열차 안에는 복잡하게 뒤섞인 향수 냄새가 떠돌고 있었는데, S시의 지하철이나 버스에서 나는 냄새와는 전혀 달랐다. 하지만 그를 제외하고는 아무도 이 점을 신경 쓰지 않는 것 같았다.

"우리 어디 가는 거야?" 사실 그리 알고 싶지도 않았다. 어디로 가든지 샤오주를 따라갈 테니까. 하지만 지금은 그녀를 당장 욕 속에서 구해내고 싶었다.

"내가 나온 초등학교요. 알고 싶어요? 신경도 안 쓰는 것 같더니."

"너한테 욕을 하도 많이 먹어서 사진 찍으러 나온 거라는 게 이제야 생각났어."

하지만 샤오주가 그를 데려간 곳은 초등학교가 아니라 근처의 야구장이었다. 그녀가 다닌 룽산龍山초등학교가 여기서 아주 가까워 초등학교 6년의 대부분을 이 야구장의 관중석에서 보냈다고 했다. 좋아했던 남학생이 여기서 야구를 했을 거라고 리톈우는 말했지만 샤오우는 고개를 저었다. 그녀가 말했다. 난 그냥 야구를 좋아했어요.

화요일 오전이었다. 5월의 타이베이는 햇빛이 눈부셨다. 밝은 햇빛 아래, 야구장엔 아무도 없이 텅 비어 있었다. 돌로 만들어진 1열, 2열, 3열의 관중석은 또 다른 색의 따뜻한 햇빛을 반사해내고 있었다. 리톈우는 자기가 다닌 초등학교 근처에 있던, 흙바닥에 햇볕이 내리쬐고 커다란 골대엔 그물이 없던 그 축구장을 떠올렸다. 그 역시도 거기서 많은 시간을 보냈다. 광활하고 텅 빈 느낌이 좋았다. 넓은 운동장에 햇빛은 무한하고 자신은 아주 작게 느껴지는 그 기분을 좋아했다. 그는 집 열쇠를 목에 걸고 값싼 전자시계를 들고서, 가끔은 사람들을 도와 공을 주워 모으곤 했다. 작은 손에 공을 들고 축구장 안으로 힘껏 던지면 열쇠는 그의 가슴팍 위에서 짤랑거리며 소리를 냈다. 누군가가 그를 집으로 데려다주기 위해 뒤에서 그를 지켜보며 기다리고 있었다. 오랫동안 이 장면을 떠올리지 않았기 때문인지, 이 기억은 한

폭의 유화처럼 더욱 선연하게 느껴졌다.

"야구 재미있어?"

"엄청 재미있죠." 샤오주는 30분 동안이나 삼진아웃이니 홈런이니 하는 야구 규칙을 자세히 설명해주고, 타이완 원주민들로 구성된 홍예紅葉 소년야구팀이 일본의 유명한 팀에게 이겨서 타이완에 영광을 가져다줬다는 얘기를 해주었다.

"됐어요, 우리 이제 달리기해요."

"달리기를 한다고? 사진 찍으러 온 거 아냐?"

샤오주는 셜록 홈즈가 왓슨을 보는 듯한 표정으로 검지를 세워 그의 눈앞에 들이댔다. "그러게 운동화를 신고 오라고 했잖아요. 괜히 내 탓하지 마요."

어쩌겠는가. 리톈우는 다른 방법이 없다는 걸 깨달았다. 샤오주가 이미 그의 손을 잡고 야구장 안으로 걸어 들어갔기 때문이다.

"우린 이 야구장을 열 바퀴 도는 거예요. 먼저 다 도는 사람이 이기는 거고요."

"내가 진 걸로 하자."

"이긴 사람한텐 상품이 있는데요?"

"무슨 상품."

"그건 비밀이죠."

경찰학교를 졸업한 뒤 리톈우가 했던 가장 격렬한 운동이 용의자 미행이었다. 시 공안국에서 매주 조직하는 배드민턴, 농구, 탁구, 축구 등의 스포츠 활동에 그는 전혀 참가하지 않았다. 이런 활동들은 신체를 단련해주고 상사들, 신입 여경들과 알고 지낼 기회를 주기도 했지만, 그는 경찰서 근처에 있는 집으로 돌아가 영화를 보거나 책을 읽는 걸 선택했다. 그는 곧잘 혼자서 영화관에 갔다. 보통 양 사이드쪽 표를 샀다. 이렇게 하면 커플들을 방해하지 않을 수 있었다. 영화가 끝나면 영화관을 나와서 혼자서 장면들을 천천히 음미했다. 그가 볼 때 자신이 아직까지 체형이 무너지지 않은 건 전적으로 유전자의 힘이었다. 그의 유전자 속에는 '아무리 게으름을 피워도 절대로 살이 찌지 않는다'는 집착적인 명령이 뿌리 박혀 있기라도 한 것 같았다. 유전자라는 이 신비한 존재는 그 자체가 과학이면서도 더욱 보편적인 다른 과학법칙에 저항할 수 있는 모양이었다.

처음 두 바퀴를 돌 때까지는 그래도 괜찮았다. 야구장은 경찰학교 운동장보다 훨씬 작았기 때문이다. 경찰학교에서 아침 운동을 할 때는 복장을 갖춘 채 운동장 다섯 바퀴를 돌아야 했고 오후에는 또 다른 훈련을 해야 했는데, 조금이라도 게으름을 피우면 벌을 받았다. 그게 벌써 10년 전이다. 세 바퀴째에 접어들었을 때 예상이 틀리지 않았음을 알았다. 그의 DNA가 '살 안찌니 그만 드러누워'라고 명령한 것이다. 다리는 후들거렸고, 담배로 망가진 폐 덕분에 입을 크게 벌리고 숨을 들이마실 수밖에 없었다. 하지만 그럴수록 산소는 점점 더 빨리 사라지는 것 같았다. 태양 아래, 몸의 모든 땀구멍으로부터 땀이 흘러나왔다. 그런데 뜻밖에도, 자신만만해 보였던 샤오주는 달리기를 시작한 후로 그에게 한참 뒤처져버렸다. 힘들어하는 꼴이 일부러 뒤처진 것도 아니었다. 승리가 눈앞에 보이자 불현듯 호승심이 생겼다. 일곱 바퀴밖에 안 남았는데 뭣 때문에 포기한단 말인가. 반드시 열 바퀴를 채운다. 리텐우는 마음속으로 선언하고는 다리를 질질 끌면서 계속 달렸다. 뒤의 샤오주는 벌써 반 바퀴나 거리가 벌어졌지만 그래도 포기할 생각이 없어 보였다. 리텐우는 벌써 몇 번이나 그녀를 앞지를 뻔했다. 하지만 옆으로 바싹 따라붙어 그녀에게 위로가 섞인 눈빛을 보낼 때마다, 샤오주는 필사적으로 내달렸다. 여섯 바퀴를 돌고 나자 가죽구두는 엉망이 됐다. 반짝거리던 구두코는 모래와 자갈에 잔인하게 긁혔고 끈이 풀려 메두사의 머리카락처럼 사방으로 휘날렸지만 쪼그려 앉아 다시 묶을 힘이 없었다. 일단 앉으면 메두사를 본 사람처럼 돌로 변할 것 같았기 때문이다. 리텐우는 자신의 상태를 정확히 알고 있었다. 열 바퀴를 채울 만큼 체력이 될지 안 될지는 알 수 없었지만, 어쨌든 다른 일에 한눈을 팔 만한 정신은 없었다. 샤오주가 어째서 패배를 인정하지 않는가 하는 건 여덟 바퀴를 거의 채웠을 때쯤에는 이미 문제가 아니었다. 그녀 역시 그가 먼저 쓰러지기를 기다리면서 지금까지 버텨온 것이리라. 여덟 바퀴를 채운 후로는 이미 그를 막을 수 있는 건 아무것도 없었다. 피로감이 신경을 마비시켰다. 흐르던 땀은 이미 말라서 얼굴과 속옷에 들러붙어 소금으로 변했다. 폐도 달리는 동안 숨구멍에 끼었던 때를 날려버리고 공기가 잘 통하는 선홍색의 폐엽으로 바뀐 듯했다.

"정말 이렇게 뛰다가 사라지는 줄 알았어요." 그의 뒤를 이어 결승선을 통과한 샤오주가 양손으로 무릎을 짚고 말했다. 땀이 앞머리를 타고 내려와 흙바닥에 뚝뚝 떨어졌다.

"그래도 꽤 잘 달리던데요?" 한참 숨을 고르던 그녀가 땅바닥에 털썩 주저앉은 리텐우를 보며 말했다.

"이렇게 달리기를 한 게, 운동화가 구두를 못 이긴다는 걸 증명하기 위해서인 것은 아니겠지?"

리텐우는 침 삼키는 소리가 크게 나지 않도록 조심했다.

"와, 다 큰 남자가 그런 말을 하는 게 창피하지도 않아요?"

"좀 창피하긴 하지만, 사실이 그러니까 어쩔 수 없잖아."

"난 지금까지 달리기를 해본 적이 없어요."

"그럴 리가. 체육 시간엔 뭘 했는데?"

"앉아서 애들이 달리는 걸 구경했죠. 의사가 달리지 말라고 했거든요."

샤오주는 이미 관중석에 가 앉아 있었다. 얼굴의 붉은 기는 좀 가라앉았다. 어쩌면 가라앉은 게 아니라 흐려진 건지도 모른다.

"무슨 뜻이야?"

"심장에 문제가 있거든요. 의학 용어로 설명하자면 아주 복잡해요. 상승 혈관이 어떻고, 좌심판이 어떻고. 종합해서 말하면 선천적인 심장병이라는 얘기고, 아니면 내 심장이 구조적으로 문제가 있는 거래요. 이것도 부모님이 이혼한 이유 중 하나였어요."

"치료할 순 없는 거야? 수술을 한다든가."

"초등학교 4학년 때 한 번 했어요. 지금도 심장에 작은 기계가 돌아가고 있어요. 전기로 움직이는 건데, 전지도 한 번 바꾼 적 있어요. 어떻게 보면 부분적으로는 로봇인 거예요. 멋있죠?"

"안 멋있어. 그렇다면 방금 전에 거품을 물고 쓰러져 죽을 수도 있었다는 거잖아. 난 그걸 지금에야 알았다고." 리톈우는 구두를 벗고 발에 생긴 물집을 세어보았다. 피가 고인 물집이 여섯 개나 생겨 있었다. 역사적인 이 대결은 어쩌면 어리석은 자살 행위가 될 수도 있었다. 게다가 물집 여섯 개와 맞바꿔 승리를 쟁취한 상대는 뜻밖에도 심장병 환자였다.

"안 죽어요. 죽는다는 게 그렇게 쉬운 일이 아니라고요. 난 그냥, 완전히 사라지기 전에 속 시원하게 달리는 게 어떤 건지 알고 싶었어요."

"그래서, 기분이 어떤데?"

"아주 좋아요. 넋이 나갈 만큼. 샤오우는 안 그래요?"

"전혀 안 그래. 잘 들어, 넋이 나간다는 건 이미 심장 발작에 아주 가까운 일이라고."

"알았어요. 일단 땀이 다 마르기 전에 사진부터 찍어요."

샤오주는 야구장 한쪽으로 가더니 양손으로 허리를 짚고 승리자 같은 포즈로 첫 번째 사진을 찍었다.

샤오주는 야구장 밖으로 나오면서 카메라에 찍힌 사진을 들여다보았다.

"다음엔 내가 좀 더 크게 나오게 찍어요."

"그러면 넌 분명히 다음엔 배경을 좀 더 넣어달라고 말했을 걸?"

"그랬을지도 모르죠. 그래도 당신이 좀 더 노력해야 돼요."

"그래서, 상품은 뭐야? 방금 전에야 생각났어."

"지금 가지러 갈 거예요. 나와 내 첫사랑을 찾으러 가요."

"무슨 헛소리야? 그게 무슨 상이야?"

"끝까지 들어봐요. 먼저 쇼핑몰에 가서 당신한테 운동화를 사줄 거예요. 그리고 걔는 우리 룽산초등학교에서 최고의 남학생이라고요."

룽산초등학교 최고의 남학생은 런아이仁愛 회전교차로 근처에서 아버지가 경영하는 약국 일을 돕고 있었다. 쇼핑몰과 마찬가지로 약국도 리톈우에게 친근한 느낌을 주었다. 아마도 세상의 모든 약국과 쇼핑몰은 세계 경제 시스템이 결정한 판매 방식, 그러니까 모든 상품이 다함께 '나를 사주세요'라는 표정을 짓도록 한 방식을 채택한 모양이었다. 리톈우는 약국 안에서 아스피린이며 항생제, 분유 같은 것들을 둘러보았다. 유일하게 그를 어색하게 만드는 건 지금 신고 있는 빨간색 뉴밸런스 운동화였다. 몸에 반드시 빨간색 물건을 지녀야 한다는 이 아이의 괴상한 고집을 용인한 이상(물론 돈은 그가 냈다. 어찌됐든 열여덟 살짜리니) 그 고집의 결과를 감당할 수밖에 없었다. 꼭 다른 사람 발로 걸어 다니는 기분이었다.

"자하오嘉豪 있어요?"

"샤오주! 세상에!" 약국 유니폼을 입은 평범한 남자가 큰소리로 말했다.

"응, 나야! 왜 그래?"

"아냐, 그냥 꽤 의외라서. 몇 년 만인데 널 알아보다니 나도 참 대단하다." 남자가 약품 선반 사이에서 나왔다. 건장한 체격에 얼굴엔 덜 여문 여드름이 보였는데, 미국 영화에 곧잘 나오는 낙천적인 남학생 캐릭터 같았다. 리톈우는 그의 왼쪽 팔뚝이 오른쪽보다 더 굵은 걸 눈치 챘다.

"가게는 어때?"

"그냥 그래. 약 사는 사람은 늘 있잖아. 아버지가 군대 가기 전까지 도우라면서 자기는 마작을 하러 다니는 게 좀 짜증날 뿐이야."

"이쪽은 톈우, 이쪽은 자하오예요. 악수 한번 할래요?"

막 손을 내밀려는데 자하오가 말했다. 됐어, 악수는 무슨. 리톈우는 그제야 여기는 젊은이들의 세계라는 걸 깨달았다. '노인을 위한 나라는 없다'더니.

"뭐 사려고? 혹시 임신테스트기 같은 걸 찾는 거라면 추천할 게 몇 가지 있는데."

"말조심해. 이분은 내지에서 오신 경찰이라고."

"어, 대단한 걸. 사건 때문에? 누굴 체포해가려고 오신 건가?"

"그건 아니지만 비슷해." 최대한 말을 짧게 했다. 많이 해봐야 좋을 게 없다. 둘이 회포를 풀게 하는 게 낫지.

"어젯밤에 어떤 사람이 피투성이가 돼서 들어오더니 항생제와 붕대를 사갔는데, 혹시 무슨 문제 있는 거 아니에요? 척 보기에도 무슨 사연이 있는 것 같던데요."

"다른 일 때문에 온 거야."

"경찰이 관심 가질 만한 일은 이 정도예요. 다른 건 생각이 안 나네요."

"이분은 수사하러 오신 게 아니라 날 여기 데려와주신 거야. 자꾸 붙잡고 질문하지 마. 나 물어볼 게 있어. 타이베이에 아주 높은 교회가 있어?"

"있지, 자제회慈濟會•와 타이베이 성당 둘 다 꽤 높잖아. 3층일걸?"

"101빌딩보다 더 높은 교회가 있을까?"

"그런 게 어디 있어. 바보냐?"

"그럼 됐어. 우리가 몇 년 만에 만났지?"

"초등학교 졸업한 후로 첨이지. 네가 날 봤는데 나만 몰랐던 게 아니라면."

"그럼 정말 졸업한 후로 처음이네. 아직도 야구 해? 약국 안 볼 때 말이야."

"이젠 안 해. 가끔 경기는 보지만. 그런데 요즘 양키스는 너무 못해.

• 타이완의 불교 단체.

어릴 땐 야구를 정말 좋아했는데, 다친 후로는 안 해. 공이 속도가 안 나오더라고. 넌 상상도 못할 거야. 우리 아빠 약국은 진짜……."

"내가 왜 찾아왔는지 알아?"

"아, 그렇지. 웬일로 온 거야?"

"난 네가 메이저리그에 진출할 수 있을 거라고 생각했어. 네 왼손 포크볼은 정말 굉장했잖아."

"그땐 다들 날 천재라고 불렀지. 그 포크볼은 별로 어렵지 않아. 중학교 때 팔꿈치만 다치지 않았으면 지금도 던질 수 있어."

"그때 내가 남문 근처 관중석에 앉아서 매일 지켜보는 거 알고 있었어?"

"그걸 어떻게 알아? 말한 적도 없잖아. 야구할 땐 관중석은 거의 안 본다고."

"그럼 다른 질문. 나 기억나?"

"솔직히 말하면 잘 기억나진 않아. 넌 말수도 적었고 남자들과 놀지도 않았잖아. 물론 지금처럼 예쁘지도 않았고. 그냥 널 샤오주라고 불렀던 것만 기억나." 그는 머리카락을 손가락으로 배배 꼬았다.

"내가 확실히 샤오주가 맞으면 된 거야. 난 그냥, 네가 야구를 아주 잘 했다고 말해주고 싶었어."

"진짜?"

"응, 거의 사화산이 다시 폭발하게 만들 만큼 멋있었어."

"사화산이 폭발하게 만들 만큼?" 붉어진 자하오의 얼굴에 약간의 당혹감이 어렸다.

"아무튼, 넌 내가 아는 최고의 야구선수야. 그러니까 분명 최고의 약국 사장님이 될 거야."

"헤헤, 그래. 우리 아빠 약국이 좀 별로긴 하지만 내가 군대 갔다 오면 좀 멋지게 만들 수 있을 거야. 사실 약 파는 게 그렇게 지루한 것만도 아니야. 봐, 이런 약상자들도 은근히 귀엽잖아." 리톈우는 천재 야구선수로서의 만족감과 약국 사장으로서의 만족감이 별 차이가 없다는 사실에 조금 놀랐다.

"이제 이리 와서 나와 사진 한 장 찍어줄래? 톈우 씨가 찍어줄 거야."

"사진을 찍자고?"

"응, 사진. 왜?"

"잠깐만." 자하오는 위층으로 뛰어올라갔다.

다시 아래층으로 내려온 그는 야구 유니폼으로 갈아입고 야구 모자를 쓰고 손에는 야구공과 글러브를 들고 있었다. 글러브에는 미처 털어내지 못한 먼지가 남아 있었는데, 박물관에 전시된 고대의 투구와 갑옷 같았다.

"어릴 때 입었던 건 작아져서 못 입게 됐고, 이건 나중에 샀어. 계속 입을 일이 없었는데 기회가 왔네. 모자는 초등학교 때 쓰던 거고. 머리만 안 커지고 그대로라니 이상하지?"

과연 '룽산'이라는 두 글자가 노란색 실로 수놓아져 있었다.

셔터를 누르는 것과 거의 동시에, 룽산초등학교의 스타 남학생은 가만히 서 있는 샤오주 옆에서 시원스럽게 투구 자세를 취해 보였다. 그러면서 크게 소리쳤다. "과거로 돌아갔다!"

4.

파일-2
부진아 안거

안거安歌가 전학 왔을 때, 그러니까 그녀를 알게 됐을 때 우리는 열여섯 살이었다. 안거의 아버지는 피아니스트였고 어머니는 조각가였는데 안거는 부진아였고, 뒤떨어진 정도도 상당히 심각했다. 고등학교 1학년 2학기에 그녀가 온 후로 우리 반의 다른 학습 부진아들은 진정한 부진아는 모든 면에서 완벽하게 뒤떨어져 다른 이에게 더 뒤떨어질 기회를 주지 않는다는 걸 깨달았다. 안거의 집과 가까운 곳에 사는 아이들은 그녀가 원래 아주 평범한 학생이었고 열네 살, 즉 중학교 2학년 전까지는 이 천부적인 자포자기의 재능을 드러낸 적이 전혀 없었다고 했다. 열네 살 때 그녀는 머리에 중상을 입었다. 이 상처에 대해서도 몇 가지 설이 있다. 하나는 자전거를 타고 닝산寧山 입구에 있는 좀 험한 내리막길을 내려가다가 어깨에 흐트러진 머리카락을 묶으려고 자전거 핸들을 잡은 손을 놓았는데, 그랬다가 그만 길가의 신문 가판대에 부딪쳐서 온갖 알록달록한 잡지와 신문들 속에서 정신을 잃었다는 설이다. 다른 하나는 그녀의 어머니가 아시아에서 명성이 자자한 조각가일 뿐만 아니라 동네에 소문난 가정폭력범이기도 해서, 한번은 남편이 레슨용으로 피아노 위에 놓아둔 메트로놈으로 딸의 관자놀이를 호되게 때리는 바람에 며칠 동안이나 의식이 없다가 간신히 깨어나 지금 같은 상태가 되었다는 설이다. 좀 더 종합적인 설도 있는데, 그녀가 신문 가판대에 부딪친 후에 어머니가 홧김에 그녀를 또 때렸다는 설이다. 사실 안거는 겉보기에는 아주 정상적으로 보였다. 그녀의 부모는 베이징과 상하이에 있는 병원에 그녀를 데리고 가서 종합 검사를 받아보고 지능 검사도 수없이 해봤는데, 뇌에는 전혀 문제가 없다는 결과만 나왔다. 하지만 이상하게도 이때부터 안거는 돌이킬 수 없이 부진아가 되어버렸다. 그리고 이 일은 원래대로라면 나와는 전혀 아무런 상관도 없는 일이어야 했다.

나도 우리 집에서 좀 별난 존재였다. 부모님은 두 분 다 대형 전기 기계를 만드는 공장의 노동자였는데 평생 생산 라인에서 3층 건물만큼 높은 기계를 제조하는 일을 했다. 나는 일곱 살이나 여덟 살쯤 되었을 때 아버지가 한 잔에 3위안 5마오°짜리 라오룽커우老龍口 바이주 술잔을 들고서 내게 이렇게 말했던 걸 똑똑히 기억한다. 아들아, 이 잔 속이야말로 내 집이다. 내가 알아듣지 못하자 아버지는 손을 들어 내 뺨을 때렸다. 그때 어머니는 부엌에 서서 전날 먹고 남은 음식을 먹고 있었다. 하지만 이런 일들, 아버지의 음주 후 따라오는 무서운 비웃음과 폭력 같은 것도 내가 제법 괜찮은 학생이 되는 것을 막지는 못했다. 초등학교 5학년 때 나는 이미 시험에 대처하는 방법을 기본

• 우리 돈 600원 가량.

적으로 파악했다. 다만 어문 과목 하나만은 완전히 장악하지 못했다. 특히나 작문 실력은 시간이 지나면서 다른 과목들의 성적이 나날이 오른 고등학교 때에 와서도 초등학생 수준의 어휘로 말도 안 되는 얘기를 지어내는 수준에 머물러 있었는데, 이게 바로 내가 최우수 학생이 되지 못하게 만드는 유일한 요소였다. 마찬가지로 부정할 수 없는 점은, 나는 그리 총명하지 못해서 선생님이 한 마디만 하면 바로 알아듣고 그 다음엔 마음대로 놀 수 있는 그런 학생들처럼 할 수는 없었다는 것이다. 나는 아주 열심히, 거의 고행에 가깝도록 공부하는 습관을 들였다. 이런 능력을 갖추게 된 데는 아버지가 음주 후에 나를 대한 방식에도 약간의 공이 있다. 그런 경험 때문에 나는 어릴 때부터 스스로에게 잔인해지는 능력을 길렀던 것이다.

선생님이 안거와 같은 책상을 쓰라고 말했을 때 나는 주체할 수 없을 정도로 화가 났다. 나는 큰 소리로 말했다. 선생님, 전 쟤랑 같이 안 앉을래요. 선생님이 말했다. 네가 선생님이냐? 망할, 내 말에 안 따르려면 당장 꺼져버려. 선생님은 나보다 몇 살 더 많지도 않은 젊은 여자였는데, 화가 나서 욕을 시작하면 대부분의 욕을 발명한 건 남자이지만 여자의 입에서 나와야 그 파괴력이 극대화된다는 걸 믿을 수밖에 없게 된다. 하지만 그녀의 욕이 대단한 이유는 따로 있었다. 바로 입으로는 계속 욕을 하면서도 눈빛으로는 숨은 뜻을 전달한다는 점이었다. 그날 내게 전달된 것은 '만약 내 말을 듣는다면 너는 틀림없는 우리 반의 우등생이다'라는 것이었다. 그래서 대답했다. 같이 앉는 건 괜찮은데, 나중에 얘가 싫다고 하면 제 탓하지 마세요. 선생님이 말했다. 입 다물고 빨리 자리나 옮겨.

안거는 수업을 듣는 동안 제일 즐겨 하는 세 가지 취미가 있었는데, 소설 읽기, 음악 듣기, 표정 연기하기였다. 마지막의 표정 연기는 첫 번째와 두 번째 취미에서 파생된 것이었다. 그녀의 표정은 손에 든 책의 페이지와 이어폰에서 흘러나오는 선율에 따라 미소 짓기도 했다가, 엄숙해지기도 했다가, 감동하기도 하고, 심각해지기도 하면서 계속 바뀌었다. 그녀가 이런 표정들을 지으면서 내는 소리는 아주 작아서 거의 무시해도 될 정도였지만, 내 옆에서 말없이 이런 갖가지 표정을 지어내고 있는 건 정말 견디기 힘든 일이었다. 그녀와 짝이 된 지 사흘째가 되던 날 나는 더 이상 참지 못하고 말을 걸었다. 야, 왜 울어? 그녀는 고개를 들고 나를 보더니 아직 눈물이 맺힌 채로 되물었다. 내가 울었어? 내가 말했다. 네 얼굴 좀 만져봐. 자기가 우는 것도 모르고. 도대체 뭘 보는데? 교실 앞에서는 물리 선생님이 이중 슬릿에 의한 빛의 간섭에 관한 원리를 설명하고 있었다. 나는 빛의 파동 성질에 대해 알고 싶은 동시에 내 옆에 앉은 이 애가 우는 이유도 알고 싶었다. 이런 갈등은 내 얼굴에 호기심과 분노가 뒤섞인 표정으로 나타났다. 그녀가 말했다. 소설 읽어. 나는 빛의 파동 성질을 포기하고 그녀에게 말했다. 그건 다 허구잖아. 그걸 믿어? 그녀가 말했다. 이 책의 작가가 그러는데, 맞아, 다른 사람의 말을 인용해서 이렇게 말했어. 강력한 상상은 현실을 만들어낸다고. 내가 말했다. 헛소리. 상상이 어떻게 현실이 돼? 그녀가 말했다. 아마 책 안에 나올 텐데, 설명하기 힘들어. 아마 상상과 현실의 정의에 대해서 나올 거야. 그런데 어쩌면 네 말이 맞을지도 몰라. 내가 말했다. 작가가 또 무슨 헛소리를 했는데? 그녀는 손으로 눈물을 닦고 선생님을 흘긋 쳐다보더니 책을 무릎 위에 올려놓고 작은 소리로 읽기 시작했다. 1965년, 한 아이가 밤에 대해 형언할 수 없는 공포심을 품기 시작했다. 나는 가랑비가 흩날리던 그 밤을 떠올린다. 그때 나는 이미 잠들어, 작고 앙증맞은 인형처럼 침대에 눕혀져 있었다. 처마에서 떨어지는 물방울은 '고요'의 존재를 드러냈고, 나는 점차 잠에 빠져들면서 떨어지는 빗방울을 잊었다. 바로 이때, 내가 안전하고도 평온하게 잠에 빠져들 때에, 마치 한 줄기 고요한 길이 나타난 듯싶더니 나무와 풀숲이 차례로 물러나며 길을 비켜주었다. 어떤 여인이 오열하듯이 외치는 목소리가 멀리서부터 전해져왔다. 고요하기 이를 데 없던 한밤중에 갑자기 목쉰 소리가 울려퍼져, 내가 지금 회상하고 있는 어린 시절의 나로 하여금 두려움에 끊임없이 떨게 했다.[•] 안거의 목소리는 부드럽고 평온해서, 마치 밤의 호수에서 불어오는 바람이 어린아이의 머리칼을 스치며 흩날리게 만드는 것만 같았다. 나는 바로 그 순간, 소설이라는 것이 자기 본연의 모습으로 내 앞에 나타났다는 선명한 느낌을 받았다. 교과서에 실린 소설처럼 해석되기를 기다리는 모습이 아니라, 단순히 읽히기를 기다리는. 하지만 나는 그때 이런 점을 의식하지 못하고 그냥 이렇게 물었다. 내가 지금 회상하고 있는 어린 시절의 나로 하여금 두려움에 끊임없이 떨게 했다. 이거 문법이 틀린 문장 아냐? 그녀가 말했다. 내가 보기엔 아냐. 지금의 내가 유년시절의 나를 보고 있는 거지. 나는 당장 그녀와 논쟁을 시작하고 싶었지만 그냥 입을 다물었다. 첫째는 물리 선생님이 이미 우리의 잡담을 눈치채고 경고가 담긴 눈빛의 파동을 보내는 걸 곁눈질로 알아보았기 때문이고, 둘째는 소설에 대한 내 지식이 너무 빈약해서 논쟁을 시작하면 바로 열세에 몰릴 것 같았기 때문이다. 나는 그냥 이렇게 말했다. 틀린 문장을 고치는 문제는 하나에

• 위화, 『가랑비 속의 외침在細雨中呐喊』 도입부.

2점짜리야. 그런 다음 그냥 칠판을 보면서 계속 수업을 들었다.

안거는 내게 먼저 말을 건 적이 한 번도 없었는데, 나는 그걸 내가 반 학생들이 다 보는 앞에서 그녀와 짝이 되는 걸 거절한 데 대한 복수라고 생각했다. 그리고 이 복수는 아주 철저하게 진행되었다. 그녀는 보통 짝꿍들이 그러는 것처럼 내게 문제를 설명해달라고 하거나 평소에 쪽지시험을 볼 때 시험지를 자기 쪽으로 좀 가까이 놔달라는 등의, 공부에 관한 부탁이나 요구를 전혀 하지 않았다. 나는 이런 태도에 대해 절대로 내 잘못을 인정하지 않고 그녀에게 먼저 말을 걸지도 않는 걸로 대응했는데, 그녀는 내 이런 태도 덕분에 자기의 그 세 가지 취미에 온전히 집중할 수 있어서 오히려 마음에 든 모양이었다. 그래서 그날 내가 참다못해 그녀와 대화를 시작한 후로 내 자존심은 순식간에 호기심에 패배해버렸고, 동시에 열여섯 살짜리 남자아이의 자존심이란 것이 얼마나 허무한 것인지도 깨닫게 되었다. 그녀의 표정 연기는 내게 있어 시험 문제 다음으로 가장 풀고 싶은 수수께끼가 되었다. 안거의 차분한 대답들이 내 호기심을 만족시켜주고 시야를 넓혀준 그날 이후 나는 그녀에게 먼저 잘못했다고 사과했다. 어느 날 오후 자습시간에 나는 그녀에게 말했다. 너 2B연필 가지고 다녀야 돼. 그녀가 말했다. 난 안 쓰는데. 그러더니 눈을 감고 다시 CD를 듣기 시작했다. 소니의 CD플레이어가 책상 서랍 안에 놓여 있었고, 흰색 이어폰 줄은 그녀의 머리칼에 가려져 있었다. 나는 책가방에서 새 2B연필 한 자루를 꺼내 깎기 시작했다. 그런데 내가 연필심을 뾰족하게 다 듬다 못해 흉기가 다 되어갈 때까지도 안거는 내가 비굴하게 그녀를 위해 연필을 깎고 있다는 걸 모르고 있었다. 나는 별 수 없이 그녀의 팔을 툭툭 치고는 연필을 앞에 놓아주었다. 너 줄게. 그녀는 연필을 보더니 말했다. 고마워. 내가 말했다. 괜찮아, 별로 힘든 것도 아닌데 뭐. 그런데 시험 볼 땐 꼭 이걸 써야 돼. 다른 연필로 답안 카드에 표시를 하면 채점 기계가 못 읽거든. 그녀가 물었다. 나 이걸로 그림 그려도 돼? 내가 말했다. 그건 이제 네 연필이니까 마음대로 쓰면 되지. 그녀가 말했다. 알겠어. 그러더니 다시 눈을 감으려 하기에 나는 재빨리 말했다. 지난주에 내가 했던 말은 너무 마음에 담아두지 마. 난 선생님한테 화가 났던 거니까. 그녀가 말했다. 지난주에 네가 무슨 말을 했는데? 내가 말했다. 너랑 같은 책상 쓰기 싫다고 했던 거 말이야. 사실 상관없는데, 그냥 선생님 기세를 좀 꺾으려고 그랬던 거야. 그러게 누가 우리한테 자꾸 분필을 던지래? 그녀가 말했다. 네가 나랑 같이 앉기 싫어하는 게 뭐가 잘못인데. 넌 성적도 아주 좋잖아. 나는 부끄러움이란 게 얼마나 견디기 힘든 건지 체감하게 되었다. 내가 엉덩이를 까고 있는 걸 남에게 들켰는데, 그 사람이 오히려 엉덩이를 내놓는 게 뭐가 문제냐, 이렇게 동그랗고 잘생긴 엉덩이인데, 하고 말한 것 같은 기분이었다. 내가 말했다. 내 말 오해하지 마. 난 정말, 진짜로 너랑 같이 앉기 싫었던 게 아냐. 너도 알잖아, 우리 반 분위기가 원래 이런 거. 그녀가 말했다. 알았어. 넌 정말 진짜로 나랑 같이 앉기 싫은 게 아니었다는 거지. 내가 말했다. 그리고 난 지금까지 짝꿍한테 연필을 깎아준 적이 없어. 그녀가 물었다. 진짜? 내가 대답했다. 당연하지. 내가 쓰는 연필도 전부 엄마가 깎아준 거라니까. 그녀는 책상 위에 놓인 그 연필을 자기 필통에 집어넣었다. 그럼 아껴 쓸게. 내가 말했다. 그럼, 이제부턴 할 말이 있으면 그냥 바로 하고, 그렇게 냉전을 벌이지 마. 그녀가 물었다. 냉전이 뭐야? 내가 말했다. 그러니까, 어린애처럼 삐쳐서 서로 말을 안 하고, 먼저 말하는 사람이 지게 되는 그런 거 말야. 그녀가 말했다. 난 그런 적 없어. 내가 말했다. 그럼 넌 왜 그렇게 아무 말도 안 해? 그녀가 말했다. 난 그냥 하고 싶은 말이 별로 없는 것뿐이야. 음악 들을래? 그러더니 왼쪽 귀에 꽂고 있던 이어폰을 뺐다. 내가 물었다. 무슨 음악인데? 그녀가 말했다. 모차르트의 〈레퀴엠〉이야. 내가 말했다. 그래, 모차르트의 〈레퀴엠〉이구나. 나는 내가 언제 잠이 든 건지 알 수 없었다. 깨어보니 이어폰은 양쪽 다 내 귀에 꽂혀 있었고, CD플레이어는 내 책상 서랍 안에 놓여 있었다. 이미 밤이 되어 창밖은 캄캄했고 안거의 모습은 보이지 않았다.

안거는 수업을 전혀 듣지 않았지만 수업을 빼먹거나 지각하는 일은 거의 없었다. 감기에 걸려 열이 나더라도 학교에 와서 아침 일곱 시부터 저녁 여섯 시까지 조용히 앉아 있곤 했다. 시간 맞춰 등하교를 하는 게 그녀에게 있어서는 반드시 완성해야 하는 의식이라도 되는 듯했다. 그런데 고등학교 2학년이 된 지 얼마 지나지 않은 어느 날, 그녀가 결석했다. 집에서 과일을 깎다가 실수로 오른손 검지를 베었기 때문이라고 했다. 상처가 아주 깊어서, 다 나은 후에도 반지를 오래 끼고 있다가 뺀 후에 생긴 옅은 흔적 같은 흉터가 남았다. 공교롭게도 바로 그날, 학교 정문에 설치한 조각상의 제막식을 하기 위해 안거의 어머니가 학교에 왔다. 조각상은 여자 선생님이 허리를 굽히고 남자아이의 등에 날개를 달아주는 모습이었다. 사실 그 조각상을 처음 봤을 때 남자아이가 등에 수술을 받고 있는 모습인 줄 알았다. 안거의 어머니는 내가 본 엄마들 중 가장 젊고 세련된 엄마였다. 늘씬한 몸매에 회색 트렌치코트를 입고, 목에는 붉은색의 체크무늬 스카프를 하고서 커다란 양손을 옆으로 늘어뜨린 모습이 하나의 조각상 같았다. 다음날, 안거는 오른손에 붕대를 감은 채 내 옆자리에 앉았다. 나는

깜짝 놀라서 물었다. 손이 왜 그래? 그녀가 말했다. 과일을 깎다가 미
끄러져서 손가락을 베었어. 내가 말했다. 넌 정말 미끄러지는 덴 선수
구나. 어제 다친 거야? 그녀가 대답했다. 응, 어제 아침에. 내가 말했다.
너도 알지? 어제 너희 엄마가 오셨어. 교장선생님이 너희 엄마보다 서
른 살은 더 늙어 보여서 다들 깜짝 놀랐잖아. 그녀가 말했다. 응, 알아.
우리 엄마는 꾸미길 좋아하거든. 내가 말했다. 아니, 그게 아니라 그런
분위기가 있었다고. 그녀가 말했다. 응, 우리 엄마는 분위기 있는 사람
이지. 보아하니 오늘은 별로 잡담을 할 만한 날이 아닌 것 같아서 나
는 입을 다물고 연습장을 폈다. 화학 문제를 몇 쪽 풀다가 나는 불쑥
말했다. 너 왼손잡이야? 그녀가 말했다. 아니. 내가 물었다. 과일 깎을
땐 어느 손을 쓰는데? 그녀가 말했다. 기억 안 나. 내가 말했다. 너 일
부러 다친 거지. 맞지? 안거는 귀에 이어폰을 꽂았다. 나는 손을 뻗어
이어폰을 빼냈다. 너 왜 자해한 거야? 그녀가 말했다. 기억 안 나. 나는
이어폰을 다시 그녀의 귀에 꽂아주었다. 그녀의 귓바퀴는 얼음처럼 차
가웠다. 나는 손을 거두고 말했다. 네 맘대로 해.

'누가 먼저 말하나 두고 보자' 놀이의 2라운드가 시작되었다. 사실
아버지가 술에 취해 난폭하게 구는 것도 어떻게 보면 일종의 자해였
다. 나는 그때 고작 열여섯 살밖에 되지 않았지만 아버지를 이해할 수
있는 능력이 이미 있다고 생각했다. 어릴 때의 아버지는 명석한 두뇌
로 가학을 익히며 왕성하게 자라난 지식욕이 있었다. 그는 구름 끝까
지 날아갈 수 있는 커다란 연을 만들 줄도 알았고, 붓으로 보기 좋은
해서체를 깨알같이 쓸 수도 있었다. 만약 할아버지가 국민당에 가입
해 둥베이에서 퇴각하고, 화베이에서도 퇴각하고, 난징까지 잃은 후에
처자식을 내팽개치고 자기 혼자 칭다오에서 배를 타고 타이완으로 도

망가지만 않았어도 아버지는 좋은 기회를 얻어 뛰어난 사람이 될 수 있었을 것이다. 하지만 모든 것은 할아버지가 일으킨 문제 때문에 연기처럼 사라져버렸다. 아버지는 원래대로라면 될 리가 없는 노동자가 되었고, 만날 리 없었던 만터우 가게 집 딸을 만나 결혼했고, 낳을 리가 없었던 성격이 정반대인 아들을 낳았다. 아버지가 마침내 돌이킬 수 없는 알코올 중독자가 된 건 그 전의 모든 일과 마찬가지로 그의 책임이 아니었다. 그래서 아버지는 계속해서 알코올 중독자로 살아가는 걸 택하고 그 모든 책임과 명석했던 시간들을 포기했다. 이런 식의 자해는 정확히 말하면 일종의 자기연민이자 자기도취다. 내가 이런 생각을 하게 된 건 안거가 우리 아버지와는 전혀 다른 종류의 자해를 하는 사람이란 걸 알게 되었기 때문이다. '누가 먼저 말하나 두고 보자' 놀이가 진행되는 동안 나는 안거가 어째서 자해를 한 건지 몇 번이고 고민했다. 너무 열심히 고민한 나머지 수업 시간에 딴생각까지 하게 되었다. 결국 얻어낸 나름의 결론은, 자해 외에는 그녀가 저항할 수 없다는 사실에 대한 저항을 표현할 방법이 없었기 때문이라는 거였다.

이런 해답이 머릿속에 떠올랐을 때 나는 놀이를 끝냈다. 어느 날 정치 수업이 끝난 후에 나는 책가방에서 다음 시간에 쓸 교과서를 꺼내면서 말을 꺼냈다. 그런 생각해본 적 없어? 성적이 좋으면 부모님 앞에서 당당하게 말할 수 있을 거란 생각 말이야. 안거는 단박에 고개를 저었다. 소용없어. 난 부모님 앞에선 절대로 똑바로 설 수 없을 거야. 내가 말했다. 왜? 네가 다리가 없는 것도 아니잖아. 그녀가 말했다. 난 절대로 그분들처럼 될 수 없고, 그만큼 이룰 수도 없으니까. 한 집에 예술가가 그렇게 많을 순 없어. 내가 말했다. 넌 소설 읽는 것도 좋아

하고 음악 듣는 것도 좋아하잖아? 그녀가 말했다. 난 그냥 감상할 줄
만 아는 거지 창작은 못 해. 내가 말했다. 그럼 넌 평론가가 되면 되잖
아. 감상한 후에 정리해서 얘기하면 되지. 그녀가 말했다. 감상과 평론
은 다른 거야. 난 어떤 작품이 아름답다는 것만 알지, 왜 아름다운지
말하지는 못해. 너한테 소설을 읽어주거나 음악을 들려줄 순 있지만,
다른 건 아무것도 할 줄 몰라. 우리 아빠는 내가 쓸모없는 애라고 했
어. 내가 말했다. 사람은 누구나 잘 하는 게 한 가지씩은 있으니까 너
도 분명히 있을 거야. 네가 못 찾은 것뿐이지. 그녀가 말했다. 난 없어.
내가 말했다. 잘 생각해봐. 그녀는 한동안 생각하더니 말했다. 어쩌면,
물건을 수리하는 건 잘 할지도 몰라. 내가 물었다. 물건을 수리한다
고? 그녀가 말했다. 이런 것도 능력으로 칠 수 있을지는 모르겠지만,
집에 있는 물건이 고장 나면 내가 몰래 고쳐놓곤 하거든. 그래서 부모
님은 물건들이 안 망가지는 줄 아셔. 내가 말했다. 그래, 넌 어쩌면 앞
으로 세계 최고의 수리공이 될 수 있을지도 몰라. 그녀는 내 말을 따
라했다. 세계 최고의 수리공. 내가 말했다. 응, 세상에 네가 고칠 수 없
는 물건은 아무것도 없는 거야. 그녀는 시선을 들어 내 눈을 마주보며
말했다. 정말 듣기 좋은 말이다.

　안거는 하루 종일 허리를 숙이고 길게 기른 검은 생머리를 늘어뜨
려 얼굴의 대부분을 가리고 있었기 때문에, 주의 깊게 관찰하지 않으
면 늘 졸려 보이는 표정 뒤에 상당히 매력적인, 어찌 보면 상당히 요염
한 얼굴이 가려져 있다는 걸 알아채기 힘들었다. 그녀의 얼굴을 매력
적이게 혹은 요염하게 만드는 점은 바로 자기 얼굴이 특별할 게 없다
고 생각한다는 점이다. 일종의 진지한 열등감으로 얼굴에 개성을 불
어넣었다는 점이랄까. 나는 그녀의 얼굴을 볼 수 없게 된 지 몇 년이

지난 후에야 마침내 이 개성에 대해 비교적 정확하게 정리할 수 있었는데, 그건 바로 그녀가 청춘으로서 가장 빛나는 나이임에도 기꺼이 자기 자신을 시들게 한 것이 그녀의 얼굴에 또래 아이들은 가질 수 없는 고요한 아름다움을 더해주었다는 것이었다. 행운인지 불행인지 모르지만, 나는 열여섯 살에 이미 다른 아이들보다 먼저 이런 아름다움이 주는 충격을 느꼈다. 그래서 다른 아이들이 모든 과목에서 낙제하는데다가 벙어리나 다름없는 이 평범한 여자아이를 여전히 몰래 비웃고 있을 때, 나는 이미 꿈속에서 그녀의 입술에 몇 번이나 입을 맞췄다. 내 성적은 슬금슬금 떨어지기 시작했다. 순식간에 학교에 소문이 날 정도로 성적이 떨어지지 않은 건 전적으로 몇 년 동안 시험과 악전고투하며 얻은 풍부한 경험 덕분이었다.

바로 이 시기에 그녀는 내가 오랫동안 처박아뒀던 전자시계와 우리 어머니가 막 고장낸 라디오를 고쳐주었다. 그리고 자기 침대 머리맡에 둔, 팔이 곧잘 떨어지는 작은 곰 인형을 다시 바느질해 고쳤다고 했다. 침대 머리맡에 둔 작은 곰 인형. 그녀가 이 말을 할 때, 나는 열감이 이마까지 치솟는 걸 느꼈다. 나는 그 곰 인형으로 변해 있다가 달이 뜰 때 다시 나 자신으로 돌아오는 상상을 했다. 내가 가진 과학적지식이 아직 그 침입을 어떻게 완성해야 할지 구체적으로 알려주지는 못했지만, 나는 그런 일을 상상했다. 여러 선생님이 차례로 나를 불러다 얘기하면서, 내 성적이 계속 떨어지는 건 돌이킬 수 없는 추락이 아니라 그저 고등학교 3학년이 되어 전력투구를 하기 직전의 조정 기간일 뿐이라고 했다. 그런데 선생님에게 불려가서 얘기할 때도 그 말, 침대 머리맡의 작은 곰 인형이라는 말이 여전히 내 머릿속에 울려 퍼지고 있었다. 나는 그 작가가 한 말을 마침내 이해했다. 강력한 상상은 현실을 만들어낸다는, 그 말은 진짜였다.

  아름다운 저녁놀이 창밖에 내려앉은 어느 날 저녁이었다. 나와 안거의 자리는 바로 창가에 있었다. 고등학교 3학년이 되기 직전이었기 때문에 하교 시간은 밤 아홉 시로 연기된 상태였다. 하늘 가득 펼쳐졌던 가을날의 아름다운 노을은 결국 사라지고, 길고 긴 야간자율학습 시간이 그 뒤를 이었다. 학교 운동장엔 아무도 없이 그저 낙엽만 땅 위에서 이리저리 굴러다녔다. 그물 없이 쇠로 된 고리만 남은 농구 골대는 마치 수갑인 양, 백보드를 자기 곁에 채워 매달고 있었다. 안거는 이따금 시선을 들어 창밖의 노을을 바라보다가 다시 고개를 숙이고 내 고장 난 만년필을 고쳤다. 그 만년필은 어릴 때 고모가 선물해준 것인데, 아주 오랫동안 써서 이제는 펜촉이 제대로 맞물리지 않았기 때문에 글씨를 쓸 때 조금만 힘을 주면 종이에 금세 커다란 잉크 얼룩이 생기곤 했다. 고모는 내 학업에 있어 가장 중요한, 어쩌면 거의 유일한 후원자였다. 고모는 아버지보다 열두 살이 많았는데 고모와 아버지는 둘 다 양띠였다. 할아버지가 도망가면서 전해온 유일한 편지는 바로 고모에게 남긴 것이었다. 그 편지는 군용 메모지에 적혀 있었다. 고모의 말에 따르면, 아주 급하게 쓴 티가 나긴 했지만 할아버지는 오랫동안 해서체를 수련한데다가 군대에서 보낸 기간도 길었기 때문에, 필체에 강건한 기운이 있었다. 메모지에는 이렇게 적혀 있었다. 야춘雅春아. 우리 군대는 이미 궤멸하여 나는 곧 칭다오에서 배에 오를 것이다. 일각도 지체할 수 없는 상황이다. 어디로 갈지 의견이 분분하지만 아직 알 수가 없다. 너희 모친이 이미 세상을 뜬 지 오래니 이 난세는 오로지 네가 책임을 져야겠다. 옛집에 있는 서화는 모두 팔아도 된다. 나는 불일에 돌아올 것이다. 부친. 이 쪽지는 '문화대혁

명' 당시 아궁이 속에 던져버렸지만 고모는 그 내용을 한 글자 한 글자 그대로 기억하고 있었다. 고모는 아마도 자기가 '불일不日'이라는 말을 잘못 이해한 것 같다고, '불일간不日間'이라는 뜻이 아니라 그런 날은 오지 않을 거라는 뜻이었나 보다고 말했다. 고모는 베이다황北大荒에서 돌아와서 S시 옆에 있는 작은 도시인 J시로 시집을 갔는데, 랴오시遼西·선양瀋陽 전투 당시의 승부처가 되었던 그 도시에서 고모는 간호사가 되었다. 생활은 그럭저럭 괜찮아서 고모는 퇴직하기 전 수간호사 자리에까지 올랐고, 고모가 사는 J시 중심가의 작고 조용한 아파트 단지에 사는 이웃들은 전부 병원에서 퇴직한 교수나 부교수들이었다. 시간이 흐르면서, 할아버지에게서 아무런 소식이 없는 것보다도 우리 아버지, 그러니까 그 당시 온 가족이 가장 사랑하고 아꼈던 막내 동생이야말로 고모 인생에서 가장 큰 아픔이 되었다. 고모는 "이 난세에 오로지 자기가 책임을" 지는 일을 이어갈 대상으로 아버지의 유일한 아들인 나를 선택했다. 그래서 내가 9년간의 의무교육을 마치고 우리 시에서 가장 좋은 고등학교에 입학한 뒤로 내 개인 경제는 기본적으로 우리 집의 가계 경제에서 독립해 빠져나왔다. 매년 개학할 때가 되면 고모는 J시에서 기차를 타고 와서 반 년 간의 학비와 생활비를 내게 직접 주었다. 고모는 우리 집의 구조를 완전히 파악하고 있었다. 돈을 아버지에게 주면 절대로 안 된다. 그랬다간 돈이 술로 변한다. 만약 돈을 어머니에게 준다면 어머니의 유약함은 그저 돈이 술로 변하기 전 간결하고도 효과적인 폭력을 더할 뿐이다. 이런 폭력이야말로 아버지가 술을 마시기 전의 전채요리나 다름없었다. 그래서 고모는 내게 직접 돈을 줄 수밖에 없었다. 고모는 내가 아직 어리긴 하지만 이미 아버지에게 저항하는 능력이 상당해서, 누구에게도 자기가 공부하는 데 쓸 돈을 한 푼도 뺏기지 않을 거라는 걸 알고 있었다.

교실에 세 줄로 늘어서 있는 형광등이 차례차례 켜질 때, 나는 안 거에게 말했다. 내가 널 지켜줄게. 그녀가 말했다. 네 만년필은 못 고치겠어. 아무래도 촉을 더 이상 못 쓰겠는데. 내가 말했다. 난 무슨 일이 있어도 언제나 널 지켜줄게. 날 믿어줘. 그녀가 말했다. 네가 왜 날 지켜주는데? 내가 말했다. 모르겠어. 난 그냥 이 말을 하고 싶어. 네가 물에 빠진다면 난 수영을 못해도 널 구할 거고, 누가 널 해친다면 난 목숨을 걸고서라도 널 해친 사람에게 네가 입은 상처의 열 배로 상처를 줄 거야. 그녀는 깊은 우물 같은 눈을 들어 다시 한 번 나를 마주보았다. 그리고 이번에는 나는 그 우물 밑바닥에서 들려오는 오열과도 같은 물소리를 조금쯤은 들었다고 믿었다. 그녀가 말했다. 나도 널 지켜줄게. 내가 물었다. 넌 내가 이런 말을 했기 때문에 그렇게 말하는 거야? 그녀가 고개를 저었다. 난 얼마 전부터 이렇게 될 걸 알고 있었어. 만약 네가 상처를 입는다면, 난 용기가 없어서 복수해줄 능력은 없지만, 그래도 널 고쳐줄 수는 있어. 내가 말했다. 만약에 내가 이 만년필처럼 더 이상 고칠 수 없게 되면? 그녀가 말했다. 넌 그렇게 되지 않을 거야. 넌 생명력이 아주 강하니까, 결국에는 내가 고쳐줄 수 있을 거야. 그리고 이 만년필도. 그녀는 내 만년필을 자기 필통에 넣었다. 방금 생각났는데, 나한테 컨버터가 고장 난 만년필이 하나 있어. 내가 집에 가져가서 그 만년필촉과 바꿔 올게.

그 후로 우리는 또 며칠 동안 비밀 계약이라도 한 듯이 말이 없었다. 서로 지켜주기로 맹약한 적이 애초에 없었던 것처럼, 우리는 다시 낯선 사람들처럼 어깨를 나란히 하고 앉아 있었다. 어째서 내가 말하지 않으면 그녀는 절대로 먼저 말을 걸지 않는 건지 알 수가 없었다.

이 세상에서 그녀의 주된 임무는 질문이 아니라 대답인 것만 같았다. 그럴수록 그녀는 내 꿈에 더 자주 나타났다가, 새벽이 되면 내가 아무리 붙잡고 심지어 눈물을 흘려도 꿈속에서 떠나버리곤 했다. 고등학교 3학년이 되자 나날이 수척해지는 내 모습과 떨어진 성적에 대한 소문이 마침내 퍼져, 제정신인 날이 없는 우리 아버지 귀에까지 들어갔다. 어느 날 방과 후에 아버지는 아주 엄숙하게 나를 한 대 때리더니 말했다. 공부하기 싫으면 그냥 집에 와라. 돈이 그렇게 쓰라고 있는 거냐? 아버지는 내 책가방을 뒤집어 탈탈 털어서 필통 속에도, 책장 사이에도 돈 한 푼 없는 걸 확인한 후에 내 엉덩이를 호되게 걷어차고는 옷을 입고 나가버렸다. 어머니가 다가와 나를 부축해 일으키며 말했다. 오늘 너희 담임선생님이 나를 부르시더구나. 내가 말했다. 알아요. 어머니가 말했다. 선생님이 그러는데, 네가 갑자기 다른 사람이 된 것 같다고 하더구나. 나는 눈물을 꾹 참았다. 어려서부터 지금까지 참아온 눈물을 전부 모으면 아마 호수를 가득 채울지도 모른다. 내가 말했다. 엄마, 나중에 내가 어떻게 되든, 난 꼭 엄마한테 효도할 거예요. 어머니는 눈물을 닦으며 말했다. 그래, 안다. 이것만 기억해라. 네가 만약에 네 아버지와 똑같은 사람이 될 거라면, 차라리 지금 말해다오. 내가 마지막에 가서야 알도록 하지 말고. 내가 말했다. 안 그럴 거예요. 그냥 좀 지쳐서 그래요. 쉬면 괜찮아질 거예요. 어머니는 내 말을 믿었다. 어머니는 원래 그렇게 사람을 잘 믿는 분이었다. '내일은 술 안마시고, 야간 경비 일을 찾아볼게'라는 아버지의 말을 어머니는 이십 년 동안 믿어 왔다. 어머니는 내 침대에 이불을 펴주었다. 피곤하면 자렴. 일어나면 국수 삶아 줄게.

다음날 나는 집에 돌아가지 않았다. 그날은 고등학교 3학년 첫 모의고사 날이었다. 나는 내 성적의 최하점 기록을 갱신하리라는 걸 알고 있었다. 갑자기 집으로 돌아가지 않기로 결심했다. 이렇게 한다면 나를 기다리는 건 지금의 생활이 철저히 사라져버리는 것뿐이라는 걸 나는 알고 있었다. 하지만 나는 이렇게 하지 않을 수 없었다. 집으로 돌아가지 않고 집이 아닌 곳에서 잠을 자는 것, 아무도 나를 모르는 세계에서 밤을 보내는 것. 짧은 도피. 그것이 내가 그때 생각할 수 있었던, 나를 조금이라도 즐겁게 만들 수 있는 유일한 방법이었다. 그날 시험이 끝나자 안거는 평소와 다름없이 CD플레이어와 교과서, 필통을 하나하나 가지런히 책가방 속에 챙겼다. 꼭 가정주부가 주방을 정리하는 것 같았다. 내가 말했다. 나 오늘 집에 안 갈 거야. 그녀가 물었다. 어디 갈 건데? 내가 말했다. 아직 모르겠어. 그냥 이 주변을 돌아다녀보려고. 그녀가 말했다. 그럼 내일 봐. 나도 대답했다. 내일 봐. 나는 컴퓨터를 쓸 줄 몰라서 지난 2년 동안 학교에서 크게 유행했던 컴퓨터 게임 붐을 놓쳤다. 그러니 PC방에서 밤을 보내는 건 냉혹하기 짝이 없는 하늘색 모니터를 멍하니 마주보고 있는 것밖에는 되지 않을 것이다. 그리고 아직 만 열여덟 살이 되지 않았기 때문에, 열여덟 살이 넘은 사람이나 할 수 있을 법한 거짓말을 지어내지 못하는 이상 나를 재워 줄 여관은 어디에도 없을 터였다. 그래서 결국 학교 근처에 있는 난후南湖 공원으로 가서, 책을 다 꺼내 속을 비운 책가방을 베고 벤치에 누워 하늘을 바라보는 걸 택했다. 9월의 백양나무 숲 위로 보이는 하늘엔 한 점 구름도 없이 투명한 하늘 자체만 보였다. 예전에 안거의 책상 위에 일본 작가의 소설이 한 권 놓여 있었던 적이 있는데, 제목이 아마 『한없이 투명에 가까운 블루』였던 것 같다. 그날의 하늘이 아마 한없이 투명에 가까운 푸른색이었을 것이다. 나는 이 하늘의 뒤편에 뭐가 있을지 상상해보려 애썼다. 무수한 별과 무수한 먼지를 빼면, 하늘 뒤편에 있는 건 아마도 역시나 하늘이 아닐까. 나는 갑자기 하늘이란 아마도 이런 것이라는 생각이 들었다. 그 어떤 비유로도 하늘을 제대로 형용할 수 없고, 가장 잘 묘사할 수 있는 방법은 바로, '저기 봐. 저기엔 아무것도 없어. 저게 바로 하늘이야'라고 말하는 것이 아닐까. 순찰하는 공원 관리인을 피해 몇 번 숨고, 큰 소리로 우짖으며 조용한 하늘을 가로질러 날아가는 몇 무리의 까마귀 떼를 보고 나자 하늘은 사라지고 사방에 밤이 내려앉았다. 나는 외투 단추를 꼭 잠그고 양손으로 어깨를 껴안고서 잠들 준비를 했다. 어깨를 껴안을 때, 골격이 손에 뚜렷이 만져질 정도로 내 몸이 말랐다는 걸 깨달았다. 잠들기 전 나는 요 며칠 사이 자신에게 끊임없이 해왔던 질문을 다시 떠올렸다. 어째서 내게 이런 일들이 일어난 걸까? 이런 곤혹감은 원래 나와는 아주 먼 일이었는데. 그리고 나는, 누군가 이런 곤혹스러운 일을 눈앞에 들이민다 해도 그저 헛기침 한 번 하고는 고개를 숙이고 해석기하학 문제나 하나 더 풀 거라고 확신하고 있었는데. 그런데 지금 나는 이런 곤혹감에 깊이 사로잡혀 있고, 구해줄 수 있는 사람은 아무도 없다. 나는 일찍이 스스로 가장 싫어했던 종류의 사람으로 변해가는 걸 목도하고 있고, 그런 과정 속에서 생각지도 못한 즐거움을 얻었다. 나는 참지 못하고 소리 내어 말했다. 젠장, 이게 도대체 어떻게 된 일이야? 이 말은 지난 몇 달 동안 담임선생님이 내 코앞에 삿대질을 하면서 몇 번이나 했던 바로 그 말이었다. 합리적인 해답을 얻는 데 또 한 번 실패한 나는 눈을 감고, 내 사고능력의 범위를 벗어난 이 의문을 잊어버리기로 했다. 그저 가을날의 나무 벤치가 등에 전해주는 딱딱함과 싸늘함을 느끼는 데 집중하면서 내 인생 최초의 자유로운 수면을 맞이하려 했다.

　그때, 어둠 속에서 호리호리한 인영이 나를 향해 다가왔다. 나는 공원 관리인이 직감에 따라 다시 와서 아마추어 노숙자인 나를 또 방해하려는 건가 생각했다. 막 몸을 일으켜 책가방을 들고 백양나무 숲으로 숨으려던 순간, 안거의 모습은 이미 뚜렷하게 내 눈앞에 나타났다. "내 예상대로네." 그녀는 책가방을 벤치 위에 내려놓았다. "나 좀 앉아도 돼? 아니면 그냥 계속 잘래?" "앉아." 심장이 미친 듯이 뛰기 시작했다. 그녀는 가방 속에서 물건을 꺼내면서 말했다. "너 주려고 빵을 좀 사왔어. 그런데 네가 어떤 빵을 좋아하는지 몰라서 그냥 내가 좋아하는 세 가지를 전부 샀어." 그러더니 맥주 캔 두 개를 꺼내며 물었다. 너 술 마셔? 내가 말했다. 아니. 그냥 네가 마시는 거 구경할래. 난 남이 술 마시는 걸 보는 게 익숙하거든. 그녀는 고개를 끄덕이더니 이번에는 담뱃갑을 하나 꺼냈다. 담배는 상하이의 회사에서 생산된 '훙쌍희紅雙喜' 상표였는데, 선명한 '희'자 아래에는 '담배는 건강에 해롭습니다. 하루빨리 금연하는 것이 건강에 이롭습니다'라고 적혀 있었다. "넌 담배도 안 피우지?" 내가 말했다. "안 피워. 그래도 간접흡연은 상관없어." 그녀는 내가 할 모든 대답을 이미 예상하고 있었다는 듯이 다시 고개를 끄덕였다. 어둠 속에서 익숙하게 보아온 그녀의 평온한 얼굴에 평소와 다름없이 아무것도 상관없다는 듯한 표정이 떠올라 있는 걸 보고 있었다. 비록 내가 목숨을 걸고 지켜주겠다고 굳게 맹세하긴 했지만, 사실 나는 그녀 앞에서는 꼭 어린아이 같았고, 그녀는 이미 어른들 세계의 규칙에 정통해 있거나, 어른들의 세계 입구에 서서 내가 휘청거리며 자기를 향해 걸어오는 걸 보고 있는 것 같았다. 안거는 맥주 캔 하나를 따서 흘러나오는 거품을 입으로 막더니 말했다. 응, 맛이 괜찮네. 내가 말했다. 나도 한 모금 줘. 그녀가 말했다. 아까는 안 마신다며. 내가 말했다. 아까는 아까고, 지금은 마시고 싶어졌어. 나는 그녀가 한 것처럼 맥주 캔을 따고, 흘러나온 거품을 입으로 막았다. 차가운 맥주 맛은 마치 얼음처럼 차가운 손이 내 머리카락 속을 훑고 지나가는 듯한 느낌을 주었다. 단번에 캔을 반이나 비운 후, 나는 아주 멋진 기분이 드는 걸 느꼈다. 눈앞에 있는 모든 것이 좋게 보이고 마음에 들었다. 숲도, 벤치도, 한밤중의 서늘함도 마음에 들었고, 안거가 갑자기 여기 온 것도 마음에 들었다. 그녀가 물었다. 기분이 어때? 나는 딸꾹질을 한 번 하고는 웃으며 말했다. 아주 좋아. 기분이 엄청 좋아. 그녀가 말했다. 나도 오늘 술을 처음 마시는 건데, 물이랑 별 차이가 없는 것 같아. 내가 말했다. 크게 한 모금 마셔봐야 알지. 그러자 그녀는 내가 했던 것처럼 캔을 높이 들고 전부 다 마셔버렸다. 잠깐 후에 그녀가 말했다. 이번엔 좀 다르긴 하네. 갑자기 노래를 부르고 싶어졌어. 나는 손을 흔들며 말했다. 그럼 불러! 그녀가 말했다. 아냐, 난 오늘 노래를 부르러 온 게 아냐. 그녀는 입가에 달라붙은 머리카락을 손으로 떼어냈다. 난 널 지켜주러 온 거야. 나는 다시 손을 흔들었다. 왜 갑자기 자꾸 손을 흔들고 싶어진 건지 알 수 없었다. 내가 말했다. 좋아, 날 지켜주러 온 거구나. 난 지금 정말 누가 지켜줘야 하는 상태거든. 그녀는 웃음을 터뜨렸다. 내가 기억하기로, 그녀가 나를 향해 그 또래의 아이다운 웃음을 보여준 건 그때가 처음이었다. 그녀가 말했다. 한 사람으로는 부족하지만, 무슨 일이 있더라도 두 사람이면 충분해. 나는 고개를 뒤로 젖혀 벤치의 등받이에 걸치고서 하늘을 향해 말했다. 그럼, 당연하지. 분명히 충분할 거야. 그녀도 나를 따라 머리를 뒤로 젖혔는데, 나보다 머리카락이 훨씬 길었기 때문에 보리 이삭처럼 내 옆으로 늘어뜨려졌다. 그녀가 말했다. 내가 널 어떻게 지켜줄 건지 알아? 내가 말했다. 모르겠는데. 말해봐. 그녀가 말했다. 내가 말했던 것처럼, 난 널 고쳐줄 거야. 내가 물었다. 넌 내가 어디가 고장 난 건지 알아? 그녀가 말했다. 조금은 알겠어. 지금부터 시작해도 될까? 내가 대답했다. 그래. 난 준비됐어. 그녀는 내 손을 잡고 깍지를 꼈다. 나 지금 책을 한 권 읽고 있어. 내가 물었다. 무슨 책인데? 그녀가 말했다. 어떤 여자 작가가 쓴 책이야. 책 속에 성가가 나오는데, 분명히 노래일 텐데 책에는 가사만 있고 악보가 없어. 우리 같이 읽어 볼래? 어때? 내가 말했다. 당연히 좋지. 같이 읽자. 그녀가 말했다. 그럼 우리 한 줄씩 번갈아 읽는 거야. 시작하자. 그녀는 고개를 숙였다. 나도 고개를 숙이고, 그녀를 따라, 그녀의 손과 목소리를 따라서 읽기 시작했다.

큰 산은 치울 수 있고, 작은 산도 옮길 수 있지만 사람에 대한 하느님의 큰 사랑은 영원히 변하지 않네. 하느님은 죄과를 내게서 저 멀리 떨어뜨려주시고, 하느님은 자애가 하늘처럼 높은 곳에서 내게 임하게 하시네. 눌려 쓰러진 갈대를 그분은 결코 꺾지 않으시고, 꺼져 가는 등불을 그분은 절대 불어 끄시지 않네. 하늘을 나는 참새들은 누구도 결코 잊지 않지, 들판에 핀 작은 꽃이 얼마나 아름다운지. 태양은 선한 이도 악한 이도 모두 밝게 비추고, 비는 의로운 이와 의롭지 못한 이에게 모두 내리네. 이 사랑 드넓고 깊어 차별 없이 베푸니, 모든 이가 구원받고, 누구도 몰락하지 않기를.

다 읽고 나자 안거가 말했다. 기분이 좀 나아졌어? 내가 말했다. 그냥 그래. '그분'이 '하느님' 맞지? 그녀가 말했다. 그럴 거야. '그분'이 바로 '하느님 아버지'야. 내가 말했다. '하느님 아버지'가 기독교에서 말하는 예수 맞지? 외국인들이 믿는 그 전지전능한 주 말이야. 그녀가 말했다. 그럴 거야. 내가 말했다. 난 안 믿어. 그녀가 물었다. 뭘 안 믿는다는 거야? 내가 말했다. 난 신이 그렇게 많은 일을 할 수 있다는 걸 안 믿어. 넌 믿어? 그러니까, '하느님'이 뭐든지 다 할 수 있다는 걸? 그녀가 말했다. 모르겠어. 난 기독교도도 아닌걸. 그냥 이 성가가 듣기 좋아서, 읽고 나면 기분이 좋아지는 것뿐이야. 내가 말했다. 난 별로 좋아진 것 같진 않아. 그리고 이 성가의 내용이 전부 사실이라고 하더라도 '하느님'이 그리 좋은 사람인 것 같진 않아. '비는 의로운 이와 의롭지 못한 이에게 모두 내리네. 이 사랑 드넓고 깊어 차별 없이 베푸니, 모든 이가 구원받고, 누구도 몰락하지 않기를'이라니. 난 신이 이렇게 호의를 낭비하는 걸 납득할 수 없어. 의롭지 못한 사람이 왜 구원받아야 돼? 벌을 받아 마땅한 사람도 있잖아. 평생 남을 슬프게 하는 것 말고는 아무것도 한 게 없는 사람 말이야. 신이 의로운 사람을 구원한다면 그런 사람은 구원하지 말아야지. 난 그런 사람을 하나 알고 있다고.

안거가 말했다. 그럼, 넌 누가 의로운 사람인지 어떻게 정확히 알아? 너는 의로운 사람이야? 내가 소리쳤다. 당연하지. 젠장, 난 지금까지 나쁜 짓을 한 적이 없다고. 그녀가 말했다. 잘 생각해봐. 어쩌면 우리 모두 의롭지 못한 사람일지도 몰라. 나는 잠시 생각하다가 그녀에게 물었다. 너는 의롭지 못한 사람이야? 그녀가 말했다. 그렇다고 생각해. 내가 물었다. 왜? 그녀가 말했다. 별다른 이유는 없어. 내 꿈에 네가 나왔다는 얘기를 했던가? 내가 말했다. 아니. 그녀가 말했다. 그럼 내 꿈 얘기를 해줄게. 그러면 네 기분이 좀 나아질지도 모르겠다. 듣고 싶어? 내가 말했다. 듣고 싶어. 사실 내 꿈에도 네가 나왔어. 이따가 얘기해줄게. 그녀는 한동안 진지하게 생각에 잠긴 끝에, 감정을 거의 다 잃어버린 듯한 어조로 천천히 얘기하기 시작했다.

꿈속에서 우린 단둘이 작은 배를 타고 있었어. 배엔 노도 돛도 없었어. 우린 배를 타고 파도를 따라 떠가고 있었는데, 육지도 섬도 보이지 않고 사방엔 하늘 끝과 이어진 바다밖에 보이지 않았어. 햇빛이 바닷물을 비추고 우리도 비추고 있었어. 우린 손을 잡고 서로를 보면서 미소를 지었어. 어딘가에서 노랫소리가 들려왔는데, 가사가 아직도 기억나.

푸른 하늘 은하수 하얀 쪽배엔
계수나무 한 나무 토끼 한 마리
돛대도 아니 달고 삿대도 없이
가기도 잘도 간다 서쪽 나라로

날이 저물어 멀리 보이던 하늘이 사라지고, 바다와 하늘은 전부 짙은 검은색으로 변했어. 노랫소리도 그쳤어. 그때 갑자기 바닷물이 바닥으로 스며들어 왔어. 어느 샌가 배의 바닥에 작은 구멍이 뚫려서 바닷물이 새어들어 온 거야. 배가 점점 가라앉으면서 바닷물이 무릎까지 차올랐어. 난 너한테 빨리 날 데리고 도망쳐달라고 했는데, 넌 도망치기 싫다고 했어. 나랑 같이 바다 밑바닥으로 가라앉게 되더라도, 아무것도 변하지 않고 지금처럼 그대로 있고 싶다고. 끝내 배가 뒤집혔어. 그 순간에 난 한 손으로는 네 손을 잡고 다른 한 손으로 뱃전을 붙잡았어. 난 시간이 조금만 더 지나면 우린 이 나무배와 함께 침몰하게 될 거란 걸 알 수 있었어. 우리 둘 중 한 사람만 배와 함께 남지 않는다면 말이야. 그런데 그때 시야의 가장 먼 곳에, 저 멀리 바닷물 위에 불빛이 하나 나타났어. 그 불빛은 너무나 멀고 가냘파서 하늘에서 내려온 건지 아니면 바다 밑에서 솟아오른 건지 알 수가 없었어. 그 불빛 아래엔 섬이 하나 있었어. 난 너에게, 뱃전을 꼭 붙잡고 있으면 파도가 널 저 섬으로 데려다줄 거라고 말했어. 넌 날 차마 버릴 수 없어서 내 손을 붙잡고 놓지 않았어. 그래서 난 너한테, 지금 날 보내면 난 언젠가 돌아올 거지만, 내 손을 놓지 않는다면 영원히 날 잃어버리게 될 거라고 했어. 그런 다음에 널 뒤집힌 배 위로 밀어 올렸어. 파도가 너를 조금씩 멀리, 등불 쪽으로 밀어 보냈어. 넌 나를 향해 손을 흔들면서 빨리 너를 찾으러 돌아오라고 말했어. 난 네가 수면 위에서 점점 작아지다가 마침내 사라지는 걸 지켜본 다음에 눈을 감고 바다 밑으로 가라앉았어. 차가운 바닷물이 내 주위를 둘러쌌어. 난 의식을 잃기 전까지, 그리고 내가 완전히 죽은 후에도, 너를 잊어버리지 않았어.

이야기를 마치고, 그녀는 내 손을 잡고 있던 손을 빼내더니 나를 보며 말했다. 정말 지루하지? 내가 말했다. 아냐. 그녀가 말했다. 거짓말하지 마. 내가 말했다. 거짓말 아냐. 아주 몰입해서 들었는걸. 그녀는 고개를 끄덕이고는 내게 물었다. 네 꿈은 어땠는데? 내가 중얼거렸다. 내 꿈 말이지. 그녀가 말했다. 그래, 네 꿈 말이야. 나는 그녀를 보지 않고, 내 앞에 줄곧 말없이 서 있는 나무를 바라보았다. 나뭇잎들이 천 개 만 개나 되는 귀처럼 보였다. 내가 말했다. 내 꿈에선, 네가 내 바지 속에 손을 집어넣었어. 벌써 몇 번이나 그런 꿈을 꿨는지 몰라. 그녀가 말했다. 너 방금 내가 한 얘기 진지하게 들었어? 내가 말했다. 아주 진지하게 들었어. 너한테 정확히 그대로 다시 얘기해 줄 수도 있을 정도야. 그녀가 말했다. 그럼 됐어. 이제 우리 뭐 하러 갈까? 내가 말했다. 네가 내 바지 속에 손을 넣어줬으면 좋겠어. 그녀가 말했다. 네가 그렇게 생각한다는 걸 못 믿겠는데. 그러더니 그녀는 자리에서 일어섰다. 난 집에 가야겠다. 내가 말했다. 그래. 네가 약속을 지키진 않았지만, 그래도 고마워. 그녀가 물었다. 내가 약속을 안 지켰다고? 내가 말했다. 응, 넌 날 고쳐주지 않았잖아. 그녀가 말했다. 내가 네 말대로 한다면 어쩌면 넌 더 심하게 고장날지도 몰라. 그런 예감이 들어. 내가 말했다. 내 예감은 너랑 정반대야. 난 널 지켜줄 거야. 난 약속을 어기지 않을 거라고. 그녀가 말했다. 나도 약속을 어기지 않았어. 내가 할 수 있는 건 이미 다 했으니까, 남은 일은 너 스스로 해내야 해.

나는 그녀의 손을 내 다리 사이에 끌어다 놓았다. 제발 부탁이야, 날 한 번만 도와줘. 그럼 난 다시 우등생으로 돌아갈 거야. 네가 이번 한 번만 날 도와준다면 난 앞으로 다시는 망상 같은 건 하지 않을게. 내일부터는 다시 열심히 공부할 거야. 내가 보기에, 난 한 달이면 회복할 수 있을 거야. 그래서 내가 우리나라 최고의 대학에 들어가고 나면, 네 생각이 나긴 하겠지만 우린 다시는 만날 일 없을 거야. 그녀가 말했다. 확실해? 이게 정말 지금 네가 원하는 거야? 내가 말했다. 확실해. 난 바로 이걸 원해. 그런데 사실, 난 네가 뭘 어떻게 해줘야 하는지는 모르겠어. 그러니까, 구체적으로 말이야. 그녀는 고개를 끄덕였다. 나는 그녀가 뭘 해야 할지 안다는 걸 분명히 느낄 수 있었다. 그녀는 책가방을 다시 내려놓고는 내 다리 사이에 쪼그리고 앉아 바지 지퍼를 내렸다. 긴 머리가 내 허벅지 위에 늘어뜨려졌다. 기다린 지 너무 오래되어 지나치게 발기한 나머지 붉게 부어오르다시피 한 내 성기를 꺼내 입에 넣기 직전에, 그녀가 내게 말했다. 약속해, 내 입 속에 하지 않겠다고. 나는 시원스럽게 약속했지만, 지키지 못했다. 그녀는 기술이 아주 능숙했고, 나는 손만 대면 무너질 상태였기 때문이다.

그녀는 한동안 캑캑거리며 기침을 하고 나서 말했다. 난 가야 돼. 나는 그녀의 팔을 붙잡았다. 한 번만 안아보게 해줘. 그녀는 고개를 저었다. 네가 뭘 하고 싶은 건지는 알지만, 난 가야 돼. 나는 손에 힘을 주었다. 손톱이 그녀의 살 속으로 파고들었다. 넌 내가 뭘 하고 싶은 건지 몰라. 난 그냥 널 껴안고 싶은 거라고. 그녀는 힘껏 나를 뿌리치고 가방을 어깨에 메더니 말했다. 내가 너한테 중요해? 나는 자리에서 일어섰다. 넌 나한테 최고로 중요한 사람이야. 그녀가 말했다. 그럼 내 말을 들을 거야? 나는 그녀에게 다가섰다. 응, 꼭 들을 거야. 오늘만 빼고. 그녀가 말했다. 그럼 됐어. 난 그래도 널 믿어. 내일부터 넌 뒤돌아보지 말고 등불 쪽으로 가야 해. 내가 말했다. 무슨 말인지 모르겠어. 등불이 어디 있는데? 그녀는 아까 했던 말을 반복했다. 네가 등불을 향해 간다면 난 널 찾으러 돌아올 거지만, 네가 멈춘다면 난 정말로 사라져버릴 거야. 넌 날 위해서라도 등불을 향해서 가야 해. 알았지? 내가 말했다. 약속할게. 이제 널 안아봐도 돼? 그녀가 말했다. 넌 네가 되고 싶은 그런 사람이 될 수 있을 거야. 누가 온다. 나는 온몸에 소름이 돋았다. 그녀는 뒤도 돌아보지 않고 공원에 난 자갈길을 따라 뛰어갔다.

안거의 실종은 한동안 우리 반 학생들을 공포에 떨게 만들었다. 십여 년이 지난 후 사건 파일을 읽으면서, 나는 안거 실종사건의 경위가 그 당시 학생들 사이에서 전해지던 얘기와 거의 흡사하다는 걸 발견했다. 경찰은 처음에는 이 일을 이 도시에서 곧잘 일어나는 사춘기 소녀의 가출 사건이라고 여겼다. 가출의 원인은 이른 연애일 수도, 부모와의 불화일 수도 있고, 과중한 학업 스트레스일 수도 있고, 아니면 그냥 사춘기 우울증 때문이라고 뭉뚱그릴 수도 있었다. 그리고 이런 문제들은 모두 학습 부진아와 관련이 큰 것들이었다. 하지만 한 주, 두 주가 지나 한 달이 넘어가면서 이 실종사건은 그리 간단한 일이 아니게 되었다. 안거는 옷을 거의 챙겨가지 않았고, 집을 나갈 땐 아마도 평소에 등교할 때 가지고 다니는 책가방과 매일 밤 안고 자는 곰 인형만 가지고 나간 것 같았다. 그녀는 현금도 거의 없었고, 무슨 말을 남기거나 누군가에게 자기가 갈 곳을 알려주지도 않았다. 그래서 경찰은 더 심각한 가능성, 즉 사춘기 우울증의 가장 극단적인 결과인 자살로 이어졌을 가능성에 치중하기 시작했다.

그 후로 한 달이 더 지나면서, S시에서는 소녀가 자살한 사건이 세 건이나 일어났다. 두 명은 고층건물에서 투신했고, 한 명은 여관에서 포도주 한 병을 다 마신 다음 손목을 그었다. 하지만 이 세 소녀 중에 안거는 없었다. 참혹한 사건이 발생한 지 얼마 되지 않아 소녀들의 시신은 모두 가족이 인수해갔다. 안거의 부모는 심지어 경찰과 함께 투신자살한 그 두 소녀의 집으로 달려가서 혹시 누가 시신의 신원을 잘못 알아본 건 아닌지 확인하기까지 했다. 머리가 깨진 시체의 신원을 파악하는 건 어쨌든 그리 쉬운 일은 아니지 않은가. 하지만 사실상, 모습이 완전히 달라졌다 하더라도 부모라면 죽은 아이가 자기 딸인지 아닌지 한눈에 알아볼 수 있는 법이다. 경찰은 안거 부모의 독촉을 받고 최근 한 달 동안 전국에서 갖가지 이유로 사망한 후에 인수되지 않은 시신들을 전부 조사했지만, 그중에 안거는 없었다.

경찰은 결국 최악의 가능성, 즉 타살을 의심할 수밖에 없게 되었다. 안거의 주변 사람인 범인이 안거를 죽이고 시신을 훼손해 처리한 게 아닌가 하는 추측이 떠올랐다. 가장 먼저 의심받은 사람은 안거의 어머니였다. 어쩌면 경찰도 그녀의 힘 있어 보이는 커다란 두 손에 홧 김에 무기를 든다면, 충분히 자기 딸의 목숨을 단번에 끊어버릴 수도 있었을 거라는 점을 눈치 챈 건지도 모른다. 게다가 이웃들의 얘기에 따르면 안거의 어머니는 성격이 아주 불안정해서, 특히나 창작에 슬 럼프가 올 때면 이웃과 말다툼을 할 뿐만 아니라, 마음속의 불안감 을 해소하기 위해 작은 일에 꼬투리를 잡아 안거를 모질게 때리곤 했 다는 것이다. 어느 날 폭력을 휘두르다가 실수로 그녀를 때려죽이고, 겁에 질린 와중에 조각 작품을 제작하듯이 조심스럽게 시체를 훼손 해 흔적을 없앤 건 아닐까? 하지만 안거가 실종된 그날, 그녀는 자신 의 작품 활동 20주년을 기념하는 개인전의 사전 준비를 위해 상하이 에 가 있었다. 경찰은 곧이어 그녀의 아버지에 대한 혐의도 배제했다. 그가 자기 딸에 대해 성적인 면에서의 '탐색'(용의자 본인의 표현이었다) 을 한 적이 있다고 인정하긴 했지만(조사를 계속한 결과, 안거 외에도 그 의 학생 네 명이 더 포함되어 있었다), 그는 미성년자와의 성관계라는 상 대적으로 무거운 죄명을 피하기 위해 아주 조심했기 때문에, 성희롱 과 오럴 섹스 혹은 자기가 자위하는 걸 피해자가 보도록 강요하는 정 도에서 그쳤다. 사건이 일어난 날, 그녀의 아버지는 음악학원 동창 모 임에 나갔다가 술에 취해서 찜질방에서 잤다고 했다. 그의 진술서에 는 이렇게 적혀 있었다. 그 애가 나한테 쓸모 있는데다가 남한테 발설 할 리도 없는데, 내가 왜 그 애를 죽입니까? 그런 다음 경찰은 이웃을 조사하고, 담임선생님과 몇몇 학생에게도 이런저런 질문을 했지만, 형 식적인 기록만 남겼을 뿐 별다른 진전은 없었다.

처음부터 끝까지, 나를 찾아낸 사람은 아무도 없었다. 나는 그녀의 짝이긴 했지만 그녀와 거의 대화를 하지 않았기 때문이다. 반 아이들이 보기에 우리는 평범한 친구 사이조차 아니었다. 안거는 혼자서 공원으로 가서 나를 찾아냈던 다음날 실종되었다. 그건 그녀를 마지막으로 본 사람이 나라는 뜻이었지만, 나 말고는 누구도 그 사실을 알지 못했다. 경찰은 그저 그날 안거가 평소의 귀가 시간보다 두 시간이나 늦게 귀가했다는 것만을 알고 있을 뿐이었다. 경찰은 멀지도 않아 보이는 귀가길이 왜 그렇게나 오래 걸렸는지 알지 못했다. 아무도 그녀가 다른 곳에 들르는 걸 보지 못했기 때문이다. 당연히 나 외에는 그 의문에 답할 수 있는 사람이 없었지만, 나는 침묵하는 걸 택했다. 내 행동을 어떻게 설명해야 할지 몰랐기 때문이다. 그날 나는 그녀를 붙잡아 내 몸 아래에 깔아 눕힐 뻔했다. 그게 무슨 죄명에 해당하는지는 몰랐지만 적어도 내가 완전히 쓰레기 취급을 받게 될 거라는 건 알 수 있었다. 그렇게 되면 선생님과 친구들도 내 성적이 폭락한 것에 대한 해답을 얻게 될 것이다. 아버지가 휘두를 혁대는 오히려 무서울 것이 없었지만, '내가 마지막에 가서야 알도록 만들지 마라'고 하셨던 어머니의 눈빛은 어떻게 마주해야 한단 말인가. 그래서 그녀가 실종된 후에 나는, 그날 밤에 있었던 일을 내가 곧바로 경찰에 알려줬다 해도 그들은 그녀를 찾지 못했을 거라고 나 자신에게 몇 번이고 되뇌는 수밖에는 없었다. 그녀를 찾는 사람은 반드시 나여야 했다. 이것이 그녀가 내게 부여한 권리이자 죄책감이고 또한 사명이라는 사실은 의심할 여지가 없었다.

안거가 실종되고 16일이 지난 후 나는 그녀가 내게 보낸 편지를 받았다. 봉투에는 보낸 이의 이름이 없이 곧장 우리 학교로 보내져 왔다. 소인을 보니 그 편지는 우리가 공원에서 헤어진 그 밤에 보낸 것이었다. 더 정확히 말하면, 그녀는 나를 떠난 후에 길 위에서 혹은 길가에 앉아서, 어쩌면 어느 환한 음식점에 들어가서 편지를 쓴 후에 우표를 붙이고는, 가방을 메고 음식점을 나가서 우체통에 넣었을 것이다. 그런 다음 집에 돌아가서 그녀의 곰 인형을 챙겨서는 영원히 집을 나가버린 것이다.

편지는 거칠거칠한 갱지에 적혀 있었다. 4절지 갱지는 편지봉투에 비해서 너무 컸기 때문에 그녀는 편지를 가로 세로로 세 번이나 접어 봉투 속에 쑤셔 넣었다. 거의 대부분이 공백인 종이 위엔 갱지 특유의 옅은 노란색이 감돌았다. 종이의 맨 위쪽, 끄트머리에 가까운 부분에만 연필로 한 줄이 적혀 있었다. 톈우에게. 난 우리가 둘 다 자기가 제일 좋아하는 시간 속에서 살아갈 수 있길 바라. 안거. 날짜는 적혀 있지 않았다. 나는 탁상전등 아래서 내게 더없이 익숙한, 그러면서도 이미 엄청난 의미를 갖게 된 이 갱지를 수도 없이 살펴보았다. 갖가지 연필심의 굵기와 색깔을 비교해 본 끝에 나는 이 문장이 2B연필로 쓴 거라고 확신했다. 아마도 바로 내가 그녀에게 준 그 연필일 것이다. 그녀가 종이를 접은 방식에는 그 종이를 어떻게든 가지런히 편지봉투에 집어넣으려는 의도 외에는 다른 의미가 없었다. 그 편지를 전구 바로 아래에 대보고, 나는 그녀가 그 한 줄 아래에 그림을 그렸다가 지우개로 깨끗이 지워버렸다는 걸 알아챘다. 공백이 한참 이어진 아래에 아주 가느다란 연필 자국이 남아 있었고, 편지를 코앞에 대보니 옅어져 가고 있는 과일 향 지우개 냄새가 났기 때문에 나는 이런 결론을 얻었다. 하지만 그녀가 도대체 무엇을 그렸고 왜 그걸 지운 건지는 아무리 추측해도 답을 얻을 수 없었다. 물론 이 증거 역시 경찰에 제출하지 않고 쥐고 있었다.

　나는 기억을 더듬어 그날 안거가 읽어준 성가와 불러준 노래 가사의 대부분을 적어보았다. 그리고 고등학교 3학년 내내 일요일 오후 쉬는 시간마다 자전거를 타고 시립도서관에 가서 그 노래들을 찾아보았다. 흡사 박물관 같은 그 건물에는 새로운 소장품이 들어오지 않은 지 아주 오래된 것 같았지만, 그래도 내게는 이미 충분했다. 나는 안거가 공원에서 불러준 노래의 제목이 〈하얀 쪽배〉 혹은 〈반달〉이라는 걸 알게 되었다. 그 노래는 조선인 작곡가 윤극영이 남편을 잃은 누나를 위해 1924년에 만든 곡이었다. 윤극영은 조선 사람이었지만 조선이 일본의 식민지가 된 후에는 일본에서 7년 동안 살다가 그 다음엔 중국 둥베이 지방에서 10년 동안 살았다. 그리고 그날 안거가 부른 건 노래의 1절뿐이었고, 그 뒤에 곡조는 같지만 가사는 다른 2절이 더 있었다.

　은하수를 건너서 구름 나라로
　구름 나라 지나선 어디로 가나
　멀리서 반짝반짝 비치이는 건
　샛별이 등대란다 길을 찾아라

　그런데 "큰 산은 치울 수 있고, 작은 산도 옮길 수 있지만"으로 시작하는 성가는 "사람에 대한 하느님의 큰 사랑은 영원히 변하지 않네"로 이어지는 버전 외에도 여러 가지 버전이 있었는데, 전부 작자 미상이었다.

　안거가 실종된 때는 대입시험까지 채 석 달도 남지 않은 때였다. 고등학교 3학년 첫 모의고사 때 내 석차는 이미 우리 학교 전교생의 인원수와 거의 비슷한 숫자였다. 그 시점에 이미 대입시험에서 자기 자신의 가치를 실현하려는 노력을 포기한 학생들이 꽤 있긴 했지만, 그렇다고 감히 백지 답안지를 제출하는 학생은 거의 없었다. 그런데 나는 네 과목 중에서 세 과목의 답안지를 백지로 냈다. 유일하게 뭐라도 쓴 건 어문 과목이었는데, 나는 제목에 맞지도 않는 내용의 작문을 줄줄이 적어 냈다. 작문 내용의 대부분은 안거가 내게 읽어줬던 그 소설의 문장을 베껴 쓴 것이었고, 단락과 단락 사이를 연결하는 문장 정도만 내가 썼다. 점수는 말할 것도 없이 형편없었다. 내 작문은 우리 학교 어문 과목 선생님들 사이의 웃음거리가 되었으며 나는 타락한 우등생의 본보기가 되었다. 두 번째 모의고사는 대입시험까지 70일 정도 남은 4월 중순에 치러졌는데, 이 시험에서 나는 원래의 성적을 거의 회복해서 반에서 2등, 학년에서 27등을 했다. 총점은 지난번 모의고사 때보다 500점 가량 올랐다. 예전부터 내가 우리 학교 최고의 우등생이 되는 걸 방해했던 어문 과목은 여전히 내 유일한 약점이었는데, 그중에서도 작문이 가장 큰 약점이었다. 나는 3주 정도 걸려서 모범 작문 문장을 작성했다. 서두의 문장과 결말의 내용이 서로 호응하게 하고, 서술과 주장의 비율을 맞추고, 심리 묘사와 풍경 묘사를 넣고, 알맞은 부분에 알맞은 빈도로 유명인들의 명언도 인용했다. 그리고 이 전술을 실행하는 병사는 바로 언어였다. 나는 안거의 짝으로 반년 넘게 지낸 뒤로 내가 언어를 더욱 자유자재로 사용할 수 있게 되었다는 걸 발견했다. 언어가 지나치게 특별해지지 않게 해서 불필요한 주목을 끌지 않도록 조심하고, 평범하면서도 매끄러운 문장을 유지하는 데 만족하면서 선생님들이 읽고 싶어하는 이야기를 완성하기만 하면 되었다. 5월에 본 마지막 모의고사에서 내 성적은 반에서 1등, 학년에서 2등이었다. 내가 전교 1등을 하지 못한 건 어떤 선생님이 시험문제의 대부분을 유출해 다른 학생 하나가 만점에 가까운 성적을 받았기 때문이었다. 6월 초의 어느 날, 대입 시험장을 빠져나오면서 나는 이 학교의 누구도 나를 뛰어넘을 수 없을 것이고, 어쩌면 이 도시 전체를 봐도 나보다 시험을 잘본 학생은 거의 없을 거라고 확신했다. 그리고 나는 이미 몰래 신체검사를 통과해뒀기 때문에 기본적으로 내가 원하는 학교에 입학하는 데 문제가 없었다. 나는 부모님 몰래 대학 입시 원서를 써서 학교에 제출했다. 선생님은 원서를 손에 들고 나를 보며 물었다. 시험 못 봤어? 내가 대답했다. 네. 그녀가 말했다. 경찰학과라고? 내가 말했다. 네. 이 두 마디가 사실상 내가 요 석 달 동안 학교에서 한 말의 전부였다. 나중에 담임선생님이 몇 년간이나 내 얘기를 꺼내곤 했다는 말을 전해 들었다. 그녀가 말하길, 예전에 자기 반에 어떤 학생이 있었는데 고등학교 3학년 때 성적이 무슨 고무공처럼 갑자기 떨어졌다가 갑자기 튀어 올라서, 결국 대입시험에서는 S시 전체에서 7등의 성적을 거뒀지만 자기 성적을 제대로 판단하지 못하는 바람에 경찰학교에 갔다는 말을 했다는 얘기였다. 그 애는 원래대로라면 변호사나 학자가 될 수도 있었을 것을 지금은 고작 경찰이 되었다며, 선생님은 언제나 모든 걸 알고 있다고 말했다는 것이다.

내가 선택한 경찰학교는 안거의 집 바로 근처인 황구 구 타완 거리에 있었다. 입학수속 날에 나는 짐을 들고 버스에 올라탔다. 어머니가 문 쪽에서 말했다. 안쪽으로 들어가. 안에 자리 있어. 내가 말했다. 들어가세요. 주말에 올게요. 어머니가 갑자기 말했다. 아들, 너도 너 나

름대로 생각이 있겠지. 나도 안다. 내가 말했다. 엄마, 걱정 말고 들어
가세요. 이윽고 버스 문이 닫혔고, 버스는 시의 북쪽을 향해 달리기
시작했다.

5.

장수 담배와
연인 사탕

호텔로 돌아온 샤오주는 표지에 그림이 그려진 그 사진첩을 꺼내더니 인화한 사진을 아주 진지하게 안에 끼우고, 빨간색 크레용으로 두 장의 사진 아래에 각각 이렇게 썼다. '넋이 나갈 뻔하다. 중화민국 101년(2012) 5월 12일, 남문 야구장에서 샤오우 촬영.' '왼손 포크볼. 101년 5월 12일, 약사 톈허천天合陳의 약국에서 샤오우 촬영.' 리톈우는 샤오주의 침대 가장자리에 앉아서 그녀가 침대 위에 엎드려 사진을 조심스럽게 열 맞춰 사진첩에 끼우고 글귀를 적는 걸 보다가 물었다. "혹시 신발 좀 벗어도 돼?"

　"발 냄새 나요?"

　"발 냄새는 아니고 그냥 내 체취가 있겠지. 내 손에서 나는 냄새랑 비슷한 냄새."

　"그럼 마음대로 하세요."

　리톈우는 신발을 벗었다. 그의 예상대로, 피가 맺혔던 물집은 딱지가 앉아서 양말에 들러붙어 있었다. 만약 떼어내려 한다면 반드시 출혈이라는 대가를 치러야 할 것 같았다. 망설이던 리톈우는 갑자기 뭔가가 생각났다. "혹시⋯⋯"

"저기요, 좀!"

"왜 그래?"

"나 지금 뭐 쓰고 있잖아요. 왜 그렇게 말이 많아요?"

"알았어, 그럼 내 방으로 갈게."

"가라는 게 아니라 좀 조용히 하라는 거예요. 조용히 못 하겠다면, 말을 시작할 때마다 앞머리에 혹시라는 말이라도 좀 안 붙이면 안 돼요?"

"그럼 어떻게 말하라고?"

"그냥 이렇게 해달라, 이렇게 하면 좋겠다, 하고 직설적으로 말하라고요."

"알았어. 사진 밑에 내 이름은 안 썼으면 좋겠는데."

"안 돼요. 이건 반은 당신 작품이니까, 판권의 반은 당신한테 속한 거라고요. 나머지 반은 내 거고요."

"그냥 내 몫을 포기하고 판권을 전부 너한테 줄게. 그럼 어때?"

샤오주는 눈을 들어 리톈우를 흘겨보며 말했다. "왜요, 모델이 마음에 안 들어서 그래요?"

"모델이야 사화산이 폭발하는 것만큼 마음에 들지. 그런데 사진사 솜씨가 별로라서 그러는 거야. 나중에 네가 어른이 된 다음에 다시 보면 분명히 후회할 거라고."

"바보 같은 소리. 일단, 난 곧 사라질 테니까 어른이 될 날도 안 올 거고, 사진을 다시 보는 일 자체가 없을 거예요. 그리고 내가 당신 이름을 안 적는다 해도, 내가 어른이 되고 나이가 들고 늙어서 노망이 난다 하더라도 사진을 찍어준 사람이 당신이라는 걸 기억할 걸요. 노인들은 원래 최근 일은 기억 못 하고 옛날 일만 기억한다잖아요. 알았어요, 샤오우? 잠깐, 이게 무슨 냄새예요?"

"아무 냄새도 안 나는데. 코 밑에 뭐가 묻은 거 아냐?"

샤오주는 몸을 일으켜 침대 아래로 뛰어내리더니, 범인이 카펫 구석에 떨어뜨린 흉기라도 찾아낸 양 리톈우의 발을 가리키며 말했다. "이런 거짓말쟁이. 으악, 발이 왜 그래요?"

"혹시 피 냄새를 맡은 거야?"

"또 변명이네요. 그런데 발 상태가 좀 심각하긴 하네요. 아까 약국에서 약과 붕대를 사올 걸 그랬어요."

"그럴 틈이나 있었어? 급하게 들어가서 얘기만 하다가 사진 찍고는 또 급하게 나왔잖아. 난 또 네가 옛날 동창과 만난다는 핑계를 대고 뭐라도 훔쳐서 나온 줄 알았잖아."

"그만하시죠. 소인이 생각하는 데 방해가 됩니다요. 좋아요, 그럼 이렇게 해요. 요 근처에 있는 편의점에 가서 반창고 사다 줄게요. 반창고 값은 잘 적어났다가 내가 사라지기 전에 갚아야 돼요."

리톈우는 다시 신발을 신고 자리에서 일어섰다. "물집 몇 개 잡힌 것 가지고 뭘. 얼른 쉬어. 난 가볼게."

샤오주도 자리에서 일어나더니 문을 막아서고는 리톈우의 눈을 똑바로 바라보며 말했다. "내가 집에서 빠져나오느라 얼마나 힘들었는지 알아요?"

"그 얘긴 한 적이 없는 것 같네."

"엄마한테는 아빠를 만나러 간다고 하고, 아빠한테는 엄마 만나러 간다고 했어요. 마침 두 분은 서로를 아주 싫어해서, 피치 못할 일이 아니면 전화통화도 절대로 안 할 정도거든요."

"진짜 힘들긴 했겠구나."

샤오주는 흐려져 가고 있는 검지를 또 한 번 리텐우의 눈앞에 들이댔다.

"그게 내 인생 최초의 거짓말이었다고요."

"그런데 그게 발바닥 물집이랑은 무슨 상관이 있는데?"

"난 당신이 상처에 세균이 감염돼서 병원에 누워 있느라 내가 사진 찍는 걸 도와줄 수 없게 되길 바라지 않는단 말이에요. 타이베이 기온이 얼마나 높은데요. 공기 0.3세제곱미터 안에 사는 세균이 일억 마리는 된다고요. 그 세균 중에 하나라도 상처 속으로 침입하면……."

리텐우는 샤오주와 방문 사이의 틈으로 빠져나가려고 시도해보았다. 열 걸음만 가면 내 방이고, 그러면 세상은 다시 고요해질 것이다.

샤오주가 말했다. "알았어요, 편의점 안 가도 돼요. 다른 방법도 있으니까." 그러더니 그녀는 가방을 열고 ABC 상표의 생리대를 하나 꺼냈다.

"내일은 양말 속에 이걸 깔면 돼요. 푹신하고 위생적이고, 더러운 양말에 피가 묻을 일도 없을 거예요. 자, 둘 중 하나 골라요."

리텐우는 샤오우와 함께 호텔을 나가서 요오드팅크와 일회용 반창고와 새 양말을 샀다. 샤오주의 방으로 돌아오자 그녀는 리텐우에게서 2미터쯤 떨어진 곳에 앉아서 그에게 발바닥에 난 상처를 치료하고 새 양말을 신으라고 지시했다.

"사람의 발에는 아주 많은 혈자리가 있어요. 발 냄새가 그렇게 심하다는 건 당신 몸에 이미 무슨 문제가 생겼다는 뜻이에요. 과일을 많이 먹어서 비타민C를 보충하는 걸 추천해요. 한약을 풀어 족욕을 해도 좋고요. 우리 큰아버지가 중의 병원을 운영하고 있으니까 도와줄 수도 있는데…… 에이, 됐어요. 말하다보니 귀찮네요. 아무튼 빨리 나을 방법을 찾아봐요. 문은 저쪽이에요. 이번엔 안 막을게요." 샤오주는 단숨에 말을 마치더니, 몸속의 잠기운을 전부 공기 중에 쏟아내려는 것처럼 크게 하품을 했다.

리톈우는 잠시 생각에 잠겼다. 그는 문 앞까지 가서 다시 샤오주를 돌아보며 말했다. "사실 난 아직 잘 모르겠는 게 있어."

"알았어요. 제일 높은 교회랑, 최고로 중요한 사람 얘기잖아요. 방법을 꼭 찾아볼게요. 그 교회가 존재하기만 한다면 내가 반드시 찾아줄 거예요. 당신한테 빚을 질 생각은 없으니까요."

"그 얘길 하려는 게 아냐. 그런데 네가 졸리면 그냥 내일 얘기해도 돼."

"졸리기야 당연히 졸리지만 그렇게 많이 졸리진 않아요. 하품이야 하고 싶으면 아무 때나 나오는 거잖아요. 지금 얘기 안 해주면 내가 내일이 돼도 듣고 싶어할지 어떨지는 모르는 일이라고요."

"난 네가 내 인도자가 맞는지 확신할 수가 없어."

"무슨 말인지 이해가 안 가는데요."

"사장이 나한테 인도자가 있을 거라고 했거든."

"당신 사장이 누군데요?"

"그건 얘기할 수 없어. 얘기하려는 생각만 해도 30분 동안 목소리가 안 나오게 돼거든. 요약하자면, 내가 100시간 내에 사장을 도와서 그 교회를 찾으면 사장은 내 친구의 행방을 알려주기로 계약을 했어. 계약서를 쓰고 지장도 찍었지."

"당신네 사장은 능력이 엄청난가 보네요."

"아마 그럴 거야."

"그런 사람도 못 찾는 교회를 당신이 어떻게 찾으려고요?"

"그 교회는 나만 찾을 수 있다고 했어. 나 한 사람에게만 속한 교회라서, 내가 아닌 누구도 찾을 수 없다고."

"멋지네요. 꼭 무슨 저주 같기도 하고요. 혹시 『파우스트』 읽어봤어요?"

"계속 이쪽으로 이야기를 끌고 가면 난 다시 말을 못하게 될걸?"

하품이란 정말로 하고 싶으면 하고 말고 싶으면 마는 것인 모양이었다. 샤오주는 벌써 다 지나간 이 하루가 지금 막 시작하기라도 한 양 다시 진지한 눈빛을 했다.

"인도자가 어떤 사람인지 사장이 얘기해줬어요? 그렇지, 혹시 무슨 암호 없어요? 영화에서 나오는 것처럼 성냥갑이나 책 같은 걸 주고받는다든가, 이상한 넥타이를 맨다든가 하는 거요."

"인도자의 몸에 표시가 있을 거라고 했어."

"어떤 표시요?"

"몰라. 그냥, 그 사람이 인도자라는 걸 내가 한눈에 알아볼 수 있을 만한 기호라고만 했어."

"그럼, 내가 발가벗고 당신한테 머리끝부터 발끝까지 낱낱이 보여주는 것 빼고는 내가 인도자가 확실한지 당신이 알아볼 다른 방법이 없다는 거네요. 내가 이해한 게 맞아요?"

리롄우는 손을 들어 얼굴을 문질렀다. "네 몸에 무슨 특이한 모양의 반점이나 흉터 같은 게 있는지 그냥 대충 얘기만 해주면 되지. 내 왼쪽 얼굴에 있는 흉터 같은 거 말이야."

"내가 장님이에요? 왼쪽 얼굴에 흉터가 어디 있는데요?"

리텐우는 그제야 사장이 흉터를 없애줬다는 걸 기억해냈다. 사장은 이렇게 말했다. 이건 없애주겠네. 사람들 사이에서 돌아다닐 때 귀찮아질 수도 있으니까.

"예전엔 있었어. 아니지, 예전에는 원래 없었던 거지. 얘기하자면 기니까 이 얘긴 일단은 하지 말자. 생각 좀 해봐. 네 몸에……."

"없어요."

"없다고?"

"내 몸엔 몸 자체를 빼고는 아무것도 없어요."

"없는 사람이 어디 있어. 이상한 모양의 점이라든가, 맹장 수술 흉터라든가……."

"없다니까요. 하나만 물어볼게요. 만약에 내가 당신네 그 밉살스럽고 이상한 사장이 붙여준 인도자가 아니라면, 그래도 나랑 같이 다녀줄 거예요?"

"아마 같이 다닐 거야."

"아마라는 게 확률이 몇 퍼센트쯤 되는데요?"

"음…… 80퍼센트 정도?"

"좋아요. 내일은 두 사람을 만나러 갈 거예요. 멀리까지 가야 해서 시간이 빠듯해요. 참, 혹시 총 가져왔어요?"

"가져왔어. 몸에 차고 있지."

"잘됐네요. 내일도 꼭 차고 가요. 굿나잇."

방으로 돌아온 리텐우는 물을 한 컵 마시고 화장실에 가서 소변을 보고 물을 내린 다음, 침대로 다가가 머리맡에 놓인 전등을 끄고 이불 사이로 파고들었다. 그는 잠이 안 올 때면 300부터 시작해 299, 298……하고 숫자를 거꾸로 세곤 했다. 그는 자신의 버릇이 다른 사람들과 다르다는 걸 알고 있었다. 숫자를 거꾸로 세려면 머리를 써야 하기 때문에, 잠들기 위해 최면을 걸기에는 그다지 적합하지 않을지도 모른다. 그는 300부터 거꾸로 세는 이유에 대해서 정확히 설명할 수도 없었다. 아마도 어느 날 생각나는 대로 이렇게 세어보다가 정말로 잠이 들어서, 그날 이후 점차 습관으로 굳어진 건지도 모른다. 방금 전과 마찬가지로 리텐우의 머릿속은 샤오주의 모습으로 가득 차 있었다. 그 애 몸엔 정말로…… 그만두자. 삼백, 삼백. 마음속으로 세기 시작했다. 꿈에 톈닝이 나왔다. 장부판과 마지막으로 출동하기 전날 밤의 일이었다. 톈닝은 그의 옆에 누운 채 말했다. 내일 아침엔 우유를 마시면 되겠다. 집에 아직 우유가 남았거든. 리텐우가 말했다. 그래. 그녀는 이불에서 빠져나가 맨발로 주방까지 뛰어갔다가 돌아와서 말했다. 계란도 아직 있어. 계란도 같이 부쳐줄게. 그러더니 다리를 드러낸 채 이불 위에 양반다리를 하고 앉아 자명종 시계를 집어 들며 물었다. 여섯 시? 리텐우가 말했다. 여섯 시. 톈닝이 말했다. 그럼 난 다섯 시 반에 일어날 테니까 넌 여섯 시까지 자. 내일은 혼자 가는 거야, 아니면 장부판이랑 같이 가는 거야? 그가 말했다. 장부판이랑 같이 갈 거야. 그 사람 사건이거든. 톈닝이 말했다. 난 왠지 그 사람 이름을 들을 때마다 좀 무섭더라. 리텐우가 말했다. 무서울 게 뭐 있어. 톈닝이 말했다. 그 사람이 꼭 이리나 표범 같은 동물처럼 느껴져. 리텐우가 말했다. 비슷하긴 해. 평소에는 축 늘어져 있다가 사냥감을 발견하면 동작이 빨라지니까. 톈닝이 말했다. 그날 병원에서 처음 봤을 때, 그 아저씨 확실히 초조해보이긴 했지만, 왠지 모르게 네가 정말로 죽어버려도 어쩔 수 없는 일이라고, 경찰이 된다는 건 원래 이런 일이라고 생각하고 있다는 느낌이 들더라고. 장부판이 너한테 신경을 안 쓴다는 게 아니라, 침대에 누워 있는 사람이 본인이라고 하더라도 그렇게 생각할 것 같았어. 꼭 상처 입은 표범이 숲 속에 숨어서, 자기가 피흘리는 모습을 남들에게 보여주지 않고 혼자서 하늘을 바라보고 나무를 바라보면서 천천히 쓰러져서 죽는 그런 느낌이었어. 리톈우가 말했다. 장부판한테 무슨 일이 생기진 않을 거야. 경계심이 아주 강하니까. 그 사람이 죽는다면 폐암으로 죽을 가능성이 훨씬 더 높지. 담배를 너무 많이 피우니까. 얼른 자. 톈닝이 말했다. 알았어. 자자. 사실 난 장부판을 신경 쓰는 게 아냐. 지금까지 내가 신경 쓴 적 없어도 그 사람은 경찰 일을 잘만 해왔잖아. 넌 다시는 다치면 안 돼. 알았지? 그는 베개를 벤 채로 고개를 돌려 그녀를 돌아보며 말했다. 약속할게. 자. 톈닝은 불을 끄고 눈을 감았다. 리톈우는 잠에 빠져들기 직전에 어둠 속에서 어떤 여자가 이렇게 말하는 걸 들었다. 우리 여든 살이 되면 같이 알프스 산에 올라가기로 약속한 거 잊어버리지 마. 사탕 이름 말고, 진짜 알프스 산 말이야. 만약에 네가 어느 날 이 집을 나가서 그대로 돌아오지 않는다면 난 널 찾지 않고, 여든 살이 될 때까지 널 기다려서 같이 알프스 산에 올라갈 거야. 사탕 이름이 아니라, 진짜 알프스 산.

다음날, 샤오주가 졸업한 중학교로 가는 길에 리톈우는 샤오주가 그에게 하는 말을 거의 제대로 듣지 못했다. 그는 차창 밖으로 지나가는 금은방, 서화 가게, 카페, 빈랑檳榔나무 열매를 파는 잡화점, 피부 관리 병원 등을 바라보았다. 시먼딩西門町 근처의 중국시보中國時報 빌딩에 걸려 있는 커다란 광고판 맞은편에 공중전화 부스가 하나 있는 게 보였다.

"저거 공중전화 부스야?"

"아니면 뭐겠어요? 이제야 말을 하네요. 난 또, 그 밉살스러운 사장이 당신을 또 벙어리로 만든 줄 알았잖아요."

"전화 걸 수 있을까? 그러니까, 내 말은 장거리 전화나 국제전화 말이야."

"동전만 충분히 넣는다면야 하느님한테라도 전화할 수 있죠. 혹시지금이 21세기인 걸 잊어버린 건 아니죠?"

리톈우는 자기가 바보 같은 질문을 했다는 걸 알고 있었다. 하지만 그는 이렇게 하는 것 외에 톈닝에게 전화를 걸고 싶은 생각을 쫓아버릴 더 나은 방법을 찾을 수가 없었다. 그는 원래부터 전화하는 걸 좋아하지 않았다. 전화 속에선 사람이 본모습을 잃게 되고, 서로에 대한 느낌도 원래의 모습을 잃어버리게 되어서 전화 저편에 있는 사람은 수화기를 들고 말하고 있는 그 사람 자신과는 다른 사람이 되어버리는 것 같다는 생각이 들었기 때문이다. 하지만 그는 지금 차에서 뛰어내려 전화 부스 안으로 달려 들어가서 문을 꼭 닫고, 톈닝의 전화번호를 눌러 그녀의 목소리를 듣고 싶은 생각이 간절했다. 전화 속에서 본모습을 잃든 말든 상관없었다. 만약 그녀가 이 일 때문에 사라지지 않는다면, 사장이 그냥 그를 겁주려고 그렇게 말한 것뿐이라면, 아마도 그는 그녀에게 이렇게 말할 것이다. 너 혼자 알프스에 가. 여든 살까지 기다리지 말고. 어쩌면 이렇게 말할지도 모른다. 난 어떤 일에 대한 해답을 얻기 위해서 경찰이 됐고, 지금은 그 답을 얻으려고 타이베이에 와 있어. 날 탓하진 말아줘. 너한테 전화한 건 그저 나한테는 처음부터 선택의 여지가 전혀 없었다는 걸 말해주고 싶어서야. 아니, 어쩌면 이렇게 말할지도 모른다. 날 기다려줘. 지금은 사정상 자세히 얘기하긴 힘들지만, 난 돌아갈 거야. 그러면 우리 그 산에 가자. 사탕 이름 말고, 진짜로 그 산에 올라가자. 여든 살 때 말고, 내가 돌아가면 바로 출발하는 거야.

"전화 걸고 싶어요?"

"아냐. 그냥, 내지에선 전화 부스는 거의 못 본 것 같아서. 대부분 부스 없이 전화기 하나만 매달려 있거든."

"타이베이에도 그리 많진 않아요. 저기는 왜 남아 있는 건지 모르겠네요. 슈퍼맨이 변신하는 데 써야 해서 있는 건가."

"네가 졸업한 중학교 이름이 뭐야?"

"쥐주巨竹 중학교요."

"우린 누굴 만나러 가는 건데?"

"우리 국어 선생님이요. 이제 보니 지금까지 내가 한 말을 죄다 반만 듣고 반은 쓰레기처럼 버렸나봐요."

"차에서 내리면 담배 좀 사도 될까?"

"얼마나 오래 참은 거예요?"

"별로 참은 건 아니고, 나한테 담배가 필요하다는 걸 계속 잊고 있었던 것뿐이야. 전화 부스를 보니까 갑자기 생각이 나서."

"담배 피우고 싶으면 그냥 사요, 그렇게 꼭 무슨 이유를 붙이려고 하지 말고. 이 다음엔 용발당龍發堂•을 보면 술 마시고 싶다고 하겠네요. 아무 상관도 없는 일이잖아요."

"용발당이 뭐야?"

• 대만에서 정신병원을 통칭하는 말.

"나중에 당신이 내가 신경질 내는 걸 못 견디겠다고 하면 그리로 보내줄게요. 그럼 뭔지 알게 되겠죠. 기사님, 여기서 좀 세워주세요."

리톈우는 샤오주의 추천에 따라 장수라는 상표의 담배를 한 갑 샀다. 담뱃갑에는 흰 바탕에 무섭게 생긴 기형아 그림이 그려져 있었다. 리톈우는 입가를 일그러뜨렸지만 결국은 그냥 담뱃갑을 뜯고 한 개비 꺼내 입에 물었다. 샤오주는 그의 옆에 서서 학교 교문을 쳐다보았다.

"왜 이렇게 작아진 것 같지?"

"네가 커서 그런 거겠지." 장수 담배는 내지의 중난하이中南海 5밀리 그램과 맛이 좀 비슷했다. 하지만 리톈우는 중난하이라는 이름이 주는 왠지 모를 안정된 느낌이 더 마음에 들었다. 담배 이름에 '장수長 壽'라는 말이 들어가는데다가 그 이상한 아기 그림까지 더해지니 꼭 무슨 아이러니처럼 느껴졌다.

"아니에요, 진짜 교문이 작아졌다니까요."

"그럴 수도 있겠지. 모든 건 변하니까. 네가 흐려지고 있는데 교문이라고 작아지지 말라는 법 있겠어?"

샤오주는 힘주어 고개를 끄덕였다. "내 말이 그 말이에요."

"이 장수 담배는 정말 별 것 없네. 게다가 비싸기까지 하고. 차라리 말보로를 살걸." 리톈우는 담배꽁초를 눌러 끄면서 쓰레기통을 찾아보았다.

"1960년대에 말보로 광고에 나왔던 모델은 카우보이였는데, 나중에 그 사람이 어떻게 됐는지 알아요?"

"죽었지. 사람은 다들 결국 그렇게 되잖아."

"폐암으로 죽었다고요."

"그 말은 말보로가 심장병을 예방한다는 소리지." 쓰레기통을 찾을 수 없었다. 타이베이에 온 후로 지금껏 쓰레기통을 본 적이 없는 것 같았다.

"꽁초는 주머니에 넣어요. 여긴 길에 쓰레기가 없다고요."

리톈우는 마음속으로 생각했다. 자신만만하긴. 길거리에 다니는 사람들이 전부 쓰레기가 아니라 쓸모 있는 사람이라는 보장이라도 있나? 하긴, 어쩌면 모든 사람은 쓸모를 가지고 있는지도 모른다. 좋은 것이든 나쁜 것이든 다들 조금씩은 쓸모가 있을지도 모르지. 그렇게 보면 '길에 쓰레기가 없다'는 그 말은 허술하긴 해도 잠언이나 다름없는 셈이었다.

국부 동상과 국기 게양대를 지나자 리톈우는 이미 학교 안뜰에 들어서 있었다. 위쪽으로 사방을 둘러보니 3층짜리 반원형 교사가 보였다. 맨 바깥쪽에는 철제 난간이 세워져 있었고 난간에서 교실 문까지는 두 걸음 떨어져 있었다. 안뜰 주위에는 화단과 도서관, 서클 룸, 화장실이 있었다. 화단에는 모르는 꽃들이 피어 있었다. 그는 원래 꽃에 대해 아는 게 전혀 없었다. 안쪽 담벼락에는 작은 벽화들이 보였는데, 달과 별 그림 외에도 농구 골대에 슛을 넣고 있는 강백호의 그림과, 왼쪽 눈 밑에 흉터를 단 채 이를 드러내고 활짝 웃고 있는 몽키 D. 루피를 그린 그림도 있었다.

샤오주는 리톈우를 데리고 3층으로 올라가 어느 교실 앞에 멈춰 섰다. 교실 문 앞에는 좀 지저분한 교복을 입은 남학생 한 명이 서 있었다. 그는 뒷짐을 지고 서서 발로 바닥을 마구 비비고 있었다. 복도 바닥을 비벼서 구멍을 파서 도망이라도 치려는 듯한 모양새였다.

"오늘 네가 망보는 당번이야?"

"아뇨."

"그럼 왜 여기 서 있어?"

"책을 다 못 외워서요."

타이완 사람들은 어쩜 이렇게 스스럼없이 대화를 하는 걸까? 언제부터 생긴 버릇인지는 모르지만, 리롄우는 낯선 사람에게 먼저 말을 거는 일이 거의 없었다. 그는 고향에서 길을 물으려 할 때마다 할 말을 미리 구상했던 걸 떠올렸다. 저기요, 아주머니. 아냐, 안 돼. 누나라고 하는 게 낫겠어, 하는 식으로. 그 때 갑자기 교실 안에서 입을 모아 낭독하는 소리가 들려왔다.

"북송 원풍元豊 6년 10월 12일 밤, 옷을 벗고 잠자리에 들려 하니 달빛이 문 안으로 들어오기에 기쁜 마음으로 일어나 문을 나섰다. 생각해보니 더불어 즐길 이가 없어 승천사承天寺로 가서 장회민張懷民을 찾았다. 그도 역시 잠들지 않고 있기에 함께 뜰을 거닐었다. 뜰을 비추는 달빛이 물빛처럼 투명하고 맑은데, 물속에 수초가 뒤섞인 듯이 보이는 것은 본래 대나무와 소나무 그림자였다. 어느 밤인들 달이 없을 것이며, 어느 곳인들 대나무와 소나무가 없겠는가? 다만 우리 두 사람처럼 한가로이 즐기는 이가 없을 따름이다."•

"네가 못 외운 게 이 글이야?"

"아니에요."

"그럼 어느 건데? 창피해할 것 없어. 난 여기 졸업생인데, 학교 다닐 때 나도 종종 너처럼 이렇게 교실 밖에 서 있었어."

남학생은 계속 바닥을 발로 비볐다. "내 잘못이 아니라, 선생님이 방해한 거예요. 제대로 잘 외우고 있었는데 하필 그때 기침을 하잖아

• 소식蘇軾, 「기승천사야유記承天寺夜游」 전문.

요. 안 그랬으면 내가 갑자기 뒷부분을 다 잊어버렸겠어요?"

"그래서, 무슨 글을 외운 건데?"

"「서부미기양아書付尾箕兩兒」• 요."

"그렇게 긴 글을 다 외워야 돼?"

"그게 아니라 한 단락만 외우는 거예요. 너희 둘은 같은 어머니를 둔 형제이니 응당 늙어서까지 화목하게 지내야 한다. 각기 사사로이 재산을 모아 다툼이 생기게 하지 말고…… 막 여기까지 외웠는데 선생님이 갑자기 기침을 하잖아요. 내가 뭘 틀린 건가 싶어서 뒷부분을 전부 잊어버렸어요."

"지금은 기억났어?"

"잊어버렸다니까요. 안 그러면 왜 아직도 여기 서 있겠어요?"

"말다툼하지 말고, 작은 일 때문에 얼굴을 붉히며 다투지 마라. 응기가 성정이 거칠고 급한 것을 응미는 어려서부터 잘 알고 있으니, 나를 보아서라도 갈등이 생기면 응기를 용서해주어라. 응기는 네 형을 공경하기를 아비인 나를 공경하듯이 하며 행동을 조심해라. 만약 네 형이 네게 무엇을 따지거든 너는 바로 무릎을 꿇고 사과해라. 네 형이 크게 노하여 화를 풀지 못하거든 너는 형과 친한 친구에게 부탁해 형을 달래게 하거라. 형 때문에 화를 내지도 말고 형이 화내게 하지도 말아라. 네 백부는 나에게 지극히 무정하게 대했지만 그럼에도 내가 그를 공경하는 것을 너도 직접 보지 않았느냐. 형을 대함에 있어 너도 나처럼 하거라. 공부를 함에 있어……."

"'너도 나처럼 하거라'까지면 돼요." 샤오주를 보는 남학생의 눈에는

• 명나라 대신 양계성楊繼盛이 아들 응미應尾와 응기應箕에게 남긴 글.

'오늘 대박이다'라고 쓰여 있는 듯했다.

"한 번 더 읊어줄까?"

"괜찮아요. 잠깐 잊어버리긴 했지만 누나가 첫마디를 외울 때 전부 기억났어요. 고마워요, 누나. 내 이름은 카자오卡照인데 누나는 이름이 뭐예요?"

"내 이름은 샤오주야."

"알겠어요." 그러더니 그는 교실 문을 두드리고, 들어오라는 소리가 들려오자 안으로 들어갔다.

"너 도대체 뭐냐?" 낯선 사람이 사라지자 리톈우도 다시 제법 유창하게 말하게 되었다.

"난 그냥 샤오주인데요."

"무슨 외계인인 줄 알았네. 사라질 수도 있는데다가 야구 규칙도 알고, 중학교 교과서도 다 외우고 있고, 아무렇지도 않게 어린 남학생도 꾀고 말이야."

"타이완 사람 아무나 붙잡고 물어봐도 야구 규칙은 다 알아요. 중학교 국어 교과서에 실린 예문들 중에선 좋아하는 것 몇 개만 외우고 있는데, 카자오가 오늘 운이 좋았던 것뿐이에요. 어린 남자애를 꾀는 건," 샤오주는 교실 안쪽을 들여다보면서 리톈우에게 가까이 오라고 손짓했다. "내 특기라 할 수 있죠. 난 아주 유명한 어린 남자애 킬러거든요. 지금까지 걸려든 애들이 수도 없어요."

"내가 나이가 많아서 다행인 점도 있긴 하네. 왜 불러?"

샤오주는 교단에 선 선생님을 가리키며 말했다. 저분이 우리 국어 선생님인 황궈청黃國城 선생님이에요.

황궈청은 마흔 남짓 되어 보였지만 머리칼은 이미 반백이었다. 안경

너머로 보이는 눈빛은 꼭 삼십 대처럼 보였지만, 젊어 보이는 이 눈빛 외엔 황궈청은 평범한 국어 선생님의 모습을 하고서 손가락 사이에 분필을 끼워 들고 있었다. 신이 '국어 선생님이 있으라'라고 말해서 생겨난 것 같은 모습이었다.

"저 선생님은 외지 사람이에요. 예전엔 외지 출신 선생님이 아주 많았는데, 지금은 그렇게까지 많지는 않아요."

"왜 그런 거야?"

"모르겠어요. 아무튼, 그 당시엔 외지 사람이 아주 많았어요. 초기에는 외지 출신 선생님들이 사투리가 너무 심해서 학생들이 알아듣기 힘들었다고 하더라고요."

"그럼 지금이 아무래도 더 낫겠네."

샤오주는 교실 안쪽을 계속 들여다보았다.

"저분은 나한테 편지를 보내준 적이 있는 유일한 선생님이에요."

"언제?"

"고등학교 입학하고 몇 달 뒤 편지를 받았어요. 그런데 사실 학교 다닐 때는 선생님과 얘기해본 적도 거의 없어요. 딱 한 번, 내가 얻어맞았을 때 날 불러서 도대체 무슨 일이냐고 물어보신 적이 있었죠."

"도대체 무슨 일이었는데?"

"여학생들 사이에 생긴 작은 문제였죠 뭐." 창 안쪽에선 카자오가 이미 예문을 다 외우고 다시 자기 자리로 돌아가 있었다. 그는 자리에 앉자마자 아까 그 예쁜 누나를 찾아보려는 듯이 창밖을 힐끔거리기 시작했다.

"넌 얘기만 꺼내놓고 책임을 안 지는구나. 제목만 던져놓고 내용이 없어."

"당신이 바보 같은 거예요. 뒷내용은 뻔하잖아요. 나이가 많든 적든 간에 여학생 사이의 문제란 건 당연히 남학생에 대한 문제죠."

"그래서, 어린 남자 킬러인 네가 남의 남자친구를 빼앗았다 이거 구나."

"빼앗을 것까지도 없었다고요. 난 그냥 멍하니 앉아 있었는데 그 남자애가 와서 저녁에 영화 보러 가겠냐고 물었던 거라니까요. 솔직 히 말하면 난, 저녁엔 청핀誠品서점에 강연을 들으러 갈 거라서 안 된 다고 말하면서, 속으로는 이 바보는 누구지? 하고 생각하고 있었단 말 이에요."

"그럼 왜 맞은 건데?"

"내가 거기 멍하니 앉아 있으면 안 됐나 보죠. 아무튼 당신이 몰라 서 그러는데, 여학생들은 원래 늘 고의로 남을 오해하는 법이에요. 안 그러면 얼마나 체면이 안 살겠어요. 그래서 난 화장실에서 얼굴에 뭐 가 덮어씌워진 채로 여학생 몇 명한테 한바탕 얻어맞았어요. 사실 뭐 별 일도 없었고, 맞아서 얼굴이 조금 부은 것뿐이었죠."

"넌 반격 안 했어?"

"얼굴에 뭐가 씌워져 있었다니까요. 그냥 한참 맞고 바닥에 쓰러졌 어요."

"아니, 나중에 말이야."

"안 때렸어요. 걔들한테 걔들 방식이 있는 것처럼, 나도 내 방식이 있다고요."

"네 방식이 뭔데?"

"원주민들의 방식을 참고해서 '엽수獵首'라는 방법을 썼죠. 어떤 거 냐면, 상대의 목을 베어서 머리를 집 안에 전시하는 거예요. 자세히 보면 내 이마와 턱에 토템의 표식이 있어요. 이건 사람을 사냥한 적이 있는 사람한테만 생기는 건데, 평생 지워지지 않아요. 그런데 내가 지금 흐려지고 있어서 아마 잘 안 보일 거예요.”

“그렇구나, 잘 했네.”

“에이, 알았어요. 토템 표식은 남자한테만 생기는 거예요. 내 방식은, 그냥 거기 계속 멍하니 앉아 있는 거였어요. 어느 날 국어 수업이 끝나고 나서 황궈칭 선생님이 날 불렀어요. 선생님은 우리 반 담임도 아니고 그냥 국어선생님일 뿐이었어요. 선생님이, 요즘 공부하기 어떠냐고, 진도는 따라갈 만하냐고 하시기에 괜찮다고 했어요. 혹시 예문 중에 좋아하는 글이 있느냐고 하셔서 천즈판陳之藩의 「하늘에 감사하다謝天」라는 예문이 마음에 든다고 했더니, 왜 그 예문이 좋으냐고 물으시더라고요. 그래서 대답했어요. 난 내가 작고 보잘것없다는 걸 알고 있지만 그렇다고 특별하지 않은 건 아니라고. 아인슈타인처럼 상대성 이론을 발표할 수 없다 해도, 보잘것없는 사람이라도 특별하다고 생각한다고요. 그랬더니 선생님이 날 자기 앞에 앉혀 놓고, 아주 좋은 생각을 가지고 있다면서 왜 수업 시간엔 일어서서 발표하지 않느냐고 하셨어요. 그래서 난 쇼를 하는 게 싫다고 했더니, 선생님이 그건 쇼가 아니라 생각을 함께 나누는 거라고 하셨어요. 그래서 난, 쇼라는 방식으로 생각을 나누는 것 아니냐고, 그런 건 잘 하지 못한다고 말했죠. 그리고 선생님한테 질문했어요. 침묵이란 것도 사람의 권리가 아니냐고요. 선생님은 당연히 맞다고 하시면서 모든 사람은 침범당하는 걸 피할 권리가 있다고 했어요. 그래서 내가 그랬죠. 알겠습니다. 그럼 전 이 권리를 사용하고, 그에 상응하는 결과도 감수할게요. 선생님은 내 말을 듣고 고개를 끄덕이더니 얼굴은 어떻게 된 일이냐고 물으시면서, 물론 침묵할 권리를 사용해도 된다고 했어요. 내가 맞아서 그렇게 됐다고 했더니 선생님이 너희 반 담임선생님은 알고 있냐고 하셔서, 난 그냥 오해 때문에 생긴 일일 뿐이라 담임선생님이 아실 필요 없다고 했죠. 한 번 때렸으니 다시 때리진 않을 거라고요. 내가 얻어맞았다는 걸 다들 알게 만들려는 그 애들의 목적은 이미 달성했으니까요. 그리고 셰익스피어의 말을 인용하려는데, 선생님이 내 말을 이어서 받았어요. 한 번 죽은 사람은 다시 죽지 않는다. 그러더니 이렇게 말씀하시더라고요. 만약에 내가 맞았다는 얘기를 하지 않는다면 그 애들이 어쩌면 다른 애한테도 똑같은 식으로 대할지도 모른다는 걸 알고 있지 않냐고요. 그래서 내가 물었죠. 선생님, 제 얼굴의 상처가 길 가다가 실수로 나무에 부딪쳐서 난 상처처럼 보이나요? 선생님은 아니라고 했어요. 그래서 내가 그랬어요. 그런데도 학교 선생님들 중에서 이 상처에 대해서 물어본 건 선생님이 처음이라고, 난 사람들한테 자기가 하고 싶지 않은 일을 하도록 강요하고 싶지 않다고요. 내가 이 일에 대해 말한다면 그건 일종의 강요가 되는 거잖아요. 그랬더니 선생님이, 또 누가 나한테 시비를 걸거든 자기한테 말하라고, 그러면 우리 담임선생님한테 얘기해주겠다고 했어요. 그래서 난 선생님이 물어보시면 얘기하겠다고 했죠. 선생님은 그럼 오늘은 여기까지 하자고 하더니, 마지막으로 또 이렇게 물었어요. 나 자신에게 어떤 기대를 가지고 있냐고, 어른이 되면 어떤 사람이 되기를 바라냐고요. 그래서 난 구체적인 기대는 없고, 그저 어른이 된 후에 나 자신을 좋아할 수 있게 되길 바란다고 대답했어요."

'넌 네가 되고 싶은 그런 사람이 될 수 있을 거야.' 리톈우는 안거가 했던 말을 떠올렸다. 돌이켜보니 그 말은 그녀가 그에게 마지막으로 한 말인지도 몰랐다.

"멍하니 서서 뭐 해요? 나 따라해요?"

"아냐, 난 그냥…… 그냥, 그 애들이 너한테 또 시비를 걸진 않았나 생각했어."

"안 그랬어요. 내가 말했잖아요. 한 번 때렸으니 다시 때리진 않을 거라고요. 난 그냥 그 애들이 잠시 동안 뭉칠 만한 계기가 됐던 것뿐 이에요."

"그 남학생은?"

"자기 여자 친구한테 돌아갔죠. 지금도 사귀고 있는지는 모르겠지 만요. 꽤 오래 전 일이라서요."

"황귀청 선생님의 편지에는 뭐라고 적혀 있었어? 혹시 남학생들과 가까이 지내지 말라고 적혀 있었던 거 아냐?"

"편지는 딱 한 통만 왔었고, 내용도 아주 짧았어요. 내용은 이랬어 요. 선생님은 나를 불러서 얘기를 나눴던 그 당시에 이미 교사가 된 지 아주 오래 됐는데, 자기 힘이 너무 미약하다는 생각이 들어서 계 속 곤혹스럽다고 느끼고 있었대요. 국어 교과서의 예문들은 정말 아 름다운 글들인데, 학생들은 국어 과목을 좋아하지도 않고 예문을 외 우는 것도 싫어했어요. 그런데 선생님은 학생들이 왜 그렇게 싫어하는 지 알 수가 없었던 거예요. 원래는 국어 선생님이 되는 게 아주 의미 있는 일이라고 생각했는데, 십 년이 훨씬 넘도록 선생님으로 일하면서 이 일이 상상했던 것처럼 단순한 일이 아니라는 걸 알게 됐대요. 심지 어 자기가 학생들보다도 유치한 것 같다는 생각까지 들었대요. 수많 은 학생이 벌써 오래 전부터 국어 공부라는 게 쓸모없는 일이라고 생 각하면서 그저 시험을 보기 위해서만 억지로 공부하고 있었는데, 선생님은 십 년이 넘게 지나서야 그렇다는 걸 알게 됐으니까요. 그런데 그날 나와 얘기한 후로는 예전만큼 그렇게 곤혹스럽지는 않게 됐대요. 자기가 지금껏 한 번도 눈여겨본 적 없었던 학생이 국어라는 과목에서 아름다움을 찾아냈다는 걸 알게 됐으니까요. 자유와 맞바꿔 지식을 얻는 이 학교라는 곳에서, 자기의 유한한 자유를 이용해서 순수하고도 특별한 자기 자신을 계속해서 찾아 나가는 학생을 만난 게 선생님한테 있어서는 놀라움과 기쁨에 가까운 위로였다고요. 선생님은 나한테, 어떤 일을 위해서 쉽게 나 자신을 바꾸지 말라고 당부했어요. 삶 자체가 가치 있는 일이고, 목적은 중요하지 않다고요. 인생의 의미를 확실히 결정할 수 없다면 인생의 과정 자체가 그 의미가 될 수 있다고 했어요. 그리고 선생님은 또래 아이들과 너무 쉽게 단절되지도 말라고 당부했어요. 내 주위 세계와 교류하는 것도 자기 자신을 이뤄 가는 과정이라면서요. 무지하기 때문에 순수한 것과 이해하기 때문에 순수한 건 전혀 다른 것인데, 선생님은 내가 후자에 속하길 바란다고 했어요. 그리고 편지 마지막엔, 고등학교에 가서도 혹시 누구한테 맞은 적이 있느냐고 묻지 뭐예요. 선생님도 바보 같긴, 얻어맞는 것도 운이 따라야 되는 거예요. 가는 데마다 맞고 다니게 될 리가 있겠어요? 그러면, 교실 문 앞에서 사진 좀 찍어줄래요?"

리텐우도 학창시절 그를 인정해주는 선생님을 못 만나본 건 아니었다. 어디서든, 심지어 경찰학교에서도 그를 아끼는 선생님과 교관들이 있었다. 자기 자신에 대한 그의 잔인함은 선생님들의 사전에는 '노력'이라는 말로 바꾸어 적혔다. 그는 시험을 볼 때마다 답안 작성을 아주 일찍 끝내더라도 몇 번이고 되풀이해 검토했고, 시간이 종료되기 전에 미리 답안을 제출하는 그런 대범한 행동은 한 번도 해본 적이 없었다. 아마 선생님들은 그의 이런 행동도 차분하다고 생각해 좋게 봤을 것이다. 그는 가슴속에 천 마디 만 마디 말이 가득 차 있어서 입을 열기만 하면 몇 날 며칠 쉬지 않고 말할 수 있었고, 학교나 사회에서 일어나는 여러 가지 일들에 대해서도 자기 견해가 있었다. 하지만 그는 이런 것들에 대해 말한 적이 거의 없었다. 그는 그저 자기가 조용한 우등생으로 평가받는 상황에 만족했고, 많은 선생님도 바로 그의 이런 내향적인 성격을 좋아했다. 그는 체격이 마른 편이었지만 산타散打나 유도 등의 격투술 과목에서 전부 우수한 성적을 얻었다. 다른 학생들이 쉴 때도 늘 텅 빈 경찰학교 격투장을 찾아가 계속 반복해서 모래주머니를 치고, 모형을 상대로 연습했기 때문이다. 교관은 그가 보기 드물 정도로 근접 격투에 뛰어난 인재라고 인정했다. 숙련된 기술과 적절한 전략을 구사하기 때문만이 아니라, 그보다는 그가 자신의 패배를 인정한 적이 거의 없었기 때문이다. 상대방의 허벅지에 목이 졸려 숨을 쉴 수가 없어서 당장 바닥을 내리치며 패배를 인정해야 하는 순간에도, 그는 어떻게든 몇 초라도 더 버티며 실낱같은 반격의 기회라도 찾으려 애썼다. 그리고 그런 기회가 바로 그 귀중한 몇 초 사이에 곧잘 찾아오곤 한다는 건 사실로 증명되기도 했다. 하지만 선생님들의 이런 인정은 기본적으로 전부 그가 어떤 면에서 선생님에게 영예를 가져다줬기에 받게 된 것이었고, 혹은 선생님이 기대한 가장 중요한 경쟁 영역에서 특출한 성과를 보였기에 얻은 것이었다. 더 간단히 말하면, 선생님들이 그를 인정해준 것은 그가 그들이 생각하는 모범생의 기준이자 본보기였기 때문이다. 그 외의 다른 것들은 모두 그에 대한 선생님들의 이런 판단 위에 더해진 것이었다. 만약 이런 판단이 없는 채로 그가 고등학교 3학년 말기에 성적이 갑자기 바닥으로 떨어졌을 때 같은 상황이 된다면, 아무리 침착하고 내성적인 태도로 노력하고 강인하게 버틴다 하더라도 그 모든 것들은 전부 어리석고 고지식하며 어눌한 학생이 아무 의미 없는 반항을 하는 것으로 보였을 것이다. 황귀청 선생님의 교실 앞에 서서 리텐우는 예전에 그를 가르쳤던 선생님들의 속마음을 확실히 깨달을 수 있었다. 선생님들은 그를 좋아한 적이 없었다. 그라는 사람 자체를 아낀 적이 단 한 번도 없었다. 이건 선생님들이 전혀 신경 쓰지 않을 수 있는 수많은 일 중 하나일 뿐이었다.

"나를 가르친 선생님들도 분명히 곤혹스러워한 적이 있었을 거야." 리텐우는 카메라를 내려놓으며 진지하게 말했다.

"황귀청 선생님처럼요?" 샤오주도 진지하게 물었다.

"응, 그저 그분들이 곤혹스러워한 시간이 좀 짧았던 것뿐인 거지. 학생은 그 나름의 핵심적인 가치를 가지고 있고, 선생님들의 성취는 바로 그 가치 위에 세워지는 거야. 이걸 깨닫게 되면 곤혹감은 사라지는 거지."

"하지만 우린 학생일 뿐만 아니라 하나하나 전부 아이들이기도 한 걸요."

"어쩌면 선생님들의 문제가 아니라 세상의 문제인지도 몰라. 사람은 특정한 곳에 속하면 특정한 신분을 갖게 되고, 그 신분에 의해서 간략화되고 수정되는 거야. 내가 생각하기에 이게 이 세계가 지속되는 하나의 방식인 것 같아."

"오늘 엄청 철학적이네요. 왜요, 당신한테 편지를 써준 선생님이 없어서 막 질투라도 나요?"

"질투 안 해. 난 서른 살이나 됐으니 당연히 철학적인 생각도 좀 있어야지. 너 같은 아이처럼 매일 감성에 따라 살 순 없잖아. 그리고 지금 선생님한테서 편지를 받더라도 별로 기쁘지도 않을 거야. 분명히 무슨 문제라도 생긴 게 아닌가 하는 생각부터 하겠지. 혹시 선생님이 재혼이라도 하시려는 건가? 하면서 말야. 이런 것도 서른이라는 나이가 주는 결과물이야. '현실성'이라고 하는 거지."

"당신은 방금 당신 선생님들과 똑같은 착오를 저질렀어요. 난 아이일 뿐만 아니라 여자이기도 하다고요. 덮개 좀 밝히고 제대로 봐요."•

"무슨 그런 이상한 말이 다 있어?"

샤오주는 몸을 돌려 계단 쪽으로 걸어가며 말했다. "그렇게나 현실적인 사람이니까 당연히 무협소설은 본 적이 없겠죠. 거기 계속 서 있으면 수업 끝날 때가 되면 수위가 신고 받고 잡으러 올 걸요. 그래도 난 안 도와줄 거예요."

쥐주중학교를 나온 두 사람은 지하철을 타고 단수이 역에서 내렸다. 리롄우는 가는 길에 샤오주에게 랴오닝루나 상하이루 등 중국 지명을 딴 이름 외에도 어째서 중샤오둥루忠孝東路나 루즈벨트루羅斯福路처럼 이상한 이름이 있는 거냐는 질문만 했다. 샤오주는 입을 꾹 다물고 한 마디도 대답하지 않았다. 리롄우도 입을 다무는 수밖에 없었다. 그러게 샤오주의 자칭 복잡한 정체성을 왜 단순화시켰단 말인가. 지하철에서 내려 역을 나온 샤오주는 채 몇 걸음도 걷지 않고 멈춰 섰다. 그녀의 옆을 보니 빈랑 가게가 있었다. 여주인이 가위로 푸른 빈랑 잎을 자르고 있었다.

"빈랑 열매 사려고?"

• 덮개를 밝히다: 무협지나 중국 사극에 나오는 은어로 '덮개'는 눈을 뜻함

"내가 왜 황궈칭 선생님이 수업 마치길 안 기다리고 그냥 나온 건지 왜 안 물어봐요?"

"분명히 너 나름대로 이유가 있겠지."

"그래서, 알고 싶지 않다고요?"

"알고 싶지. 그리고 다른 질문도 있어. 그런데 내가 질문을 너무 많이 하면 네가 귀찮아할 것 같아서, 하루에 질문을 다섯 개만 하려고 생각하고 있거든."

"질문이 무슨 팔굽혀펴기예요? 하루에 몇 개를 한다고 정해놓게. 귀찮아지면 귀찮다고 말할 거예요. 그냥 관심이 없어서 그런 거잖아요."

"당연히 관심이 있지. 일단 궁금한 게, 아까 그 남학생은 어떻게 이름이 카자오일 수가 있어? 그게 성이야 이름이야?"

"관심 없는 거 맞네요, 다른 사람에 대한 것부터 먼저 묻다니. 그래도 괜찮아요, 난 마음이 넓으니까. 당신과 말다툼 하려고 했다간 벌써 옛날에 답답해 죽었을 걸요. 카자오는 성이 아니라 아미족阿美族[•]의 이름이에요. 무슨 뜻이냐면, 재밌게도 아까 걔가 하던 행동과 좀 비슷한 뜻이에요. 아미족 언어로 카자오는 파수대에서 망을 보는 파수꾼이란 뜻이거든요." 샤오주는 흥미진진하게 이야기를 이어갔다.

"대단하네. 그럼, 학교 안쪽 담에 있던 벽화는 누가 그린 거야? 문외한인 내가 봐도 그림마다 수준이 서로 다르던데."

"우리가 그린 거예요. 매년 벽화를 그리는데, 잘 그린 건 남겨두고 너무 못 그린 건 페인트로 덮고 다시 그려요. 못 그렸지만 특별한 내

• 타이완 원주민 부족 중 하나.

용이 있는 거라면 남겨둘 때도 있어요. 원주민 애들은 그림을 잘 그려요. 그 애들의 날카로운 색채 감각은 타고난 건지 아니면 고향의 풍경을 보고 배운 건지 모르겠다니까요. 아무튼 벽에 남아 있는 그림 중의 대다수가 그 애들이 그린 거예요. 카자오가 그린 것도 있을지 모르겠네요."

"이제 뭐 하러 가는 거야?"

"저기요, 아주 중요한 질문을 하나 빼먹었거든요?"

"왜 황궈칭 선생님이 수업을 마치는 걸 안 기다리고 그냥 나온 거야?"

"황궈칭 선생님은 이미 돌아가셨거든요."

"아까 거기 멀쩡히 서 계시던데, 돌아가셨다니 그게 무슨 소리야?"

"그분은 황궈칭 선생님이 아니에요. 황 선생님은 나한테 편지를 보내고 나서 얼마 안 있어서 병으로 돌아가셨어요. 내 답장은 반송돼 왔고요."

"아냐, 너 아까 전에 그 선생님이 너희 국어선생님인 황궈칭 선생님이라고 했잖아."

"나한테 있어서는 그 교단에 서 있는 사람이 바로 황궈칭 선생님이에요."

황궈칭이 어떻게 죽었을 수가 있단 말인가? 샤오주에게 편지를 써서 또 얻어맞지는 않았냐고 물었던 그 황궈칭 선생님은 지금도 쥐주 중학교의 교단에 서 있어야 마땅하다. 영원히 그 교단 위에 서서, 예문을 외우기 싫어하는 카자오 같은 학생들을 상대로 지혜와 용기를 겨뤄야 한다. 하지만 사람이 죽는 데 그리 많은 이유가 필요하지 않다는 것 정도는, 그가 훨씬 잘 알고 있어야 마땅한 일이기도 하다.

샤오주는 어느새 빈랑 가게 앞까지 가 있었다. "빈랑 한 봉지 주세요."

여주인은 가위를 내려놓고 빈랑과 일회용 플라스틱 컵 하나를 그녀에게 건넸다.

"거기 서서 뭐 해요? 당신한테 사주는 빈랑이니까 당신이 돈을 내야죠."

리톈우는 지갑을 열면서 작은 소리로 말했다. "난 먹겠다고 한 적 없는데."

"여기 100위안이요, 감사합니다." 샤오주가 여주인에게 말했다.

타이베이의 하늘에 빗방울이 날리기 시작했다. 빗줄기가 점점 굵어지기 시작하자 길 위의 오토바이들은 물보라를 일으키며 벌떼처럼 몰려 지나갔다. 우산을 펴들고 빗속을 뚫고 빠른 속도로 지나가는 사람도 있었고, 머리 위를 가리지도 않은 채 서두르는 기색 없이 그대로 천천히 걸어가는 사람도 있었다. 리톈우와 샤오주는 어느 빌딩의 바깥쪽으로 난 베란다 아래서 비를 피했다. 그는 빈랑 열매와 플라스틱 컵을 들고 서서 사방에 내리는 비를 바라보며 생각에 잠겼다. 여기 온지 벌써 사흘이나 지났는데 샤오주를 따라 이리저리 돌아다니는 것말고는 아무것도 한 게 없었다. 가장 높은 교회에 대한 단서는 아직도 찾지 못했고, 샤오주가 인도자인지 아닌지도 알 수 없었다. 그는 이곳에 내려오기 전에는 이 타이베이행의 목적이 단 한 가지 해답을 찾는 것일 뿐이기 때문에 다른 건 아무것도 중요하지 않고, 미련을 가질 것도 전혀 없을 거라고 생각했다. 이 낯선 도시와 사람들은 그저 짧은 기억일 뿐이니 바쁘게 왔다가 바쁘게 가버리면 그뿐일 거라고. 하지만 지금 그가 얻고 싶은 해답은 점점 더 많아지고 있었다. 샤오주가 만들어낸 문제가 너무나 많았기 때문이다. 곁눈질로 몰래 샤오주 쪽을 보니 그녀는 조그만 거울을 꺼내 들고 화장을 하고 있었다. 그녀의 얼굴은 처음 만났던 때보다 훨씬 더 흐려져 있어서, 두 뺨 너머로 그녀의 등 뒤에 서 있는 빌딩 벽이 희미하게 보일 정도였다. 이 속도대로라면 어쩌면 그가 돌아가기 전에 샤오주가 먼저 사라져버릴지도 모른다. 그렇게 생각하자 심장을 몽둥이로 한 대 얻어맞은 듯한 기분이 들었다. 아무래도 이 일은 이미 돌이킬 수 없어 보였다. 샤오주는 늘 멋대로 농담을 했지만, 그녀가 사라져서 더 이상 존재할 수 없게 될 거라는 말은 결코 농담이 아니었다. 리톈우는 떨어지는 빗방울을 바라보며, 만약 사장이 지금 그들을 보고 있다면 그가 마음속으로 하는 말을 들을 수 있기를 바랐다. '이 여자아이가 반드시 사라져야만 한다면, 부디 내가 돌아간 다음에 사라지게 해주십시오.'

그가 생각에 잠긴 사이에, 샤오주는 이미 자기 얼굴을 스물다섯 살처럼 보이게 만들어놓았다. 그녀는 숄더백에서 검은색 스타킹을 꺼내며 말했다. "저쪽으로 좀 돌아서 있어요."

"뭐하는 거야? 눈은 왜 그렇게 시커멓게 칠했어?"

"스모키 화장이란 거예요. 어때요, 누군가를 유혹하는 눈처럼 보이지 않아요?"

"별로. 속눈썹을 그렇게 길게 붙이면 앞이 보여? 아까 덮개를 밝히라고 했던 건 너였잖아?"

"똑똑히 잘만 보여요. 고개 좀 돌리고 있어요. 시간이 없어서 여기서 갈아입어야 된다고요."

리톈우가 다시 샤오주 쪽으로 고개를 돌렸을 때는 그녀는 이미 몰라보게 달라져 있었다. 전체적인 스타일에 비하면 치마 길이만 좀 긴 편이었다.

"아무리 해도 너무 짧은 치마를 입도록 나 자신을 설득하진 못하겠더라고요. 허벅지를 남들한테 보여주는 게 아까워서 말이죠. 도대체 왜 그럴까요?"

"그건 네 정신이 아직 정상을 유지하고 있어서 그런 거야. 구두 굽이 그렇게 높아서야 뭐 얼마나 걸을 수나 있겠어?"

"멀리 안 갈 거예요. 하이힐이야말로 여자의 변신에 필요한 최고의 무기라는 거 몰라요? 봐요, 종아리가 갑자기 훨씬 길어진 것 같잖아요." 샤오주는 갈아 신은 운동화를 숄더백 속에 넣었다.

"하이힐은 발목 관절의 천적이라고 생각하는데."

"당신처럼 상상력이 결핍된 남자들이 많지 않아 다행이죠. 안 그랬으면 여자로 살기 정말 재미없을 뻔했지."

아무런 예고도 없이 비가 그치고, 맑게 갠 하늘에 저녁놀이 길게 걸렸다. 빗물은 내리쬐는 햇볕에 천천히 말라서 다시 떠올라 하늘로 돌아갔다. 하늘과 땅이 뒤집힌다면, 빗물이 증발하는 과정이야말로 하늘에게 있어서는 비가 내리는 것이 될지도 모른다.

"날씨가 변덕이 죽 끓듯 하네." 샤오주는 그렇게 혼잣말을 하더니 빌딩 베란다 밑에서 나왔다.

"미행을 한다고?" 융캉제永康街쯤에 와서 리톈우는 계획을 몇 번이나 확인한 끝에 되물었다.

"맞아요. 일단 그 사람을 따라잡은 다음에요."

"그 다음엔?"

"별 일 없으면 그냥 놔두고, 무슨 일이 생기면 우리가 도와줄 거예요."

"도와준다는 게 무슨 뜻이야?"

"총 가져왔다고 했잖아요?"

"가져오기야 했지. 그런데 무슨 일이 생기면, 남은 며칠 동안 경찰을 피해 숨어 다니는 것 말고는 아무것도 못하게 될 것 같은데?"

"별 일 없을 거예요. 회색지대가 뭔지 알아요?"

"몰라. 무슨 색 지대건 간에, 난 교회를 찾기 전에 경찰에 잡힐 순 없어. 이 근처에 식당도 많은데, 일단 밥 좀 먹으면서 의논해보자. 방금 지나온 딘타이펑鼎泰豐이란 데가 괜찮아 보이던데, 만두집인가?"

"그럴 시간 없어요, 아하오阿浩가 곧 나올 거라고요. 회색지대란 건 백색도 흑색도 아닌 지대를 말하는데, 백색이나 흑색 지대에 속한 사람들이 쉽게 시비를 걸 수 없는 곳이에요. 여기 속한 사람들은 자기들만의 원칙이 있거든요. 아무 문제없을 거라고 장담할게요."

샤오주는 큰형이라도 되는 듯이 리톈우의 어깨를 두드렸다. 리톈우는 허리에 차고 있던 권총을 꺼내 탄창과 방아쇠에 문제가 없다는 걸 확인한 후에 안전장치를 풀었다.

"와, 멋있다. 좀 만져봐도 돼요? TV에서만 봤어요."

"안 돼." 리톈우는 총을 다시 허리에 찼다. "아하오가 누구야?"

"천도맹天道盟•의 천룽당天龍堂 당주예요."

"조폭 말이야?"

"네, 우리 오빠이기도 하고요."

샤오주의 장래희망이 변호사였다더니, 알고 보니 그 이유가 여기

• 타이완의 3대 조직폭력배 중 하나.

있었군.

샤오주의 오빠인 아하오는 손에 오리 절임 반 마리를 든 채 상점에서 나왔다. 스물일고여덟 살쯤 되어 보이는 아하오는 청바지에 붉은색 체크무늬 셔츠를 입고 검은색 뿔테 안경을 쓰고 있었다. 아무리 봐도 조폭 두목이라기보다는 대학원생이나 평범한 은행 직원처럼 보였다. 그는 길가에 서서 담배에 불을 붙여 들고는 누군가를 기다리는 것처럼 서 있었다. 2~3분쯤 지나자 은회색의 포르쉐 911 스포츠카 두 대가 앞에 멈춰서더니 험상궂은 청년 두 명이 내렸다. 둘 다 근육질이고 한 사람은 목덜미에 문신 끝부분이 약간 보였다.

"차는 여기 세워둬." 아하오가 말했다.

"샤오웨이小燁가 아직 가게 안에 있습니다." 한 청년이 말했다.

"괜찮아. 왜 그 차를 안 가져왔어?"

"그 차는 밖에 나가서 아직 안 돌아왔어요. 회사에 이 두 대밖에 없었습니다." 다른 청년이 말했다.

"아자阿嘉는 나와 함께 가고, 아궈阿國 너는 차에서 기다려."

샤오주는 따라오라고 손짓하고는 아하오를 미행하기 시작했다. 리텐우가 말했다. "너무 가까이 붙지 마."

"영화에선 다들 이렇게 하던데요."

"시야 안에 있기만 하면 돼. 모퉁이가 있으면 뛰어가서 다시 따라붙으면 되고." 리텐우는 타이베이에 와서까지 일을 완전히 놓지 못하고, 어린 여자아이와 함께 조폭인 그녀의 오빠를 미행하게 될 거라고는 생각지도 못했다.

"네 오빠는 조폭 같지 않네."

"작년에야 미국에서 돌아온걸요."

"도망쳤던 거야?"

"아뇨, 유학 갔던 거예요. 기업 경영을 공부하러요."

"그리고 돌아와서는 조폭이 됐다고?"

"당연하죠, 오빠네 두목이 유학 보내준 거니까요. 진짜 경찰 맞긴 해요? 타이베이에선 석사학위가 없으면 당주가 될 수 없다고요."

농담이었지만, 완전히 농담이라고만은 할 수 없었다. 세계 각지의 조폭들은 점점 현대적인 의식을 갖춰 가고 있었다. 이제 보니 타이완의 조폭도 비슷한 모양이었다. 하긴, 조직을 경영하는 것과 회사를 경영하는 건 확실히 아주 비슷한 일이긴 했다. 리톈우는 예전에 장부판을 따라 S시에 숨어 있는 홍콩의 어느 조직 두목을 만나러 갔던 적이 있었는데, 그 사람은 불교 신자로서 석가모니를 숭배할 뿐만 아니라, 그 다음으로 숭배하는 사람이 스티브 잡스였다.

아하오와 아자는 융캉제에 있는 어느 찻집으로 들어갔다. 입구에서 안쪽을 들여다보니, 작은 산과 나무로 된 다리 모형 외에도 조그만 연못 속에는 물고기까지 돌아다니고 있는 게 보였다.

"들어갈 거야?"

"당연하죠. 프로 정신 좀 발휘해줄래요?"

리톈우와 샤오주는 아하오의 옆 칸으로 들어가 앉았다. 일본식 미닫이문을 열기 전에 리톈우는 아하오가 들어간 칸을 한번 쓱 훑어보았다. 아하오와 아자를 포함해 여섯 사람이 있었고, 차는 아직 나오지 않은 채였다. 두 사람이 들어가자 나머지 네 사람은 일제히 자리에서 일어나 타이완 말로 인사를 건넸다. 그들의 맞은편 칸에는 다섯 사람이 앉아 있었는데 다들 손에 책을 들고 있었다. 이야기하는 소리를 들어보니 전도를 하고 있거나 아니면 성경 공부를 하는 것 같았다. 그

주위의 다른 칸은 전부 비어 있었다.

샤오주는 벽라춘 녹차와 간식 한 접시를 주문했다. 전통 복식을 입은 사장이 작은 화로와 자사호 등 다구를 들고 들어와 탁자 위에 늘어놓더니 공손히 인사를 하고 다시 나갔다. 도대체 옛날 일본인을 흉내 낸 건지 아니면 옛날 중국인을 흉내 낸 건지 알 수 없었다. 창밖은 이미 완전히 어두워져 있었다. 리톈우는 달빛에 의지해 창 아래쪽에 있는 연못에서 물고기가 한가롭게 노니는 걸 보았다. 한 순간, 그는 이 예스러운 세계야말로 온화함이 머무르는 곳이라는 착각이 들었다.

"이 빈랑은 석회로 다 싸놓은 거니까 바로 먹으면 돼요. 다 씹고 나서 플라스틱 컵에 뱉으면 되고요." 맞은편에 앉은 샤오주가 리톈우가 들고 있는 물건들을 가리키며 말했다.

"이게 도대체 어떤 맛인지 먼저 좀 가르쳐줄래? 들어보기만 했지 먹어본 적은 없어서."

샤오주는 자사로 된 화로 속의 푸른색 불꽃을 주시하며 말했다. "맛이란 건 먹어봐야 아는 거지, 아무리 설명해봐야 소용이 없죠. 입에 안 맞으면 차를 마셔서 입을 헹구면 돼요."

리톈우는 봉지에서 빈랑을 하나 꺼내 입 속에 넣고 깨물었다. 맛은 둥베이의 사탕수수와 비슷해서 나쁘지 않았다. 몇 초가 지난 후에 그는 빈랑의 끝맛이 사탕수수와 전혀 다르다는 걸 깨달았다. 테이블 아래의 허벅지가 뜨끈해지는 느낌과 손끝이 저릿저릿한 감각, 그리고 머리가 약간 어질어질한 느낌은 결코 사탕수수가 줄 수 있는 것이 아니었다. 하지만 그렇다고 맛이 마음에 들지 않는다는 건 아니었다. 처음 먹을 때의 불안감과 현기증을 겪은 후로 리톈우는 쉬지 않고 빈랑을 전부 먹어치웠다. 몸에 힘이 나서 눈앞에 놓인 마호가니 탁자를 번쩍

들 수 있을 것만 같았다.

"느낌이 어때요?"

"약간 뽀빠이가 시금치를 먹은 기분인데."

"먹는 게 엄청 능숙하네요. 꼭 몇 십 년 동안 계속 먹어온 사람 같아요."

"여기선 많이들 먹어?"

"빈랑이야 수십 억 규모의 장사죠. 그런데 알아둘 건 그리 건강한 음식이 아니라는 거예요. 구강암을 유발하거든요. 예전에 미국에서 제작한 다큐멘터리를 봤는데, 빈랑이 사람 입 속의 유전자를 바꿀 수도 있대요. 진짜인지는 모르겠지만요. 타이완에선 대체로 대형 트럭 운전사나 짐꾼들이 많이 먹고, 조폭들도 먹어요. 우리 오빠도 어릴 때부터 빈랑을 좋아했어요. 지금도 옆 칸에서 먹고 있을지 모르죠."

찻집은 방음이 아주 잘 되어 있어서 옆 칸의 소리가 거의 들리지 않았다. 누가 빈랑을 씹고 있는지 소리로 알 수 없는 건 당연했다.

"이게 암을 유발한다는 걸 뻔히 알면서 나한테 먹으라고 한 거야?" 리텐우는 사실 마음속으로 아까 두 봉지 살 걸 그랬다고 생각했다.

"암 걸리기가 뭐 그리 쉬운 줄 알아요? 지금부터 평생 먹어야 걸릴까 말까예요. 당신한테 빈랑을 사준 건 우리 오빠가 좋아하기 때문이에요."

"그게 나랑 무슨 상관이 있는지 모르겠는데."

"무슨 상관인지는 나만 알면 돼요. 당신은 그냥 먹으면 되고요." 샤오주는 하이힐 한 짝을 벗더니 손을 뻗어 발을 주무르기 시작했다.

"네 오빠인데 왜 우린 미행만 하고 아는 척도 안 하는 거야?"

"난 아는 척을 하면 안 돼요."

"이유가 뭔데?"

"오빠가 조직에 들어간 후로 나를 보거나 얘기하거나 할 때마다 오빠한테 무슨 일이 생겼거든요."

"이해가 안 가는데."

"난들 알겠어요? 내가 재난을 가져오나 보죠. 내가 오빠의 시야에 나타나기만 하면 오빠는 칼을 맞든가, 경찰 검문에 걸리든가, 아지트가 습격당했다는 전화를 받든가 아무튼 갑자기 팔자가 사나워진다고요."

"그래서 오늘 이렇게 입고 화장을 한 건 변장을 한 거구나?"

"맞아요. 어릴 때 오빠는 부모님 몰래 나한테 연인 사탕을 사주곤 했어요. 난 이제 곧 사라질 테니 어떻든 간에 오빠를 보러 온 거예요."

"사진도 찍을 거야?"

"가능하다면요. 뒷모습이라도 좋아요."

"다른 형제자매는 없어?"

"오빠 하나면 됐죠. 남매 둘이면 딱 좋잖아요."

"같이 얘기할 수도 없는 오빠잖아."

"어릴 땐 괜찮았어요. 얘기도 많이 했고요."

"그럼 네 오빠는, 조폭 일을 하는 이상 너랑 얘기할 수 없는데 다른 일을 해볼 생각은 안 했던 거야?"

"해봤죠. 노래방 종업원도 하고, 렌터카 가게도 열고, 제빵 학원도 다녀봤어요. 그런데 전부 실패하더라고요. 조직 일을 해야만 잘 됐어요."

"타고난 조폭이란 거야?"

"비슷해요. 이 일에 아주 잘 맞거든요. 그래서 난 오빠한테 그냥 잘 맞는 일을 하라고 했어요. 다른 일을 하면 나와 마음대로 얘기할 순 있지만, 하는 얘기가 죄다 실패담이라서 나중엔 듣기 싫어지더라고요."

"어떻게 타고난 조폭이란 게 있을 수가 있어?" 그가 붙잡은 양아치들 중에서도 이 일 말고는 할 줄 아는 게 아무것도 없다고 말한 이들이 있긴 했지만, 리롄우는 지금껏 그 말을 믿은 적이 없었다.

"총통은 계속 바뀌고, 천수이볜은 심지어 지금 교도소에 갇혀 있지만, 리덩후이 시대의 조폭 두목 중에선 여전히 두목인 사람들도 있잖아요. 왜 그렇다고 생각해요?"

"총통들 중에 아무도 조폭을 소탕할 결심을 한 사람이 없었던 거겠지."

"타이완 총통들이 죄다 바보인 줄 알아요? 뤼다오 교도소가 가득 찰 정도로 잡아들인 적도 있었다고요. 일본 조폭들은 경찰국에 아예 등록이 돼 있어요. 타이완 영화들 중엔 조폭들이 만든 게 아주 많지만 그래도 다들 보러 가잖아요. 이유가 뭘 것 같아요?"

"그럼, 너희 정부가 조폭들과 한패가 되어서 그들을 총잡이로 이용하고 있는 거겠지."

"서른 살이나 먹은 경찰이면서 그렇게 얕은 생각 좀 하지 마요. 조폭은 영원히 없어지지 않을 거예요. 그건 인간 본성의 일부분이니까요."

"인간의 본성이라고? 너 정말 말을 교묘하게 잘도 만들어내는구나."

"예를 들어 볼게요. 사람 몸엔 여러 가지 기관이 있잖아요. 그중에서 뇌는 제일 높은 위치에 있을 테고, 사지도 일단 겉보기엔 아주 깨끗할 테죠. 하지만 사람한텐 급한 본성이 있다고 하잖아요. 그러니까 당당히 드러내놓지 못하고 팬티 속에 숨겨둬야 하는 기관들도 있는 거죠. 바로 이런 원리예요."

"맹장처럼 염증을 일으키는 것 외엔 아무 소용도 없어서, 애초에 단칼에 잘라버리는 게 나은 부분일 수도 있잖아."

"몇 백 년 전의 인류는 맹장이 그런 기관이란 걸 몰랐잖아요. 지금은 알게 됐다고 생각하지만, 지금부터 몇 백 년이 지난 후에 맹장이 사실 아주 유용한 기관이었다는 걸 알게 돼서, 지금까지 수술을 해서 잘라낸 게 경솔한 짓이었다고 생각하게 될지도 모르잖아요? 그땐 또 어떻게 해야 하는데요?"

"그럼 조폭들이 이렇게 계속 존재하게 놔둬야 된다는 말이야? 당당히 내놓을 수 없는 물건이 반드시 염증을 일으키진 않는다 해도, 곰 팡이가 필지도 모른다고."

"팬티 속에 숨겨둔 걸 반드시 잘라내야 할 필요는 없어요. 자주 씻어주기만 하면 별 일 없다고요. 물론, 당신이 내시가 되겠다고 해도 아무도 말리진 않겠지만요."

더 반박할 말이 없긴 했지만, 그래도 리톈우는 자기가 설득되었다고는 생각하지 않았다.

조폭이 인간의 본성 그 자체라 해도 그 사실이 반드시 존재할 필요성을 증명해주지는 못한다. 역사 발전에 대한 샤오주의 관점대로라면, 유사 이전의 인류와 현재의 인류는 본성 사이에도 서로 큰 차이가 있을지도 모른다. 리톈우가 이런 관점에서 다시 그녀에게 질문을 하려던 순간, 옆 칸에서 소리가, 정확히 말하면 비명 소리가 들려왔다. 미닫이문을 열어젖힌 리톈우는 아자가 등에 칼이 꽂힌 채 비틀거리며 뛰어나오는 걸 보았다. 아자는 손을 뻗어 칼을 뽑으려 했지만, 하필 칼이 꽂힌 위치는 그의 손이 닿는 한계치를 막 벗어난 곳이라서 손끝이 간신히 칼자루를 스쳤을 뿐이었다. 칼을 뽑는 데 실패한 아자는 비탄 과도 같은 한숨을 내쉬더니 바닥에 엎드려 움직이지 않았다. 아하오 도 뒷걸음질 치며 밖으로 나왔다. 그의 몸에는 피가 묻어 있지 않았 고 안경도 그대로 코에 걸려 있었지만, 이마에 총이 겨누어져 있었다. M&P9c, 미국제 스미스&웨슨 권총이었다. 리톈우는 생각했다. 탄창 이 가득 찼다면 열두 발이 있겠군.

총을 든 사람이 리톈우를 향해 타이완 말로 소리를 질렀고, 그 뒤 에 있는 사람도 마찬가지로 그에게 소리쳤다. 샤오주는 손을 뻗어 문 을 닫고 리톈우 옆에 앉아서 그의 귓가에 대고 말했다. 우리한테 문 닫으라고 하면서, 조용히 있으면 아무 일 없을 거라고 했어요. 문 밖 에서 아하오가 타이완 말로 뭔가 말했지만, 너무 빨라서 리톈우는 제 대로 듣지 못했다. 그는 샤오주에게 작은 소리로 물었다. 냐오바즈尿 抓仔가 뭐야? 그녀가 말했다. 경찰의 스파이요. 아하오 맞은편의 사람 이 또 소리를 질렀다. 샤오주가 그에게 귓속말을 했다. 누가 와서 무슨 소릴 하든 똑같다고, 이제 서로 죽이는 수밖에는 없다고 했어요. 리 톈우는 고개를 끄덕였다. 해석 안 해줘도 돼. 말투만 들어도 무슨 말 인지 알겠어. 샤오주가 물었다. 무슨 방법 있어요? 리톈우가 말했다. 한번 해봐야지. 일단 신발 벗고 있어. 심장은 괜찮아? 샤오주가 말했 다. 심장은 문제없어요. 아하오한테 오늘 무슨 일이 생길까요? 리톈우 가 말했다. 꼭 그렇진 않을 거야. 함부로 움직이지 말고, 도우려고 하 지도 말고, 그냥 내가 하라는 대로만 해. 알겠지? 샤오주가 고개를 끄 덕였다. 알겠어요. 리톈우는 자리에서 일어나 문을 열었다. 문 밖에 있 던 사람들이 깜짝 놀랐다. 자동문도 아닌데 멋대로 열렸다 닫혔다 한다고 생각하는 모양이었다. 그는 총으로 아하오를 겨누고 있는 사람이 오줌을 지린 것처럼 부르르 떠는 걸 분명히 보았다. 리텐우는 양손을 든 채 서서 말했다. 우린 내지에서 온 관광객이고, 우리 맞은편도 마찬가집니다. 저쪽 칸에 공간이 모자라서 우리 두 사람만 이쪽 칸에 앉았어요. 좀 나가게 해주면 안 됩니까? 우리가 계산하고 나가고 나서 당신네 일을 계속하면 될 것 같은데요. 좁다란 복도에 사람들이 가득 들어차서 복도 양쪽이 다 막힌 게 보였다. 그가 말을 마치자 복도가 갑자기 조용해졌다. 아마도 다들, 이런 상황에 갑자기 누가 나서서 이렇게 이성적으로 들리는 말을 하다니, 하고 생각하는 듯했다. 총을 든 사람은 리텐우 쪽으로 고개를 돌리지 않은 채 보통화로 말했다. 망할, 사람이 또 있었어? 빨리 꺼져버려. 리텐우가 말했다. 고맙습니다. 그런 다음 그가 맞은편 칸의 문을 열자, 안쪽에서 여러 사람의 비명이 이구동성으로 터져 나왔다. 리텐우가 말했다. 괜찮아요, 저 사람들은 사업 얘기를 하는 거고, 우리와는 상관없어요. 이제 갑시다. 밤에 백화점에 뭐 사러 가기로 했잖아요. 칸 안에 있던 사람들은 무슨 말인지 알 수 없어 다들 고개를 들고 그를 쳐다보았다. 한 중년 여자가 성경책을 들고 작은 소리로 읽기 시작했다. 다만 부디 저의 희망이 이루어지기를, 신께서 기꺼이 저를 밟아 부수고 하루빨리 저를 끝내주시어 저의 바람을 만족시켜주시기를 기원하나이다. 리텐우는 창밖에 화단이 있는 걸 보았다. 확실히 그들이 있던 칸과는 구조가 달랐다. 그는 생각했다. 운이 나쁘지 않네. "자, 갑시다." 신도들은 양떼처럼 분분히 자리에서 일어나 책을 옆구리에 끼고 밖으로 향했다. 리텐우와 샤오주도 그 양떼 가운데 끼어들었다. 그는 허리춤에서 권총을 뽑아들고, 총을 든 사람에게 다가가 그의 관자놀이를 겨누고 말했다. 당신 이름이 뭐지? 그러자 복도는 금세 소란스러워졌다. 그는 소란이 가라앉기를 기다려 다시 물었다. 당신 이름이 뭐야? 보통화로 말해줘. 그 사람이 말했다. 아량阿亮이야. 형씨는 어디 소속이야? 여기서 나가기 힘들다는 건 알고 있겠지. 사람들은 거의 다 흩어져버렸고, 샤오주만 복도에 남아 있었다. 누군가 그녀의 머리에 총을 겨누고 있었기 때문이었다. 아주 간단한 논리였다. 리톈우가 말했다. 아량, 나한테 해답과 문제가 각각 하나씩 있는데, 뭘 먼저 듣고 싶나? 아량이 말했다. 해답이 좋겠군. 형씨는 도대체 어떻게 하려는 거야? 리톈우가 말했다. 해답은, 당신은 오늘 아하오를 끝장낼 수 없다는 거야. 다른 날 해야 할 거야. 방금 나간 사람들이 당장이라도 경찰을 부를 테니까. 타이베이 경찰이 출동하는 속도는 난 잘 모르지만, 아무리 느리더라도 10분을 넘기지는 않겠지. 사람들이 나간 지 벌써 2분이 지났어. 그러니 당신 패거리가 날 쏴 죽이고 내가 당신을 쏴 죽이는 것밖에는 방법이 없을 거야. 아량은 잠시 생각하더니 말했다. 문제는 뭐지? 리톈우가 말했다. 혹시 타이베이에 101빌딩보다 더 높은 교회가 있나? 아량이 물었다. 교회? 도대체 무슨 소리야? 리톈우가 말했다. 타이베이에 101빌딩보다 더 높은 교회가 있냐고. 말 그대로의 의미야. 아량이 말했다. 그런 교회는 없어. 온 타이완을 찾아봐도 없다고. 진짜 이상한 사람이군. 왜 아하오를 도와주려는 거지? 저 놈이 우리한테 무슨 짓을 했는지 알아? 내지 사람인 당신이 뭘 아냐고. 리톈우가 말했다. 말하자면 길어. 간단히 말하면, 내 의사와는 상관없이 도와주지 않으면 안 되는 상황이야. 아량이 말했다. 그럼 우린 이제 어떻게 하면 되나? 대륙 형씨. 리톈우가 말했다. 수고스럽지만 우리와 같이 맞은편 칸으로 가서 저 창문 옆에 있다가, 우리 셋이 창문을 통해서 나간 다음에 도망칠 방법을 생각해봐야 할 거야. 내 생각엔 지금 당장 움직여야 당신들한테 시간을 조금이라도 더 벌어줄 수 있을 것 같군. 아하오가 말했다. 방 안에 있는 오리 절임 구이는 부하 편에 나한테 보내줘.

그들 세 사람은 창문을 통해 밖으로 나가면서 꽃 몇 포기를 짓밟았다. 찻집 입구에는 벌써 경찰차 두 대가 도착해 있었다. 아하오는 말없이 리텐우와 샤오주를 데리고 골목을 빠져나가 포르쉐 두 대가 세워져 있던 곳으로 돌아갔다. 하지만 차들은 모두 사라지고 없었다. 아하오는 길가에 서서 전화를 걸었지만 아무도 받지 않았다. 그러자 그는 휴대폰을 주머니에 집어넣고 그들을 돌아보며 말했다. 뭐 좀 먹으러 갑시다. 샤오주, 넌 일단 신발 신어.

"일단 숨어야 되는 것 아닙니까?" 리텐우가 말했다.

"숨어야 할 사람은 내가 아닙니다. 먹고 싶은 거 있어요?"

"딘타이펑으로 갑시다."

찐만두와 채 썬 생강, 식초 종지가 차려진 다음, 아하오는 종업원에게 사들고 온 오리구이를 내주며 주방에서 썰어와 상에 차려놓으라고 했다.

"먼저 드세요. 담배 한 갑 사올 테니."

아하오가 돌아왔을 때 리텐우는 벌써 찐만두를 두 시루나 먹은 후였지만, 샤오주는 음식에 거의 손을 대지 않았다. 아까 일어난 일 때문에 아직도 멍해 있는 것 같았다.

아하오는 자리에 앉아 찐만두 두 개를 먹었다. 세 개째를 집으면서 그가 말했다. 총을 잘 쓰더군요.

리텐우가 말했다. 그럭저럭요.

"어디 소속입니까?"

"내지에서 일합니다."

아하오는 고개를 끄덕였다.

"샤오주가 내 동생인 건 알죠?"

"압니다."

"샤오주보다 나이가 꽤 많은 것 같은데."

"확실히 적지는 않죠."

"사실 그건 별 상관없어요. 다만, 당신이 떳떳한 일을 했으면 좋겠습니다. 동생을 위해서만이 아니라, 당신 자신을 위해서도요."

"무슨 뜻인지 압니다. 그런데 난 샤오주와 만난 지 얼마 되지도 않았고, 그냥 친구일 뿐이에요. 사흘 후면 떠날 겁니다. 걱정할 것 없어요."

샤오주가 갑자기 입을 열었다. "오빠."

아하오는 손을 흔들었다. "오랜만에 만났는데, 안 좋은 얘긴 하지 말자."

"알았어."

"부모님은 어떠셔?"

"좀 나이 드신 것 빼고는 예전과 다를 게 없지."

"내가 보낸 돈을 쓰기 싫으면 기부라도 하고 나한테 돌려보내진 말라고 전해줘. 재수 없게."

"있잖아, 오빠가 나중에 부모님을 만나게 되면, 내 말 좀 전해줘……."

"안 만난 지 벌써 2년이나 됐는데, 언제 만나게 될지 어떻게 알아. 왜 직접 안하고?"

"알았어. 나 오빠랑 같이 사진 찍고 싶어."

"뭐 하러?"

"그냥 사진 한 장 찍고 싶다고. 안 돼?"

아하오는 마지못해 샤오주와 함께 사진을 찍었다. 샤오주가 목덜미를 껴안자 그는 거북한 듯 웃었다.

사진을 찍고 아하오는 세 개째의 만두를 먹고, 오리구이도 한 점 먹더니 말했다. "성함을 아직 못 들은 것 같은데요."

"톈우입니다."

"톈우 씨, 혹시 떳떳한 일을 하고 싶다면 여기 남는 것도 한번 생각해보세요. 수속은 내가 알아서 해줄게요. 민취안둥루民權東路 4번지에 있는 헝성恒盛 전당포로 와서 아하오를 찾으면 됩니다."

"여기 남고 싶으면 당신한테 부탁하러 가겠습니다." 리톈우가 말했다.

아하오의 휴대폰에 문자가 한 통 도착했다. 그는 흘끗 보더니 말했다. "먼저 가볼 테니 천천히 드세요. 샤오주, 다음부턴 그렇게 입고 다니지 말고 공부나 열심히 해. 심장 조심하고. 너 안색이 너무 창백하다. 이거 가져가. 톈우 씨, 오늘 고마웠습니다." 그는 손을 내밀어 리톈우와 악수했다.

아하오가 계단을 내려간 후에, 리톈우는 입에서 오리 뼈를 뱉어내고는 물었다. 그게 뭐야?

연인 사탕이에요. 샤오주가 한 알을 꺼내주었다.

파일-3
무텐닝이라는
여자

나는 아버지가 병이 나기 전 소매치기가 될 거라고는 생각지도 못했다. 내가 스물아홉 살 때, 아버지는 알코올 중독 때문에 이미 자기가 누군지도 거의 기억하지 못하게 되었고, 당연히 어머니를 계속 때릴 힘도 잃었다. 어머니의 기억에 따르면, 아버지가 어머니를 때릴 수 없게 된 후로, 그러니까 주먹을 휘두르면 명중하기는커녕 오히려 주먹을 휘두른 방향으로 넘어지게 된 이후로, 아버지는 노상 미소를 짓게 되었다고 했다. 아버지는 침대 가장자리에 앉아 어머니를 보며 미소를 지었다. 어머니가 물었다. 왜 웃어요? 아버지가 말했다. 나 술 좀 줘. 아버지의 손은 다리 위에 놓인 채로 심하게 떨리고 있었다. 수전증이 너무 심해 담배에 불을 붙이는 데도 한참이 걸렸다. 어머니는 대답 없이 장을 보러 갔다. 집으로 돌아와 보니 아버지는 같은 자리에 그대로 앉아서 미소를 짓고 있었고, 어머니는 집에 있던 조리용 술병이 텅 빈 걸 발견했다. 그래서 어머니는 조리용 술을 숨겨버렸다. 집 안에서 술을 한 방울도 찾지 못하게 되자 아버지는 자기 이름을 잊어버렸다. 어머니가 물었다. 당신 이름이 뭐예요? 아버지는 웃기만 할 뿐 대답이 없었다. 어머니가 큰 소리로 물었다. 말해봐요, 당신 누구예요? 아버지는 고개를 저었다. 생각이 안 나. 어머니가 물었다. 내가 누구예요? 아버지가 말했다. 당신은 샤오링小玲이지. 어머니가 말했다. 샤오링이 누구예요? 아버지가 말했다. 내 마누라. 어머니가 말했다. 당신은 누구예요? 이름이 뭐예요? 아버지는 고개를 저었다. 생각 안 나. 어머니가 말했다. 당신 지금까지, 이렇게 긴 세월 동안 뭘 했는지 알아요? 아버지는 고개를 저었다. 몰라. 어머니가 말했다. 당신은 날 30년 동안이나 계속 때리고, 괴롭혔어요. 알아요? 아버지가 고개를 들고 되물었다. 그래? 어머니가 말했다. 시치미 떼지 말아요. 분명히 전부 다 알고 있잖아요. 아버지가 말했다. 생각이 안 나. 내가 진짜로 그랬다면, 미안해, 샤오링. 어머니는 집에 있던 술을 찾아다가 아버지에게 한 잔 따라주었다. 마셔요. 아버지는 술을 한 모금 마시더니 곧장 바지 위에 토해버렸다. 그러고는 미소를 지으며 어머니에게 말했다. 못 마시겠어. 어머니는 손을 들어 아버지의 뺨을 내리치고, 그런 다음 아버지를 껴안고 울었다.

정신이 온전치 못하게 된 후로 아버지가 매일 하는 일이라고는 아파트 현관에 있는 매점 앞에 앉아 햇볕을 쬐는 것밖에는 없었다. 어머니는 아침에 아버지를 데리고 나가서 매점 앞에 앉혀놓고, 해가 지기 전에 다시 데려와서 씻기고 재웠다. 집 창문으로 맞은편의 매점 입구가 잘 보였기 때문에 어머니는 언제든 아버지가 그 자리에 있는지 볼 수 있었다. 어머니는 아버지가 걸상 위를 떠난 걸 한 번도 본 적이 없었지만, 아버지가 분명히 움직인 적이 있다는 건 사실로 증명되었다.

어머니는 줄곧 이 일을 이해하기 힘들어했다. 아버지가 도대체 언제 자리를 떠났다가 또 언제 돌아왔단 말인가? 아버지가 자리를 떴다는 증거는 바로 아버지가 어머니에게 선물을 주게 되었다는 거였다. 가령, 어느 날 어머니가 저녁에 아버지를 데리고 집으로 들어오자 아버지는 바지 주머니에서 사과를 한 알 꺼내 객실 탁자 위에 내려놓으며 말했다. 사과 줄게. 또 다른 날엔, 주머니에서 축축하게 젖은 조그만 게를 한 마리 꺼내며 말했다. 게 줄게. 어머니가 어디서 난 물건이냐고 묻자 아버지는 누가 준 거라고 말했다. 어머니가 누가 준 거냐고 물었더니, 아버지는 누군지는 기억나지 않지만, 아무튼 누군가 주려고 했기 때문에 받는 수밖에 없었다고 말했다. 어느 날, 어머니는 아버지를 데리러 갔다가 아버지의 코가 퉁퉁 부어 있고 옷에는 핏자국이 말라붙어 있고, 주머니 속엔 어머니에게 주려고 챙겼지만 이미 뭉개진 계란 한 알이 들어 있는 걸 발견했다. 어머니는 아버지를 데리고 근처에 있는 채소 시장으로 갔다. 아버지를 때린 사람은 금세 찾을 수 있었는데, 시장에서 쭉 계란 장사를 해온 남자였다. 어머니가 말했다. 왜 이 사람을 때렸어요? 이 사람은 바보라고요. 남자가 말했다. 바보면 물건을 훔쳐도 됩니까? 어머니가 말했다. 계란만 돌려달라고 하면 되지, 때리긴 왜 때렸어요? 남자가 말했다. 아저씨만 바보인 줄 알았더니 아줌마도 바보예요? 그 아저씨가 계란을 돌려줬으면 내가 때렸겠어요? 훔치는 걸 내 눈으로 보고 붙잡았는데도 계란을 안 돌려주고, 내가 자기한테 준다고 했으면서 왜 다시 뺏느냐고 했어요. 난 그 아저씨가 물건을 훔쳐서 때린 게 아니라 고집을 부려서 때린 거라고요. 어머니가 말했다. 그렇다고 코를 때리면 어떡해요. 남자가 말했다. 내가 무슨 권투 선수도 아니고, 때리고 싶은 데를 정확히 때릴 수가 있겠어요? 아버지는 어머니 옆에 서서 그 남자를 향해 웃으며 말했다. 계란 고마워요. 샤오링, 마침 잘 왔어. 아까 그 계란은 저 사람이 준 거야. 어머니는 아버지의 손을 잡고 계란 가게를 나오며 물었다. 당신한테 또 누가 뭘 줬는지 기억나요? 아버지가 말했다. 나한테 뭘 준 사람을 내가 왜 기억 못 하겠어. 어머니는 사과를 파는 여자와 게를 파는 노인과 또 다른 물건을 파는 사람들을 찾아갔다. 그 사람들은 모두 아버지를 기억하고 있었다. 채소 시장에서 좀도둑질을 하는 사람은 많았지만, 물건을 훔치고서 자기한테 물건을 줘서 고맙다고 인사를 한 사람은 아버지밖에 없었기 때문이다. 그들 중 대부분은 어머니가 건넨 돈을 받지 않고 이렇게 말했다. 얼마 하지도 않는데요 뭘. 게다가 그 사람은 바보잖아요? 마늘을 파는 여자만 이렇게 말했다. 난 그 사람이 물건을 훔쳤다고 생각 안 하는데요. 어머니가 말했다. 훔친 건 훔친 거죠. 이 돈 받으세요. 여자는 고개를 저었다. 그 아저씨는 물건을 가져가고서 나한테 고맙다고 했거든요. 그래서 그냥 준 걸로 하기로 했으니까, 그 마늘 한 통은 내가 아저씨한테 준 게 맞아요.

그 후로 아버지는 길을 걷는 데 문제가 생겼다. 그 전까지는 걸음이 느리긴 해도 혼자 잘 걸을 수는 있었지만, 어느 시점 이후로 아버지는 길을 걷다가 넘어지기 시작했고, 그것도 아주 갑작스럽게 넘어지곤 했다. 불과 1초 전까지만 해도 느리지만 평온하게 잘 걷고 있다가 바로 다음 순간엔 갑자기 땅바닥에 넘어지는 것이었다. 게다가 일어난 다음엔 방금 전에 넘어진 걸 완전히 잊어버리고, 어머니에게 자기 옷이 왜 갑자기 더러워진 건지, 옷에 웬 흙먼지가 이렇게 묻은 건지 묻곤 했다. 어머니가 아버지를 병원으로 데려가는 길에, 정확히 말하면 병원 문을 막 들어선 후에 아버지는 병원 안의 떠들썩한 사람들과 한데 모여 울고 있는 환자의 가족들을 둘러본 다음에 또 바닥에 넘어졌다. 하지만 이번엔 혼자서 다시 일어나지 못하고, 마치 넘어진 채 잠든 듯이 일어나지 않았다. 의사는 아버지가 뇌출혈이라는 진단을 내렸다. 두개골을 열어 수술을 해서 일단 잠시 생명이 위태로운 상태를 벗어났지만, 혈괴가 이미 뇌신경을 크게 손상시켜 다시 복원시킬 수 없게 되었기 때문에 도대체 언제 의식을 되찾을지 알 수 없다고 했다. 어머니는 의사에게, 아버지는 벌써 몇 달 전부터 정신이 온전하지 않아서 자기가 누군지도 모르게 되었다며, 혹시 한참 전부터 출혈이 시작되었던 건 아니냐고 물었다. 그러자 의사는 그렇지 않다고 하면서 병원에 와서 넘어진 그때 단 한 번 출혈이 일어났고, 그 전까지는 대뇌가 건강했을 수도 있다고 대답했다. 그럼 아버지는 도대체 왜 한참 전부터 기억을 잃게 된 거냐고 어머니가 묻자, 의사는 알코올 중독자들은 정도는 달라도 다들 대뇌에 손상을 입는데, 이런 손상은 외부를 관찰하거나 두개골 내부의 조직 상황을 보는 것만으로는 정확히 판별할 수 없는 것이라고 말했다. 의학이란 건 어떻게 보면 그저 확률 문제일 뿐이라면서, 가령 이번에 뇌출혈이 일어난 원인은 물론 장기간의 알코올 중독이 불러온 것일 가능성이 아주 높긴 하지만 어쩌면 그것과는 아무 상관없는 문제일 수도 있다고 했다. 사과가 땅에 떨어지는 건 만유인력 때문이지만 다음번에도 사과가 떨어질지 어떨지 알 수 없는 것처럼, 지금까지의 경험에 비추어 거의 100퍼센트에 가까운 지대한 가능성이 있다고 해도 결국은 가능성일 뿐이라는 것이다. 그러면서 그는, 자기는 의사로서, 아버지가 정신이 온전치 못하게 되어 이런 상태에 이르게 된 원인은 알코올 중독 때문일 가능성이 높으며, 앞으로 아버지는 다시 말을 하거나 움직이지 못하게 될 것이며 의식이 없는 사이에 더 심하게 재발해 사망에 이르게 될 가능성이 아주 높지만, 이 모든 것도 결국은 가능성일 뿐이라고 말할 수밖에 없다고 했다.

내가 병원에 도착한 후에 어머니는 내게 이 가능성들에 대해 다시 얘기해주었다. 내 기억 속에서 어머니가 아무런 도움도 얻지 못하고 가장 힘들었을 때, 그러니까 아버지가 어머니를 벽 구석으로 몰아넣고 가죽혁대로 때렸을 때도 어머니는 이렇게까지 약해지지 않았었다. 어머니는 마치 인생에 큰 불이 난 후에 그 폐허 앞에 서서 셀 수도 없이 눈물을 흘린 다음, 잿더미 속에서 모든 것이 갑자기 다시 자라나는 상상이라도 하고 있는 듯했다. 그리고 어머니의 이런 상태는 내가 원래대로라면 마땅히 느껴야 할 후련함, 즉 아버지가 다시는 어머니에게 폭력을 휘두를 수 없다는 데서 오는 후련한 기분을 느끼지 못하게 했다. 평온한 얼굴로 침대에 누워 있는 아버지를 보고 있노라면 후련한 기분은 전혀 느껴지지 않았고, 오히려 어찌할 수 없어 답답한 기분만 들었다. 규칙적으로 숨을 쉬고 있는 아버지의 입가에는 아직도 옅은 미소가 걸려 있는 듯했다. 나는 사실 예전부터 아버지에게 복수할 방법을 무수히 궁리해왔다. 하지만 아버지는 이미 어떤 방식의 복수도 인지할 수 없게 되었고, 어떤 의미에서는 죽은 것이나 마찬가지였다. 나는 갑자기 멍하니 생각에 잠겨, 아버지에게 지금까지 살아온 것처럼 나쁜 아버지로 살아가면서 내가 그에게 복수할 기회를 주는 것과 지금처럼 말없이 천천히 죽어가는 것의 두 가지 존재 방식이 있다면, 내가 만약 신이라면 어느 쪽을 선택해야 할지 생각해보았다. 물론, 시간을 앞으로 되돌릴 수 있다면 나는 그가 좋은 아버지처럼 살아가면서 어머니도 행복한 삶을 살도록 하고, 나를 지금과 다른 사람으로 만들어줄 수 있게 하는 방식을 선택하고 싶었다. 하지만 내게는 마우스로 시간을 되돌리는 능력이 없었다. 내 바탕화면에는 열어볼 수 있는 파일이 단 하나밖에 없었는데, 파일의 이름은 '아버지는 깊이 잠들어 있다'였다. 나는 한 사람이 자기 자신과 가족의 생활을 전부 부순 후에 기진맥진한 것처럼 침대에 쓰러져 잠들어버리는 이런 일이 어떻게 일어날 수 있는지 알 수 없었다. 해결해야 할 사건이 있다는 핑계를 대며 아버지 간호를 몇 번이고 거절하자 어머니가 말했다. 넌 아버지 아들이잖니. 그렇게 내버려두면 안 돼. 네 이름도 아버지가 지어주셨잖아. 내가 말했다. 내버려두긴요. 병원비를 제가 내고 있잖아요. 전 그냥 병원에 계속 있을 시간이 없는 것뿐이라고요. 그냥 간병인을 쓰세요. 그 비용도 제가 낼게요. 그리고 이름은 제가 지어달라고 한 것도 아니잖아요. 어머니가 말했다. 정말 바쁜 거라면 됐다. 일이 중요하지. 간병인은 쓸 것 없어. 내가 간호하면 되지. 내가 말했다. 그러다가 지쳐 쓰러지실 거예요. 어머니가 말했다. 아버지는 그리 오래 버티지도 못할 테니 나도 크게 힘들 일도 없을 거야. 하지만 어머니의 말이 틀렸다. 아버지는 죽은 사람처럼 계속 살아 있었다. 대뇌를 제외한 나머지 모든 기관은 정상적으로 기능했던 것이다. 사장이 해외로 휴가를 가버려서 중대한 결정은 할 수 없지만, 그것 때문에 파산하는 일은 없이 현 상태를 계속 유지하고 있는 회사 같았다. 어머니는 급속도로 여위어서, 원래는 살 속에 숨어 있었던 핏줄이 손등에 드러났다. 말없이 여위어 가는 어머니의 모습은 내게 더 이상 선택의 여지가 없다는 걸 확실히 알려주었다. 그래서 나는 장부판에게 휴가를 내겠다고 했다. 그가 물었다. 아버지가 아프시다고? 내가 말했다. 네, 뇌출혈이에요. 아마 오래 버티진 못하실 것 같아요. 언제 생긴 일인데? 한 달 전이요. 그런데 왜 이제야 얘기해? 사건이 있었잖아요. 당장 꺼져. 사건이야 있다가 없다가 하는 거지만 아버지는 하나밖에 없잖아. 어느 병원이야? 나도 좀 뵈러 가야겠네. 됐어요, 형사님 도움이 필요하면 얘기할게요. 그래, 아무튼 너희 아버지 일이니까 네가 결정해야지. 급하게 복귀할 것 없어. 네가 없어도 지구는 잘만 돌아가니까. 알았냐?

그래서 나는 무기한 유급휴가를 얻었다. 수입은 그리 많이 줄어들지도 않았다. 장부판이 몇몇 사건 보고서의 담당자 표기란에 내 이름을 멋대로 적어 내서 내가 그에 대한 상여금을 받게 해주었기 때문이다. 달리 말하면, 겉으로만 보면 나는 휴가 기간에도 신출귀몰하게 적지 않은 사건들을 해결하고 다닌 셈이었다. 인생에서 처음으로 이렇게 할 일 없는 날들을 맞게 된 나는 밤에는 아버지가 입원한 1인 병실에서 잠을 자고, 대낮이나 되어서 일어나 공원이나 서점에 시간을 죽이러 가곤 했다.

나는 경찰학교를 다닐 때에도 안거와 헤어진 그 공원 벤치에 자주 찾아갔다. 벤치에 앉아서 호수와 먼 곳의 숲을 바라보며 머릿속을 비우고, 그런 다음 안거의 모습을 뇌리의 한가운데에 불러왔다. 이렇게나 오랫동안 안거를 찾으려는 노력을 포기하지 않았지만, 여전히 실마리는 전혀 없었다. 그녀의 부모는 황구 구 치산루에 있던 집을 팔고 해외로 나갔다. 하지만 그들은 각자 다른 나라로 옮겨갔다. 안거가 실종된 지 얼마 되지 않아 이혼했기 때문이다. 안거가 몰래 그들 중 한 사람에게 연락을 하고, 그 사실을 나 혼자만 알지 못하게 되는 일을 방지하기 위해 나는 그 후로도 그 두 사람에 대한 관심을 거두지 않았다. 하지만 안거가 그들에게 연락한 것 같지는 않았다. 그녀의 아버지는 자기가 추행한 그 학생들에게 막대한 배상금을 지급한 후에 미국으로 갔다. 그는 미국에서 아주 큰 명성을 얻었는데, 이 명성은 그가 예전 버릇대로 더욱 멋대로 행동하게 부추겼다. 그는 어린 여자아이와 관련된 두 건의 추문에서 피고가 되었지만 두 건 모두에서 성공적으로 빠져나왔고, 그 추문들은 미국 사회가 동양의 예술가에게 덮어씌운 부당한 중상모략이 되었다. 그녀의 어머니는 안거가 실종된 다음 해에 일본에서 재혼했다. 그녀의 두 번째 남편은 별로 유명하지 않은 도예 장인이었는데, 첸빙랑千兵讓이라는 이상한 이름을 가지고 있었다. 두 사람은 오키나와에 살았는데, 결혼한 지 1년 후에 아들을 하나 낳았다. 그녀는 유명한 예술가의 무리에서 점점 벗어나 온화한 어머니로 변해갔다. 나처럼, 안거도 서른 살이 되었을 것이다. 그녀는 지금 여기와 다른 어떤 시간과 공간 속에서 그녀가 원하는 삶을 살아가고 있을지도 모른다. 어쩌면 그녀가 말한 것처럼 자기가 제일 좋아하는 시간 속에서 살고 있을지도 모르고, 어쩌면 정반대로 엉망진창으로 지내고 있을지도 모른다. 그녀가 내게 보낸 편지는 내 책상 서랍 속에서 십 년이 넘는 세월을 보내서, 연필로 적은 글자들은 이제 예전처럼 뚜렷하지 않다. 전등 아래서 편지를 펼쳐볼 때마다 나는, 안거가 내 곁에 다가와 내 만년필 뚜껑을 열고 혹시 무슨 문제가 있는지 살펴보며 작은 소리로 '걱정 마, 내가 널 지켜줄게'라고 말하는 듯한 느낌이 든다. 그녀는 아직 죽지 않았다. 이 말은 판단이라기보다는 신념에 가까웠다. 나는 이 신념을 마음속에 단단히 박아 넣은 채로 열여덟 살 때부터 서른 살까지 천천히 지내왔다. 시간이 지날수록 이 신념은 더욱 강렬해졌다. 그녀가 죽었을 리 없다. 그녀는 숨어 있고, 나는 반드시 그녀를 찾을 수 있을 것이다.

신화서점新華書店에서 우리 집까지는 직선거리로는 500미터밖에 되지 않지만 실제 거리는 1킬로미터 정도 되는데, 이 거리는 아버지가 입원해 있는 병원에서 집까지의 거리와 비슷했다. 나는 단층집에서 아파트로 막 이사를 와서 창밖을 내다봤을 때 제일 먼저 보인 것이 '신화서점'이라는 커다란 붉은색 글자였던 걸 기억한다. 도시가 발전하면서 신화서점은 두 층으로 축소되고 나머지 층들에는 다른 기업이 세를 들어오게 되었다. 제일 큰 공간을 세낸 곳은 차이나유니콤* 영업점이었는데, 거기서는 매일 갖가지 인터넷 상품과 휴대폰 약정 요금제를 팔았다. 두 층짜리 서점이라 해도 S시에선 규모가 작지 않은 편이었다. 게다가 2층 바닥에는 카펫이 깔려 있어서, 바닥에 앉아 서점 문을 닫을 때까지 마음대로 책을 읽을 수도 있었다. 서점엔 책이 가지런히 정리되어 꽂혀 있지는 않았다. 사실상 거의 책꽂이와 카펫 위에 마구 쌓여 있는 거나 마찬가지였다. 그래도 경험이 풍부한 직원을 만난다면 이런 장애물들을 뛰어넘어 자기가 찾으려는 책을 찾을 수도 있었다. 아버지를 간병하는 동안 나는 매일 대낮이 되어서야 일어나서 간단히 아침을 먹고, 곧장 신화서점으로 가서 책 한 권을 찾아 들고 바닥에 주저앉아 책을 읽었다. 내가 책을 읽는 데는 아무런 목적도 없었고, 무슨 고상한 취미를 기르려는 건 더더욱 아니었다. 나는 그저 고등학교 때부터 책 읽기를 좋아하게 되었기 때문에 책을 읽었다. 이런 취미에 안거가 미친 영향은 그저 독서를 시작하게 해준 것뿐이었고, 그 후로는 그냥 나 자신의 취미가 되었다. 책을 읽으면 안거를 포함한 모든 일을 잊을 수 있었다. 나는 책을 읽을 때는 그저 마음속으로 '재미있네. 이 다음엔 어떻게 될까?'라거나 혹은 '지금까지는 재미없었지만 몇 장만 넘어가면 나아질지도 몰라'라는 생각들을 하곤 했다. 그러고

---

* 중궈롄통中國聯通. 중국의 이동통신사.

보면 내가 읽는 책은 거의 다 소설이었다. 다른 분야의 책들을 무시해서 그런 것도, 시나 산문을 읽으면 갑자기 글자가 이해되지 않아서 그런 것도 아니다. 단순히 내 취향이 소설이기 때문에 그런 것뿐이다. 소설이란 전체적으로 봤을 때 완전히 폐쇄된 세계이니, 인류가 신의 역할에 가장 가까워질 수 있는 방법이 바로 소설가가 되는 것인지도 모른다. 물론 과학자도 시험관 속에서 양이나 뱀을 만들어낼 수 있을 것이다. 듣자 하니 사람을 만들어내는 것도 이미 그리 어려운 일이 아니라고 한다. 하지만 과학자의 일은 소설가와는 아무래도 좀 다르다. 최초의 인간인 아담과 이브는 별로 특별할 게 없었지만, 그들이 생명의 나무에 달린 과실을 따먹고 선악을 분별할 수 있게 된 후에야 모든 것이 재미있어진다. 나는 종종 소설가의 일이란 선악과와 아주 큰 관련이 있지 않을까 하는 생각을 했다. 나는 코난 도일이니 애거사 크리스티니 히가시노 게이고 같은 추리소설은 읽지 않았다. 그들의 작품이 별로라서가 아니라, 경찰로서 이 작가들이 완전히 문외한이란 걸 알고 있기 때문이었다. 사실 이게 바로 그 소설들을 훌륭하게 만들어주는 요소이기도 했다. 만약 작가가 실제로 경찰 일을 아는 사람이라면, 분명히 쓰는 대목마다 현실의 방해를 받아 상상력을 펼칠 수 없을 것이다. 간혹 장편 역사소설을 읽기도 했다. 그런데 작가들은 일단 역사소설을 쓰기 시작하면 곧바로 유머 감각과 예리한 재능을 잃어버리기라도 하는 모양이었다. 중국 작가들이 특히나 더 그랬다(어쩌면 중국 작가들은 이런 감각과 재능이 애초에 별로 없는 건지도 모른다). 그리고 나는 게으른 성격 때문에 소설에 대해 편견을 하나 가지고 있었는데, 그건 바로 완벽한 소설이라면 완벽한 길이를 가지고 있어야 한다는 것이었다. 그 길이를 넘어선 소설은 완벽해지기 힘들다. 제아무리 걸작으로 평가받는 장편 대작이라 하더라도 분명 장황하고 쓸모없는 부분이 있는 것이다. 그날 오후, 나는 신화서점 2층에서 내가 좋아하는, 길이가 적당한 책을 찾아서 책꽂이 사이의 카펫 바닥에 앉아 읽고 있었다.

"이 일을 생각하는 사이 나는 나도 모르게 술을 아주 많이 마셨다. 시간이 이미 늦어 음식점 안에는 몇몇 테이블에만 손님이 남아 있었다. 직원 하나가 양손을 허리에 얹은 채로 주방 입구에 서서 꼭 손이낭孫二娘●이 만두소를 보는 듯한 눈빛으로 손님들을 보고 있었다. 나는 얼떨떨해 있는 사이에 그 여직원에 의해 주방으로 끌려가서 철제 선반에 거꾸로 매달렸다. 요리사가 말했다. '이 소는 힘줄만 많고 고기는 적은데, 고기도 너무 굳어 있네. 만두소를 만들 때 후추를 꼭 뿌려야겠어.' 그 야차 같은 여자가 말했다. 그럼 차라리 내 노리개 삼게 줘요. 이봐, 네 생각은 어때? 그녀의 윗입술엔 수염이 한 줌 나 있고, 가슴엔 보온 물주머니 두 개가 달려 있었다. 내가 말했다. '차라리 죽는 게 낫지.' 그녀는 나를 발로 걷어찼다. '은혜도 모르는 놈. 잠깐만 참아, 두 시간 후에 다시 와서 네 피를 뽑을 테니까.' 그녀는 그렇게 말하고는 가버렸다. 주방 안은 쥐죽은 듯 고요해졌다. 갑자기 털이 눈처럼 새하얀 사자고양이 한 마리가 꿈속에서나 본 것처럼 날아 들어오더니 내 눈앞에 쪼그리고 앉았다. 고양이 목에 달린 방울이 내게 말했다. '왕얼王二! 술 취했어? 왜 그리 정신이 나가 있어?'"●●

나는 목을 살짝 움직여 풀고 작은 소리로 말했다. 꽤 재미있네. 그런 다음 손가락 끝에 침을 발라 책장을 넘기려 했다.

"다른 사람들은 어떻게 보라는 거예요?" 갑자기 내 맞은편에서 목

● 『수호전』 속 술집 주인이며 인육이 들어간 만두를 판다.
●● 왕샤오보王小波의 소설 「삼십이립三十而立」의 한 구절.

소리가 들려왔다.

고개를 들어 보니 내 맞은편에 앉은 여자가 한 말이었다. 그녀와 나는 둘 다 다리를 쭉 펴고 바닥에 앉아 있었다. 그녀도 책을 한 권 들고 있었고, 다리가 내 다리 바로 가까이에 있었다.

"나한테 한 말입니까?"

"당연히 그쪽한테 말한 거죠. 책장에 그렇게 침을 묻혀 놓으면 남들은 어떻게 보라는 거예요?" 여자는 검은색 모직 코트를 입고 있었는데 바닥에 늘어진 옷자락이 무릎 아래까지 내려와 있었다. 목에는 검은색 목도리를 하고 있었고, 옆에는 검은색의 가죽 숄더백이 놓여 있었다. 동그란 얼굴과 약간 드러난 목덜미만 새하얬다. 눈썹을 찌푸리고 있는데도 그녀가 바라는 만큼 눈빛이 엄해지지 않는 걸 보니 원래는 아주 귀염성 있는 눈을 가진 모양이었다. 전체적으로, 방금 막 할아버지의 장례식에 참가하고 돌아왔지만 그다지 슬퍼하고 있지는 않은 여대생처럼 보였다.

나는 대답하지 않고 다시 책을 읽었다.

"책을 사서 집에 가져가서 읽지 그래요? 그러면 마음대로 읽어도 되잖아요."

대답하지 말고, 손가락 끝에 침을 묻히지도 말자. 나는 나 자신에게 경고했다. 그런데 난 왜 곧바로 일어나서 가버리지 않은 걸까? 그건 좀 예의가 아니고, 너무 무례한 행동인 것 같으니까.

다행히 책이 아주 재미있어서 나는 곧바로 다시 왕얼과 샤오쥐안링小轉鈴의 세계로 돌아갈 수 있었다.

"샤오쥐안링은 나라는 친구가 필요하다고 했다. 그녀는 나와 떨어지지 않고 항상 함께 있고 싶다고 하면서 그러기 위해서 내 마누라가 되어도 아깝지 않을 거라고 했다. 한 친구와 평생을 함께 보낸다는 건 꽤나 피곤한 일이다. 그래서 나는 그녀에게 이렇게 말했다. 어쩌면 우리는 그렇게 깊은 인연이 아닐지도 몰라. 어쩌면 넌 다른 사람을 만날 수 있을 거야. 마누라가 되어도 아깝지 않은 정도가 아니라, 처음부터 네가 그 사람의 마누라인 것처럼 느껴지는 사람 말이야. 어쩌됐든 간에 샤오쮀안링은 왕얼의 친구야. 이 사실은 영원히 변하지 않아."

제법인데.

"진짜로 그렇게 재미있어요?" 저 검은 옷 여자는 왜 아직도 안 가고 여기 있는 거지?

"재미있어요." 나는 이 질문이라면 충실히 대답하고 싶었다. 정말로 재미있는 책에 대해서라면, 상대방이 누구든 나는 응당 책에 대한 책임을 지고 이 책이 정말로 재미있다는 사실을 알려줘야만 했다.

"그 책 한 권을 만드는 게 얼마나 힘든 일인지는 알아요? 그런데 그쪽처럼 읽기만 하고 사지는 않는 사람을 만나면 책에 들어간 노력이 헛수고가 될 것 아니에요."

"무슨 말인지 모르겠는데요." 나는 어디까지 읽었는지 잊지 않기 위해 손가락을 책장 사이에 끼워두었다.

"내 말은, 이 책 한 권을 만드는 데 엄청난 수고가 들었을 거란 얘기예요. 원고를 청탁해야 하고, 편집 검열을 해야 하고, 표지 디자인도 해야 하고, 책에 쓸 종이도 결정해야 하고, 그런 다음엔 발행하고, 광고도 해야 하죠. 그렇게 해서 서점에서 팔리게 됐다 해도 혹시 무슨 반동적인 요소라도 발견되면 책이 다시 수거되는 건 말할 것도 없고, 편집자도 그에 따라서 자격을 잃어버리게 된다고요. 그런데 그렇게 고생을 해서 출판한 책이 그쪽 같은 사람 손에 들어가서, 책장마다 침을 잔뜩 묻혀선 그걸 다시 책꽂이에 꽂아놓고 엉덩이 털고 간다면 너무한 일 아니에요?"

"확실히 수고가 많이 들긴 했겠네요. 그런데 그렇게 고생하는 목적이 책을 돈으로 바꾸는 겁니까, 아니면 독자들이 즐거움을 얻게 하는 겁니까? 다시 말하면, 책을 만드는 건 독자들이 책을 사게 하기 위해섭니까, 아니면 읽게 하기 위해섭니까?"

"당연히 독자들이 사게 하기 위해서죠. 아무도 책을 안 산다면 편집자도 굶어 죽을 거고, 작가도 굶어 죽을 거고, 출판사도 굶어 죽을 거예요. 그렇게 되면 누가 이렇게 글을 쓰고 책을 만들어서 사람들이 서점에 앉아서 읽을 수 있게 해주겠어요? 그러니까 근본적인 문제는 돈을 써서 책을 사는 일이라고요."

좋다. 첫째로, 이 책은 확실히 괜찮다. 이 편 말고 나머지 몇 편은 아직 읽지 않았으니 이 책을 산다 해도 손해는 아닐 것이다. 둘째로, 내 수입은 사실 책을 좀 더 많이 사도 충분할 정도로 많다. 그저 서점이 집에서 워낙 가깝고, 내가 읽지도 않을 책을 사다가 장식용으로 꽂아 두는 사람이 아니어서 그런 것뿐이다. 집에는 자기 전에 자주 읽는 책 열 몇 권만 놔두고, 다른 때 책이 읽고 싶어지면 서점까지 잠깐 걸어오는 게 습관이 되었다. 셋째로, 보아하니 만약 오늘 돈을 써서 책을 사지 않는다면 상대방에게 결례를 저지르지 않고 이 자리를 벗어나기는 아주 어려울 것 같았다.

"맞는 말이네요. 지금 당장 사겠습니다." 나는 이렇게 말하고 자리에서 일어섰다. 다리가 좀 저려서 나는 발목을 이리저리 돌리면서 윗옷 안주머니에 손을 넣었다. 그런데 지갑이 없었다. 아마도 아버지의 병실에 두고 온 모양이었다. 그날은 아버지가 입원한 지 한 달이 되어

한 달 치 병원비를 계산하는 날이었다.

"내일 와서 살게요. 오늘은 돈을 안 가져왔네요."

"그거야 당연히 그쪽 사정이니까, 나한테 보고할 필요는 없어요."

변명할 필요도 없고, 그녀가 믿든 말든 상관할 필요도 없다. 내일 와서 사면 그만이다. 나는 그녀에게 고개를 끄덕여 인사를 하고 자리를 떠났다.

아버지의 병실로 돌아온 나는 매일 아버지의 링거를 갈아주는 간호사와 마주쳤다. 서른 너덧 살쯤 된 그녀는 외모가 상당히 남자같이 변해 버린, 동작이 재빠르고 솜씨가 능숙한 간호사였다. "보호자분 지갑이 수납처에 떨어져 있기에 일단 간호사실에 보관해뒀어요." "고맙습니다." 나는 지갑을 찾아와서 아버지의 침대 맞은편에 있는 소파에 앉았다. 그 며칠 사이 어머니는 고혈압 증세가 나타나서 오후에는 집에 돌아가 쉬어야 했기 때문에 나는 서점에서 좀 일찍 병원으로 돌아왔다. 그 소파는 펼치면 1인용 침대로 쓸 수 있는 것이라서 밤에는 그 위에서 잤다. 병실은 아주 훌륭했다. 당시는 이미 한겨울이라 병원 근처의 도로에는 아직도 눈이 쌓여 있었고, 밤에는 옷을 아무리 두껍게 껴입어도 바깥에 한참 서 있다 보면 손발이 점점 얼어서 굳어졌다. 그런데 병실 안은 여름 날씨처럼 따뜻해서, 안에 들어가 있다보면 옷을 하나씩 벗어야 할 정도였다. 아버지는 몸에 수치 측정용 기기를 꽂은 채로 침대에 누워 규칙적으로 숨을 쉬고 있었다. 병실엔 꽃도 과일도 없었다. 문병을 온 사람이 거의 없었던 것이다. 사실 내가 들어오지 않았다면 병실 안엔 새하얀 색밖에 남아 있지 않았을 것이다. 새하얀 커튼과 새하얀 침대보, 새하얀 백발. 아버지는 언제 머리가 하얗게 세어버린 것일까? 어느 한순간에 센 것이 아니라 조금씩 조금씩 희어져 마지막 한 가닥까지 전부 백발이 된 것일 텐데, 그저 내가 눈여겨보지 않았던 것뿐일 것이다. 나는 자리에서 일어나서 링거 주사액이 들어가는 속도를 가늠해보았다. 지난 며칠 동안의 경험으로 미루어보면 대여섯 시간이 지난 후에야 주사약을 바꿀 것 같았다. 심전도는 아주 평온했다. 이불 한쪽을 걷어보니 배변을 한 흔적도 없었다. 나는 소파 위에 드러누웠다. 사람이 이렇게까지 조용하게 변하다니, 정말이지 좀 불가사의한 일이다. 평소 같았으면 내가 옷가지 위에 누워 있는 걸 보고 분명히 발로 걷어차고 한바탕 욕을 했을 것이다. 어쩌면 내가 이렇게 변한 건 어머니 책임이라고 생각해서 어머니에게까지 욕을 했을지도 모른다. 나는 일어나 앉아서 옷을 개고, 소파를 펼친 다음 침대가 된 소파 모서리에 옷을 올려놓았다. 다시 침대에 누워 생각했다. 아버지가 갑자기 깨어난다 해도 나한테 귀찮게 굴 이유는 없겠죠. 그런 다음 나는 잠에 빠져들었다. 꿈속에서 고모를 만났다. 정확히 말하면 아주 늙은 모습의, 거의 백 살은 되어 보이는 모습의 고모를 만났다. 고모는 비틀거리며 내게 걸어와서 손에 돈을 쥐어주며 말했다. 공부하는 데 써라. 다른 사람한텐 말하지 말고. 내가 말했다. 고모, 전 이제 더 이상 공부 안 해도 돼요. 그래도 고모는 같은 말만 했다. 공부하는 데 써. 다른 사람한텐 말하지 말고. 그러더니 몸을 돌려 웬 터널 속으로 걸어 들어갔다. 나는 큰 소리로 말했다. 고모, 어디 가세요? 고모는 나를 돌아보며 뭔가 말했지만 들리지 않았다. 내가 물었다. 뭐라고요? 고모가 막 입을 열어 다시 말하려는데, 갑자기 거센 바람이 불어 고모를 터널 안으로 밀어 넣어서 더 이상 고모의 모습이 보이지 않게 되었다.

다음날 낮에 서점에 가보니, 검은 옷의 여자는 나보다 먼저 어제의 그 서가 사이에 와서 앉아 있었다. 그녀는 내가 오는 걸 보더니 고개를 들고 물었다. 책 사러 왔어요?

"네."

"꽤 믿을 만하네요. 앉아서 책 안 읽을 거예요?"

"됐어요. 그쪽 말마따나 집에 가져가서 읽으면 마음대로 읽어도 되잖아요. 책장에 침을 얼마나 묻히든 아무도 뭐라 하지 않겠죠."

"이 책도 괜찮은데 한번 읽어 볼래요?" 그녀는 손에 들고 있던 붉은색 표지의 책을 흔들어 보였다.

"무슨 책인데요?"

"『격양가擊壤歌』•라는 책이에요."

"처음 들어보는데요. 제목도 이해가 안 가서, 읽기 힘들 것 같네요."

"'격양가'란 건 상고 시대에 불렀던 노래인데 내용은 이래요. '해가 뜨면 일하고, 해가 지면 쉬네. 우물을 파 물을 마시고, 밭을 갈아 밥을 먹네. 임금님의 힘이 나에게 무슨 소용이 있겠는가?' 이 책은 타이완 사람이 쓴 거지만요." 그녀는 일어서서 들고 있던 책을 내게 건넸다.

책을 받아들고 책장을 넘겨보았다. 그녀가 옆에 서서 물었다. "표지가 어떤 것 같아요?"

"괜찮네요. 벽과 창문을 그린 거죠?"

"내가 보기엔 좀 너무 차분한 것 같아요. 내가 만들었다면 목면화 그림을 넣었을 거예요. 책에 루스벨트루에 핀 목면화에 대한 얘기가 몇 번이나 나오거든요. 판형은 어때요? 그러니까, 책 내용은 읽기 편해요?"

• 타이완의 여성 작가 주텐신朱天心이 17세 때 쓴 첫 소설.

"괜찮아요. 글자 크기가 적당한 것 같네요."

"나도 그렇다고 생각해요. 판형은 괜찮은데, 삽화가 안 들어간 건 조금 아쉬워요. 타이베이의 풍경이나 학교 그림 같은 게 삽화로 들어가면 좋았을 거예요. 그리고 성가나 노래 가사를 종이에 써서 그걸 사진으로 찍어서 삽화로 넣었다면 문학적인 색채가 더 짙어졌을 거예요."

"성가라고요?"

"책 속에 아주 멋진 성가가 하나 나와요. 시작 부분은 이래요. 큰 산은 치울 수 있고, 작은 산도 옮길 수 있지만 사람에 대한 하느님의 큰 사랑은 영원히 변하지 않네. 편지지 위에 번체자로 적으면 분명히 아주 멋질 거예요."

나는 심장이 점점 빠르게 뛰고 목구멍이 죄어드는 걸 느꼈다. 책장 위에 올려 둔 손이 주체할 수 없이 떨리기 시작했다.

"어디 나와요?" 목소리도 내 목소리 같지 않았다.

"그걸 어떻게 기억하겠어요. 직접 찾아봐요. 그리 두꺼운 책도 아니잖아요."

나는 책에서 성가를 찾아내고, 그 〈하얀 쪽배〉라는 동요도 찾아냈다. 나는 그대로 바닥에 앉아 그 책을 처음부터 끝까지 다 읽었다. 책에서 다시 눈을 떼었을 때, 검은 옷의 여자는 내 옆에 앉아서 피라미드에서 걸어 나온 미라를 보는 듯한 눈으로 나를 보고 있었다.

"왜 그렇게 덜덜 떨고 있는 건지 물어봐도 돼요?" 그녀가 작은 소리로 물었다.

나는 고개를 저었다. "여전히 이해가 안 가요."

"뭐가 이해가 안 가는데요? 이 책이 그렇게 감동적이었어요? 여학생의 고민 얘기가 그렇게 감동적으로 느껴졌나요?"

"끝까지 읽었는데도 도대체 그 애와 무슨 관련이 있는 건지 모르겠어요."

"그 애가 누군데요?"

"내 친구요. 이 책을 다 읽은 다음에 실종돼버렸어요."

"여자 친구예요?"

"그건 아니지만, 아주 특별한 친구예요. 어떻게 말해야 할지 모르겠네요. 뭐라고 말하기가 힘들지만, 이해해줬으면 좋겠어요."

"솔직히 말하면 이해하기 쉽진 않네요. 난 그런 친구가 없었거든요. 그래도 당신 말이 진짜라는 건 믿어요."

『격양가』를 다 읽고 보니 날은 이미 완전히 저물어 있었다. 이 시간이라면 나는 벌써 아버지의 병실에 가 있어야 했다. 여러모로 아주 난감한 상황에 처했다는 걸 깨달았다. 휴대폰으로 간호사실에 전화를 걸었다. "괜찮아요, 환자분 상태는 아주 안정적이에요. 저희가 간호하고 있을 테니 좀 늦게 오셔도 돼요. 매일같이 병원에 와서 간병하려면 적당한 휴식도 필요하죠. 안 그러면 보호자도 병이 나서 쓰러질 걸요."

"혹시 괜찮다면 저녁을 대접하고 싶습니다." 나는 여자에게 말했다. 고등학교를 졸업한 후로 나는 적지 않은 여자들과 알고 지냈다. 가끔 마음에 드는 여학생이 있으면 둘이서 식사를 한 적도 있었지만, 밥만 같이 먹고 바로 헤어져서 각자 집으로 돌아갔다.

"괜찮기야 한데, 남한테 공짜로 밥을 얻어먹는 걸 좋아하지 않아요. 그러니까 이 책을 사줄게요. 훠궈 먹으러 가도 되나요?"

"그럼요." 그래서 우리는 1층 계산대로 가서 각자 책을 계산했다.

도처에 널려 있는 휘궈 가게 중에서 비교적 좋아 보이는 곳을 골랐다. 주문을 하고 나자 여자는 손뼉을 한 번 치더니 말했다. "좋아요. 그럼, 이름이랑 직업을 말해봐요."

"이름은 톈우, 경찰이에요."

"성이 톈 씨예요?"

"리톈우입니다."

"난 무톈닝穆天寧이라고 해요. 문학 편집자로 일하고 있어요."

"어쩐지, 그래서 책을 제작하는 과정을 전부 알고 있었던 거군요. 알고 보니 전문가였네요."

"전문가는 아니고, 이제 막 취직했어요. 그래도 이 직업이 아주 마음에 들긴 해요. 매일같이 책을 어떻게 해야 잘 만들까 하는 생각만 잔뜩 하다보니 가끔은 꿈속에서도 그런 생각을 한다니까요."

"편집 일이 왜 좋아요? 책 읽는 걸 좋아해서요?"

"책 읽는 건 당연히 좋아하죠. 안 그러면 이 일은 못 해요. 글 쓰는 것도 좋아하긴 하지만, 수준이 별로라서 출판할 만한 글은 아니에요. 그래서 편집 일을 선택한 거예요. 작가가 글을 쓰면 내가 편집을 하고, 그렇게 해서 책 한 권이 만들어지면 거기엔 내 역할도 들어간 거잖아요. 그런 느낌이 좋아요."

"궁금한 게 하나 있는데요."

"편하게 물어봐요."

"왜 그렇게 검은 옷만 입는 거예요? 혹시 요 이틀 사이에 무슨 특별한 일이라도 있었어요?"

"이유는 간단해요. 내가 약간 통통한 편인데, 검은색 옷을 입으면 좀 날씬해 보이거든요. 나 좀 통통하죠?"

"솔직히 잘 모르겠는데요."

"그럼 제대로 익었다는 소리네요." 무텐닝은 내가 보기에 아직 반쯤은 덜 익은 생선 완자를 한입에 꿀꺽 삼켰다.

겨울밤의 훠궈 가게엔 열기가 가득했다. 손님들은 다들 국물이 펄펄 끓고 있는 훠궈 냄비 속에 음식을 집어넣었다가 건져내고는, 술잔을 들어 웃고 떠들며 뱃속에 술을 부어넣었다. 이 도시를 진실하게 모방할 수 있는 뭔가가 있다면 훠궈 가게도 분명 그중 하나일 것이다. 날것은 익은 것으로 변하고, 이성은 광기로 변한다. 끓는 물만이 변하지 않고, 그저 신선한 인간들이 끊임없이 그 속으로 뛰어들어 삶아지는 것이다.

"뭘 하나 깜빡했네요." 고개를 숙이고 열심히 먹고 있던 무텐닝이 갑자기 말했다.

"뭔데요?"

"술을 안 시켰어요. 차만 계속 마시고 있으려니 살이 빠진 것 같은 기분이에요."

"미처 못 챙겼네요. 난 지금 술 마시면 안 되거든요. 이따가 또 일이 좀 있어서. 혼자 마셔도 괜찮겠어요?"

"전혀 문제없어요. 내가 두 배로 마시면 되죠."

무텐닝은 종업원을 손짓해 부르더니 차가운 쉐화雪花 맥주 여섯 병짜리 한 팩을 시켰다. 채 삼십 분도 안 되어 그녀는 쇠고기와 양고기, 팽이버섯, 야채 모둠을 안주 삼아 맥주 세 병을 비웠다. 그러고도 얼굴이 붉어지지 않았다.

"나 때문에 돈을 많이 쓰게 생겼네요." 그녀는 맥주를 네 병째 따면서 말했다.

"별 말씀을. 많이 드세요. 오늘은 확실히 지갑 챙겨 왔으니까."

"그래요. 경찰들은 각자 차이가 있긴 해도 다들 가난하진 않다죠?"

"그렇게 간단하진 않아요. 그리고 경찰이 아니라고 해도, 한 끼 밥 값 때문에 파산할 일은 없어요." 나는 천천히 차를 마시면서 그녀가 입에다 시원스럽게 맥주를 부어넣는 모습을 감상했다.

"내 주량은 맥주 네 병이 한계인데." 그녀는 다섯 병째를 따면서 말했다.

"많이 마셔도 괜찮아요."

"본인 입으로 한 말이니까, 내가 술에 취해서 헛소리를 하고 난리를 치더라도 계산은 꼭 해줘야 돼요."

"당신이 맥주병으로 날 때려눕히지 않는 한 계산할 거예요."

다섯 병째를 비우자 그녀는 뺨이 조금 붉어졌고, 음식에도 거의 손을 대지 않게 되었다.

"나 방금 전에 거짓말 했는데. 톈우 씨는 경찰이라면서 거짓말도 구별 못 해요?"

"그럼 이젠 사실대로 말해줄 겁니까?"

"맛있는 걸 이렇게 많이 사줬으니까 말해줄게요. 검은색 옷은 얼마 전에 실연했기 때문이에요."

"실연한 이유가 상대방이 죽었기 때문이에요?"

그녀는 손을 들어 나를 가리키며 말했다. "그렇게 듣기 좋은 말을 하다니 꽤 영리한데요. 그런데 그 놈이 죽은 건 아니에요. 나보다 훨씬 신나게 살고 있죠. 다리는 해골 같고 엉덩이는 빨래판 같은 여자랑 도망갔거든요."

"생생한 묘사네요."

"그야 생생할 수밖에요. 나를 피해 침대 속에 숨어 있다가, 이불을 들추니까 한눈에 보였는걸요."

그녀는 말을 마치고 여섯 병째의 맥주를 따더니 내 앞에 놓인 유리잔에 가득 따랐다. 맥주 거품이 유리잔 가장자리를 따라 상 위에 흘러내렸다.

"한 잔만 같이 마셔줘요. 안 그러면 내가 계산하는 한이 있더라도 때려눕혀버릴 테니까."

나는 별 수 없이 잔을 들어 그녀와 건배를 했다.

"내 사랑이 죽었으니 상복을 입어야지. 지난 3년 동안의 바보 같은 내 사랑에 건배."

내가 술 한 잔을 다 마시기도 전에 그녀는 벌써 탁자 위에 엎드려 접시를 베고 잠이 들어버렸다.

나는 계산을 하고, 책을 챙기고 그녀를 부축해서 훠궈 가게를 나왔다. 가게 문을 나서니 찬바람이 거셌다. 아까 그녀가 통통해 보이지 않는다고 말했던 건 진심이었지만, 이렇게 어깨에 둘러메고 보니 거짓말을 한 게 아니라는 걸 그제야 알 수 있었다. 나는 주인을 찾아줄 수 없는 지갑을 주운 것처럼 어디로도 갈 수 없었다. 원래 낯선 사람과 함께 술을 마시는 데는 항상 이런 위험이 따르는 법이다. 일단 둘 중 한 사람이 인사불성이 되면, 다른 한 사람이 취한 사람을 데리고 가는 것 외엔 방법이 없다. 어쩔 수 없이 택시를 한 대 잡아 그녀를 태우고 아버지가 입원한 병원으로 갔다. 병원엔 아직 불이 환하게 켜져 있어 복도가 대낮처럼 밝았다. 알고 보니 환자 하나가 방금 막 사망해서 그런 모양이었다. 중년 부인이 복도 한가운데 주저앉아 바닥을 손으로 내리치며 대성통곡하고 있었다. 당직 간호사는 바로 아버지 병실을 담당하는 간호사였는데, 그녀는 환자의 유가족에게 장의사 전화번호를 찾아주다가 나를 보더니 말했다. 응? 또 입원 수속을 하시게요? 이렇게 늦은 시간엔 수속을 못 하는데요. 내가 말했다. 아니에요. 친구가 술에 많이 취해서, 오늘은 우선 아버지 병실에서 좀 재우려고요. 귀찮게 하지 않을게요. 그녀는 다가와서 무텐닝의 눈꺼풀을 열어보더니 말했다. 별 일 없어 보이네요. 자고 일어나면 괜찮을 거예요. 아버지가 아프신데 나가서 술을 마시다니, 아무리 쉬는 거라고 해도 보호자가 그러면 돼요? 나는 그 말에 대답하지 않고, 무텐닝을 끌고 아버지의 병실로 들어가서 소파 위에 그녀를 눕혔다. 이대로 자면 그녀는 내일 감기에 걸릴지도 모른다. 몇 분 지나지 않아 그녀의 콧잔등에 땀방울이 맺혔다. 나는 마음속으로 잠시 고민하다가, 그녀에게 다가가 외투를 벗겨주었다. 외투 안에 입고 있는 옷만큼은 다행히 검은색이 아니라, 흰 바탕에 노란색으로 곰돌이 푸가 수놓아져 있는 스웨터였다. 이제 이대로 두자. 여전히 덥겠지만 옷을 더 벗길 수는 없다. 나는 침대 밑에 있던 플라스틱 대야에 찬물을 반쯤 받아다가 소파 옆에 놓아두고, 외투를 벗어 아버지 침대 옆에 놓인 의자 등받이에 걸쳐 놓고는 그대로 앉아 『격양가』를 읽기 시작했다.

그날 밤에도 아버지는 평소와 다름없이 아무런 움직임도 없었고, 소변만 한 번 보았다. 오히려 무텐닝이 두 번이나 구토를 하고, 꼭 누구 멱살을 잡고 뺨이라도 때리려는 듯이 양손을 마구 휘둘렀다. 다행히 나는 그녀의 손을 피해 더러워진 대야를 처리해 줄 수 있었다. 새벽 두 시쯤에야 그녀는 완전히 잠에 빠져들었다. 『격양가』는 문장이 아주 유창하고 매끄러워 곳곳에서 작가의 재능을 느낄 수 있었다. 다만 소설 속에서 묘사하는 내용이나 심리, 시간과 공간이 모두 나와는 너무 먼 것으로 느껴졌다. 1970년대의 타이베이에 대한 이야기가 도대체 안거에게 어떤 깨달음을 주었기에, 그녀가 익숙한 세계를 떠나 용감하게 사라지도록 만든 것일까. 그녀가 실종된 나이와 가져간 물건들을 생각하면 타이베이까지 갈 수는 없었을 것이다. 어쩌면 책은 그녀의 실종과 아무런 관계도 없고, 그저 우연히 마침 그때 읽었던 것뿐인지도 모른다. 그녀가 실종된 건 그저 모든 것을 견딜 수 없었기 때문에, 언젠가 자기 자신을 상처 입혔던 것과 마찬가지로 이번엔 단호히 사라지는 방식으로 이 우스꽝스러운 세계에 저항하려 했던 것인지도 모른다. 그리고 나 역시도 그녀가 버린 이 우스꽝스러운 세계의 일부분일 뿐만 아니라, 어쩌면 나야말로 이 세계를 완성시킬 마지막 조각이었는지도 모르는 일이다. 그 밤은 너무나도 길었고, 책을 읽는 과정도 유쾌함과는 거리가 멀었다는 걸 나는 인정하지 않을 수 없다. 책 속엔 청춘의 감정이 흘러넘쳤지만, 다음날 해가 밝아올 즈음에 나는 내가 늙어버린 것 같다고 느꼈다. 안거의 실종 사건이 남긴 최후의 단서이자 가장 중요한 단서라 할 수 있는 그 성가와 동요의 정확한 출처를 찾아내긴 했지만, 그럼에도 그 속에서 그녀의 실종에 대한 진정한 비밀을 엿볼 수는 없었다. 나는 갖가지 우연 속에 숨어 있던 운명에게 호되게 한 방 맞아 거의 바닥에 쓰러질 지경이 되어, 그녀를 계속해서 찾는 것을 포기하고 싶은 생각까지 생기려고 했다. 어쩌면 경찰 일을 계속할지 말지 하는 것도 그리 대수로운 문제가 아닐 것이다. 이건 내 인생이 아니라 타인의 인생이고, 난 실수로 이 속에 굴러 들어온 것뿐이니까. 아직 나이가 많지 않으니 다시 공부할 수도 있을 것이다. 어쩌면 나중에 선생님이 되어 내가 좋아하는 글을 학생들에게 읽어주고, 사이가 좋아진 학생과는 편지를 교환하기도 하면서 그들이 조금씩 자라는 것을 지켜보며 살 수 있을지도 모른다. 적당한 여자를 만나 결혼해서 아이를 낳고, 아내는 아이의 손을 잡고 함께 피아노를 치고, 나는 한쪽에 앉아 학생들의 작문 숙제를 검사하고, 어쩌면 그런 것이야말로 진정으로 내게 속한 인생인지도 모른다. 하지만 날이 이미 밝았다는 걸 깨달았을 때, 다른 종류의 집착이 또다시 내 몸을 꿰뚫었다. 커튼을 걷고 창밖의 희미한 아침 하늘을 바라보면서 경찰학교에서 훈련을 받던 때를 떠올렸다. 아무리 강한 상대가 종아리로 목을 단단히 짓누르고 있더라도, 내가 패배를 인정하지만 않는다면 숨이 넘어가기 전에 반드시 역전할 기회는 온다. 안거를 찾을 수 있을 거라는 희망은 점점 희미해지고 있지만, 그녀가 이미 죽었다는 증거 역시도 전혀 없다. 그리고 내가 파악한 것으로 미루어 볼 때, 아직도 그녀를 열심히 찾고 있는 사람은 아마 이 세상에 나 하나밖에 남지 않았을 것이다. 불현듯 깨달았다. 나는 보잘것없고 약한 존재이고, 경찰이 된 후로 몇 년 동안 온갖 위험한 상황과 끊임없이 마주치며 언제고 사신의 거대한 손아귀에 짓눌려 죽을 수도 있었지만 지금까지 죽지 않았다. 나는 내가 한 약속을 어기지 않았다. 비록 그녀에게 상처를 준 적이 있지만, 그때의 일이 떠오를 때마다 나는 곧바로 무릎을 꿇고, 내가 어렸기에 저질렀던 잘못을 부디 용서해달라고 하늘에 간청했다. 나는 이후로 계속 자신의 방식으로 그녀를 지켜왔다. 그건 절대로 그녀를 잊어버리지 않고, 내가 살아 있는 한 앞으로도 계속 잊지 않는 것이다.

무톈닝은 잠에서 깨어나자마자 곧바로 또 대야에 대고 토해냈다. 하지만 그러고 나니 정신이 든 모양인지 이번엔 직접 대야를 들고 화장실로 비우러 갔다. 아마도 대야를 씻은 뒤 세수하고 머리도 빗은 듯했다. 그녀는 다시 돌아와 소파에 앉아서 물에 젖은 앞머리를 한쪽으로 넘기며 말했다. "어젯밤에 병실에서 자게 될 거라곤 생각도 못했어요."

"나도 그럴 줄은 몰랐어요." 나는 『격양가』를 서랍 속에 집어넣었다.

"깨어보니 병실이라서 내가 쓰러진 줄 알았지 뭐예요."

"고작 맥주 여섯 병 가지고 쓰러지긴요. 고민이 있는 사람은 쉽게 취하는 법이니까 그런 거죠."

"날 병실로 데려와서 재우다니 텐우 씨도 참 대단하네요."

"어쩔 수 없었어요. 밤에 병실을 계속 지켜야 되니까."

"저 분이 누군데요? 주무시는 분이요."

"우리 아버지예요. 뇌출혈인데, 다시는 못 깨어날지도 몰라요."

"그럼 그냥 이렇게 계속 주무시는 거예요?"

"그렇진 않을 거예요. 아마 어느 날 갑자기 돌아가실 가능성이 제일 크겠죠. 그렇다 해도 지금과 비슷한 모습일 것 같지만요."

"이제 보니 진짜로 고민이 있는 사람은 내가 아니라 텐우 씨였네요."

"고민이랄 것도 없어요. 난 내 능력이 닿지 않는 일에 대해선 별로 생각하지 않는 편이라서."

"그럼 내가 한참 미숙한 거네요. 하지만," 그녀는 소파에서 일어나 침대 옆으로 다가왔다. "어쩌면 어떤 일들이 정말로 내 능력이 안 닿는 일인지 내가 정확히 알 수 없기 때문에 그런 건지도 모르죠."

아버지는 침대 옆에 누가 와서 서 있는지 모를 것이다. 만약 아버지가 지금 깨어난다 하더라도, 내 옆에 있는 이 방문객을 도대체 어떻게 소개해야 할지 나도 알 수 없었다. 이 사람은 술 취한 문학 편집자인데 마침 인연이 닿아서 아버지를 보러 왔어요. 이렇게 말하면 아버지는 자기가 벌써 다른 세상에 도착한 거라고 생각할지도 모른다.

"출근 안 해요?"

"장기 휴가 냈어요."

"경찰이란 직장, 진짜 괜찮네요. 혹시 여경 안 필요해요?"

"필요하긴 할 테지만, 톈닝 씨는 아마 안 될 걸요."

"사람을 왜 이렇게 무시해요? 나도 실력이 제법이라고요."

"그런 게 아니에요. 경찰은 걸핏하면 술에 취하고 그러면 안 되거든요. 수시로 출동할 일이 생기니까요." 경험으로 깨달은 가르침이었다.

"누가 걸핏하면 술에 취한다고 그래요? 난 난생 처음으로 실연당한 거란 말이에요. 좀 취할 수도 있는 거 아니에요? 이제 보니 톈우 씨, 남성 우월주의자였네요. 언제 나와 한번 겨뤄보면 내 실력을 알게 될 걸요." 그렇게 말하면서 그녀는 아버지의 이마에 손을 올려놓았다.

"뭐 하는 거예요?" 나는 깜짝 놀라서 그녀의 손을 붙잡았다.

그녀는 다른 손으로 나를 밀어냈다. "우리 외할머니가 중풍을 16년이나 앓았는데, 계속 우리 집에서 같이 사셔서 평소엔 늘 내가 간호했다고요. 뭘 그렇게 긴장해요?"

그녀는 붕대가 감겨 있는 수술 흉터를 피해 아버지의 이마를 살살 어루만지면서 말했다. "아저씨, 저는 무톈닝이라고 해요. 오늘 날씨가 아주 좋아요. 햇볕이 따뜻해서 강아지랑 고양이들이 길에서 뛰어 놀고 있어요. 지금 일어나시면 제가 모시고 병원 산책을 갈게요. 쉬고 싶으시면 그것도 괜찮아요. 전 이런 날씨에 집에서 책을 읽거나, 영화나 한국 드라마를 보거나, 낮잠 자거나 하는 걸 제일 좋아하거든요. 그러니까 안심하고 마저 주무세요. 제가 안마 좀 해드릴게요. 괜찮죠?"

"강아지, 고양이들이 길에서 뛰어 놀고 있다니, 이 말은 좀 이상한데요." 내가 말했다.

"강아지, 고양이도 사람 취급을 해줘야죠. 방금 그 말도 남성 우월주의의 다른 표현 형태라고요." 그녀는 의자에 앉아 아버지의 팔을 끌어와서는 팔뚝을 주무르기 시작했다.

"링거 주사를 오래 맞으면 몸이 붓게 되니까, 안마를 자주 해서 피부에 자극을 줘서 혈액순환을 도와야 돼요. 손과 팔부터 시작해서 그 다음엔 등을 안마하고, 마지막엔 다리와 발을 주물러야 돼요. 아버지 손톱이 왜 이렇게 길어요?"

"손톱이요?"

"손톱깎이 없어요? 톈우 씨는 손톱이 이렇게 길면 안 창피하겠어요? 아버지는 분명히 창피하실 걸요. 말씀을 못 하셔서 그렇지."

손톱깎이까지는 미처 준비하지 못했던 터라, 나는 간호사실로 달려가서 빌려왔다. "그 술 취한 아가씨는 깼어요?" 간호사는 내게 손톱깎이를 건넸다. "완전히 다 깼어요." 병실에 돌아오니 무톈닝은 곰돌이 푸 스웨터를 벗고 붉은색 체크무늬 셔츠 차림이 되어 있었다. 보아하니 제대로 한바탕 안마를 하려는 모양이었다.

"여기 진짜 덥네요. 어쩐지 계속 목이 마르더라. 손톱은 너무 바짝 깎으면 안 돼요. 잘못해서 상처가 나면 세균에 감염될 수도 있으니까요. 자주 깎아주면 돼요." 내가 물을 한 잔 떠주자 그녀는 보지도 않고 단번에 다 마시고는 아버지의 손톱을 깎기 시작했다.

"아버지와 사이가 좋아요?"

"보통이에요."

"안 좋다는 말이네요."

"그렇게 말할 수도 있겠죠."

"무슨 경찰이 말을 만날 그렇게 애매하게 해요? 톈우 씨 같은 사람도 총을 들고 다닌다니 상상하기 힘드네요."

"그건 톈닝 씨가 경찰에 대해서 오해하는 것일 뿐이에요."

"아버지와 사이도 안 좋은데, 시간이 그렇게 늦었는데도 나까지 데리고 병실에 온 거예요?"

"그건 별개의 일이죠. 밤에는 꼭 지키고 있어야 돼요."

"아, 이 얘긴 그만 할래요. 말을 하면 할수록 더 답답하네. 잠 좀 자지 그래요? 눈을 보니까 밤을 꼬박 샌 것 같은데."

"괜찮아요. 이제 곧 어머니가 오실 테니까, 난 집에 가서 자면 돼요."

"아, 그렇지. 어머니가 오시면 내가 왜 병실에 있는지 설명해야겠네요. 안마를 처음 하는 거니까, 너무 오래 해도 별로 안 좋겠죠." 그녀는 옆으로 누워 있던 아버지를 똑바로 눕히더니 순식간에 옷매무새를 정돈하고 가방을 집어 들었다. "어제 산 그 책 좀 빌려줄 수 있어요?"

"그냥 줄게요."

"그렇게 급하게 그럴 것 없어요. 재미있는지 어떤지 일단 좀 보고요. 아저씨, 일단 좀 주무시고, 깨시면 같이 산책 나가요. 걱정하실 것 없어요. 세상은 변한 게 없으니까요. 안녕히 계세요." 그녀는 말을 마치고는 뒤도 돌아보지 않고 병실을 나갔다.

선봉장이 따로 없네. 나는 속으로 생각했다. 말도 빠르고, 술 마시는 것도 빠르고, 취하는 것도 빠르고, 가는 것도 빠르고. 그러니 실연도 그렇게 빨리 당했겠지. 3년이 빠른 건가? 꽤 빠른 거지, 다들 바라는 한 평생에 비하면. 몇 분 지나지도 않아 어머니가 새로 산 기저귀를 들고 병실 안으로 들어왔다.

"네 아버지가 오늘 혈색이 아주 좋아 보이는구나."

"그래요? 제가 보기엔 평소랑 똑같은 것 같은데."

"아니야. 꼭 웃고 있는 것 같다."

"전 모르겠네요. 어머니가 착각하신 것 아니에요?"

"그럴지도 모르지. 넌 얼른 집에 가서 좀 자라. 아침밥 해서 전기밥솥에 넣어놨다. 참, 네가 어제 웬 아가씨를 업고 왔다고 간호사가 그러던데, 아가씨는 어디 갔니?"

진짜 따귀라도 한 대 때려주고 싶네.

"벌써 갔어요."

"아, 그래. 집에 가봐라."

나는 열 시간 후에 다시 병실로 돌아왔다. 어머니는 의자에 앉아서 아버지에게 얘기를 하고 있었다.

"당신이 그때 그러지만 않았어도, 그해에 공장에서 열렸던 2인조 포커 경기는 우리가 1등을 했을 거라고요. 판이 반쯤 흘러갔을 때 갑자기 당신이 내가 패를 낼 때 실수를 했다고 탓하면서 카드를 내던지고 갈 줄 누가 알았겠어요? 실수 안 하는 사람이 어디 있어요. 실수를 했어도 다시 이길 방법을 찾아야 되는 거지. 카드를 던지고 간 건 당신이 잘못한 거예요. 패가 얼마나 좋았는데."

"어머니, 저 왔어요."

"아, 그럼 난 가봐야겠다. 손톱을 아주 깨끗이 깎아드렸구나. 네 아버지 손톱 깎아줄 생각은 나도 못 했는데."

"얼른 가세요. 내일은 이렇게 일찍 안 오셔도 돼요."

병실을 나서기 전에 어머니가 말했다. "참, 그렇지. 시간 나면 라디오 하나만 사 다오. 지방 연극 방송 좀 듣고 싶은데, 집에 있는 게 또 고장났어."

혼자 남은 나는 다시 『격양가』를 읽기 시작했다. 이번에 다시 읽으면서 나는 안거가 책의 내용에 대해 한 얘기가 전부 바다와 관련 있는 것들인 것 같다는 생각이 들었다. 그 성가 속에는 '바다'라는 단어가 명확하게 나오지는 않았지만, "누구도 몰락하지 않기"라는 구절을 외딴 섬과도 같은 사람이 침몰한다는 뜻으로 해석할 수도 있었다. 그리고 안거는 그녀가 꾼 꿈 이야기를 할 때 성가의 구절을 차용해서 "햇빛이 바닷물을 비추고, 우리도 비추고 있었다"고 말하기도 했다. 조선 동요인 〈하얀 쪽배〉에는 바다뿐만 아니라 등대도 나온다. 배, 바다, 등대는 전부 안거가 해준 이야기 속에도 나온다. 그리고 『격양가』에는 시도 한 편 인용되어 있었는데, 135쪽과 184쪽에 두 번 나온다.

나는 바다 위에서 왔다, 함께 항해한 스물두 개의 별을 데리고
그대가 내게 바다에서 있었던 일을 물어, 나는 하늘을 바라보며 웃었다……
안개가 끼었을 때처럼
귀걸이가 땡땡거리며 숱 많은 머리칼 속에서 뱃길을 찾는다
아주 가느다란 입김으로, 속눈썹을 불어 열고 등대의 불을 끌어들인다
적도는 붉게 윤이 나는 선, 그대가 웃을 땐 보이지 않는다
자오선은 한 줄의 검푸른 진주
그대가 그리움에 잠길 때면 시간을 갈라놓기 위해 알알이 떨어져

내린다

나는 바다 위에서 왔다, 그대에겐 바다 위 진기한 것들이 너무도
많다

사람을 맞아들이는 하얀 조가비, 사람을 노하게 하는 저녁 구름

그리고 내가 쉽사리 배를 몰아 다가가지 못하게 하는 산호와 암초
까지.

_ 정처우위鄭愁子*, 「안개가 끼었을 때처럼如霧起時」

이 시가 항해 중에 본 풍경을 비유한 서정시라는 건 분명하다. 안
거는 『격양가』에 나온 바다에 관한 묘사와 책 속에 인용된 시 속에서
도대체 무엇을 본 것일까? 그녀가 해준 얘기 속의 배와 바다, 등대는
또 뭘 의미하는 것일까? 하지만 나는 적어도 허무맹랑해 보이는 이
은유들이 안거의 실종과 관련이 있다는 것만은 확신할 수 있었다.

"빨리 좀 안 도와주고 뭐 해요!" 무톈닝이 사람 키의 절반이나 되는
커다란 화분을 안고 비틀거리며 병실 안으로 들어왔다.

"이게 뭐예요?!" 나는 책을 내던지고 달려가서 화분 아래쪽을 받쳐
들었다. 식물에 난 가시가 대뜸 얼굴을 할퀴어 상처를 냈다.

"알로에잖아요. 몰라요? 창가에 두면 돼요." 그녀는 과감하게 화분
을 들고 있던 손을 떼더니 손에 묻은 흙을 털면서 내게 화분을 놓을
위치를 알려주었다.

"그래서, 이 커다란 알로에는 웬 건데요?"

"방 안이 너무 삭막하잖아요. 병실에 꽃이 없다는 건 아주 불합리

* 대륙 출신 시인으로 1949년에 타이완으로 건너갔다.

한 일이라고요."

"이게 어딜 봐서 꽃이에요? 아무리 봐도 나무인데." 나는 화분을 내려놓고 얼굴을 만져보았다. 다행히 깊이 긁히지 않아 피가 나지는 않았다. 그녀의 얼굴에도 가볍게 긁힌 자국이 여러 군데였다.

"이 병실은 알로에를 키우기에 적합해요. 햇빛도 충분히 들고, 온도도 높고요. 환자를 간병할 때는 화가 올라오기 쉬운데, 야생 알로에를 먹으면 화를 해소하고 열을 내리는 데 좋아요. 그리고, 라틴어로 알로에가 무슨 뜻인지 알아요?"

"몰라요." 나는 내 눈앞에 흉악한 모양으로 잎을 뻗고 있는 이 식물을 망연히 내려다보았다.

"'청춘의 근원'이란 뜻이래요. 마침 우리 집에 화분이 있어서 가져왔어요."

"고맙습니다."

"지금 좀 먹어볼래요?"

"됐어요. 일단 앉아서 좀 쉽시다."

"아저씨, 오늘은 어떻게 지내셨어요? 저는 아주 바쁜 하루를 보냈어요. 원고 검토도 하고, 회의도 하고요. 회의 중에 졸다가 편집장님한테 혼도 났다니까요." 그녀는 침대 옆으로 다가왔다.

"평소와 똑같으세요." 내가 말했다.

그녀는 핸드백을 내려놓더니 아버지의 발바닥을 안마하기 시작했다. 오늘 그녀는 온통 새하얀 옷을 입고 있었다. 가방까지도 흰색이었다. 몸에 무슨 블라인드 차양이라도 달려 있어서 줄을 잡아당기면 검은색이 흰색으로 변하기라도 하는 듯했다.

"저기, 텐닝 씨." 내 목소리는 꼭 모기 소리같이 듣기 거북했다.

"말씀하세요, 텐우 씨." 그녀는 손을 멈추지 않은 채 고개만 갸웃했다.

"우린 알게 된 지도 얼마 안 됐는데, 날 이렇게까지 도와주지 않아도 돼요."

"어차피 저녁엔 할 일도 없는데요 뭘. 외할머니도 올해 초에 돌아가셨거든요. 그러니까 내 안마 기술을 당신한테 빌려주는 셈 칠게요. 미안해할 것 없으니 나중에 훠궈나 사줘요."

"그게 아니라, 이렇게 자꾸 도와주면 난 어떻게 해야 할지 모르겠어요."

"어떻게 해야 할지 모르겠으면 그냥 거기 앉아서 나랑 수다나 떨어요. 도저히 그냥 못 앉아 있겠으면 물이나 한 잔 갖다주면 더 좋고요."

물을 떠서 그녀에게 건네주고 말했다. "내 세계엔 여자라는 존재가 없어요. 무슨 뜻인지 이해하겠어요?"

"혹시 남자 좋아해요? 진짜요? 텐우 씨, 그렇게까지 신식이에요?"

"여자뿐만 아니라 남자도 없고, 나 자신밖에는 없어요. 난 혼자 편할 대로 지내는 데 익숙해져 있어요. 아버지는 나 혼자서도 돌볼 수 있어요."

그녀는 손을 멈추고 나를 돌아보았다. 나는 나중에 그녀의 눈빛이, 웃고는 있지만 보는 사람의 마음을 아프게 하는 눈빛이었다고 회상했다. 하지만 그때 나는 그저, 그녀가 나를 진지하게 바라보고 있다고만 생각했다.

"나와 친구 하기 싫어요?"

"그런 뜻이 아니에요. 그런데 설명하기가 힘드네요. 그러니까 그렇게 받아들이는 게 텐닝 씨한테 도움이 된다면 그렇게 이해해도 상관없어요."

"친구가 실종된 후로 쭉 혼자 지내 왔다, 그런 뜻 맞아요?"

"맞아요."

"친구가 하나도 없었어요? 여자 친구도요?"

"아는 사람은 적지 않지만, 친구는 확실히 없었어요. 여자 친구도 사귄 적 없어요. 지금까지 줄곧."

"나 갈게요." 그녀는 아버지의 발을 내려놓고 이불로 덮어주고는 가방을 들었다.

병실 문을 나서기 전에 그녀는 나를 돌아보며 말했다. "그거 알아요? 난 원래 톈우 씨 빰을 한 대 때려주려고 했어요. 그런데 아저씨가 보고 계실지도 모르니까요. 그러니까, 앞으로 길에서 나 마주치지 말아요."

이런 일이 처음 있었던 건 아니다. 톈닝이 간 후에 나는 소파에 앉아서 스스로를 설득시키려 했다. 처음도 아니니까, 한잠 자고나면 이런 기분도 나아질 것이다. 시간이 좀 더 지나면 그녀의 모습도 잊어버리게 되겠지. 낯선 사람이 들어왔다가 나가는 건 내 삶이라는 이야기에 곧잘 등장하는 내용일 뿐이다. 이 단락이 아무리 인상 깊게 잘 쓰였다 한들, 이야기의 결말에 어떤 결정적인 영향을 끼치지는 못할 것이다.

다음날 아침 일찍, 어머니가 오기 전에 간호사가 병실을 점검했다. 간호사는 차트에 혈압과 심박 수를 기록하면서 내게 말했다. "술 취했던 그 아가씨는 갔어요?"

"네."

"말다툼이라도 했어요?"

"그럴 것도 없어요."

"아가씨가 이렇게 큰 화분을 들고 여기까지 올라왔다니, 상상하기 힘드네요. 알로에를 들여놓으니까 확실히 병실이 달라 보여요."

"아버지 상황은 어떻습니까?"

"아주 안정적이에요. 왠지 모르겠지만 안색이 좀 좋아진 것 같네요. 보시기엔 어때요?"

"좀 그런 것도 같네요."

"어머, 여기 검은 머리가 났네." 간호사가 아버지의 귀밑머리를 가리키며 말했다.

"그래요?" 과연 그녀의 말대로, 아버지의 귀밑머리에 새까만 머리털이 한 가닥 자라 있었다. 마치 흰 눈밭 위에 꽂힌 검은 깃발 같았다.

"원래부터 있었던 거예요, 아니면 최근에 난 거예요? 새로 난 머리라면 정말 희한한 일이네요."

"모르겠어요. 전부터 있었던 것 같기도 하고요." 나는 대충 얼버무렸다.

"오랫동안 간호사 일을 하면서 별의별 환자를 다 봐왔어요. 멀쩡히 잘 살다가 갑자기 죽은 사람도 봤고, 죽을 위기를 넘겼지만 결국 얼마 안 가 죽은 사람도 봤고, 금방 죽을 줄 알았는데 아무리 해도 안 죽는 사람도 봤어요. 그런데 아버님 같은 이런 환자가 어느 날 갑자기 일어나는 건 지금껏 한 번도 본 적이 없어요. 그러니까 검은 머리가 자라더라도 너무 신기하게 생각하진 마세요. 무슨 말인지 아시겠죠?"

"알겠습니다. 그래도 검은 머리가 아무래도 흰머리보단 낫죠."

"그건 그렇죠. 참, 알로에가 정말 크네요." 간호사는 알로에 화분에 눈길을 한 번 더 준 다음에야 병실을 나갔다.

병원에 온 어머니는 나쁜 소식을 하나 전해주었다. 고모가 아프다는 것이었다. 고모는 원래 아버지를 보러 오려고 했는데, 막 출발하려는 찰나에 갑자기 집에서 쓰러졌다고 한다. 진단 결과 뇌종양이었고, 그것도 악성일 가능성이 크다고 했다. 크기가 크지는 않지만 위치가 두개골 속에 있는 중요한 두 혈관 사이에 끼어 있다고 했다. 고모도 의식을 잃었다. 달리 말하면, 고모도 지금 아버지와 똑같은 모습으로 침대에 누워 두 눈을 꼭 감고 그저 숨만 쉬는, 죽었는지 살았는지 모를 상태가 되어 있다는 말이었다. 병원에서는 수술을 권했지만 연세가 적지 않아 버틸 수 있을지 모르겠다고 어머니가 말했다. 지금 상황으로서는 수술을 피할 수는 없었다. 수술하지 않는다면 그저 죽음을 기다리는 것뿐일 테니까.

"고모는 의식을 잃기 전에 무슨 말씀 안 하셨대요?"

"아무 말도 없었대. 그냥 손에 여기로 오는 기차표만 쥐고 있었다더라."

"고모는 평생 간호사 일을 하셨으면서, 자기 머릿속에 그런 게 자라고 있는 걸 어떻게 모르셨대요?"

"전조증상이 없었다는구나. 얄궂게, 꼭 누가 갑자기 집어넣은 것처럼."

"제가 J시에 좀 가봐야겠어요."

"네 아버지는 어쩌고?"

"지금 당장 기차역으로 갈 거예요. 밤에 돌아올게요. 걱정하지 마세요, 차에서 자면 되니까."

가기 전에 연락했기 때문에 도착했을 때는 사촌누나가 내 이름이 적힌 팻말을 들고 J시 기차역 출구에 서서 기다리고 있었다.

"톈우구나. 정말 오랜만이다. 10년만인가?"

"아무리 그래도 이름을 적어서 들고 있을 건 없잖아, 누나."

"네가 못 보고 지나칠까봐 그랬지. J시가 크진 않지만 그래도 서로 엇갈리면 큰일이라고. 불법 택시도 많고."

오후의 햇빛은 아주 밝았지만 땅 위에 쌓인 눈을 녹이지는 못했다. 먼 곳까지 둘러보니 이 작은 도시는 10년 전과 달라진 게 없어 보였다. 검은색의 고탑 끄트머리가 그리 멀지 않은 하늘 끝에 걸려 있었다. 그 근처에 터널이 하나 있었던 게 기억났다. 터널 옆은 바로 남산이었다.

병원에 도착하니 고모는 이미 수술실에 들어간 후였다.

"아직 상황을 좀 더 봐야 한다고 하지 않았어요?" 고모부에게 물었다. 고모부는 고등학교 물리 선생님이었다가 퇴직했는데, 기억 속의 고모부는 늘 말수가 많고 여기저기 끼어들기를 좋아했다. 하지만 나는 예전엔 고모부와 세 마디 이상 얘기해본 적이 없었다. 보통은 고모부가 "톈우 왔니?" 하고 말을 걸면 나는 그냥 고모를 부르며 가버리곤 했다.

"의사가 그러는데 상황이 바뀌어 바로 수술을 해야 한다더구나." 고모부는 복도 끝에 난 창문을 열고, 끝없이 펼쳐진 차가운 공기를 마주보며 담배를 피웠다.

"수술은 얼마나 걸린대요?"

"모르겠다. 꽤 오래 걸리겠지. 의사가 여러 명 들어갔어. 네 아버지도 아프다면서?"

"네, 아직 깨어나지 않으셨어요. 상황이 별로 좋지 않아요."

"참, 누가 남매 아니랄까 봐. 톈우야, 어떻게 사람이 이렇게 갑자기 병이 날 수 있는 거냐? 정말 이해가 안 간다."

"너무 걱정하지 마세요. 중요한 건," 나도 담배 한 대를 꺼내 불을 붙였다. "상황이 이렇게 된 이상, 걱정해봐야 소용없다는 거예요."

"정말 다 컸구나. 좀 쉬지 그러냐?"

"괜찮아요, 저녁에 다시 가봐야 돼요. 오늘 고모를 보고 갈 수 있을까요?"

"5분만 일찍 왔으면 얼굴 봤을 텐데 말이야. 괜찮아. 의사가 그러는데, 수술 자체는 위험성이 그리 크지 않고, 수술 후에 종양이 확산되느냐 마느냐가 더 중요한 문제라고 하더구나. 넌 일단 가보거라. 며칠 후에 다시 와도 돼. 괜찮다. 네 고모는 분명히 버틸 수 있을 거야. 수술 후 응급실에 들어가야 돼서 어차피 못 볼 거야."

"쓰러지기 전에 무슨 말씀 안 하셨어요?"

"그때 집에 혼자 있었어. 내가 집에 가서야 쓰러져 있는 걸 보고 병원에 온 거야."

"그럼 전 일단 가볼게요. 이틀쯤 후에 다시 올게요. 혹시 제가 필요한 일이 있으면 언제든 전화 주세요."

"그래, 바래다주마." 고모부는 나를 병원 입구까지 배웅했다. 내가 삼륜차를 막 잡아타려는데, 고모부가 갑자기 말했다. "생각났다. 네 고모가 구급차 안에서 잠깐 정신이 들었는데, 그때 나한테 그러더라. '사람 찾는 광고'라고."

"사람 찾는 광고요? 그 말 한 마디밖에 안 하셨어요?"

"그래, 그 말밖에 안 했다. 그러더니 바로 다시 눈을 감았어. 난 도대체 무슨 뜻인지 모르겠다."

"알겠어요. 고모부, 건강 조심하세요."

과연, 무슨 말을 하긴 하셨구나. 하지만 '사람 찾는 광고'라는 말이 무슨 뜻인지는 나도 전혀 알 수 없었다. 아마 고모가 깨어나기를 기다려 물어보는 수밖에는 없으리라.

아버지를 간병하는 나날은 아주 빠르게 흘러갔다. 아버지의 상태는 꼭 돌덩이처럼 안정되어 있었기 때문이다. 어쩌면 아버지는 마침내 자기에게 가장 알맞은 존재 방식, 그러니까 끝없는 수면이라는 방식을 찾아낸 건지도 모른다. 그래서 일단 이 생활에 적응하고 나니, 밤에 소파에서 잠을 자는 것과 가끔 아버지의 기저귀를 갈아주는 것, 그리고 큰 알로에 화분에 물을 주는 것 말고는 직접 해야 하는 일은 거의 없다시피 했다. 의사와 간호사들도 이 상황이 꽤 재미있다고 생각하는 듯했다. 의식불명 상태이면서 이렇게나 심장 박동이 힘차고 혈압이 안정되어 있는 환자는 지금껏 한 명도 없었고, 게다가 욕창도 비교적 심하지 않았다. 아버지는 꼭 앞으로 몇 십 년 동안 계속 자기로 결심이라도 한 듯했다. 물론, 병원비만 제때 낸다면 세계가 멸망할 때까지 잠들어 있다 해도 병원 측에선 아무 불만도 없을 것이다. 그러는 동안 장부판이 내게 전화를 두 번 걸어왔다. 그는 몇 마디 잡담을 하고, 몇몇 사건이 자기 생각대로 수사가 진행되지 않아 결국 망치게 됐다며 평소와 똑같은 불평을 늘어놓았다. 그런 다음 그는 내게 서둘러 돌아올 것 없다고 당부하면서, 어차피 신년이 다 되었으니 복귀하자마자 또 연휴가 시작될 거라고, 그럴 바엔 그냥 구정 연휴가 끝날 때까지 쉬라고 했다.

용기를 내어 신화서점에 몇 번 더 가봤지만 톈닝을 다시 마주치지는 못했다. 그녀는 아마도 이 서점을 내게 양보해준 모양이었다. 때때로 책을 펼쳐 판권 페이지를 살펴보곤 했는데, 내가 모르는 작가가 쓴, 대체로 사랑을 주제로 한 단편소설집의 판권 페이지에서 그녀의 이름이 책임 편집자 아랫줄에 적혀 있는 걸 발견했다. 그 책의 제목은 『만약 네가 평안하다면 그야말로 마른하늘의 날벼락이다』였다. 책의 장정은 과연 고급스러웠지만, 작가의 필력이 별로라서 읽기가 힘들었다.

눈 깜짝할 사이에 크리스마스가 다가왔다. 크리스마스가 뭔지 모르는 어머니는 내게 거리의 상점들이 일제히 세일을 한다는 광고판을 붙였고, 도로가 심하게 밀린다고 말해주었다. 나는 그냥 어머니에게 일찍 집에 돌아가서 쉬시고, TV만 너무 오래 보지 마시라고 했다. 그런 다음 병실에 혼자 남아서 컵라면을 먹었다. 라면을 막 다 먹었을 때 간호사가 병실 문을 열더니 머리만 쏙 내밀었다. "주임 간호사님이 케이크 사주셨는데 같이 드실래요? 흑조黑天鵝 제과점 거예요."

"괜찮습니다. 방금 밥을 먹어서요."

병실 문이 다시 열렸다. 이번에는 간호사가 아니라 톈닝이 안으로 들어왔다. 그녀는 머리 위에 기다란 토끼 귀 두 개를 달고, 뺨에는 눈에 확 띌 정도로 붉은 볼연지를 바르고 있었다. 여전히 검은색 외투를 입고 있긴 했지만 목에는 커다란 붉은색 목도리를 두르고 있었다. 목도리가 하도 커서 옷을 하나 더 입고 있는 것처럼 보였다. 그녀의 온몸엔 눈이 묻어 있었다.

그녀는 검은색 핸드백을 소파 위에 던지고는 몸에 묻은 눈을 털었다.

"지금 화이위안먼懷遠門 교회에서 오는 길이에요."

"그런 차림으로 교회에 갔다고요? 토끼 귀를 달고요?"

"뭘 모르시네. 옷차림은 중요한 게 아니에요. 그런데 사람이 너무 많아서 도저히 교회 안으로 들어갈 수가 없어서, 그냥 멀리서 구경만 하고 바로 왔어요. 이 난리통에 끼어든다는 건 정말 재미없는 일이네요. 심심해 죽을 지경만 아니었어도 안 갔을 텐데."

"혼자 갔었어요?"

"동료 몇 사람과 같이 갔어요. 심심해하는 사람이 꽤 있었는데, 티가 나서 서로 다 알아보게 되더라고요."

"일리 있는 말이네요. 화장이 독특해 보이는데요."

"당연하죠, 토끼 귀랑 맞춘 거니까."

"그런 거였군요."

"계속 그렇게 싱거운 반응만 할 거면 난 갈 거예요. 가기 전에 당신 뺨을 한 대 때려줄 거고요. 한참 먼 데서부터 눈길을 헤치고 여기까지 걸어왔더니 발이 얼어서 감각이 없을 지경이라고요." 그녀는 나를 향해 눈을 부릅떴다.

내가 도대체 어떻게 재치 있게 대꾸해야 할지 고민하고 있는 와중에 간호사가 다시 병실 문을 열었다. "술 취한 아가씨 왔어요?"

"네, 저 왔어요. 밖에 눈이 많이 와서, 길거리가 아주 어지러워요."

"케이크 좀 먹을래요? 흑조 제과점 건데."

"마침 배고팠는데 잘 됐네요. 한 조각만 주세요."

간호사는 곧바로 일회용 접시에 케이크를 크게 한 조각 담아서 가지고 왔다. 초콜릿과 신선한 과일이 잔뜩 올려진 케이크에는 일회용 포크가 하나 꽂혀 있었다.

"더 있으니까 많이 먹어요."

창밖에는 함박눈이 내리고 있었다. 하늘과 땅 사이엔 흩날리는 커다란 눈송이 말고는 아무것도 보이지 않았다. 나는 아주 어렸을 때 옛날에 살던 집 마당에서 아버지와 눈싸움을 했던 게 생각났다. 아버지는 그때도 술을 마시고 있긴 했지만 나중에 그랬던 것처럼 거칠게 굴지는 않았었다. 우리는 서로를 쫓아 뛰어다니며 대충 뭉친 눈덩이를 던졌다. 내가 실수로 던진 얼음 덩어리가 아버지의 이마에 맞아서 혹이 생겼다. 아버지는 나를 눈밭 위에 쓰러뜨리고는 두꺼운 솜옷 위로 나를 간지럽혔다. 아무리 그만하라고 해도 아버지는 손을 멈추지 않았다. 결국 내가 엉엉 울음을 터뜨리자 아버지는 나를 안고 집으로 들어가서, 가을에 만들어둔 연을 꺼내 보여주며 나를 달랬다. 그 연은 불꽃처럼 새빨간 색의 새 모양이었다.

"눈싸움 할래요? 지금요." 내가 말했다.

"아저씨는 어쩌고요?"

"방금 자세도 바꿨고, 기저귀도 갈았어요. 금방 다시 올라오면 되죠 뭐."

"내가 겁낼 줄 알아요? 가요."

"잠깐만요, 그 토끼 귀 좀 떼고 가요."

"싫어요. 난 눈밭에서 뛰어다니는 토끼가 될 거거든요. 아무도 못 말리는 그런 토끼요."

병원 입구에 거의 다다랐을 때, 나는 몇 걸음 앞서 나가서 눈 속으로 뛰어들어 눈보라 속에 우뚝 섰다. 세상 모든 눈보라의 한가운데 서 있는 기분이었다. 눈보라는 파도처럼 나를 떠밀었다. 마치 인생 그 자체처럼 나를 조금씩 떠밀어, 언젠가 나를 죽음의 강기슭까지 밀어낼 것만 같았다.

"저기, 뭐 하나만 물어봐도 돼요?" 텐닝의 토끼 귀엔 눈이 잔뜩 묻어 있었고, 그녀의 얼굴은 눈 속에서 숯불처럼 빨갛게 보였다.

"그래요."

"내가 지금 당신 얼굴에 입을 맞추면 폐가 되나요?"

"폐는 아니죠, 그런데……."

"그럼 됐어요." 말을 마치자마자 그녀는 아주 커다랗고 둥그런 눈덩이를 내 얼굴에 던졌다.

진정한 싸움은 거의 한 시간 정도 계속되었다. 텐닝은 뜻밖에도 정말로 눈밭 속의 토끼처럼 나는 듯이 뛰어다녔다. 그녀는 계속 나를 피해 도망 다니면서도 이따금씩 뒤를 돌아보며 눈덩이를 던져 정확히 내 얼굴을 맞춰 내가 방향 감각을 잃게 만들었다. 하지만 나는 기죽지 않고 정신을 차려 계속 그녀를 쫓으면서, 공들여 만든 눈덩이 한 개를 들고서 그녀를 맞춰 쓰러뜨릴 기회를 노렸다. 다른 눈덩이는 전부 상관없고, 제대로 만든 이 눈덩이 하나만 맞추면 된다. 이 모습을 영상으로 찍었다면 아마 꼭 히치콕의 영화처럼 보였을 것이다. 거대한 검은 그림자가 쉬지 않고 소녀에게 다가간다. 소녀는 손에 잡히는 대로 그림자에게 물건을 마구 내던지면서 비명을 지르며 도망쳐 달린다. 하지만 무슨 이유에선지, 소녀는 아주 빨리 달리고 검은 그림자는 천천히 걷는 것처럼 보이지만 소녀는 결국 검은 그림자의 손에 붙잡히고 만다.

"패배를 인정합니까?" 나는 그녀를 눈밭에 내리눌렀다. 토끼 귀는 언제 어디서 떨어졌는지 알 수 없었고, 머리칼은 눈 위에 흩어져 있었다.

"못 해요. 내가 미끄러져 넘어진 건 진 게 아니죠."

"어차피 금방 넘어질 거였어요. 내가 계속 쫓아왔으니까." 나는 커다란 눈덩이를 그녀의 눈앞에서 흔들어 보였다.

"졌다고 인정하면 안 던질 거예요?"

"아뇨. 그건 별개의 일이죠. 패배를 인정하는 건 텐닝 씨 본인의 존엄성을 위한 거고요."

"그럼, 내가 입 맞추면 안 던질 거예요?"

"안 돼요. 분명히 뒤로 다른 속셈이 있을 테니까."

그녀는 갑자기 내 손 안에서 빠져나오더니 나를 껴안았다. 내게 입 맞추지는 않고, 그저 나를 품속에 꼭 껴안았다. 그녀의 턱이 내 이마에 닿아 있었다. 눈물이 그녀의 뺨을 타고 흘러내려 내 뺨까지 적셨다. 눈물은 꼭 온천수처럼 쉬지 않고 흘러내려 우리 얼굴에 묻은 눈을 녹였다.

"울지 마요. 이제 들어갑시다." 나는 그녀를 부축해 일으키려 했다.

"나랑 친구 해줄래요?" 그녀는 눈물을 닦을 생각도 없이 눈 위에 그대로 앉아 있었다.

"좋아요."

"내 남편이 돼도 아깝지 않을, 그런 친구가 돼 줄 수 있어요?"

"안 돼요." 나는 눈덩이를 던지고 자리에서 일어섰다. 텐닝은 그대로 눈 위에 앉아 점점 눈사람으로 변해 가고 있었다.

"왜 안 돼요? 내가 뚱뚱하고, 예쁘지도 않고, 술도 취하고, 그래서 그런 거예요?"

"아니에요. 텐닝 씨는 뚱뚱하지도 않고, 예쁜 편이에요. 당신이 술 취한 건 한 번밖에 못 봤고, 취해서 남을 귀찮게 굴지도 않았잖아요. 난 그저 텐닝 씨 남편이 될 수 없는 것뿐이에요. 당신뿐만 아니라, 누구의 남편도 될 수 없어요."

"옛날 일 때문에요?"

"병실로 돌아가서 얘기하면 안 될까요? 텐닝 씨는 실연당한 지 얼마 안 돼서 아직 기분이 우울해서 그런 거예요."

"날 그렇게 유치한 인간 취급하지 말아요. 남편은 안 돼줘도 좋으니까 그럼 남자친구가 돼줘요."

"안 돼요. 분명히 헤어지게 될 거예요."

"그럼 헤어지면 되죠. 일단 시작해보면 되잖아요. 어쩌면 내가 금방 텐우 씨한테 싫증이 날 수도 있는데."

"안 돼요. 빨리 일어나요. 그러고 있으면 다리가 얼어요."

"안 일어날래요. 어른이 된 후엔 눈 속에 이렇게 오래 있어 본 적이 없었는데, 이렇게 편안하다니."

"알았어요, 남자친구 할게요. 아마 병실에 돌아가면 바로 헤어지겠지만."

"안 돼요, 최소한 백 일은 사귀어야죠."

"백 일이 얼마나 되는데요?"

"갑자기 바보라도 됐어요? 백 일이 백 일이지 얼마나 되긴요?"

"좋아요, 그럼 백 일 후에 반드시 헤어지는 걸로 해요. 그런데 이러면 텐닝 씨가 손해 보는 거 아니에요?"

"손해를 보든 말든 내 사정이죠. 그럼 텐우 씨는 지금부터 내 남자친구가 된 거예요. 그렇게 알면 되죠?"

"그렇게 생각하고 싶다면요."

"내 토끼 귀 좀 찾아줘요."

나는 눈 속에서 이미 엉망이 된 토끼 귀를 찾아냈다. 한쪽 귀에는 내 발자국도 찍혀 있는 것 같았다. 그녀는 그걸 어떻게든 다시 머리 위에 달았다. 두 귀가 아래로 축 늘어졌다.

"이제 나 업어줘요."

나는 그녀를 등에 업고 입원 병동 입구를 향해 걸었다. 그녀는 정말 무거웠다. 길이 조금만 더 멀었어도 나는 그녀를 업은 채 눈 위에 넘어졌을지도 모른다.

"누군가의 남자친구가 된 이상 남자친구다운 모습을 보여야 해요. 그러니까, 남자친구로서 책임을 져야 해요. 그건 알죠?" 그녀가 내 등 뒤에서 말했다.

"남자친구가 된 건 처음이니까 많은 지도 부탁드립니다."

"그럼, 지금부터 두 가지를 요구할 거예요. 첫째, 여기서 별로 멀지 않은 곳에 내가 사는 집이 있어요. 내일 바로 짐 싸서 내 집으로 들어와요. 집세는 내가 낼 거고, 앞으로 아저씨를 간병하는 일은 우리가 하루씩 번갈아 분담할 거예요. 게으름 피워도 안 되고, 상대방이 간병할 권리를 빼앗아서도 안 돼요. 둘째, 음, 둘째는…… 우리가 계속 헤어지지 않는다면, 내가 80살이 되어 크리스마스를 맞았을 때 나랑 같이 알프스 산에 올라가요. 거기도 눈보라가 정말 대단하대요."

"왜 80살인데요?"

"올라가면 다시는 내려오지 않아도 될 테니까요."

병실에 돌아와서 나는 그녀를 소파 위에 내려놓았다. 열기와 한기가 뒤섞여 온몸이 기이한 흥분 상태에 놓여 있었다. 이대로 전장으로 달려가 날이 샐 때까지 싸울 수도 있을 것 같았다. 텐닝은 자리에서 일어나 얼어서 굳어버린 발을 가볍게 구르면서 아버지의 침대 곁으로 다가갔다.

"텐우 씨, 와서 이것 좀 봐요. 아까는 없었던 것 같은데."

나는 침대 옆으로 다가갔다. 아버지의 귀밑머리에 검은 머리털이 두 가닥 더 자라나 있었다. 소년처럼 검고 굵은 머리털이었다. 창밖 어딘가에서 갑자기 맑고 깨끗한 종소리가 들려왔다. 종소리는 크리스마스의 밤하늘에 돌연히 찾아온 용서처럼, 우리를 굽어보고 있었다.

7.

도로시와
디킨슨

사진관을 찾아 사진을 인화한 뒤에도 입 속의 연인 사탕은 다 녹지 않았다. 사탕의 새콤한 겉면 속에는 달콤한 초콜릿 잼이 들어 있었다. 어째서 연인 사탕이라고 부르는 걸까? 신맛 다음에 단맛이 나기 때문일까? 그건 아닌 것 같다. 연인 사이에선 오히려 단맛 다음에 신맛이 오는 경우가 대부분 아닌가. 리톈우는 사탕에 왜 그런 이름이 붙었는지 알 수 없었다. 호텔로 돌아가는 내내 샤오주는 아무 말도 없었다. 그녀는 지하철 열차 안에 선 채로, 생각의 실마리가 흔들리는 것처럼 열차의 진동에 따라 조금씩 흔들리고 있었다. 왜 갑자기 너까지 벙어리가 됐어? 우리 오빠를 도와줘서 고마워요. 그리고 나 좀 내버려둬요. 샤오주는 간단명료하게 대화를 끝냈다.

각자 객실로 돌아온 후, 리톈우는 옷을 전부 벗어던지고 샤워기 아래 서서 쏟아지는 물줄기를 맞았다. 정말이지 별의별 일을 다 겪은 하루였다. 그는 물줄기 속에서 흉터가 사라진 자신의 얼굴을 문지르면서, 머릿속으로는 카자오와 학교의 벽화, 아하오, 바닥에 쓰러졌던 아자를 생각했다. 아하오는 오리구이를 챙길 생각은 하면서도 쓰러진 아자에게는 눈길 한번 주지 않았다. 리텐우는 아하오가 자신을 보던 눈빛을 떠올렸다. 시선은 다만 그를 향할 뿐 아무런 감정도 담고 있지 않았다. 무슨 봐줄 만한 분재 따위나 된다는 식이었다. 만약 그가 아하오를 제대로 도와주지 못했거나, 교섭에 실패해 결국 아자와 마찬가지로 등 뒤에 칼을 맞고 바닥에 쓰러졌다 해도, 아하오는 그에게 눈길 한번 주지 않고 오리구이만 들고 갔을 것이다.

문을 두드리는 소리가 들렸다. 리텐우는 목욕 가운을 입고 나가서 문을 열었다. 샤오주가 목욕 가운을 입은 채 문 앞에 서 있었다.

"진짜 짜증나 죽겠어요. 샤워기가 고장 났지 뭐예요."

"들어와."

"욕실 좀 써도 돼요?"

"당연하지."

샤오주는 자기 방문 뒤로 사라졌다가, 샴푸 린스며 바디로션이 담긴 플라스틱 바구니를 들고 20초 만에 다시 나타났다. 바구니에 담긴 물건들의 선명한 색깔과 대비되어 샤오주의 안색이 더욱 희미해 보였다.

"그런 것들이 있으면 기분이 좀 나아져?" 리텐우는 샤오주를 방 안으로 들여보내면서 그녀가 들고 있는 보물 상자를 가리켜 보였다.

"아뇨. 하지만 이게 없다면 기분이 더 나빠질 거예요."

샤오주가 욕실로 들어간 지 얼마 지나지 않아 물소리가 들려왔다. 소리가 제법 큰 걸 보니 아마도 샤워기를 최고로 세게 튼 것 같았다. 그런데 물소리만 들리고 사람 소리는 들리지 않았다. 거센 물줄기가 샤오주를 흘려보냈거나, 아니면 녹여서 하수도를 따라 폐수 처리장으로 내보낸 다음 바다에까지 흘려보낸 것 같았다.

"샤오주?"

아무 대답도 없다. 리톈우는 앉은 자리에서 벌떡 일어섰다. 설마 이렇게 물속에서 흐려져 그대로 사라져버렸단 말인가? 침대에 누워 있는 아버지 앞에 서 있는 듯한 기분이었다. 리톈우는 아버지의 얼굴을 바라보면서, 어쩌면 아버지는 이미 죽었는데 자기만 아직 모르고 있는 게 아닌가 하는 생각을 몇 번이나 했었다. 그는 아버지가 아직 숨을 쉬고 있는지 아닌지 알 수 없었다. 아버지의 코 밑에 손을 대보고서야 아직 살아 있다는 걸, 가느다란 호흡으로 가냘픈 자신의 존재를 알리고 있다는 걸 알 수 있었다. 샤오주는? 리톈우는 욕실 문을 열 수는 없었다. 도대체 어떻게 해야 할지 알 수 없었다.

"샤오주?" 그는 거의 고함을 쳐서 그녀를 불렀다.

"뭐예요? 왜 그렇게 급하게 불러요?" 전혀 희미해지지 않은 샤오주의 목소리가 물소리를 뚫고 들려왔다.

"난 기분이 안 좋으면 샤워를 하면서 노래를 불러."

"어떤 노래요?"

"생각나는 대로 아무거나. 무슨 노래인지가 중요한 게 아니라 그냥 노래를 부르기만 하면 되는 거니까."

"내 별명은 음치 여왕이라고요."

"너한테 무슨 콘서트를 하래? 그냥 샤워기 밑에 서서 노래나 하라는 건데 뭘."

"그럼 콘서트 하는 것처럼 노래 부를 거예요. 타이베이 아레나 무대에 서 있는 것처럼. 어때요?"

"그러면 좋지. 네 팬은 벌써 관객석에 앉아 있어." 리톈우는 자기 엉덩이 밑에 깔린 침대 매트리스를 팡 하고 내리치며 말했다.

"환호성이 안 들리는데요."

"거 참 귀찮게 구네. 부르든 말든 맘대로 해. 어차피 내 기분이 나쁜 것도 아닌데."

다시 한동안 침묵이 이어졌다. 이번에야말로 정말 사라진 것 같았다. 리톈우는 좀 후회가 되었다. 정말로 기분이 좋지 않은 것 같은데, 하필 이때 말다툼을 하는 게 아니었다는 생각이 들었다. 어떻게 환호성을 내야 할까. 그냥 비명을 지르면 되는 건가? 리톈우는 자기가 지금껏 단 한 번도 비명을 질러본 적이 없는 것 같다는 생각이 들었다. 어떻게 그 많은 사람이 한데 모여서 한 사람을 향해 동시에 비명을 지른단 말인가? 그러면 무대 위에 있는 사람은 무섭지 않을까? 그가 생각이 다른 데로 샜다는 걸 눈치 챘을 때쯤, 샤오주가 작은 목소리로 노래를 부르기 시작했다.

somewhere over the rainbow way up high
there's a land that I heard of once in a lullaby
somewhere over the rainbow skies are blue
and the dreams that you dare to dream really do come true

리톈우는 조용히 샤오주의 노래를 들었다. 확실히 음정이 좀 안 맞긴 했지만, 그래도 이 〈Over the rainbow〉라는 노래를 소녀의 목소리로 부른 것만으로도 사람의 마음을 감동시키는 힘을 가지게 된 것 같았다. 노랫소리는 마치 인류에게 단 한 번도 발견된 적 없는 오아시스에서 솟아나는 샘물인 양 얼음처럼 차갑게 마음속으로 스며들어, 천천히 한데 모여서 따뜻한 호수를 이루는 듯했다. 앞부분은 강약이 분명하고 후렴구의 음도 좀 높긴 했지만, 그래도 전체적으로는 자장가처럼 듣는 이를 편안하게 해주는 노래였다.

"당신은 자기가 누구라고 생각해요?" 물소리가 그치고, 샤오우가 묻는 소리가 들렸다. 아마 몸의 물기를 닦고 있는 듯했다.

"나야 리톈우지."

"이름이 뭔지야 물론 알죠. 내 말은, 「오즈의 마법사」 등장인물 중에 누구라고 생각하느냐는 거예요."

"몰라, 그 이야기에 경찰은 안 나오잖아. 너는 누군데? 심장이 없는 양철 나무꾼?"

"네 사람 다 나예요." 샤오주가 머리칼의 물기를 닦으며 욕실 밖으로 나왔다.

"너 진짜 욕심이 많구나."

"욕심이 많아서 그런 게 아니라, 나한테 부족한 게 너무 많아서 그런 거예요. 그래도, 노래를 부르고 나니까 정말로 기분이 꽤 나아졌네요. 뼈가 부러지면 오히려 더 용맹해진다는 말처럼, 나도 이제 다시 앞으로 나아갈 수 있을 것 같아요."

리톈우 곁으로 와서 앉은 샤오주는 흰색 목욕가운과 거의 한 몸이 된 것처럼 보였다.

"솔직하게 얘기 좀 할 수 없을까? 말다툼 같은 건 하지 말고." 리톈우는 샤오주의 머리칼을 바라보며 말했다. 흐려져 가고 있는 그녀의 머리칼에 물방울이 맺힌 것이 꼭 겨울날의 창문에 서린 수증기 같았다.

"그래요, 말다툼 안 하는 건 좋아요. 그런데 뻔히 보이는 오류에 반박을 안 한다는 보장은 없어요."

"네가 가진 게 많지 않다는 데는 나도 동의해. 사실 딱할 정도로 가진 게 적다고 할 수도 있겠지. 그렇지만 그게 너한테 부족한 게 많다는 뜻은 아니야."

"가지지 못한 거랑 부족한 게 뭐가 다른데요?"

"이렇게 말하면 되려나? 네 또래 아이들에 비하면 네가 그리 행복한 환경에 있는 건 아니지만, 그래도 넌 잘 해왔잖아."

"잘 해왔다는 게 무슨 말이에요?"

"그냥 잘 해왔다는 뜻이지, 더 뭐라고 설명할 수 없어."

"당신도 괜찮은 사람이에요."

"그런 말 할 것 없어."

"인사치레로 칭찬하는 게 아니고, 진심이에요. 당신은 유머가 있는 사람이에요."

"유머라고? 그런 말은 처음 들어 보는데."

"정말이에요. 소란스럽게 분위기를 띄우거나 입담이 좋다는 뜻이 아니에요. 유머란 건 행동이 아니라 태도를 말하는 거예요. 쉽게 가질 수 있는 게 아니죠."

"그럼 아마 타이완에 온 후로 내가 좀 바뀌었나 보네. 교회도 못 찾고 있고, 내 능력이 닿지 않는 일이 너무 많아서, 그러는 동안 너와 말다툼하는 게 큰 즐거움이 된 모양이야."

"저기요, 요 이틀 사이에 내가 많이 흐려지지 않았어요?"

"그래, 많이 흐려졌어. 이 속도라면 네가 내일 내 눈앞에 나타날지 안 나타날지도 모르겠다."

"걱정 마요, 내일도 나타날 거니까. 최소한 하루는 더 버틸 수 있어요. 아직 못한 일이 하루치 있고, 당신의 그 교회도 아직 못 찾았으니까요. 이대로 이렇게 가버리진 않을 거예요."

"오늘 난 총을 겨누고 질문을 했는데도 교회가 어디 있는지는 못 알아냈잖아."

"이제 그 교회는 당신 교회일 뿐만 아니라 내 교회이기도 해요. 내 생각에 교회는 분명히 존재하는데, 우리가 정확한 방법으로 찾지 못하고 있는 것 같아요. 참, 내가 당신의 인도자가 맞는 것 같아요?"

"맞든 아니든 별 상관없다고 지난번에 말했잖아."

"이젠 알고 싶지 않아진 거예요?"

"알 필요 없어. 사실, 네가 바로 내 인도자라고 말할 수도 있겠지."

"내가 바로 당신의 인도자예요. 음, 이 말, 꽤 그럴듯하네요." 샤오주는 목욕 가운 끈을 예쁘게 리본으로 묶었다.

"알겠습니다, 인도자님. 내일은 어디로 갈까요?"

"내일은요." 샤오주는 잠시 생각에 잠겼다가 고개를 들었다. "우린 내일 병을 하나 찾으러 갈 거예요."

리톈우는 샤오주가 돌아간 후에 바로 잠자리에 들지 않았다. 창문을 열고 담배에 불을 붙여 조심스럽게 피우면서, 이곳에 내려오기 전 그 회전문 안에서 사장이 했던 말을 떠올렸다. 사장이 말했다. 그건 교회야. 그가 물었다. 교회요? 그래, 교회. 타이베이에서 제일 높은 건물인데, 아주 웅장한 고딕 양식의 교회야. 그리고요? 그러니까, 좀 더 자세히 묘사해줄 순 없습니까? 없어, 이게 다야. 이 정도만 해도 자네가 찾기엔 충분해. 내부는요? 교회 안은 어떻게 생겼는데요? 벽화나 천장은 어떤 식입니까? 내부? 사장은 약간 멍해진 듯이, 손을 들어 이미 얼마 남지 않은 머리칼을 만지작거렸다. 내부는 나도 몰라. 아니, 내부란 게 아예 없다고 해야 하나. 그게 무슨 소리예요? 리톈우는 좀 화가 났다. 사람한테 찾으라고 시킬 거면 그래도 좀 할 만 한 일을 시켜야지, 내부는 나도 모른다는 게 도대체 무슨 소립니까? 사장이 말했다. 난 정말로 내부가 어떻게 생겼는지 몰라. 예배용 의자가 몇 개 있을 수도 있고, 어쩌면 아예 없을 수도 있어. 천장엔 미켈란젤로가 그리다가 목까지 굽어버린 그런 천장화가 그려져 있을 수도 있고, 어쩌면 천장화는 아예 없고 그냥 샹들리에 하나만 있을지도 모르지. 아무튼, 자네는 그 교회가 타이베이에서 제일 높은 교회라는 것만 알면 돼. 다른 건 나도 알려줄 수 없어. 나도 본 적이 없으니까. 안에 들어간 적이 없다고요? 당신은 원하기만 하면 어디에든 존재할 수 있는 것 아니었습니까? 그건 그렇지만, 그 교회 안엔 들어간 적이 없어. 들어갈 수가 없거든. 당신이 들어갈 수 없는 곳도 있어요? 있지. 아주 많아. 그래도 아마 자네는 들어갈 수 있을 거야. 이제 출발해. 아무튼 난 지금부터 시간을 잴 테니까.

리톈우는 이불 속에서 돌아누웠다. 새하얀 침구가 몸에 닿는 느낌이 만족스러우면서도 고독한 기분이었다. 그는 정말로 샤오주의 몸에 있는 암호를 알고 싶지 않았다. 아니, 그냥 모르는 편이 나을지도 몰랐다. 그는 샤오주가 그의 마음속에서 점점 여동생 같은 존재가 되었다는 걸 깨달았다. 내지에서 태어난 그의 나이 또래 사람들이라면 여동생이 있을 가능성은 거의 없었고, 보통은 다들 가정의 유일한 아이로 자랐기 마련이다. 그런데 지금 진행 중인 이 생명의 연장전 속에서 여동생 같은 존재를 만나자, 그는 사장이 지금 당장 그를 다시 소환해

불려간다 하더라도 최소한 이 여정이 그에게 아주 헛된 것은 아니었다는 걸로 위안을 삼을 수 있을 거라고 믿게 되었다. 다만 이 여동생은 곧 사라질 것이고, 오빠인 그도 다시 죽게 될 예정이었다. 남매로서 평생을 살아갈 수 없는 것이 좀 아쉽긴 하지만, 그래도 이렇게 만나 아주 흥미로운 여정을 함께했으니 괜찮다. 지금 상황을 봐선 그녀가 먼저 사라지든 아니면 그가 먼저 죽든, 분명히 남은 한 사람이 마지막 순간에 옆에 있어줄 것이다. 사실 친남매라 하더라도 삶의 마지막 순간을 맞을 때 반드시 함께 있을 수 있는 것도 아니지 않은가. 그러니, 함께 보낸 시간이 좀 짧기는 해도 아주 충실했으니, 그리 유감스러울 것은 없다.

다음날 아침 9시 반에, 리톈우와 샤오주는 이미 시먼딩西門町 영화관 거리의 어느 재개봉 영화관 입구에 서 있었다. 영화관은 아직 문을 열지 않았고, 상점가에도 사람이 거의 없었다. 리톈우는 주머니에 손을 꽂고 서서 일본 건축 양식이 짙게 남아 있는 거리와 커다란 영화 포스터들을 바라보면서, 아주 오랫동안 영화를 보러 간 적이 없는 것 같다는 생각을 했다. 그런데 또 다시 생각하니 바로 1주일 전에 톈닝과 함께 집 근처 영화관에 가서 영화를 본 것도 같았다. 옛날 영화를 상영하는 주간이어서 50위안에 초창기 흑백 영화를 세 편이나 볼 수 있었다. 그와 톈닝은 페이무費穆 감독의 「작은 마을의 봄」과 오즈 야스지로 감독의 「도쿄 이야기」, 구로사와 아키라 감독의 「7인의 사무라이」를 봤다. 영화의 소재 때문인지, 톈닝은 앞의 두 영화를 상영할 때는 흑백영화를 상영하는 영화관이야말로 잠을 자기에 가장 좋은 장소라는 듯한 자세로 쿨쿨 잠만 잤다. 그러다가 「7인의 사무라이」

를 상영할 때만 잠에서 깨어 아주 열심히 영화를 봤다. 그녀는 기쿠치 요菊千代가 나오는 장면마다 리텐우를 붙잡고 깔깔대면서 말했다. 난 저 일본 놈이 마음에 들어. 그가 말했다. 저 때는 아직 일본 놈이라고 부르지 않았어. 그리고 좀 조용히 해. 아무리 영화관에 우리 둘밖에 없어도 그렇지, 최소한 구로사와 감독에 대한 존중을 좀 보여야 할 것 아냐. 넌 일곱 명 중에 누가 제일 좋아? 텐닝은 여전히 목소리를 낮추지 않고 물었다. 규조久藏. 그럴 줄 알았어. 넌 꼭 그렇게 어리숙한 협객이 취향이지.

시간이 있으면 영화를 한 편 보면 좋겠다. 타이완에 왔으니 타이완 영화를 한 편 봐야지.

"안녕, 치룽啓榮." 매표소에 처져 있던 커튼이 걷혔다. 열 여덟아홉 살쯤 되어 보이는 남자아이가 막 유니폼으로 갈아입고 매표소 안에 앉아 마이크를 켰다. 샤오주는 매표소 안으로 고개를 들이밀고 남자아이에게 인사를 했다.

"어, 샤오주 누나. 못 찾았다고 했잖아. 이제 오지 말라니까. 사장님이 보면 난 잘릴 거라고." 보아하니 샤오주의 인사로 하루를 시작하는 게 치룽이라는 남자아이에게는 처음 있는 일이 아닌 모양이었다.

"분명히 있을 텐데. 혹시 다시 꼼꼼히 찾아봤어?"

"찾아봤어. FBI가 수색하는 것처럼 방 안을 온통 뒤집어서 찾아봤는데, 그래도 못 찾았다니까."

"혹시 누가 너한테 그걸 보여준 다음에 네가 어느 서랍에 잘 넣어둔 것 아냐? 잘 좀 생각해봐."

"애초에 꺼낸 적이 없다니까. 누나가 날 찾아오기 전까지 난 그런 게 있다는 걸 아예 몰랐다고. 이제 제발 그만 좀 와. 한 달에 열 번이 넘게 찾아오다니. 사장님이 못 본다 하더라도, 내 여자 친구가 알았다 간 날 죽이려고 들 거야. 계속 날 붙잡고 있을 거면 퇴근한 후에 와. 그래야 공평하지."

"그래, 나 혼자 널 계속 붙잡고 있으면 안 되지. 그럼 이렇게 하자. 내가 너희 집에 가서 찾아볼게. 어때?"

"누나, 점점 도를 넘네. 우리 집엘 오다니. 엄마가 누나를 때려서 내 쫓을지도 모르는데 겁 안 나?"

"겁 안 나. 오늘은 보디가드를 데려왔거든. 잘 봐. 이쪽의 톈우 씨는 별명이 '대륙 형씨'인데, 타이중台中에서 아주 날리는 사람이라고. 한 번만 너희 집에 들어가게 해주면 이번에 찾든지 못 찾든지 다시는 안 올게. 그러면 되지?"

치룽은 리톈우를 살펴보더니 마이크에 대고 말했다. "선생님, 잠깐 이쪽으로 와주세요."

"무슨 일이지?" 리톈우는 창구 앞으로 다가갔다.

"샤오주 누나랑 잘 아는 사이에요?"

"그런 셈이지."

"그럼 저 누나네 오빠도 알아요?"

"아하오? 점잖은 사람 같아 보이던데."

"그럼, 우리 집에 가서 찾아보고 나면 진짜로 다신 안 올 거죠?"

"샤오주가 그렇게 말했다면 다시는 안 올 거야."

"알았어요, 믿을게요. 점심시간에 같이 가요."

"점심시간까지 기다려야 된다고?" 샤오주가 소리를 높여 물었다.

"당연하지. 오전 내내 매표소에 사람이 없으면 몇 백 명이 줄을 서 서 날 욕할 텐데, 그러면 그냥 잘린다고 끝나는 문제가 아닐 거 아냐.

아 참, 샤오주 누나. 왜 이렇게 누나가 날아가버릴 것 같아 보이지? 아니, 그게 아니라 꼭 무슨 수증기 같은 게 끼어 있는 것처럼 보여. 그런데 아마 내 눈에 문제가 있는 거겠지. 사실 요즘 계속 이래. 자꾸 이상한 것만 보다가 어느 날 갑자기 「하나다 소년사」에 나오는 하나다 이치로처럼 귀신이 보이게 될지도 몰라. 누나, 다른 데 가서 구경 좀 하고 와. 열두 시에 오전 근무 끝나자마자 같이 집에 갈 테니까. 약속할게. 여기서 계속 기다리고 있으면 내가 일을 못한단 말이야."

"그럼 표 두 장만 줘."

"아, 영화를 보면 되겠네. 왜 그 생각을 못 했지? 영화 한 편 보고 나면 딱 점심시간이 될 거야. 무슨 영화 볼래?"

샤오주가 리톈우를 향해 말했다. "톈우 오빠, 오빠가 정해요."

"내가 정하라고? 음, 우리 오늘 아주 바쁜 거 아냐? 영화를 보는 건 좀 사치가 아닐까?"

"괜찮아요, 할 일은 하나씩 해나가면 되죠. 그래도 늦지 않을 거예요. 삶과 죽음도 그렇고, 만물에도 각기 때가 있다고 성경에도 나오잖아요. 너무 서두를 것 없어요. 지금 우리가 할 일은 치룽의 점심시간을 기다리는 거예요. 게다가 오빠는 모처럼 타이완에 왔는데, 당연히 타이완 영화 한 편은 봐야죠."

리톈우는 고개를 들고 상영 시간표를 살펴보았다. 오전에는 네 개의 상영관만 열려 있었는데, 1관에서는 얼둥성爾多升 감독의 「대마술사」, 2관에서는 뉴청저鈕承澤 감독의 「LOVE」를 상영하고 있었다. 3관에서는 금마장金馬獎 영화제 수상 감독인 장쥐지張作驥 감독 작품전을 하는 중이라 「아청」과 「어둠 속의 빛」 「아름다운 시절」 「사랑이 찾아올 때」 네 편을 상영하고 있었고, 4관에서는 양더창楊德昌 감독 기념전을 하는 중이라 표 한 장으로 양더창 감독이 생전에 찍은 영화 두 편을 볼 수 있었다.

"양더창 기념전 보자."

"톈우 형, 확실해요? 요즘 「LOVE」가 엄청 잘 나가는데요." 치룽이 말했다.

"양더창으로 할게."

"두 편 골라보세요."

"「하나 그리고 둘」과 「고령가 소년 살인사건」."

"360위안입니다. 형, 영화관 안에선 사진 찍으면 안 돼요. 아시죠?"

"양더창 감독 좋아해요?" 샤오주는 커다란 팝콘 통을 한 손에 들고, 다른 손은 팝콘 더미 안으로 쑤셔 넣었다.

"뭐 하는 거야?"

"제일 맛있는 팝콘 찾아요."

"장난치지 마."

"아직 대답 안 했잖아요. 양더창 감독 좋아해요?" 샤오주는 제일 맛있는 팝콘을 찾아내 입에 넣고는, 남아 있는 팝콘 속에서 또 제일 맛있는 한 알을 찾기 시작했다.

"좋아하긴 하는데, 이 두 편만 좋아해."

"미리 안 알려줬다고 나한테 뭐라고 하지 마요. 그 영화 두 편 다 끝까지 볼 수는 없어요. 「고령가 소년 살인사건」 한 편만 해도 거의 네 시간이나 된다고요."

"나도 알아. 상관없어." 리톈우는 팝콘을 아무거나 한 알 집어 입에 넣었다.

"제일 맛있는 걸 빼앗아 가면 어떡해요!" 샤오주가 또 소리를 높였다.

샤오주와 리톈우를 제외하면 영화관 안은 텅텅 비어 있었지만, 그래도 두 사람은 표에 적힌 좌석을 찾아 앉았다. 조명이 꺼지고 큰 글자로 적힌 "하나 그리고 둘"이라는 제목이 떠올랐다. 아래쪽에는 "A ONE AND A TWO"라는 영문 제목이 작은 글씨로 적혀 있었다. 화면에 나타난 몇 그루의 푸르른 나무가 바람에 밀려 어쩔 수 없이, 하지만 자유롭게 흔들리기 시작했다.

"치롱네 집에 병을 찾으러 가는 거야?" 리톈우는 샤오주 쪽으로 고개를 약간 기울이고 작은 소리로 물었다.

"네."

"어떤 병인데?"

"되게 귀찮게 구네요. 영화 보러 온 거예요 아니면 수다 떨러 온 거예요?"

"두 가지를 동시에 하는 게 뭐 그리 어렵다고 그래. 경찰이 수사를 시작해야 하는데 찾아야 할 게 뭔지도 모른다면 다들 비웃을 거 아냐. 그리고 그 병을 너 혼자 찾는 게 찾기 쉽겠어, 아니면 경찰과 같이 찾는 게 쉽겠어?"

"표류병일 거예요." 샤오주의 목소리는 '미'에서 '도'로 두 음 낮아졌다.

"안에 편지가 들어 있는 그런 거?"

"편지가 있는지 뭐 다른 게 있는지는 모르지만, 표류병인 건 확실해요."

"뭐 그렇게 애매해?"

"난 그 병을 본 적이 없거든요."

"본 적도 없는 걸 어떻게 찾으려고?"

"당신이 교회 찾는 것도 똑같잖아요!" 샤오주는 화를 내며 팝콘을 한 주먹 쥐어 입 속에 욱여넣었다. 목소리도 다시 '미'로 올라갔다.

"그건 그렇네, 확실히 비슷해. 그런데 그 병이 무슨 의미인데? 설마 병과 사진을 찍으려는 건 아니겠지?"

"당연히 일단 사진을 찍어야죠."

"그 다음엔?"

"다시 바다에 띄워 보낼 거예요."

"재미있네. 그 병이 도대체 어떤 병인지 말해봐."

"말하기 싫어요."

"알았어." 리톈우는 머리를 다시 똑바로 기대고 영화를 보기 시작했다.

너 왜 창문 안 열어? 왜 창문 안 여냐고. 샤오옌小燕이 아디阿弟의 발치에 넘어진 채 소리쳤다.

"어떻게 안 울 수가 있어요? 난 이 장면 볼 때마다 우는데." 샤오주가 말했다.

"너도 지금은 안 울잖아."

"이제 다 컸으니까요."

"난 벌써 옛날에 다 컸으니까 그렇지."

"다 크면 안 우는 거예요? 내가 당신처럼 서른 살이 되면 그 다음엔 절대로 안 울게 되는 거예요?"

"그건 아니지. 넌 여자애잖아. 여자는 여든 살까지 계속 울 수도 있

246

겠지."

"그럼 남자는요? 남자가 서른 살이 되면요?"

"사람마다 다를 거야. 내가 안 우는 건, 첫째로는 내가 경찰이기 때문이야. 잘 우는 사람이 경찰이 되면 아주 피곤해. 통곡을 할 만한 일을 날마다 수도 없이 보게 되니까. 둘째는 내가 만주족의 후예인 둥베이 사람이기 때문이야. 우리 조상들은 말을 타고 사냥을 하면서 아주 추운 지방에서 살았는데, 말을 타면서 눈물을 흘리면 얼굴이 다 얼어버렸을 것 아냐."

"치언啓恩도 아마 서른 살이 되면 울지 않게 될 거예요. 그 애는 열여섯 살 때부터 아주 남자다웠거든요."

"그거 대단하네. 그 애가 병 주인이야?"

"주인 중 한 사람이라고 해야겠죠."

"아, 그래. 재미있네." 조금만 더 기다려보자. 리톈우는 생각했다.

얼마 지나지 않아, 뚱보라는 별명을 가진 남자가 리리莉莉의 영어선생님을 죽이고, 할머니의 장례식이 채 시작되기 전에 샤오주는 입을 열었다.

"어느 날, 학교가 끝나고 내가 자전거를 타고 집에 가고 있는데 갑자기 웬 남학생이 자전거를 타고 내 옆을 지나가면서 나를 돌아보고 이러는 거예요. 자전거를 뭐 이렇게 느릿느릿 타? 머리가 다 하얗게 세고 나서야 집에 도착하겠네. 여자애들은 진짜 자전거 타는 게 안 어울린다니까. 그러더니 페달을 막 밟아서 날 한참 앞질러 갔어요. 그 애는 우리 고등학교 교복을 입고 있긴 했지만 난 걔를 본 적이 없었어요. 난 아무 말도 안 하고 페달만 열심히 밟았어요. 사실 아무리 해도 자전거를 빨리 탈 수 없다는 걸 알고 있었어요. 심장이 이 모양이니까요. 그래도 걔가 여자애는 자전거가 안 어울리니 어쩌니 지껄인 건 너무 화가 나더라고요. 그 애는 내가 쫓아오는 걸 보더니 일부러 속도를 늦춰서, 내가 자전거 한 대 간격 정도를 두고 자기를 따라잡도록 해놓고 나를 돌아보면서 그랬어요. 뭐 어쩌려고? 나랑 경주라도 할 거야? 난 대답을 못 했어요. 숨이 너무 차서, 말을 한 마디라도 하면 속도가 한참 느려질 것 같았거든요. 걔가 일부러 날 놀리려고 그러는 거라는 건 알고 있었지만, 그거야 그 애 사정이고, 난 나대로 최선을 다하면 되는 거니까요. 그 애가 그랬어요. 경주를 하려면 뭘 걸어야 재미있지. 할래? 그래서 대답했죠. 좋아, 목숨을 걸고 하자. 할 자신 있어? 그렇게 말하고 페달을 몇 번 세게 밟았는데, 곧장 눈앞이 캄캄해지고 의식을 잃었어요. 물론 그 애 때문에 목숨을 잃진 않았고, 병원에 2주 동안 누워 있었어요. 부모님과 의사선생님한테 호되게 혼이 났지만, 그냥 내가 부주의했던 거라고, 빨리 집에 가고 싶어서 자전거를 좀 빨리 탔는데 심장이 못 버틸 줄은 몰랐다고 그랬어요. 그 애는 날 병원에 데려다주고, 내가 위험한 상황을 넘겼다는 얘기를 듣고 바로 갔대요. 미안하다는 말 한 마디도 안 하고요. 뭐 그런 냉혈인간이 다 있대요?"

"퇴원해서 학교로 돌아간 후에도 난 그냥 평소와 똑같이 지냈어요. 알고보니 그 애는 나보다 한 학년 위였고, 교실은 우리 교실과 같은 층이었는데 복도의 다른 쪽 끝에 있었어요. 그 앨 보자마자 알아봤으니까 누군지 알게 되긴 했지만, 교실에 찾아가서 따질 생각은 안 했어요. 내가 그대로 죽었다 해도 걔한테 법적인 책임은 거의 없는 거잖아요. 게다가 날 병원에 데려다준 사람도 그 애니까, 난 마음속에 쌓인 게 없었어요. 그런데 며칠 지나지 않아서 그 애가 우리 반 앞으로 지나갔어요. 내가 멍하니 난간에 기대 있는 걸 보고 걔가 괜찮아? 하고 물어서, 난 괜찮다고 대답했죠. 그랬더니 걔가 그러더라고요. 그럼 너 지난번에 죽은 척했던 거구나. 그래서 응, 맞아, 하고 대답했죠. 도대체 무슨 생각이야? 라고 하기에, 난 상대하지 않고 그냥 교실로 들어갔어요. 그런데 어떤 여학생이 내가 그 애랑 얘기하는 걸 보고 둘을 엮어서 소문을 퍼뜨렸어요. 그 애는 학교에서 좀 유명했는데, 농구를 잘했거든요. 키가 180센티미터가 안 되는데도 덩크슛을 한다나 뭐라나. 부모님은 외지 사람인데, 아버지는 대륙에서 일을 하고 있고, 어린아이처럼 조그만 어머니 혼자서 큰 집을 지키고 있다고 하더라고요. 나와 자전거 경주를 했던 그날 걔는 싸움을 하러 다른 학교로 가던 중이었는데, 나를 병원에 데려다준 뒤에 다시 자전거를 타고 가서 싸움을 했대요. 이건 다 나중에 알게 된 얘기예요. 아무튼, 그 후로 그 애는 쉬는 시간에 우리 교실 앞을 자주 지나가게 됐어요. 가끔은 여자친구와 같이 있었는데, 여자애는 종종 바뀌었어요. 그 앤 교실 안으로 고개를 들이밀고 나와 이런 얘기를 했죠. '야, 저녁에 또 자전거 경주할래?' '몇 시에 어디서?' '정하면 말해줄게.' 그런 다음에 훌쩍 사라지곤 했어요. 대화는 항상 똑같았고, 난 매번 '몇 시에 어디서?'라고만 물었어요. 난 그 애가 겁나지 않았거든요. 어느 날 저녁에 교실에서 혼자 책을 읽고 있었어요. 사실 교과서는 아니고 시집을 읽고 있었죠. 그 애가 창문 옆으로 지나가다가 날 보고는 교실 문을 열고 들어왔어요. 교복엔 피가 많이 묻어 있었지만 다친 것 같아 보이진 않았어요. 무슨 공부를 그렇게 열심히 해? 너랑 무슨 상관이야? 자전거 경주 할래? 몇 시에 어디서? 지금, 지난번에 경주했던 데서. 그래서 난 시집을 가방에 집어넣고, 가방을 메고 교실을 나왔어요. 죽을까봐 무섭지 않아? 그 애가 내 뒤를 따라오면서 물었어요. 너랑 무슨 상관인데? 그 말 말고 다른 말 좀 해봐. 그건 내 마음이지. 그 애는 농구장을 지나다가 걸음을 멈추더니 말했어요. 우리 다른 내기 하는 게 낫겠어. 무슨 내기냐고 내가 물었더니, 농구로 내기를 하자고 하더라고요. 내가 물었어요. 지면 어떻게 하는 거야? 그 애가 그랬어요. 당연히 죽는 거지. 내가 말했어요. 좋아. 어떻게 경기를 할 건데? 그 애는 교실로 돌아가서 농구공을 하나 가져오더니 나를 페널티 라인에 세워 놓고 말했어요. 슛을 열 번 해서, 한 번이라도 들어가면 네가 이기는 거고, 하나도 안 들어가면 지는 거야. 공평하지? 그래서 난 공평해, 하고 대답했어요. 난 농구를 해본 적이 한 번도 없어서, 농구공이 그렇게 무거운 줄도, 내 손이 그렇게 작은 줄도 몰랐어요. 공을 그 조그만 골대 안에 던져 넣는 건 고사하고, 골대 근처까지 닿도록 공을 던지는 것부터가 불가능해 보이더라고요. 그 애는 골대 밑에 서서 담배를 피우면서 내가 던진 공을 주워줬어요. 여덟 개째야, 하면서 걔가 공을 가볍게 튕겨서 내 쪽으로 보내 줬어요. 난 걔가 그렇게 담배를 피우면서 날 무슨 인형극에 나오는 인형 보듯이 쳐다보는 게 정말 너무 싫었어요. 그래서 눈을 감고, 온 힘을 다해서 그 애 얼굴을 향해서 공을 던졌어요. 그러면서 속으로는 져도 상관없으니까 그 입에 물고 있는 담배를 떨어뜨려 주겠다고 생각했죠. 그런데 뜻밖에도, 그 공이 손을 떠나서 골대 안으로 날아간 거예요."

"그래서, 네가 이겼어?" 흥미진진하게 듣고 있던 리텐우가 물었다.

"당연하죠, 공이 들어갔잖아요. 골대를 향해서 던진 건 아니지만 어쨌든 들어갔으니까요."

"그럼, 네가 졌다면 넌 죽었을 거야?"

"몰라요, 아마 그랬겠죠. 안 지키면 그 내기는 헛소리나 마찬가지인 거잖아요."

"일리 있는 말이네. 그 다음엔 어떻게 됐어?"

"그랬더니 그 애가 박수를 치면서 그러더라고요. 와, 대단하네. 한 골 넣었으니까 네가 이겼어. 내 이름은 우치언吳啓恩이야. 무슨 자를 쓰는지는 알겠지? 지금 네 머릿속에 제일 먼저 떠오른 그 한자가 맞아. 그래서 알겠다고 대답했더니, 그 애가 그랬어요. 그래, 알았으면 됐어. 내기는 내기니까, 지금 바로 네 눈앞에서 죽어줄게. 그러더니 교문 밖으로 뛰어나가서 도로 가에 섰어요. 작은 트럭 한 대가 아주 빠른 속도로 달려왔어요. 아마 운전수가 휴대폰으로 통화라도 하고 있었나 봐요. 그 애가 갑자기 차 앞으로 달려 나갔어요. 운전수가 급히 브레이크를 밟아서, 그 앨 들이받기 일보직전에, 바로 코앞에서 차를 세웠죠. 운전수는 트럭에서 튀어나와서 막 혼내면서 계속 괜찮은지 물어봤어요. 교복에 온통 피가 묻은 걸 보고 병원에 가야 하는 것 아니냐고 했는데, 걔는 운전수가 그렇게 공연히 안절부절못하는 걸 보면서 대답 없이 그냥 싱글싱글 웃기만 했죠. 운전수는 걔가 정말로 다친 데가 없다는 걸 확인하고는 고개를 절레절레 저으면서 갔어요."

"이번은 안 치는 거야, 하고 그 애가 날 돌아보면서 말했어요. 그래서 난 그냥 이걸로 된 걸로 쳐, 하고 대답했어요. 사실 난 너무 놀라서 온몸에 식은땀이 나서, 길가에 서서 덜덜 떨고 있었어요. 각자 한 번씩 목숨을 걸었으니까 이제 서로 빚진 거 없어. 내가 그렇게 말했더니, 그 애가 그랬어요. 아니, 난 너한테 목숨을 빚졌어. 내가 졌잖아. 내 목숨은 언제든 너한테 줄 수 있어. 그래서 내가 그랬어요. 됐어, 누가 네 목숨 같은 거 갖고 싶대? 그냥 네가 갖고 있어. 그렇게 말한 다음에 난 울면서 버스 정류장으로 걸어갔어요. 왜 갑자기 눈물이 났는 지는 모르겠어요. 걔가 뒤따라오면서 어디로 가냐고, 자기가 자전거에 태워 주겠다고 해서 난 그럴 필요 없다고, 버스 타면 된다고 했어요. 그랬더니 버스를 타고 같이 가주겠다는 거예요. 그래서 그럼 난 지하 철을 탈 거라고 했더니, 이번엔 또 지하철을 타고 같이 가주겠다고 해 서, 도대체 뭐 어쩌려는 거냐고 물었더니, 뭘 어쩌려는 게 아니라 얘기 나 좀 하자고 하더라고요. 그래서 난 얘기하기 싫다고, 네 여자 친구한 테나 가서 얘기하라고, 난 집에 갈 거라고 했죠. 그랬더니 그럼 버스만 같이 기다려주겠다고, 버스가 오면 바로 가겠다고 하기에, 난 그래, 그 럼 기다리라지 뭐, 어차피 타이베이는 버스 배차 간격이 아주 짧으니 까 금방 버스가 올 거야, 하고 생각했어요. 그 애가 물었어요. 넌 그런 기분이 든 적 없어? 난 대답하지 않았지만, 그 애가 말을 계속했어요. 누굴 죽이고 싶은 그런 기분 말이야. 넌 아마 없겠지. 난 있어. 우리 엄 마를 죽이고 싶어. 내가 말했어요. 안 돼. 뭐가 안 되냐고 그 애가 묻 기에, 내가 그랬죠. 아들이 엄마를 죽이면 안 돼. 사람이 사람을 죽여 서도 안 되고. 그랬더니 걔가 그랬어요. 그건 네가 죽이고 싶은 사람 을 만난 적이 없어서 그런 거야. 난 엄마를 죽이고 싶어. 어떤 방법을 쓸지는 아직 못 정했지만, 아무튼 엄마가 꼭 죽었으면 좋겠어. 내가 물 었어요. 왜 그렇게 엄마를 미워해? 너한테 잘 안 해주셔? 그 애가 그랬 어요. 아주 잘 해줘. 농구화며, 오토바이며, PSP까지, 내가 갖고 싶다 는 건 다 사주지. 그런데 그걸로는 안 돼. 한참 모자라. 내가 제일 바 라는 걸 엄마는 줄 수 없거든. 내가 물었어요. 네가 제일 바라는 게 뭔데? 그 애가 말했어요. 난 그냥 엄마가 좀 엄마답게 성실했으면 좋 겠어. 내가 다시 물었어요. 엄마답게 성실하다는 게 무슨 뜻인데? 그

때 기다리던 버스가 도착했지만, 난 버스에 타지 않았어요. 그 애가 말했어요. 그냥 말 그대로 성실하다는 뜻이야. 난 무슨 말인지 좀 알 것 같았지만, 그래서 더더욱 뭐라고 말해야 할지 알 수 없었어요. 그 애가 말했어요. 오늘 점심시간에 도시락 가지러 집에 갔을 때, 진짜로 문을 걷어차고 들어가서 엄마를 죽이고 싶었는데, 아직 준비가 안 돼서 그럴 수 없었어. 그래서 그냥 다른 학교에 가서 싸움을 한 판 하고 왔어. 너 정말 유치하구나, 하고 내가 말했더니 그 애가 물었어요. 만약에 네가 나라면 넌 어떻게 할 거야? 내가 그랬어요. 난 네가 아니니까, '만약'이란 말은 의미가 없어. 하지만 난 너처럼 그렇게 하지는 않을 거야. 그 애가 말했어요. 나처럼 그렇게 하진 않을 거라니, 그 말은 너무 간단하지 않아? 너라면 어떻게 할지 말해봐. 내가 말했어요. 그냥 나답게 있으면서, 어른들 일은 어른들이 해결하게 두는 거지. 그 애가 그랬어요. 하지만 그냥 보통의 어른이 아니라, 우리한테 제일 중요한 어른이잖아. 그런 어른들에 대해서라면 우리도 조금은 책임이 있는 거 아냐? 내가 말했어요. 만약에 우리한테 책임이 있다고 하더라도, 그건 그 어른들을 없애버리는 게 아니라 창조하는 거겠지. 그 애가 물었어요. 없애는 게 아니라 창조하는 거라는 게 무슨 소리야? 내가 말했어요. 나도 내가 무슨 말을 하는 건지 모르겠지만, 그래도 상관없어. 넌 네가 한 말은 지키는 사람이겠지? 그 애가 말했어요. 당연하지, 아무나 붙잡고 물어봐도 좋아. 내가 지금껏 한 말을 어긴 적이 있는지. 내가 말했어요. 내 기억이 맞다면, 우치언이라는 애가 나한테 목숨을 빚지고 있지? 그 애가 말했어요. 맞게 기억하고 있어. 확실히 그런 일이 있지. 그런데 넌 방금 전에 그 목숨을 나한테 돌려줬잖아. 그래서 내가 말했죠. 그럼 지금 정식으로 말할게. 우치언, 난 생각이 바뀌어서, 네 목숨에 대한 권리를 다시 주장하기로 했어. 난 네가 그 목숨을 가지고 그렇게 도를 넘은 짓을 하는 걸 허락하지 않을 거야. 네 목숨을 잘 남겨둬. 내가 언제든 달라고 할 수 있으니까. 물론, 그 내기를 번복하고 싶다면 네 마음대로 해도 돼. 어차피 우린 잘 아는 사이도 아니고, 까놓고 말해서 이건 전부 네 사정일 뿐이니까. 그 애가 말했어요. 번복하진 않을 거야. 그런데, 내가 너한테 도대체 빚을 얼마나 지고 있는 건지에 대해서는 좀 얘기를 해봐야 될 것 같은데. 내가 말했어요. 그건 나중에 얘기하자. 일단 내가 지금 너한테 요구할 건 이 정도야. 확실히 알았어? 다시 한 번 말해줄까? 그 애가 말했어요. 그럴 필요는 없어. 그런데 넌 아직 상황을 제대로 판단하지 못한 것 같은데……. 그때 버스가 다시 와서, 난 개가 말을 마치기 전에 그냥 차에 탔어요. 슬쩍 돌아봤더니, 개는 나를 보지 않고 고개를 숙이고 생각에 잠겨 있더라고요. 차에 앉아서 난, 곤혹스럽다고 느끼기만 해도 내 목적은 달성한 거지, 하고 생각했죠."

"다음날, 그 애는 학교에 나타나지 않았어요. 교실 복도에도, 농구장에도 그 앤 보이지 않았어요. 내가 왜 그랬는지는 나도 모르겠지만, 복도와 농구장 근처를 산책하듯이 한번 돌아보면서도 내가 그 앨 찾고 있는 건지 아닌지 알 수가 없더라고요. 솔직히 말하면, 안 보이니까 좀 걱정이 됐어요. 정말로 무슨 일이라도 생긴 게 아닌가 싶어서요. 오후가 되어서까지 난 계속 마음이 불안했어요. 그 애가 온몸에 피가 묻은 채로 트럭 운전수 앞에 서서, 아무래도 상관없다는 얼굴로 웃고 있던 모습이 생각났어요. 그건 나한테 있어서 너무 무서운 광경이었어요. 어떻게 자기 자신을, 그리고 다른 사람을 그런 식으로 대할 수가 있는 걸까요? 난 이리저리 궁리하다가 결국 개네 반에 찾아가보기로 했어요. 교실 안에 있던 남학생한테 물었어요. 우치언 선배 있어요? 치언? 오늘 안 왔는데. 왜 안 온 건지 알아요? 싸우다가 심하게 맞았다는 것 같던데. 뭐, 괜찮아. 불사조 같은 놈이니까 금방 다시 학교에 나오겠지. 무슨 일로 찾는데? 안경을 쓴 그 남학생의 표정은 꼭 '확실해, 그 놈을 좋아하는 여자애들은 죄다 이렇게 정신이 나간 것 같은 얼굴이지'라고 말하는 것 같았어요. 별 일 아니에요. 그 선배가 나한테 빚진 게 있는데, 안 갚고 도망갈까봐 그래요. 난 그렇게 말하고 교실로 돌아왔어요."

"과연 그 선배 말마따나 그 앤 이틀 후에 다시 나타났어요. 얼굴엔 아직 다 낫지 않은 상처가 남은 채로 학교에 와선 나한테 쪽지를 줬어요. 쪽지엔 학교 끝난 후에 버스정류장에서 보자, 얘기할 게 있어, 이렇게 적혀 있었어요. 학교가 끝나고 버스정류장으로 갔더니 그 앤 머큐리150 오토바이를 타고 날 기다리고 있었어요. 책가방을 비스듬히 메고 있긴 했지만 교복을 입고 있진 않았고, 몸에 딱 붙는 검은색 티셔츠를 입고 머리는 헤어스프레이를 뿌려서 세우고 있었어요. 무슨 일로 보자고 한 거야? 하고 물었더니, 그 애가 말했어요. 생각해봤는데, 네 말이 맞긴 해. 난 확실히 너한테 목숨을 빚졌어. 그런데 그렇다고 뭐든지 네가 하라는 대로 해야 된다는 건 아니지. 나도 내 자유가 있으니까. 그게 어딜 봐서 나한테 빚진 거냐고 내가 물었더니, 걔는 이렇게 대답했어요. 너한테 빚졌다는 건, 내가 이 목숨을 너한테 준다는 뜻이지. 다시 말해서, 내가 언젠가 죽는다면 널 위해서 죽는 것일 수밖에 없다는 뜻이야. 그 외의 다른 이유로 죽는다면 내가 내 말을 지키지 못했다는 뜻인 거고. 하지만 그때 말고 다른 때는 내 목숨은 내가 알아서 할 거야. 내가 말했어요. 알았어. 그런데 이건 알아둬. 목숨이란 건 조심해서 잘 다뤄야 해. 깨지기 쉬운 물건이니까. 알았지? 난 다 깨져서 산산조각 난 목숨을 받고 싶진 않단 말이야. 그 애가 말했어요. 걱정 마, 꼭 제대로 된 목숨을 줄 테니까. 어쩌면 지금보다 더 제대로 된 모양이 될지도 몰라. 그러면 되지? 내가 알았다고, 그럼 이만 가보겠다고 했더니 걔가 날 붙잡았어요. 잠깐만, 방금 말한 것들에는 전제가 하나 필요해. 무슨 전제까지 필요해? 하고 물었더니 그 애가 그랬어요. 모든 약속엔 전제가 필요한 거야. 전제가 없는 약속은 전부 사기라고. 전제가 뭐냐고 물었더니 걔가 말했어요. 전제가 뭐냐 하면, 내가 너한테 빚진 내 목숨을 네가 계속 신경 써줘야 한다는 거야. 만약에 네가 신경 쓰지 않게 되면 그날로 약속은 무효가 되는 거야. 내가 말했어요. 좋아. 내가 만약에 신경 쓰지 않게 된다면 너한테 말할게. 그 후엔 네가 네 목숨을 가지고 뭘 하든 상관없어. 그 앤 고개를 끄덕이더니 말했어요. 나 저녁에 오토바이 경주 하기로 했는데, 진짜 경주 보러 갈래? 그러면서 오토바이 뒷자리에 놓여 있던 헬멧을 나한테 내밀었어요. 안 갈래. 집에 가서 복습해야 해. 그랬더니 그 애가 말했어요. 난 내 뒷자리에 타줄 사람이 필요한데. 좀 도와주면 안 돼? 내가 말했어요. 안 돼. 다른 사람 알아봐. 분명히 네 뒤에 타줄 사람이 있을 거야. 복습이 그렇게 중요해? 나한텐 아주 중요한 일이야. 무슨 책을 복습하려는 건데? 아직 대입 연합고사 보려면 한참 멀었잖아. 난 잠시 망설이다 대답했어요. 연합고사와는 별 상관없는 책이야. 시집이거든. 그 애가 혹시 기회가 되면 자기한테 빌려달라고 하기에, 난 나중에 가서 보자고 했어요. 그 앤 헬멧을 쓰고 오토바이를 몰고 가버렸어요."

"그 다음엔 아주 이상한 일이 일어났어요. 그 애가 갑자기 모든 여자 친구와 전부 관계를 끊은 거예요. 그중 몇 명은 걔네 반까지 찾아가서 심하게 소란을 피우기도 했지만, 그 애가 내린 결정을 전혀 바꾸지 못했어요. 그 앤 여전히 싸움을 하고 다녔고, 농구를 하고, 오토바이 경주를 했어요. 그런데 경주를 할 때 걔만 뒷자리에 여자애를 태우지 않는다고 하더라고요. 어느 날 걔가 또 쪽지를 줬어요. 나 그 시집 좀 빌려주면 안 돼? 그래서 난, 내 책상 위에 있으니까 네가 와서 가져가, 하고 쪽지를 적어 보냈죠. 그랬더니 쉬는 시간에 곧장 우리 교실로 들어와서 시집만 챙겨서, 누구하고도 아무 말도 하지 않고 바로 나갔어요. 반 애들은 다들 놀라서 날 쳐다봤죠."

"무슨 시집인지 물어봐도 돼?" 리텐우가 물었다.

"에밀리 디킨슨의 시집이었어요."

"읽어본 적이 없네."

"'나는 무언가를 잃었다고 느꼈네, 자각이 생긴 후로, 나는 도대체 무엇을 빼앗긴 것인지 알지 못하네. 너무나 어려 누구도 의심하지 않지. 애도하는 이가 아이들 사이를 지나가고, 나는 그대로 앞으로 나아가네. 왕국에 대해 비탄하는 이가 있다면, 그가 바로 유배된 유일한 왕자이리라.'● 내가 제일 좋아하는 시예요."

"좋은 것 같긴 한데, 이해는 못 하겠다."

"나도 이해하진 못하지만 그래도 좋아해요. 시인이 무슨 얘길 하는 건지는 모르지만 정확히 맞는 말이라는 생각이 들어요."

"치언이 그 책을 읽었어?"

"모르겠어요. 며칠 후에 우리 반에 와서 책을 돌려주긴 했는데, 여

● 에밀리 디킨슨의 시 「A loss of something ever felt I」

전히 아무 말도 없었거든요. 몇 달이 지나 그 앤 졸업하고, 난 고등학교 3학년에 올라가게 됐죠. 어느 날 버스정류장에서 걔가 말했어요. 난 미국으로 갈지 타이완에 남을지 아직 결정을 못 했어. 내가 말했어요. 나한테 빚진 게 있는 거 잊지 않았지? 걔가 말했어요. 안 잊어버렸어. 내가 떠나기 전에 나랑 어디 좀 같이 가줄래? 어디로 가는데? 하고 물었더니 푸룽福隆 해수욕장에 바다를 보러 갈 거라고 해서, 난 안 된다고 했어요. 왜 안 되냐고 하기에, 가고 싶지 않은 것뿐이라고 말했죠. 난 그해 여름방학에 평소처럼 계속 집 안에만 틀어박혀 있었어요. 어느 날 밤에, 내가 이미 잠들어 있는데 그 애가 휴대폰으로 우리 집에 전화를 했어요. '바다 소리 들려?' 전화 저편에선 확실히 파도 소리가 들렸어요. 꼭 배경에 베이스 합창단의 노랫소리가 깔려 있는 것 같았죠. '너 어디 있어? 우리 집 전화번호는 어떻게 알았어?' '알아내는 거야 쉽지. 나 지금 푸룽 해수욕장에 있어. 며칠 후에 떠날 거야.' '이 시간에, 나한테 바다 소리를 들려주려고 전화한 거야?' '듣기 좋지 않아?' '별로, 아주 지루한 소리네. 나 다시 잘래.' '잠깐만. 나 해변에서 병을 하나 주웠어.' '병? 어떤 병인데?' '아주 단순하게 생긴 병이야. 입구가 좁은 투명한 유리병인데 코르크 마개가 꽂혀 있고, 안에 편지가 있는 게 보여.' '편지에 뭐라고 적혀 있는데?' '아직 안 꺼내봤어. 이 병을 너한테 줄게. 네가 꺼내 보면 뭐라고 적혀 있는지 알게 되겠지.' '그냥 네가 가지고 있어. 꽤 재미있는 경험이잖아.' '받아주면 안 돼? 지금 바로 너한테 주러 갈게. 버스정류장에서 기다려줘.' '이 늦은 시간에 버스가 어디 있어.' '정류장에서 기다리고 있어. 금방 갈 테니까.'"

"옷을 입고 나가서 택시를 타고 버스정류장으로 가서 그를 기다렸어요. 다음날 아침이 밝아올 때까지 계속 기다렸지만 나타나지 않았어요. 나한테 한 말을 잊어버리고 또 다른 사람과 날이 샐 때까지 오토바이 경주를 한 거예요. 걔는 그날 일에 대해서 해명하려고 애를 썼지만, 난 걔랑 다시는 말을 하지 않았어요. 나중에 그는 타이완을 떠나기 직전에 죽었어요. 빨간불을 무시하고 달려가다가, 네거리에서 지프차에 부딪쳐서 오토바이에서 떨어졌어요. 헬멧은 뒷자리에 걸려 있었대요. 땅에 머리를 그대로 부딪쳐서 두개골이 여러 조각으로 부서져서 그 자리에서 즉사했어요. 그날 그 애 바로 앞에서 신호를 무시하고 아주 빨리 지나간 다른 오토바이가 한 대 있어서, 사람들은 그들이 경주를 한 거라고 생각했어요. 경주하기로 약속한 건 아니고, 길에서 우연히 마주쳐서 서로 눈빛을 교환하고 바로 승부를 보기로 결정하는 그런 식의 경주 말이에요. 하지만 난 그걸 믿을 수 없었어요. 그 애가 어떻게 질 수가 있죠? 그 네거리는 바로 우리 집 근처에 있었어요."

얘기를 끝낸 샤오주는 팝콘을 먹는 데 집중했다. 「하나 그리고 둘」은 이미 끝나고, 화면 아래쪽의 검은 부분에서 배우와 제작진의 명단이 올라오기 시작했다. 리톈우는 이야기를 하는 샤오주가 꼭 다른 사람이 된 것처럼 느껴졌다. 푸른 잎사귀 위를 기어 다니는 누에처럼, 처음에는 아주 귀여운 장면이었지만 누에가 점점 잎사귀를 갉아먹으면서 푸른색이 사라지고, 누에 혼자 남아 잎이 사라지고 남은 줄기를 끌어안고 있는 모습 같았다.

"당신 때문에 영화를 하나도 못 봤잖아요." 마지막 한 줄이 올라간 후에 샤오주가 말했다.

"아쉬울 것 없잖아. 영화는 남들 얘기고, 너한테는 네 얘기가 있으니까."

"하지만 내 얘기는 완전히 막장인걸요."

"그렇진 않았는데. 인생을 담은 아주 좋은 얘기였어."

"저기, 당신 얘기도 좀 해봐요. 아주 중요하고 특별한 사람이 있었
는데 잃어버렸다는 그 얘기 말예요. 내 얘기를 들어준 보답으로 이번
엔 내가 들어줄게요."

"됐어. 네가 방금 한 말이 내 얘기의 요약이나 다름없는데 뭘." 리텐
우는 손목시계를 보았다. "시간도 다 됐고. 우치언이 너한테 아주 중요
하고 특별한 사람인 거야?"

"모르겠어요. 걘 나한테 도자기 인형 같은 존재예요."

"도자기 인형이라고?"

"네. 예쁘게 진열해두면 괜찮지만, 실수로 바닥에 떨어뜨리면 깨지
는 것까진 아니라 해도 최소한 금이 가는 거죠."

"재미있는 비유네. 그래서 그를 다시 붙여주려고 한 거야?"

"사실 그럴 생각이었던 것도 아니에요. 나도 걔와 마찬가지로 금이
간 도자기 인형이었으니까요. 누구를 죽이고 싶은 마음은 없었지만
그렇다고 심리적으로 문제가 없는 것도 아니었어요. 걔한테 사람을 죽
이면 안 된다고, 사람으로서 그런 생각을 가지고 남을 죽이면 안 되
고, 자기 목숨을 잘 보전해야 한다고 말했을 때, 사실 그건 나 자신에
게 했던 말이기도 해요. 걘 내게 나 자신을 붙여서 고칠 기회를 준 셈
이라고 말할 수 있겠죠."

"그리고 그는 널 사랑하게 된 거구나. 자기만의 방식으로 금을 메워
서 자기를 고친 여자애를."

"그 애가 어떻게 생각했는지는 나도 몰라요. 그날 밤에 걔는 안 왔

으니까. 그 애가 어떤 감정이었는지 난 느낄 수 없었어요. 어쩌면 고독을 대하는 방식 중 하나였는지도 모르죠."

"넓은 의미에서 보면, 그게 바로 사랑의 정의 아닐까?"

"내 생각엔 아니에요. 내가 보기에 사랑은 그보다 훨씬 깊은 감정이거나 혹은 훨씬 사소한 감정이에요. 어쩌면 아직 잘 모르는 건지도 모르죠. 하지만 난 한 사람이 다른 사람을 진심으로 사랑할 수 있다면, 그 사람은 이 세상 전체를 사랑해야 한다고 생각해요. 혹은, 두 사람이 서로 사랑한다는 건 이 세상을 사랑한다는 말을 비유하는 말이라고 생각해요. 무슨 말인지 알겠어요?"

"그래서 넌 그 애가 널 사랑하는 게 아니고, 너도 그 애를 사랑하는 게 아니라고 생각했던 거구나."

"난 그저 좀 더 배울 시간이 필요한 것뿐이었어요. 사실 그날 버스 정류장에 서서 기다리면서, 어쩌면 다음번엔 오토바이 뒷자리에 타고 같이 경주를 해도 좋을 것 같다고 생각했어요. 아니면, 그 애가 너무 멀리 가지 않아도 괜찮다고 한다면 같이 타이베이 시내를 돌아다녀도 좋을 거라고도요. 걔가 미국에 간 후엔 편지를 쓰기도 하고, 책도 좀 보내줄 수도 있겠지, 그런 생각을 하면서 날이 밝을 때까지 기다렸어요. 그 애가 세상을 대하는 방식이 아주 고집스럽긴 했지만, 그래도 용기가 있었어요. 맹목적인 혈기가 아니라, 세상이 완벽하지 않다는 걸 직접 보고 알게 됐지만 그래도 자기의 방식으로 세상을 완벽하게 만들 수 있기를 바라는 그런 용기 말이에요. 내가 그 애를 변화시킬 수 있었다면, 마음속의 불꽃을 강물로 바꿀 수 있었다면, 아마 많은 것이 달라졌겠죠."

"그 애가 죽어서 안타깝네."

"사람은 다 죽는걸요. 걔가 좀 일찍 죽어서 수많은 가능성도 같이 죽어버린 것뿐이죠. 그 애의 가능성뿐만 아니라 내 가능성도요."

"병도 잃어버렸고 말이지."

"그러니까요. 젠장, 어떻게 없어졌을 수가 있죠? 도대체 어디에 둔 걸까요?"

"깨진 거 아냐?"

"그럴지도 모르지만, 그래도 가서 찾아봐야 돼요. 점점 더 화가 나네요. 진짜 짜증나는 애라니깐." 샤오주는 자리에서 일어섰다. "죽어서까지 비밀을 남겨둬서 날 귀찮게 하다니."

치룽의 집으로 가는 길에 샤오주는 리텐우에게, 치언이 죽기 전 그의 부모는 이미 아주 평온하게 헤어져서 이혼을 한 상태였다고 얘기해주었다. 두 아들의 장래에 대해 두 사람은 같은 의견이었는데, 우선 열여덟 살이 된 치언을 외국으로 유학 보낸 다음에 치룽이 열여덟 살이 되면 역시나 같은 방식으로 유학을 보내서 가능하면 형과 함께 지내도록 하는 것이었다. 그런데 치룽은 겉보기엔 어리숙해 보이고 학교에서도 형처럼 그렇게 유명하지 않았지만, 마음속에 품고 있는 반항심은 형에게 전혀 뒤지지 않았다. 그리고 그 반항심은 훨씬 내향적인 방식으로 표현되었다. 고등학교 2학년 때 갑자기 자퇴를 하고 영화관 매표소 직원으로 취직해버린 것이다. 치룽은 영화를 너무 좋아해서 장래에 영화감독이 되겠다는 꿈이 있었다. 집으로 가는 길에 치룽은 말없이 듣고만 있는 리텐우에게 자기가 가진 영화인으로서의 꿈을 쉬지 않고 얘기해주었다.

집에는 아무도 없었다. 치룽의 방은 타이완 집돌이 방의 전형적인 모습, 그러니까 집돌이라면 누가 됐든 일단 들어가면 아무 지장 없이 살 수 있는 그런 모습을 하고 있었다. 맥북 한 대가 켜져 있는 채로 책상 위에 놓여 있었는데, 모니터 안에선 한쪽이 찌그러진 사과가 이리저리 떠다니고 있었다. 옷이 아무데나 널려 있었고, 이불도 방금 전까지 누가 그 속에 누워 꿈나라를 헤매던 모양을 하고 있었다. 사방 벽에는 책이 잔뜩 쌓여 있었는데, 가지런히 쌓여 있다고는 도저히 말할 수 없었다. 다만 책 자체가 네모반듯하게 생긴 물건이기 때문에 아무리 대충 쌓아둬도 단정하고 침착한 모습을 하고 있기는 했다. '거짓말은 아니었군. 그런데 이 방은 언제 와서 봐도 FBI가 수색한 후의 모습처럼 보일 것 같은데.' 리톈우는 생각했다. 치룽의 책상 앞으로 다가간 그는 노트북 옆에 앙드레 바쟁의 『영화란 무엇인가』가 놓여 있는 걸 보았다. 책장이 활짝 펼쳐진 채였고, 붉은색과 노란색 형광펜으로 잔뜩 표시가 되어 있었다. 바쟁의 책 옆에는 둥치장董啓章의 『천공개물天工開物』이 놓여 있었는데, 아직 펼쳐 보지 않은 새 책인 듯, 비닐 포장도 뜯지 않은 채였다. 책상 위에는 이 두 권의 책 외에도 영화 DVD 여러 장과 니콘 FM2 필름카메라 한 대가 놓여 있었다. 책상 앞머리에 있는 거울에는 노란색 포스트잇이 잔뜩 붙어 있었는데, 글씨는 대부분 휘갈겨 써져 있었고, 붙여둔 위치도 제멋대로라 거울 모서리뿐만 아니라 한가운데도 메모가 붙어 있었다. 아마 메모의 주인은 메모를 붙일 때 고개도 들지 않고 아무렇게나 붙인 모양이었다. 어느 메모에는 이렇게 적혀 있었다. '모든 면도칼에는 저마다의 철학이 있다.' 또 다른 메모에는 이렇게 적혀 있었다. '아저씨, 이 곡이 톈톈話話 밴드의 세 번째 곡이에요. 정말 좋죠? 전 중국의 농민들이 다들 좋아해주면 좋겠네요.' 다른 한 장의 글씨체는 완전히 달랐는데, 다른 것들보다 훨씬 단정하고 가늘었다. 한자라기보다는 한자 모양을 한 그림처럼 보일 정도였다. 그 쪽지에는 이렇게 적혀 있었다. '재워줘서 고마워. 기억해, 난 그저 지나가는 것뿐이고, 다시 올 이유가 없다는 걸. 아주머니께 간식 감사했다고 좀 전해줘. 정말 맛있었어. 아기고양이.' 아기고양이는 리톈우 나름의 해석이었다. 글쓴이의 이름을 적는 부분에 아기고양이처럼 보이는 그림이 그려져 있었기 때문이다.

"형 물건은 엄마가 거의 다 기부했어. 누나도 알지? 엄마가 그 후 불교 신자가 된 거." 치룽은 바닥에 아무렇게나 널려 있는 물건들을 주우며 말했다. 그 점은 리톈우도 눈치챌 수 있었다. 현관문에는 붉은 바탕에 검은 글씨로 '교지묘심巧智妙心'이라고 적힌 종이가 붙어 있었고, 거실에도 제법 큰 불단이 놓여 있었기 때문이다.

"그 말은, 치언이 죽은 지 몇 달 되지도 않았는데 벌써 대부분의 물건이 없어졌다는 거구나." 샤오주가 말했다.

"없어졌다고 할 순 없고, 다른 사람 손에 있는 거지. 남은 물건들은 저 안에 있어." 치룽은 방구석에 놓여 있는 나이키 스포츠 백을 가리키며 말했다. 직사각형 모양의 스포츠 백은 치언이 살아 있을 때 농구공이나 농구화를 넣어 다니던 것인 듯했다.

샤오주는 쪼그리고 앉아 가방을 열어보았다. 가방 안에는 낡은 조던 농구화 한 켤레와 스팔딩 농구공 한 개, 검은색 티셔츠, 오토바이 헬멧, 녹나무로 만든 염주가 들어 있었다.

"티셔츠와 헬멧은 그 일이 있던 날 형이 입고 있던 거야. 티셔츠에 묻은 피는 엄마가 몇 번이나 빨래를 해서 간신히 지웠어. 염주는 엄마가 넣어둔 거고."

"이중 칸 안에는?"

"아무것도 없어. 내가 몇 번이나 찾아봤다니까."

"혹시 치언 방에 한번 들어가 볼 수 있을까?" 가방의 이중 칸 속은 확실히 텅 비어 있었다.

"형 방은 벌써 다 치웠는데. 문도 잠겨 있고. 열쇠는 엄마한테 있어."

샤오주는 리톈우를 돌아보았다.

"치룽 너만 괜찮다면, 시도해볼 순 있어." 리톈우가 말했다.

"자물쇠를 망가뜨리면 안 돼요. 내가 형 방문을 몰래 연 걸 우리 엄마가 알게 되면 날 죽이려고 할 거예요. 그렇게 되면 부처님도 날 못 도와줄 거라고요."

"그럴 일 없을 거야. 클립 하나만 빌려줘."

리톈우에게 있어 침실 문 같은 건 도전하는 의미가 전혀 없었다. 침실 문을 따는 경기 같은 게 있다면 그는 5분 안에 열 개는 넘게 딸 수 있을 거라고 자신했다. 다만, 내지에서 온 형사로서 타이완의 열여덟 살짜리 남자아이가 죽은 후에 남긴 방의 자물쇠를 따고 있자니 유난히 더 이상한 기분이 들었다. 특히나 찰칵 하는 소리와 함께 자물쇠가 열리는 순간엔 더욱 그랬다. 마치 '마침내 누가 왔네, 아주 어리석은 사람'이라고 말하는 목소리가 들린 것만 같았다.

텅 빈 방이었다. 어두운 붉은색 마룻바닥이 깔려 있을 뿐, 침대조차 없었다. 커튼이 처져 있어 방안은 아주 어두컴컴했다. 리톈우는 불현듯 아무 이유도 없이 시 한 소절*을 떠올렸다.

큰 꿈을 뉘 먼저 깨칠까 大夢誰先覺

---

* 유비가 삼고초려하며 제갈량을 찾아갔을 때 제갈량이 낮잠에서 깨어 읊었다는 시

평생을 나 스스로 아노라 平生我自知

초당에서 봄잠을 족히 자고 일어났으나 草堂春睡足

창밖에 지는 해는 더디기만 하구나 窓外日遲遲

옆에 서 있던 치룽이 텅 빈 방을 보며 말했다. 뭐야, 왜 이러지? 치룽의 눈에서 눈물이 흘러내렸다. 그는 손을 들어 눈물을 닦았지만 아무리 해도 깨끗이 닦아낼 수가 없었다. 왜 이러지. 난 형이 죽었을 때도 안 울었던 말이야. 형은 만날 날 때리기만 했잖아. 그런데 지금은, 이게 뭐야, 침대도 하나 없잖아. 샤오주는 울지 않고, 혼자서 방 가운데로 걸어가 사방을 돌아보았다. 치언. 그녀가 작은 소리로 불렀지만, 대답은 들려오지 않았다. 나한테 준다고 했던 선물 어디 됐어? 아무도 대답하지 않았다. 시간 없단 말이야, 빨리 줘. 여전히 대답은 없었다. 어쩌면 진짜 여기 없는 건지도 몰라. 리톈우는 그녀의 옆으로 다가가서 말했다. 여기 있어요. 나, 방금 전에 그 애가 말하는 걸 들은 것 같아요. 어디 한번 내기해 보자고, 분명히 이 방 안에 있지만 난 찾아낼 수 없을 거라고요. 내 말 믿어져요? 리톈우는 쪼그리고 앉아 마룻바닥을 손으로 두드려보았다. 아래가 비어 있어 나무 지지대가 울리는 소리가 들렸지만, 그 밑에 병을 숨길만한 공간은 없을 것 같았다. 마루를 들어내려는 건 아니죠? 치룽이 마침내 눈물을 다 닦고 말했다. 아냐. 이 밑엔 묻을 수 없어. 리톈우는 자리에서 일어서서 커튼을 열었다. 오후의 따스한 햇빛이 창 안으로 비쳐 들어왔다. 타이베이의 하늘은 고요한 바다의 표면처럼 구름 한 점 없었다. 그런데 그때, 세 사람은 널따란 창틀 위에 사람 키의 절반이나 오는 알로에 화분이 놓여 있는 걸 발견했다. 딱 알맞게 자란 알로에는 방약무인한 모습으로 가시 달린 잎을 사방으로 뻗고 있었다. 햇빛과 대화하는 데 열중해 있기라도 한 듯한 모습이었다. 왜 이런 게 여기 있지? 치룽이 놀란 듯이 말했다. 예전엔 없었어? 없었어. 내 기억에 우리 형은 식물을 아주 싫어했는걸. 벌레가 생긴다면서. 2년 전에 내가 월하미인을 키웠는데, 막 꽃이 피려는 그 날 저녁에 내가 카메라까지 다 준비해놨는데, 꽃이 피기 시작하기도 전에 형이 화분을 발로 차서 박살을 내버렸다니까. 그런데……. 치룽은 잠시 생각하다니 말했다. 장담할 순 없어. 형은 죽기 한 달쯤 전부터 좀 이상해졌거든. 이상하단 말은 정확하지 못하고, 유해졌다고 해야 맞겠네. 형은 엄마한테 먼저 말을 건 적이 없었는데, 어느 날 갑자기 엄마와 같이 아빠 얘기를 하더라니까. 그런데 아들이 엄마한테 말하는 그런 식이 아니라 꼭 엄마와 오랜만에 만난 친구 사이인 것처럼 얘기를 했어. 아마 내가 집에 없었던 동안 이 화분을 갖다 놓은 걸 수도 있어. 그런데 왜 알로에지? 크기만 하고 못생겼는데. 아니, 알로에여야 돼. 리톈우가 말했다. 왜요? 치룽이 물었다. 왜인지는 몰라. 나도 알로에 화분이 하나 있어. 리톈우가 말했다.

샤오주는 화분 앞으로 다가가 한참을 살펴보더니 말했다. 샤오우, 아까 뭐라고 했어요? 아까? 아까 전에 뭐라고 했냐고요. 마룻바닥을 살펴볼 때요. 마루 밑에 뭘 묻을 수는 없을 거라고 했지. 왜 못 묻는데요? 바닥 아래엔 흙이 아니라 시멘트가 있으니까. 리톈우가 말했다. 그런데요. 샤오주가 화분을 가리키며 말했다. 여긴 흙이 있어요.

병은 흙 속에 비스듬히 묻혀 있었다. 어쩌면 치언이 이 병을 발견했을 때도 꼭 이런 모습으로 모래밭에 밀려와 있었을지도 모른다. 병의 모양은 샤오주가 말해준 것과 똑같았다. 그런데 리톈우가 보기에는 흔히 볼 수 있는 음료수 병이나 바이주 병에 더 가까워 보였다. 상표는 사라졌고 깨끗한 병만 남아 있었다. 병 안에는 돌돌 말린 종이가 들어 있었는데, 병 속에서 펴지는 걸 막기 위해 검은색의 가죽 끈으로 묶여 있었다. 그런데 뜻밖에도 유리병 옆에, 알로에의 흰 줄기와 녹색 잎의 경계에 나 있는 뿌리에 가까운 곳에 종이 한 장이 더 묻혀 있었다. 그 종이는 봉투 같은 것에 들어 있지도 않은 채로 네모나게 접혀서 흙 속에 꽂혀 있었다. 샤오주가 알아보지 못했더라면 리톈우는 드러나 있는 흰색 끄트머리가 조그만 돌이라고 생각하고 넘어갔을 것이다. 종이의 오른쪽 위에는 날짜를 적는 부분이 있었고 종이 가운데에는 짙은 붉은색으로 원고지처럼 칸이 쳐져 있었다. 하지만 날짜가 적혀 있지는 않았다. 아마 공책에서 아무렇게나 한 장 뜯어낸 모양이었다. 종이의 상태와 묻혀 있던 위치를 보니 아마도 병을 묻기 전에 먼저 묻어둔 것 같았다. 원고지 칸 부분에는 글자가 몇 줄 적혀 있었다. 큰 글씨는 그리 보기 좋지는 않았지만, 종이를 꿰뚫을 듯 아주 힘주어 적혀 있었다. 샤오주는 종이를 손에 들고 내용을 읽었다.

'희망'은 날개 달린 것
영혼 속 횃대에 걸터앉아
가사 없는 곡조를 노래하며
결코 그치지 않네
노랫소리는 폭풍 속에서 더욱 감미롭고
크고 매서운 폭풍우만이
많은 이의 마음을 따스히 감싸준
그 작은 새를 불안하게 할 수 있을 뿐

그 아래에는 아무것도 적혀 있지 않았다. 하지만 샤오주는 고개를 들고 창밖을 바라보며 멈추지 않고 읊었다.

나는 가장 추운 땅에서도
또 가장 낯선 바다 위에서도 그 노래를 들었네
그러나 희망은 아무리 절박할 때도
내게 빵 한 조각 청하지 않았네.[•]

"시야?" 리톈우가 물었다.

샤오주는 대답하지 않고, 흙을 다시 덮어주었다. 리톈우는 치룽을 샤오주 옆으로 밀었다.

"왜요, 톈우 형?"

"당연히 너희 둘 사진 찍어주려는 거지. 하나, 둘, 셋, 치즈." 역광인 탓에 리톈우가 들고 있던 카메라에서 갑자기 플래시가 번쩍였다.

"Cheers." 치룽이 얌전히 그를 따라 말했다.

• 에밀리 디킨슨, 「희망은 날개 달린 것」

8.

파일-4
사장 본인

수염을 기른 남자가 무전기를 장부판에게 건네며 말했다. 형씨, 쫓다가 놓쳤다고 하고, 밥 좀 먹고 한 시간 후에 돌아간다고 하쇼. 다른 말 하면 바로 쏴버릴 거요. 수고하쇼. 장부판은 무전기를 받아 들고 정확히 그가 일러준 대로 말했다. "알겠습니다. 장 형도 놓칠 때가 다 있네요. 돌아와서 다시 의논합시다." 장부판은 그 말에 대답하지 않고 통신을 끝냈다. "들어갑시다." 수염 난 남자가 말했다.

집 안에서는 방수용 펠트지와 장작 냄새가 났다. 방은 아주 깔끔하게 꾸며져 있었다. 방 구석구석까지 걸레로 깨끗이 닦은 듯했고, 구들 위에 놓인 궤짝에 달린 거울은 사람들의 모습을 선명하게 비추고 있었다. 상 위에 차려진 음식들에서는 김이 펄펄 나고 있었다. 장부판이 신발을 벗고 구들 위로 올라가기에 나도 따라 올라갔다. 불을 너무 세게 때서 구들이 좀 뜨거웠기 때문에 나는 상 옆에 쪼그려 앉는 수밖에 없었다. 여자가 옆쪽에서 베개를 하나 가져다가 내 엉덩이 밑에 받쳐주었다. "형씨, 할 말 있으면 해보쇼. 형씨가 여기서 최고로 실력이 좋은 경찰이라면서?" 수염 난 남자가 말했다. "배가 고프군." "그럼 좀 드쇼. 뭐 그리 크게 좋은 건 없고 다 평범한 것들이지만, 그래도 우린 다들 다휘大輝가 한 음식을 꽤 좋아하거든." "그럼 같이 먹지." "같이 먹읍시다." 다휘가 주방에 가서 밥공기와 젓가락을 세 개씩 더 가져왔다. 여덟 사람은 밥상을 둘러싸고 끼어 앉아 밥 먹을 준비를 했다. 내 오른쪽에는 파란색 솜저고리를 입은 다휘가 앉아 있었다. 그의 머리카락엔 기름기가 돌았고, 몸에서는 쉰내가 났다. 상 위에 자리가 없었기 때문에 그는 밥그릇을 손에 들고 있었다. 내 왼쪽에는 원래 장부판이 앉아 있었지만 그 남쪽 출신 여자가 우리 사이에 앉아서, 갑자기 남쪽 지방 땅 전체가 나와 장부판 사이를 갈라놓은 것 같았다. "잠깐, 두 사람 다 일단 총 좀 꺼내보쇼." 수염 난 남자가 우리 몫의 밥그릇을 받아 들고 밥을 퍼주면서 말했다. 그와 똑같이 생긴 남자가 총을 가져간 다음 우리 몸을 한 번 더 뒤졌다. "이젠 깨끗해." "좋아, 그럼 먹자."

장부판은 국그릇 속에서 돼지고기 한 점을 건져다가 입에 넣고, 음식을 먹는 데 열중했다. 나는 밥 먹을 기분이 들지 않아 밥그릇을 손에 든 채로 뭘 먹어야 할지 몰라 멍하니 앉아 있었다. 옆에 앉은 여자가 팔꿈치로 나를 쿡쿡 찌르며 말했다. 내가 그쪽이라면 밥을 먹을 거예요. 국을 한 숟갈 맛보았다. 확실히 제법 맛있었다. 텐닝과는 요리법이 다른 것 같았는데, 고기를 먼저 볶은 다음에 국에 넣은 모양인지 국물에서 살짝 눌은 파 향이 났다. '그럼 먹지 뭐.' 나는 속으로 생각했다. 우리가 함정에 빠졌다는 건 의심할 여지가 없었다. 루쉰魯迅의 소설에 나오는, 겨울날 새를 잡는 장면처럼, 나와 장부판이 대나무 조리 아래로 들어가는 걸 이 사람들이 멀리서 보고 가느다란 끈을 잡아당겨서 실에 묶인 막대가 쓰러진 것이다. 그리고 이들이 우리를 놓아줄 리 없다는 것 역시도 의심할 여지가 없었다. 우리는 다들 친구라도 되는 양 바싹 붙어 앉아 밥을 먹고 있었다. 복면을 한 사람도 없었고, 우리가 경찰이란 걸 신경 쓰는 사람도 없었다. 분위기가 이렇게 평온하다는 건 그들이 우리를 어떻게 처리할지 애초에 결정해뒀다는 뜻이었다. 그런 마당에 밥을 안 먹을 이유가 어디 있겠는가? 무슨 일이라도 해야 좀 냉정하게 생각을 해볼 수 있을 것이다. 사람은 많고 음식은 적었기 때문에, 나는 마음에 든 요리 몇 가지를 잔뜩 집어다가 내 밥그릇에 쌓아 놓고 다휘와 여자의 팔꿈치를 피해 열심히 밥을 먹었다.

"내 이름은 왕셴王顯이고, 이쪽은 내 동생 왕인王尹이오. 다휘는 두 분이 그렇게 오래 쫓아다녔으니 이미 알고 있겠지. 이쪽은 아이쥔愛軍, 이쪽은 아이민愛民. 이 둘도 형제인데 별로 닮진 않았지. 형씨 옆에 앉은 사람이 내 아내 샤오미小米요." "샤오미 이름만 처음 듣고, 다른 사람들은 다 알아." 장부판은 배불리 먹었는지, 젓가락을 상에 내려놓고 말했다. "형씨는 장부판, 형씨는 리톈우, 둘이 사제지간이지." 수염 난 남자는 밥그릇을 아직 다 비우지 않은 채로 젓가락을 들어 우리 둘을 차례로 가리켰다. "사제지간 겸 친구 사이라고 하는 게 더 나을 것 같군." "그렇군." 다시 몇 분쯤 식사가 이어진 끝에 상 위의 음식 접시는 거의 다 비었다. 왕셴은 국그릇 속을 한참 뒤져서 조그만 고기 조각을 건져 먹고는 젓가락을 상 위에 내려놓았다. "우린 서로 원한이 없지." 그가 말했다. "그건 어떻게 보느냐에 따라 다르지." "사적인 면에서는 원한이 없지." "그건 그렇다고 볼 수 있겠군." "그런데, 만약에 우리가 당신들 손에 잡히면 어떻게 봐야 하나?" "현행 법률에 의하면 너희는 다들 죽게 되겠지. 특히 주범은 더." "바로 그거야. 그런데 지금은 당신들이 우리 손 안에 있지." "그럼 자수하면 돼. 좋은 기회잖아." 장부판은 침착하게 말했다. "자수하면 살 수 있나?" 왕셴은 조금도 웃지 않고 아주 진지하게 물었다. "아마 안 될 거야. 최소한 주범은 죽겠지. 너희가 한 일은 스스로 잘 알고 있을 것 아냐." "잘 알기 때문에, 당신들이 이렇게 직접 왔어도 우리는 자수할 수가 없는 거야. 사람은 앞을 보고 생각해야지." "네 앞엔 아무것도 없어." "아니, 있어. 내 눈엔 아주 많은 게 보이는데. 내가 보기엔 오히려 형씨 앞에 아무것도 없군." "밤에 잠은 자나? 이렇게 오랫동안, 꿈은 안 꾸고?" "형씨는? 잠잘 오나?" "머리만 대면 자지." "그럼 난 왜 잠을 못 잔다는 거지? 우리 장 형."

밤이 되어 기온이 갑자기 떨어져서 창문에 서리가 끼었다. 다휘는 상에 남은 음식을 비슷한 것끼리 한 접시에 모아서 주방에 가져다 놓고는, 모자를 쓰며 말했다. 작은형, 갑시다. 왕인이 구들 아래로 내려가서 문 뒤에서 삽 두 개를 들고 오더니 장갑을 끼고 다휘와 함께 밖으로 나갔다. 왕셴도 장갑을 끼고, 구들 윗목에 놓여 있던 나와 장부판의 총을 집어 들어 그중 하나를 아이쿤에게 건넸다. 두 사람은 능숙하게 탄창을 꺼내 살펴보더니 다시 탄창을 집어넣고 총을 손에 들었다. 아이민은 구들 위에 있는 궤짝을 열고 그 안에서 커다란 플라스틱 통을 꺼냈다. 휘발유 냄새가 났다. 틀림없이 휘발유였다. "배부르게 먹었으면 이만 갑시다." 왕셴은 우리에게 총을 겨누며 말했다.

우리는 집 뒤에 난 좁은 길을 따라 20분쯤 걸어갔다. 아이쿤이 손전등을 들고 대각선 앞쪽에서 걷고 있었다. 희미한 빛이 계속 우리를 비췄다. 왕셴은 샤오미와 함께 우리 뒤에서 걷고 있었는데, 굳이 뒤돌아보지 않아도 그가 총을 소매 속에 숨겨 우리를 겨누고 있다는 걸알 수 있었다. 우리는 버려진 철로를 지나 옥수수 밭을 가로질렀다. 옥수수는 이미 다 수확해 밭에는 시든 잎만 남아 있었다. 하늘엔 줄곧 싸락눈이 흩날리고 있었는데, 그치지 않고 밤새 내리려는 듯했다. 우리는 마침내 연못가에 도착했다. 연못의 수면은 바람에 밀려 새카만 심장처럼 아래위로 물결치고 있었다. 연못 옆에는 철제 표지판이 세워져 있었고, 그 위에는 '수심 3미터, 물놀이 금지'라고 적혀 있었다. '물'이라는 글자는 ㄹ받침이 다 떨어져 나가 '무'밖에 남아 있지 않았다. 주위에는 나무 한 그루 없이 무릎까지 오는 잡초만 무성했고, 아이쥔이 들고 있는 손전등 외에는 불빛이 전혀 없었다. 연못을 따라 반 바퀴쯤 돌아가자 다휘와 왕인이 보였다. 두 사람은 삽으로 구덩이를 파고 있었는데, 모양을 보니 작은 구덩이 두 개가 아니라 큰 구덩이 한 개를 파려는 것인 듯했다. 호숫가에 멈춰선 나는 내 발치에 소복한 잿더미와 녹슨 갈고리 한 개가 있는 걸 발견했다. 그 위에는 눈이 한 겹 쌓여 있었다. 아마 오후에 누가 와서 죽은 가족을 위해 지전이라도 태운 모양이었다. 그런데 왜 이 연못가까지 와서 지전을 태웠을까? 어쩌면 예전에 여기 빠져 죽은 아이를 애도하기 위해 태운 건지도 모를 일이다.

"얼마나 더 걸려?" 왕셴이 물었다. "15분 정도." "두 사람도 좀 돕지." 왕셴은 총으로 구덩이 속을 가리켜 보였다. "삽이 없잖아." 장부판이 말했다. "알아. 손으로 파." 나와 장부판은 구덩이 속으로 뛰어내려 손으로 흙을 파는 걸 도왔다. 흙은 아주 무르고 지렁이가 많아서, 흙 속으로 손을 찔러 넣을 때 조심하지 않으면 지렁이를 두 토막 내기 일쑤였다. 그러면 반 동강이 난 지렁이는 각자 다른 쪽으로 도망쳤다. 그러다가 방금 전 내 발치에 있던 갈고리가 구덩이 속에 떨어져 있는 걸 발견했다. 아마 나와 장부판이 구덩이 속으로 뛰어내릴 때 실수로 발로 차버린 것 같았다. 샤오미는 흰색 재킷 주머니에 손을 찔러 넣은 채로 구덩이 옆에 서서, 표를 사서 공연을 보러 온 관중처럼 아무 말도 없이 우리를 보고 있었다. "대충 된 것 같은데." 시간이 조금 지난 후에 왕셴이 말했다. 그는 품속에서 밧줄을 꺼내더니 양 끝에 매듭을 지었다. "마지막으로 담배 한 대 줄 수 있나?" 장부판이 말했다. "안 돼." 왕셴은 감정이 전혀 담겨 있지 않은 어조로 말하고는 밧줄을 아이쿤에게 건넸다. 아이쿤은 구덩이 속으로 뛰어내려 우리를 향해 걸어왔다. 장부판은 구덩이 속에 떨어진 갈고리를 한번 내려다본 후에 다시 눈짓으로 샤오미를 가리켰다. 나는 그가 말하려는 뜻을 단번에 알아차렸다. 사실 그 순간에 나는 왕셴에게 달려들 준비를 하고 있었다. 죽을 땐 죽더라도 목 졸려 죽거나 생매장당해 죽을 수는 없는 일이었다. 총에 맞아 죽는 게 그나마 좀 체면이 설 것 같았다. 나도 총을 맞아 본 적이 있지만, 별 것도 아니었다. 나중에 누군가 우리 시체를 발견하게 된다면 증거라도 좀 더 남게 되겠지. 나는 구덩이 가장자리 쪽으로 반걸음 움직여 거리가 간신히 딱 맞는 걸 눈으로 가늠해 보며 말했다. "왕셴, 누가 우릴 죽이기로 결정한 건지 말해줄 수 있나?" "안 돼. 하지만 이건 말해주지. 당신을 죽이려고 한 사람은 아무도 없어. 만약 오늘 여기 오지 않았다면 당신은 계속 살 수 있었겠지. 아이쿤, 빨리 좀 해." 사실 그가 채 말을 마치기도 전에, 나는 손을 뻗어 샤오미의 발을 잡아채 그녀를 구덩이 속으로 끌어내렸다. 동시에 장부판은 허리를 숙여 갈고리를 집어 들었다. 샤오미의 어깨가 막 바닥에 닿

앉을 때는 이미 갈고리의 뾰족한 끝이 그녀의 눈 바로 앞에, 눈동자와 속눈썹 사이에 겨눠져 있었다. 아이쥔이 재빨리 들고 있던 총으로 내 머리를 겨눴다.

"이 녀석 말에 아직 대답 안 했잖아." 장부판의 목소리는 여전히 침착했다.

"뭘?" 왕셴은 총을 들고 있었지만, 그가 누구를 겨누고 있는지 나는 알아볼 수 없었다.

"톈우가 한 질문에 아직 대답을 안 했다고."

"당신이 여기서 많은 사람에게 원한을 샀다는 건 알고 있겠지. 그중 한 사람이 당신이 죽길 바란 거야. 그게 누군지 아는 게 뭐 그리 큰 의미가 있나?"

"경찰 내부 사람인가? 아니면 외부인? 그건 말해줄 수 있나?"

"안 돼. 일을 받아들였을 때 말하지 않기로 약속했어. 당신이 지금 샤오미를 죽인다 해도 말 못해. 하지만," 그는 여전히 아주 차분했다. "다른 얘기는 할 수 있지."

"우리를 보내줘."

"안 돼. 보내주면 우리 여섯 명이 전부 죽을 텐데, 당신이라면 그럴 수 있나? 하지만 고통스럽지 않게 해주겠다는 건 약속할 수 있어. 우리가 좀 귀찮게 되겠지만 그건 상관없어." 그는 장부판의 발치에 담배를 한 대 던졌지만, 장부판은 줍지 않았다.

그 때 멀리서 불길이 오르는 게 보였다. 아이민이 다휘의 집에 불을 지른 모양이었다.

"그리고, 당신은 오늘 안 죽더라도 내일이면 죽어. 당신뿐만 아니라 당신 가족도 죽어. 포기해, 장 형. 재미없게 굴지 말고."

나는 왕셴이 미래형이 아니라 현재형으로 말했다는 걸 깨달았다. 이 시점에 장 부인이 아직 살아 있을 확률은 아주 낮았다. 아마 교통사고 같은 걸로 꾸몄겠지. 장부판에게 자식이 있었다면 역시 지금쯤 이미 죽었을 것이다. 철저한 제거란 건 바로 이런 것이었다. 장부판과 깊이 연관된 것들을 이 세상에서 없애는 것.

왕셴이 들고 있는 손전등이 장부판의 얼굴을 비췄다. 그의 얼굴은 잔뜩 일그러져 있었고, 손에는 힘이 들어가 갈고리를 곧게 펴기라도 할 듯했다. 몇 초쯤 지난 후에 그의 표정은 다시 원래대로 돌아왔지만, 그는 꼭 갑자기 늙어버린 것처럼 보였다. 싸락눈이 얼굴에 떨어졌지만 한 알갱이도 녹지 않았다.

"내 아내를 죽이러 간 놈을 데려와. 네 아내랑 바꾸자고."

"못 해. 당신이 믿든 말든, 난 그 놈들과 전혀 모르는 사이야." 왕셴은 구덩이 옆에 쪼그려 앉았다. "장 형. 당신이나 나나 죄다 이 구덩이 속의 지렁이와 마찬가지라고. 알겠어?"

긴 침묵이 이어졌다. 장부판은 가슴 속에서부터 길고 긴 한숨을 내뱉었다. 그 한숨은 소리 없이 천천히 사방으로 퍼져 호수의 수면까지도 움직일 것만 같았다. 그가 말했다. "총 이리 던져. 더 이상 토를 달면 이 여자는 당장 죽을 거야. 난 이제 무서울 게 없어."

왕셴이 총을 장부판의 발치에 던졌다. 장부판은 바닥을 더듬어 총을 집어서 샤오미의 관자놀이를 겨누고, 갈고리를 던졌다.

"이렇게 된 이상 무슨 얘기를 하든 소용없겠군." 장부판이 말했다.

"이해했군, 장 형."

"어쨌든 한 가지는 약속해줘야겠어. 네 아내랑 바꿀 게 뭐 하나는 있어야지. 약속해주면 지금 당장 총을 버리겠다."

"뭔데?"

"텐우는 보내줘."

"형사님!" 나는 소리를 질렀다.

"입 다물어!" 그는 곧바로 내 말을 끊었다.

"안 돼. 그 사람도 경찰이잖아. 이 자리에 끼어든 이상 살아서 여길 나갈 순 없어. 그 사람이 아무것도 모른다는 건 나도 알지만, 그래도 지금은 당신과 다를 게 없어."

"텐우를 보내줘. 생각할 시간을 10초 주지. 물론 결정권은 네 손에 있어. 10초가 지난 후에도 결정하지 못했거나 내 말대로 하지 않는다면 난 바로 방아쇠를 당길 거다. 이게 지금 내가 할 수 있는 유일한 일이야. 10, 9, 8……."

"그 사람, 물에다 던져버려." 샤오미가 불쑥 말했다. 무슨 요리법 같은 걸 설명하듯 아주 차분한 말투였다.

"5, 4, 3……."

"알았어, 약속하지. 그 사람은 보내주겠다. 단, 방법은 이쪽에서 정할 거야. 이대로 그냥 보내줄 순 없고, 물속에 던져주지." 왕셴이 말했다.

"이 연못은 고여 있는 물인데, 어떻게 빠져나가라는 거야?" 장부판은 검지를 이미 방아쇠 위에 올려놓고 있었다.

"고인 물이 아니야. 바닥에 암류가 있어. 암류를 따라 서쪽에 있는 저 언덕 밑으로 헤엄쳐 가면 반대편에 더 큰 연못이 하나 있어. 거짓말이 아냐. 어릴 때 다휘와 함께 그 연못에서 낚시한 적도 있다고."

"거리가 얼마나 되지?"

"2킬로미터쯤 돼. 그가 수영해서 거기까지 가면 우리 사이의 일은 전부 해결되는 거야."

"톈우, 너 수영할 줄 아나?"

"전 못 갑니다. 그리고 형사님, 바보예요? 제가 물속에 들어가고 형사님이 총을 버리면 이놈들은 곧장 형사님을 죽이고, 양쪽 호숫가에서 저를 기다릴 거라고요."

"톈우한테 잠깐 할 얘기가 있다."

왕셴은 아이쿤에게 내 머리에 겨눈 총을 치우라고 눈짓했다.

장부판은 내 귓가에 대고 말했다. "물속으로 들어가면 죽자 사자 헤엄쳐라. 나도 시간을 좀 더 끌어 보겠지만, 그리 오래 끌 순 없을 거야. 네가 살아서 돌아가면 나와 마누라를 같은 곳에 묻어줘. 묘지는 내가 작년에 사뒀으니까 찾을 수 있을 거다. 마누라는 나무 아래에 묻어주고, 나는 마누라 남쪽에 묻어줘. 잘 기억하고, 헷갈리지 마라. 어머니와 여자 친구 잘 챙겨주고, 다시는 경찰 같은 거 하지 말고 다시 학교 가서 공부나 해. 이제 입 열지 마라."

그러더니 그는 고개를 들고 말했다. "그럼 그렇게 하지. 이 녀석이 물에 들어가고 나면 난 5분 후에 총을 버리겠다. 내가 한 말은 지킬 거야."

"좋아. 다휘, 왕인, 그 사람 물에 던져."

두 사람이 내 팔을 붙잡고 연못가로 끌고 갔다. 나는 소리소리 지르며 내가 아는 욕을 죄다 쏟아냈다. 나는 장부판과 왕셴에게 욕을 하고, 공안국장도 욕하고, 나 자신에게도 욕을 했다. 어둠 속에서 욕을 해봐야 아무 소용도 없다는 걸, 그래 봐야 어둠은 조금도 물러가지 않을 거라는 걸 나는 알고 있었다. 하지만 그래도 욕을 할 수밖에 없었다. 그 외에 할 수 있는 일은 아무것도 없었으니까.

·

"입 막아." 왕셴이 말했다.

다휘가 손을 뻗어 내 입을 틀어막았다. 그는 벌써부터 손수건을 준비하고 있다가 장부판을 등진 채로 내 입 속에 집어넣고는 손바닥으로 틀어막았다. 입을 막은 직후에 그들은 조용히 내 양 손목을 꺾어 부러뜨리고, 오금을 붙잡아 몸을 들어 올려 그네를 태우듯 휘둘러서 나를 연못에 던져 버렸다.

연못물은 배신처럼 차갑게 금세 내 옷을 적시고, 내 몸까지 적셨다. 손목이 부러져서 입 속의 손수건을 꺼낼 수도, 손가락을 펴서 헤엄을 칠 수도 없었다. 두 다리로 필사적으로 물장구를 쳤지만 내 몸은 멈추지 않고 아래로 가라앉았다. 물속으로 가라앉으면서 나는 왕셴이 말한 그 동굴의 입구를 보았다. 동굴은 정말로 있었고, 사람 하나가 겨우 들어갈 만한 크기였지만, 너무 멀리 떨어져 있어서 거기까지 헤엄쳐 갈 수 없었다. 결국 그 동굴 입구도 보이지 않게 되었고, 내 발은 연못 바닥의 진흙에 닿았고 뒤이어 두 무릎도 닿았다. 그 때 위쪽에서 총소리가, 무겁게 두 발을 쏘는 소리가 들려온 것 같았다. 내 마지막 기억은 폐 속에 남아 있던 마지막 공기를 토해낸 후 물을 잔뜩 들이마시고, 결국 머리까지 진흙 위에 쓰러지게 된 것이었다. 그런 다음에 나는 열여덟 살 때 모습 그대로인 안거를 보았다. 그녀는 책가방을 메고 저 멀리로 걸어가고 있었는데, 등에 멘 책가방이 그녀의 뒷모습에 눈에 띄게 매달려 있는 슬픔처럼 아래위로 흔들렸다. 그 다음엔 톈닝이 검은색 옷을 입고 고개를 숙인 채 저 멀리로 걸어가는 게 보였다. 손에는 어디의 지도인지 모를 지도를 들고 있었고, 걸어가면서 이따금씩 머리 위에 달아놓은 토끼 귀를 바로 세웠다. 나는 어머니가 아버지의 병상 옆에 앉아 아버지의 머리를 빗겨주고 있는 걸 보았다. 아버지의 머리칼은 새까맣고 윤이 났지만, 어머니는 머리가 새하얗게 센 채로 아버지의 검은 머리를 빗겨주고 있었다. 어머니는 집중해서 뭔 가를 듣고 있기라도 한 듯 말이 없었다. 나는 고모가 침대에서 일어 나 앉는 걸 보았다. 내 사람 찾는 광고는 어떻게 됐어? 고모는 그렇게 말하더니 다시 쓰러져 잠이 들었다. 고모 옆에는 아무도 없었다. 나는 그들을 향해 부러진 두 손을 뻗었지만 그들은 나를 보지 못하고, 갈 사람은 가버리고, 머리 빗을 사람은 계속 머리를 빗고, 잘 사람은 그 대로 계속 잤다. 나는 그저 양손으로 내 몸을 감싸 안는 수밖에는 없 었다. 호숫물 전체의 무게가 몸을 짓누르는 것만 같았다. 그리고 완전 히 의식을 잃었다.

자장가 소리에 잠에서 깼다. 눈을 떠보니 바로 태양을 마주보고 있 었다. 눈을 비비고 다시 봤지만 정말로 밝은 해가 높이 떠서 나를 비 추고 있었다. 맑게 갠 하늘에는 구름 한 점 없이 깨끗했다. 고개를 숙 이니, 나는 반듯하게 다림질된 경찰관 하복을 입고 반짝반짝하게 닦 인 구두를 신고 있었다. 손으로 더듬어 허리춤의 총과 수갑도 만져봤 다. 그리고 나는 작은 나무배 위에 누워 있었다.

"깼어?" 나는 몸을 일으켜 앉았다. 배의 반대편엔 웬 노인이 웃통 을 벗고 앉아 양손으로 노를 젓고 있었다. 노인이라는 표현도 그나마 나은 편이고, 정확히 말하자면 폭삭 늙어 쭈글쭈글한 주름이 얼굴에 가득해서 손으로 펴주고 싶은 생각까지 들게 만드는 모습이었다. 하지 만 상반신은 구릿빛인 데다 근육이 아주 건장해서, 얼굴만 가리면 패 션 잡지 표지로도 쓸 수 있을 정도였다. 내게 말을 걸기 전까지 그는 목청을 높여 노래를 부르고 있었다. 달은 밝고 바람은 조용하고, 나뭇잎은 창살을 가리고, 귀뚜라미 귀뚤귀뚤 우는 소리는 거문고 소리 같구나.

"깼습니다. 그 노래를 어떻게 아는 겁니까?"

"이 노래가 어때서? 알면 안 돼?" 목소리는 확실히 노인의 것이었지만, 말투가 아주 이상했다. 꼭 어린아이 말투 같지 않은가.

"안 될 거야 없죠. 그런데 꼭 어디선가 들어본 것 같아서요."

"당연히 들어봤겠지. 안 그러면 내가 뭐 하러 불렀겠어. 그런데 이상하네. 원래대로라면 자네는 깨면 안 되는 건데, 왜 깨어난 거지?" 그는 그렇게 말하면서 양손으로는 계속해서 힘주어 노를 저었다.

"그렇게 큰 소리로 부르는데 누군들 안 깨겠어요?"

"아니, 아냐. 이상하네. 아주 이상해."

"여기가 어딥니까? 어르신은 아시겠죠. 저는 연못에 던져졌던 기억이 나는데……."

"쓸데없는 소리는 그만해. 자네가 연못에 던져졌든 30층짜리 빌딩에서 떨어졌든, 아니면 벼락을 맞아 머리통이 쪼개졌든 그게 중요한 게 아냐. 지금 중요한 건, 자네가 어째서 깼냐는 거야."

"아무튼 깼으니 여기가 어딘지 좀 가르쳐주세요. 저는 빨리 사람을 구하러 돌아가야 된다고요."

"참 답답한 사람이네. 자네 일은 이미 끝났어. 알겠어? 자네가 깨어났다는 게 좀 골치 아프긴 하지만, 자네가 돌아갈 수 없다는 건 장담할 수 있어. 여기는, 강이라고 해도 좋고 바다라고 해도 좋아. 간단히 말하자면 그냥 물 위라고 할 수 있지." 나는 그제야 배의 속도가 무섭도록 빠르다는 걸 깨달았다. 배가 아니라 기차에라도 타고 있는 것 같았다.

"끝났다고요? 그럼, 저는 죽은 겁니까?"

"아주 바보는 아니군. 그런데 바로 그게 골치 아프다는 거야. 자네가 깨어나지 않았다면 나는 자네를 반대편 기슭으로 보내주면 돼. 그런 다음에 머리를 아래로 해서 땅에 묻어주면 내 임무도 끝날 거고, 자네도 힘 절약 시간 절약하고 아무 걱정 없었을 텐데 말이야. 그런데 자네가 깨어나서 아주 귀찮아졌어. 나도 수첩을 좀 찾아봐야 알겠네."

노인이 손에서 노를 놓자 배의 속도가 점차 느려졌다. 그는 배의 구석구석을 뒤지며 수첩을 찾기 시작했다. "아주 오랫동안 안 쓰긴 했지만, 잃어버렸을 리는 없어. 천천히 찾으면 돼." 나는 눈을 들어 사방을 둘러보았다. 정말이지 크고 넓은 물 위였다. 물은 무한히 펼쳐져 있고, 아주 투명했다. 하지만 무한히 투명한 물 속 깊은 곳엔 아무것도 보이지 않았다. 정말 이상한 물이었다. 나는 불현듯 열 몇 살 때쯤 난후 공원에서 하늘을 바라봤던 느낌을 떠올렸다. 그 때의 느낌이 지금 이 물을 보는 느낌과 꼭 같았다. 다른 배는 한 척도 없었고, 섬이나 암초도 없었다. 그저 물, 하늘, 배, 그리고 배에 탄 우리만 있을 뿐이었다.

"이것 봐, 찾았잖아." 노인은 손바닥만 한 크기의 작은 책자를 들고 말했다. 책자는 두께가 아주 두꺼워서 거의 정육면체로 보였다.

배가 완전히 멈췄다. 노인은 미간을 찌푸린 채 책장을 넘겼다. 도대체 그가 얼마나 오래 책장을 넘기고 있었던 건지 나는 알 수 없었다. 갑자기 시간 감각을 잃어버렸기 때문이다. 그가 수첩을 찾아보는 데 5분이 걸렸는지 아니면 20일이 걸렸는지 정확히 알 수 없었다.

"됐어." 그는 수첩을 배 바닥에 내려놓더니 양손으로 다시 노를 붙잡았다.

"방법을 찾았습니까?"

"방법까진 아니고, 규칙대로 처리하는 것뿐이야. 자네를 사장한테 데려다줘야겠어. 정말 귀찮게 됐다니까." 그가 고개를 절레절레 저었다. 배는 다시 기차나 다름없는 속도로 움직이기 시작했다.

그날 일이 일어나기 전에, 그러니까 내가 장기 휴가를 마치고 정식으로 복귀했을 때까지도 아버지는 깨어나지 않은 상태였다. 아버지가 침대에 누워 있던 두 달 동안 변한 게 있다면 바로 살이 찐 것이었다. 얼굴엔 광택이 돌았고, 알코올 중독 때문에 홀쭉해진 근육도 다시 단단해졌다. 가장 이해할 수 없는 일은 아버지의 머리카락이 조금씩 검어져 완전히 새카맣게 변했다는 것이다. 게다가 머리털도 아주 굵고 튼튼해서, 멀리서 보면 꼭 서른 살쯤 된 젊은이가 남의 병상에 누워 졸고 있는 것처럼 보였다. 의사와 간호사는 매일 병실에 왔다. 가끔은 회진할 때 말고도 두세 번이나 더 왔다. 병실에 누워 있는 아버지는 이미 평범한 환자가 아니라 의사와 간호사들 마음속의 신주단지 같은 거라도 된 듯했다. 혹은 현실주의적인 면에서 보자면 그들을 지탱하는 어떤 힘 같은 존재가 된 듯했다. 그들이 어찌할 수 없는 일이 생겼을 때마다, 그러니까 멀쩡했던 환자가 갑자기 도저히 막을 수 없는 위기를 맞아 죽었을 때라든가, 혹은 어떤 선택을 해도 환자가 평온한 마지막을 맞게 해줄 수 없는 상황에 처해 딜레마에 빠졌을 때, 그들은 아버지의 병실에 왔다. 겉보기에는 그냥 지나가다 우연히 들른 김에 한번 둘러보는 것처럼 보였지만, 나는 그들이 힘을 얻으러 온 거라는 걸 분명히 알 수 있었다. 그럼에도 아버지는 깨어날 조짐이 전혀 없었다. 두부 CT를 수도 없이 촬영했지만, 혈관이 혈괴에 눌려 손상되어 다시 복원할 수 없게 되었다는 건 변함없는 사실이었다. 하지만 뇌가 못쓰게 된 상황에 아버지에게 어째서 이런 현상들이 나타나는 건지 아무도 설명해주지 못했다. "이게 바로 제가 말했던 과학의 한계란 겁니다." 의사가 말했다. "아무도 이런 일이 일어날 거라고 예상하지 못했어요. 이전에도 일어난 적이 없고요. 지금 상황으로 보자면 환자분은 향후 1년 동안은 별 위험이 없을 겁니다. 물론, 다시 말씀드리지만 이건 과학이 제시한 가능성 중 하나일 뿐이죠." 그래서 나는 어머니와 의논한 끝에 직장에 복귀하기로 결정했다. 평일 밤에는 텐닝과 교대로 병실에서 자고, 주말에만 내가 낮에 병실을 지키고 밤에는 어머니가 간병하기로 했다.

주말 저녁은 텐닝에게 있어 가장 귀중한 시간이 되었다. 집에서 밥을 해먹고, 쇼핑을 하고, 영화를 보고, 결혼할 친구에게 줄 선물을 사고, 머리를 자르고, 작가를 만나 차를 마시는 등등 이 모든 일에 나는 전부 따라다녀야 했다. 내가 조금이라도 소극적인 기색을 보일라치면 그녀는 이렇게 말했다. 뭐야? 왜 그래? 몇 달 동안 내 남자친구 노릇 하는 게 너한테 뭐 엄청난 손해라도 된다는 거야? 내가 말했다. 아냐, 그냥, 작가와 얘기하는 건 정말 너무 어색해서 그래. 그녀가 말했다. 너한테 대화에 참여하라는 것도 아니고, 넌 그냥 너대로 커피 마시고 케이크 먹고 있으면 되는데 뭐가 그렇게 억울해서 그래? 내가 말했다. 그래, 네 말이 맞아. 확실히 난 아무 말 안 하고 그냥 고개 숙이고 먹고 마시고 있으면 되긴 하지만, 너와 작가가 얘기하는 걸 들으면 너무 불편하다고. 그녀는 내 얼굴을 툭툭 쳤다. 작가가 싫은 거야, 아니면 내가 싫은 거야? 당연히 네가 싫은 건 아니지. 같이 영화 보고 쇼핑하는 건 다 괜찮다고. 그럼 작가가 싫은 거야? 싫은 건 아니고, 그냥 나와 다른 종류의 사람처럼 느껴져서 같이 앉아 있으면 불편해서 그래. 그리고 그 자리에 문외한이, 그것도 문학과는 백만 광년은 떨어진 경찰이 앉아 있으면 작가들도 불편할 것 아냐. 그녀가 말했다. 말해봐. 뭘? 나는 어리둥절해졌다. 작가가 왜 싫은 건지. 참, 싫은 게 아니랬지. 그럼 왜 불편한지 말해봐. 사실대로 말하지 않으면 어떻게 될지는 알고 있겠지? 그녀는 내 팔을 한번 꼬집었다. 나는 별 수 없이 대답했다. 그 사람들이 문학을 믿지 않아서. 너와 같이 가서 만나게 된 소위 작가라는 사람들은, 유명하든 안 유명하든 간에, 내가 보기엔 다들 문학을 믿지 않는 것처럼 보였어.

일이 생긴 그날까지 계산하면 나와 텐닝은 사귀기 시작한 지 70일이 좀 넘어 있었다. 나는 원래 아침을 안 먹는 버릇이 들어 있었다. 어머니 말에 따르면, 나는 어릴 때 아침을 먹으면 하루에 대변을 세 번 봤고, 아침을 안 먹으면 한 번만 봤다고 한다. 정상적인 사람이 어떻게 하루에 대변을 세 번이나 볼 수가 있는가? 대변을 세 번이나 보면 도대체 뱃속에 뭐가 남는단 말인가? 그래서 아침을 먹지 않는 버릇을 들여 서른 살까지 지속해 왔다. 나는 하루에 두 끼만 먹고 화장실엔 한 번만 갔다. 그런데 텐닝과 같이 살게 된 후로는 반드시 아침을 먹어야 했다. 내가 안 먹겠다고 하면 그녀는 이불을 뒤집어쓰고는 울고불고 난리를 피웠다. 내가 아버지의 병실에서 잔 다음날 아침에도 그녀는 아침을 해서 보온통에 넣어 와서는 젓가락을 꺼내 내게 건네주며 말했다. 얼른 먹어. 오늘 아침밥은 카스텔라, 파슬리 무침, 좁쌀죽이야. 나는 젓가락을 받으며 말했다. 나 진짜로 못 먹겠어. 한 번만 거를게. 위장이 아직 덜 깼단 말이야. 그녀가 말했다. 내가 간 뒤에 어머니한테 갖다 드리려는 거 아냐? 내가 말했다. 아냐, 좀 이따가 꼭 내가 먹을 거야. 그런데 지금 먹으면 토할 것 같아. 위장이 나한테 다시 내보내라는 명령을 내렸다고. 그때 간호사가 들어와서 아버지의 체온을 재며 말했다. 오늘 보니 청년이 좀 더 젊어진 것 같네. 언제부터인지 모르지만 의사와 간호사들 사이에서 아버지의 별명은 '청년'이 되어 있었는데, 정말이지 난처한 일이었다. 그래요? 체온은 어때요? 나는 이 일을 기회 삼아 주의를 돌리려 했다. 체온이야 당연히 문제없죠. 나보다 더 정상일 정도인데요. 완벽한 정상 체온이라고까지 할 수 있겠네요. 톈닝이 끼어들었다. 간호사 언니, 있잖아요. 사람이 아침을 안 먹는 건 아주 위험한 일 아니에요? 간호사는 잠시 멍해 있다가 대답했다. 위험하다고까지는 할 수 없지만, 장기적으로 안 먹으면 문제가 생길 수 있죠. 톈닝이 말했다. 이것 봐, 간호사 언니도 그러잖아. 사람이 오랫동안 아침을 안 먹으면 죽게 된다고. 간호사는 깜짝 놀랐다. 죽긴 왜 죽어요? 기껏해야 보통 사람보다 신장 결석이 생길 확률이 좀 높아지는 것뿐이라고요. 톈닝이 말했다. 그 말이 그 말이잖아요. 신장 결석이 오래되면 신장이 약해질 거고, 신장이 약해지면 몸속의 독소를 배출하지 못하게 될 거고, 독소를 배출하지 못하면 중독이 될 거고. 우리가 하루에 얼마나 많은 독소를 섭취하는지 알아? 오독교五毒敎* 교주도 우리보다 독을 많이 먹진 않았을 걸. 신장 두 개가 이 독소들을 아무 불만도 없이 성실하게 배출하고 있는 건데, 이렇게 근면 성실한 신장이 어느 날 갑자기 고장나면, 생각해봐. 넌 온몸이 시퍼렇게 변해서 일곱 구멍에서 피를 쏟으면서 죽지 않겠어? 그리고 이런 최후를 맞는 이유는 바로 아침을 안 먹기 때문이라고. 간호사 언니, 제 말이 일리 있지 않아요? 간호사는 뚜껑이 열린 채 내 앞에 놓여 있는 보온통을 보더니 말했다. 아주 일리가 있네요. 아침을 안 먹으면 분명히 그런 최후를 맞게

---

* 진융金庸의 소설에 나오는 문파 중 하나.

될 거예요. 사실 내가 신장내과에 있는데, 실제로 바로 그렇게 죽은 환자가 있다니까요. 간호사는 말을 마치고 톈닝에게 웃어 보이고는 병실을 나갔다. 아침을 먹게 된 후로도 나는 어릴 때처럼 뱃속을 텅텅 비우지 않고, 여전히 하루에 한 번만 화장실에 갔다. 그리고 화장실에 갈 때마다 아주 편하게 변을 보게 되었다. 몸은 점점 더 건강해져서 예전에 입던 옷들이 전부 작아져 그대로 입으면 숨쉬기가 좀 힘들어서 허리띠 구멍도 두 개나 더 뒤로 물러났다. 얼굴만 예전과 마찬가지로 홀쭉했다. 나 같은 사람은 다른 곳들에 전부 살이 찐 후에야 마지막으로 얼굴에 살이 오르는 모양이었다. 리더첸의 총에 맞고도 살아남았던 그때, 의사가 내게 말했다. 젊어서 다행이네요. 피를 그렇게 많이 흘리고도 기운이 남아 있었다니. 나는 내가 그럴 수 있었던 것이 아침을 먹었기 때문이 아닐까 하는 생각을 종종 했다. 물론 이 생각에는 아무런 근거도 없었고, 그냥 미신 같은 거였다.

어느 날, 고모부가 갑자기 전화를 했다. "고모는 별 일 없으시죠?" 나는 좀 당황스럽고도 두려웠다. "별 일 없어, 수술 끝난 후로 계속 잠들어 있다. 지금까지와 똑같이." "의사는 뭐래요?" "의사 말로는, 종양은 깨끗이 제거했으니 이론상으론 이삼 일 지나면 깨어나야 된다는데, 벌써 한 달이나 잠들어 있잖냐. 의사들도 참, 별 수 없어." "한 번도 안 깨셨어요?" "한 번도 깬 적 없어. 네 아버지는 어떤지 물어보려고 전화했다. 고모한테 얘기 좀 해주게." "안 깨어나셨다면서요?" "그래도 들을 수 있을지도 모르잖니. 내 말은, 만약에 고모가 들을 수 있는데도 우리가 아무 말도 안 해준다면, 고모가 너무 많은 걸 놓쳐버리게 되지 않겠냐?" "아버지 상태는 아주 안정적이에요. 그리고, 이걸 어떻게 말해야 할지 모르겠는데, 계속 주무시고 있긴 하지만 원래보다 훨씬 건강해진 것처럼 보여요. 아마 이젠 더 이상 술을 드실 수 없어서 그런 거겠죠. 머리카락도 조금씩 검어져서 지금은 흰머리가 하나도 없어졌어요. 이렇게 말하면 이해하시기 좀 더 쉬울지도 모르겠네요. 만약에 아버지가 지금 갑자기 침대에서 뛰어내려서 술을 사러 병원 밖으로 달려 나간다 해도 전 하나도 안 놀랄 것 같아요. 물론 겉보기에만 그렇다는 거지만요." "거 참, 정말 누가 남매지간 아니랄까봐. 네 고모도 머리가 전부 검어졌지 뭐냐." "전부 검어졌다고요?" "그래. 꼭 밤중에 우리가 모르는 사이에 몰래 나가서 염색이라도 하고 와서 다시 누워 있는 것 같다. 얼굴도 꼭 점점 젊어지는 것 같아. 내가 네 고모를 처음 만났던 그때 모습으로 돌아가려는 것 같다는 생각이 몇 번이나 들어서 얼떨떨하더구나. 참 유능하고, 말도 똑 부러지게 잘하고, 이 사람이 하라는 대로 안 하면 이치에 맞는 잔소리를 한참이나 쏟아내고 그랬지. 그해에 내가 갑자기 심근경색이 와서 죽을 뻔했잖니. 그 당시학생들은 정말 다루기가 힘들었어. 매일같이 데모를 하러 가겠다고 소리를 지르고, 못 가게 하면 벨트 버클로 내 머리를 때리고 말이야. 벌써 사십 년이 지났는데 아직도 벨트 버클에 머리를 맞는 꿈을 꾼다니까." "고모부." "왜?" "'사람 찾는 광고'가 무슨 뜻인지는 아직 모르시겠어요?" "몇 가지 가능성을 생각해 봤는데 말이다. 고모가 어디서 자기를 찾고 있는 광고를 봤거나, 아니면 고모가 누구를 찾으려고 광고를 붙였는데, 우리한테 그걸 잊지 말라고 알려주려고 했던 게 아닌가 싶어. 그런데, 둘 중 어느 쪽이든 간에 고모가 알고 있는 일이라면 나도 알고 있었을 거야. 네 고모가 지금까지 해온 일들은 내가 돕지 않았다면 아마 계속할 수 없었을 테니까." "제 학비를 대주신 일 같은 거요?" "그것도 그런 일들 중의 하나지. 그것 말고도 고아원에 기부를 한다든가, 퇴근길에 갑자기 유기견을 한 마리 안고 온다든가 하는 일들 말이야. 아무튼 그 동안 고모는 이런 일들을 아주 많이 했거든. 그런데 뭐, 별 일도 아니니까. 그런 일들을 했다고 우리가 파산을 한 것도 아니고. 자식들도, 큰 성취를 이룬 건 아니라도 별 탈 없이 잘 컸고 말이다. 네 사촌누나는 나이가 마흔이나 되었어도 아직도 사회의 평범한 일원이지만, 그래도 최소한 바르고 정직한 사람이잖냐." "맞아요, 그것만 해도 이미 훌륭한 거죠. 사람 찾는 광고 말인데, 혹시 고모가 할아버지를 찾고 있었을 가능성은 없을까요?" "나도 그 생각을 해보긴 했어. 그런데 생각해봐라. 내가 벌써 칠십이 됐는데, 그럼 네 할아버지는 연세가 얼마나 되셨겠니? 벌써 돌아가셨을 가능성이 커. 게다가, 사실 네 고모와 나는 벌써 십 몇 년 전에, 사람 찾는 광고를 내지는 않았지만 관련 기관을 여러 군데 찾아가서 알아본 적이 있었는데, 찾아봤지만 그런 사람은 없다는 답변을 받았단다. 전쟁통인 데다가 네 할아버지는 직위가 높은 분도 아니었으니, 물에 빠져 죽었을 수도 있고, 배에 타려는데 뒤에 있는 사람이 자기가 타려고 총을 쏴서 죽였을 수도 있고 뭐 그렇지 않겠니." "제가 지금 사건을 많이 맡고 있어서 좀 바빠요. 휴가를 너무 오래 냈다가 복귀했더니 할 일이 너무 많아서요. 이 시기가 좀 지나가고 나면 고모를 뵈러 가서 이쪽 얘기도 좀 해드릴게요." "혹시 여자 친구를 사귀었으면 같이 오너라. 여자 친구 생겼니?" "생기긴 했는데……." "그럼 데리고 와. 나이가 드니까 너희가 연애하고 결혼하고 자식 낳는 걸 보는 게 제일 좋더구나. 살아 있는 게 아직 무슨 의미가 있다면 아마 이런 일들을 볼 기회가 남아 있다는 거겠지. 이만 끊자." 고모부는 전화를 끊었다.

배는 어느 방향인가를 향해 질주했다. 태양은 여전히 우리 머리 위에, 영원히 지지 않을 것처럼 떠 있었다. 노인은 말없이 노만 저었다. 내가 갑자기 깨어난 것에 대해 아직도 화가 나 있는 것 같았다. 주위를 둘러싼 물은 여전히 넓고도 무한했다. 고독이라는 게 정말 있다면 바로 이 작은 배의 모습을 하고 있을 거라고 나는 생각했다. 시간이 얼마나 지났을까, 종소리를 들었다. "오랫동안 안 와봤지만 방향은 맞았던 모양이네." 노인이 혼잣말로 이렇게 중얼거리지 않았다면, 나는 그 종소리가 오랜 표류로 인해 듣게 된 환청이라고 생각했을 것이다. 얼마나 되는지 모를 시간이 또 흐른 후에, 저 멀리 수평선 위에 돌로 된 커다란 집이 솟아올라 있는 걸 보았다. 종소리가 점점 더 또렷해지는 걸 보니 그 집에서 들려오는 것인 모양이었다. 무거운 종소리가 여섯 번 울려 퍼지고 나자 주위는 다시 조용해졌다. "저게 뭡니까? 교회인가요?" 나는 참지 못하고 물었다. "교회가 뭔데?" "저도 들어가본 적은 없지만, 책에서 보니 하느님을 모신 곳이라고 하던데요." "하느님은 뭔데?" 노인은 진지하게 물었다. 아무래도 여기는 내가 있던 세계와 전혀 다른 모양이었다. "조물주를 말하는 거겠죠. 빛이 있으라, 하고 말하면 빛이 생기게 할 수 있는 그런 사람이요." "자네 말은 전혀 이해가 안 돼. 난 그냥 사장이 저기 산다는 것만 알아. 자네처럼 귀찮은 사람은 저기로 보내라고 수첩에 적혀 있었어. 저 건물을 나는 사무실이라고 부르지." "사무실이라고요?" "원래 우린 저길 계속 대서재라고 불렀는데, 언젠가부터 다들 사무실이라고 부르기에 나도 따라 부르는 거야. 어차피 뭐라고 부르든 건물이 바뀌진 않으니까, 변소라고 불러도 상관없어. 뭐, 나는 그렇게 생각해." 얘기하는 사이에 우리는 이미 '사무실' 아래에 도착해 있었다. 나는 그제야 이 건물은 정말로 뭐라고 부르든 상관없겠다는 걸 알게 되었다. 절대로 헷갈릴 리가 없었기 때문이다. 건물은 너무 높아서 아래에서 올려다보면 꼭대기가 전혀 보이지 않았다. 꼭대기 아래에는 축구장만큼이나 커다란 시계판이 있었다. 어쩐지 종소리가 아주 멀리까지 퍼지더라니. 시계판 아래에는 무수히 많은 부조가 새겨져 있었다. 너무 가까이 왔기 때문에 전체적인 모습은 볼 수 없었지만 사람과 동물을 새긴 거라는 건 알 수 있었다. 수많은 부조가 새겨진 모습은 아주 장관이었다. 내 눈앞에는 거대한 돌문 두 짝이 있었다. 문의 일부는 물속에 잠겨 있었지만, 드러난 부분만 해도 지금껏 본 어떤 건물보다도 훨씬 더 컸다. 공안국 건물도 이 문에 비하면 어린아이가 나무토막으로 쌓아올린 장난감 집 수준이었다. 건물은 전부 검은색 돌로 지어져 있었는데, 내 일천한 토목 지식으로는 무슨 종류의 돌인지 알 수 없었다. 정말 이상한 일이다. 이렇게 큰 건물이 어떻게 물속에 지어져 있을 수 있을까? 돌문의 대부분은 물속에 잠겨 있을 텐데, 그럼 건물 안도 온통 물에 잠겨 엉망일 게 아닌가?

"뭘 기다려? 내 배에 눌러앉으려는 거야?" 노인은 벌써 노를 놓고, 벌거벗은 가슴 앞에 팔짱을 낀 채 나를 보고 있었다.

"아닙니다. 그런데, 저 큰 건물 안으로 들어가려면 발판을 놓거나 아니면 쪽배가 마중을 와야 하는 것 아닙니까? 그리고 들어가기 전에 문을 두드리든가 아니면 벨을 누르는 게 예의 아닐까요?"

"아무리 봐도 나한테 트집을 잡으려는 모양인데. 사장은 우리가 온 걸 이미 알고 있는데 문은 두드려서 뭐 해? 자기가 뭐라도 되는 줄 아나 본데, 잘 들어. 쪽배도 없고 발판도 없으니까, 당장 내려서 자네 발로 걸어가. 난 다시 일하러 가봐야 돼. 사장은 규칙에 아주 엄격한 사람이라, 게으름을 피우면 갇혀서 벌을 받게 된다고."

"걸어가라고요? 사방이 다 물이잖아요. 제가 잘못 본 게 아니라면, 여긴 얕은 물가도 아니고 물 한가운데 아닙니까?"

"물 한가운데 맞지. 그런데 그게 걷는 거랑 무슨 상관이야? 또 토를 달면 나도 예의 안 차리고, 이 노로 자네를 쳐서 물속에 집어넣을 거야." 노인은 손을 뻗어 노를 하나 집어 들었다. 노인의 근육을 보아하니, 머리를 쳐서 물속에 집어넣는 정도가 아니라 머리통을 수박처럼 깨부술 것 같았다.

"물 위로 걸어가라고요?"

"빨리 안 가?"

그래서 나는 이를 악물고, 배에서 내려와 헤엄쳐서 돌문 앞까지 갈 준비를 했다. 그런데 뜻밖에도, 나는 물속으로 빠지지 않고 수면 위에 서 있었다. 정말로 걸어갈 수 있는 물이었던 것이다. 빠른 걸음으로 돌문을 향해 다가갔다. 몇 걸음 걸어보고 정말로 물에 빠지지 않는다는 걸 알게 된 나는 뱃머리를 돌리고 있는 노인을 돌아보며 큰 소리로 말했다. 아까 불러주신 그 자장가가 저와 무슨 관계가 있는지 좀 알려주실 수 없습니까? 들어본 것 같긴 한데, 아무리 생각해도 기억이 안 나서요.

"자네가 미워서 안 가르쳐주는 게 아니라, 나도 진짜로 몰라. 부르라고 해서 부른 것뿐이니까. 가서 사장한테 물어봐. 그리고 방금 전에는 그냥 자네를 좀 놀래준 것뿐이지, 진짜로 때리지는 않아. 그런 일로 사람을 때리지야 않지. 아무튼 자네도 아주 특별한 사람들 중 하나야. 자네가 그렇게 말이 많지만 않았다면, 사람과 얘기하는 것도 나쁘지 않아. 알겠어?"

"알겠습니다. 그럼 또 뵙죠." 나는 물 위에 서서 그에게 손을 흔들었다.

그는 뒤도 돌아보지 않고 배를 저어 가버렸다.

나는 돌문을 한번 만져보았다. 확실히 '돌'이라는 이름을 가지고 있다고 생각하는 그 물질로 만들어진 문이었다. 문을 밀어 열 수는 없었기 때문에 문을 두드려보았다. 두드리는 소리가 너무 작아 나한테도 들릴락 말락 했다. "안에 누구십니까? 저 왔습니다. 제 시간을 낭비하지 마세요." 문틈에 대고 큰 소리로 말했다. 사실 문 두 짝은 딱붙어 있어서 문 사이엔 틈이 아예 없었다. 정말이지 오만하군. 나는 속으로 생각했다. 장부판 쪽은 생사가 왔다 갔다 하는 상황일 텐데, 여기서 도대체 시간을 얼마나 보낸 건지 알 수가 없었다. 하지만 나는 반드시 돌아가야 했다. 남아 있는 게 그의 시체뿐일지라도 그를 파내장 부인과 함께 묻어줘야 했다. 내가 지금 죽었든 살았든 간에, 그는 분명히 자기 목숨을 걸고 내 목숨을 구해주려 했지 않은가. 그리고 그 살인범들도, 절대로 이대로 놔줄 수는 없었다. 나는 총을 꺼내 허공에 대고 한 방 쐈다. 총성은 수면 위로 흩어져 사라졌지만 돌문은 여전히 굳게 닫혀 있었다. 노인이 분명히 사장이라는 그 사람이 우리가 온 걸 알고 있다고 하지 않았던가? 나는 문을 세게 걸어찼지만, 당연하게도 아무런 반응이 없었다. 다른 쪽 문짝을 걸어찼다. 그러자 돌문이 갑자기 아주 빠른 속도로 빙 돌기 시작했다. 내 발이 채 땅에 닿기도 전에 눈앞이 잠시 어두워지더니 나는 회전하는 돌문에 의해 건물 안으로 들어와 있었다. 반사적으로 눈을 감았다가 다시 떠보자 머리가 벗겨진 중년 남자 하나가 책상 뒤편에 앉아 책을 읽고 있는 게보였다. 그리 크지 않은 방이었는데, 내부가 아주 이상했다. 책상 하나와 의자 두 개, 그리고 사방을 둘러싼 흰 벽 외에는 아무것도 없었다.

방 주인이 곧 이사를 나가려는 건지, 아니면 막 이사를 온 건지 알 수 없었다. 더 이상한 건, 방에는 창문이 하나도 없고, 머리 위에 등이 달려 있지 않은데도 방 안이 아주 밝다는 거였다. 나는 고개를 돌려 돌문을 찾으려 했지만 돌문은 온데간데없었고, 등 뒤엔 금색으로 도금된 사자 머리 모양 손잡이가 달린 평범한 붉은색 나무문밖에는 없었다. 도대체 어떻게 된 일이지? 마술사가 마술이라도 부린 건가? 아니면 진짜로 무슨 초능력이라도 있는 건가? 하긴, 그러면 또 어떻단 말인가. 이제 와서 도리를 따질 일도 없는데. 나는 총을 다시 허리에 차고 그 중년 남자 앞으로 걸어갔다. 그는 단추로 여미는 옛날식의 회색 털옷을 입고 손목에는 가죽 끈이 달린 단순한 디자인의 손목시계를 차고 있었는데, 이따금 손을 들어 머리 위에 열 몇 가닥밖에 남지 않은 머리카락을 골고루 펼쳤다.

"실례합니다. 선생님이 여기 사장이십니까? 아니면 비서인가요? 아무튼 여기 책임자 맞습니까?"

"여기는 나 혼자밖에 없어." 남자는 책을 내려놓고 고개를 들어 나를 쳐다보았다. 아시아인 남성의 얼굴이었다.

"그럼 사장님 맞군요. 전 돌아가야 합니다. 상황이 긴급해요. 혹시 사장님한테 그런 힘이 있다면 저를 그 연못가로 좀 돌려보내주세요. 연못가의 위치는……"

남자는 손을 흔들며 말했다. "손목은 다 나았나?"

그가 말하지 않았다면 완전히 잊어버릴 뻔했다. 그러게, 손목이 어떻게 갑자기 나은 거지? 아마 배에 타고 있을 때 벌써 나은 모양이었다. 손을 쓰는 데 전혀 불편함이 없었으니 지금껏 손목이 나았다는 것조차 모르고 있었던 거지.

"나왔네요. 도대체 어떻게 된 일입니까?"

"일단 확실한 건, 자네는 이미 자네의 세계를 떠나 다른 세계로 들어와 있다는 거야. 이건 느낄 수 있겠지?"

"네, 제가 있던 세계에선 절대로 물 위를 걸을 수는 없으니까요. 물이라는 것부터 이렇게 완전히 다른 걸 보면 확실히 여기는 전혀 다른 세계라는 거겠죠."

"그러니, 생각해보게. 서로 이렇게나 다른 세계니까, 돌아가고 싶다고 바로 돌아갈 수 있는 게 아냐. 아주 귀찮다고."

"여기 온 후로 가장 많이 들은 게 귀찮다는 말이네요."

"확실히 그렇지. 자네가 깨어났기 때문이야. 이런 일은 아주 오랫동안 일어난 적이 없어. 지난번에 이런 일이 생겼던 때는 내가 이 사무실로 이사 오기도 전이었을 거라고. 자네 같은 사람을 우리는 '각성자'라고 부르네. 너무 많은 얘기를 해봐야 자네는 이해하지 못하겠지. 보아하니 그냥 평범한 사람 같으니까. 각성자라는 말은 대충 설명하자면, 자네가 기왕 이렇게 깨어났으니 한 가지 일을 할 기회를 얻게 될 거라는 뜻이야. 그 일은 자네에게도, 나에게도 의미가 있는 일이지."

너무 많은 얘기를 해봐야 이해하지 못할 거고, 보아하니 그냥 평범한 사람 같다고? 도대체 이게 무슨 소린가. 선생님이 성적이 좋지 않은 어린아이에게 훈계하는 말 같았다. 나는 예전부터 이런 말투를 제일 싫어했다. 자기가 진리를 파악하고 있다고 생각하는 우승자 같은 태도 말이다.

"전 지금 당장 돌아가고 싶습니다. 할 수 있습니까? 아니면 제가 뭔가 해야 하나요? 빙 돌려 말하지 마세요."

"자네의 사명은 자네와 나에게만 의미가 있는 거야."

"쓸데없는 말 좀 그만해요. 그 사명이란 건 완성하는 데 얼마나 걸리는데요?"

"자네 세계의 시간으로 계산하면 며칠 정도 되겠군."

"그건 안 됩니다. 전 지금 당장 돌아가야 돼요. 바로 출발해야 한다고요. 사소한 일이 아니에요. 사람을 구하러 가야 한단 말입니다."

"나도 아네. 하지만 자네 세계에선 지금 이 시점에 장부판은 이미 죽었어. 미간과 심장에 총을 한 발씩 맞고 흙 속에 묻혔지. 자네가 절대로 돌아갈 수 없는 건 물론이고, 설령 돌아갈 수 있다 하더라도 그 사람을 구할 수는 없단 말이야." 그는 엄숙한 얼굴로 내 눈을 쏘아보았다.

"당신 말을 어떻게 믿어요?" 사실 이건 의미 없는 발버둥에 가까웠다. 나는 그런 예감이 들었다. 그가 오만하긴 하지만, 확실히 아주 많은 일의 진상을 파악하고 있을 거라는 예감이.

그는 손에 책을 든 채로 내게 삿대질을 하듯 흔들어 보이고는 말했다. "자네 같은 바보를 만나면 정말 어쩔 수가 없다니까. 그럼 읽어주지. 정말로, 자네가 왜 깨어난 건지 모르겠군. 서기 2012년 4월 28일 15시 18분, 장부판의 아내 랴오쥐메이廖卓美 사망. 지점은 S시 허핑和平구에 위치한, 리모델링 진행 중인 5층짜리 주택 안. 방식은 밧줄에 목이 졸려 질식사. 같은 날 15시 25분, 별명은 백발이며 본명은 탕원거唐文革인 중년 남자가 친황다오의 어느 나이트클럽에서 등산용 쇠못에 찔려 사망. 15시 32분, 탕원거의 아내 궁샤오단龔曉丹이 친황다오의 어느 슈퍼마켓 입구에서 지프차에 치여 사망. 궁샤오단과 함께 슈퍼마켓에 갔던 12세의 딸 탕눠린도 동시에 사망. 18시 43분, 장부판이 근거리에서 자신의 총에 두부와 심장을 맞고 사망. 이 사람들은 다들 벌써 저쪽 기슭에 가 있어. 원래대로라면 18시 46분에 자네도 S시 테시鐵西구 교외의 어느 연못에서 익사했을 거야. 그런데 지금 자네는 각성자가 되어 여기 서 있지. 지금 상황이 이렇다는 거야. 이제 믿겠나? 이래도 못 믿겠다면 차라리 자네 머리를 때려 기절시켜서 저쪽 기슭에 보내 땅에 묻어놓지. 그러면 자네가 사명을 완성해야 할 필요도 없을 거야. 자네 같은 그런 머리를 가지고는 일을 망치기만 할 테니까." 그는 책을 덮어 한쪽에 내려놓고는 의자 등받이에 기댔다.

탕뉘린? 열두 살짜리 여자애? 내가 새로 이름을 지어줬던? 나는 목구멍에 뭔가 단단한 것이 끼어 꽉 막힌 것처럼 숨이 막혀 오는 걸 느꼈다.

"앉게. 이제 사명에 대해서 얘기를 해보자고." 남자는 책상 앞에 놓인 의자를 가리켰다.

"제가 그 사명을 완성한다면 이 모든 일이 일어나지 않을 수 있는 겁니까?" 나는 온몸에 힘이 쭉 빠진 채 의자에 앉았다.

"자네의 사명은 그들의 운명과는 아무 상관이 없어. 그 사람들은 이미 저쪽 기슭에 가 있고, 누구도 그들을 다시 파내서 돌려보낼 수 없다고. 자네의 사명은 자네와 나한테만 의미가 있어. 이 말을 벌써 세 번째 하는 건데, 아직도 이해가 안 가나?"

"당신이 하느님입니까? 전지전능한 신 말입니다." 내가 불쑥 물었다.

"그건 말이지, 뭐라 말하기가 힘들어. 하느님이란 건 자네들이 만들어낸 말이고, 거기에 의미를 부여한 것도 자네들이지. 직무상으로 보면 나와 그 하느님 사이에는 비슷한 부분도 있지만 아주 다른 부분도 있어. 그런데 자네는 나를 사장이라고 부르는 게 더 적절할 거야. 지금 상황에선 말이지."

"질문 좀 합시다. 당신의 직무가 하느님과 비슷한 부분이 있다면, 왜 그들이 죽게 내버려둔 겁니까? 그래요, 뭐, 장부판과 백발은 죄가 있다 하더라도, 그 두 사람의 아내도 공모자라고 하더라도, 그 어린애한테는 무슨 잘못이 있다고 죽게 놔둔 거냐고요."

"이런, 지금 나한테 화를 내는 건가?"

"아직 안 끝났어요. 당신이 내 질문에 대답해주지 않는다면, 당신이 말한 그 사명이 나한테 얼마나 큰 의미가 있든 간에 난 당신 말에 따르지 않을 테니, 당장 날 저쪽 기슭에 보내서 묻어버리든 말든 맘대로 해요. 그리고, 사장이니 뭐니 하면서 나한테 거드름 피우지 마시죠. 난 아직 당신 말에 따르겠다고 안 했으니까, 당신은 나한테 아무것도 아니라고요. 당신이 알지 모르겠는데, 우리 세계엔 맨발인 사람은 신발 신은 사람을 겁내지 않는다는 말이 있어요. 해석해주자면, 난 이미 더 이상 잃을 게 없으니 아무것도 겁날 게 없단 얘깁니다. 알겠어요?"

"각성자란 건 확실히 특별한 데가 있긴 한가 보군. 남한테 이렇게 욕을 먹어 본 건 정말 오랜만이야. 자네 말에도 확실히 일리가 있긴 해. 그럼, 지금부터는 서로 동등한 위치에서 계약 얘기를 해보세. 이러면 되겠나, 리톈우 선생?"

"계약 얘기는 좀 이따가 하고, 일단 내 질문에 대답해주시죠."

"사람이 죽을지 살지, 언제 죽는지, 왜 죽는지, 이런 것들은 사실 나와 상관이 없어. 정말로, 책임을 회피하려고 하는 말이 아니라, 내가 통제할 수 있는 범위를 벗어난 일이야. 이렇게 말하면 자네가 이해하기 좀 더 쉬울지도 모르겠군. 나는 일련의 규칙을 제정했어. 이 규칙은 아주 복잡하지만 그래서 더 흥미롭지. 예를 들면, 모든 물체는 외부의 힘을 받지 않으면 정지 상태를 유지하고, 평형력의 작용을 받으면 등속직선운동 상태를 유지하지. 그 물체에 외부의 힘이 작용해 그 상태를 강제로 변화시키지 않는다면 말이야. 가령, 사람은 모두 죽게 돼 있어. 아무도 영원히 살 수는 없지. 하지만 사람은 살아 있는 동안 무수한 정보를 만들어내기 때문에, 그들의 생명은 어느 정도는 이 정보를 따라 세상에 확산되고 전파되지. 사람은 또한 번식을 하기도 해. 정자와 난자가 서로를 붙잡아 새로운 생명을 만들어내지. 이런 면에서 보면 사람은 죽지 않는다고도 할 수 있어. 난 그냥 생각나는 대로 두 가지 예시를 든 것뿐이고, 자네들은 더 많은 규칙을 이미 찾아냈고 지금도 계속 찾아내고 있어. 난 그저 규칙을 제정하는 사람일 뿐이고, 실제로 그 규칙에 따라 살아가는 건 자네들이야. 자네들이 구체적으로 어떻게 살아가는지에 대해서 나는 관여할 수가 없어. 자네 세계의 국제축구연맹이 선수들을 대신해서 슛을 하거나 태클을 걸 수 없는 것과 같은 이치지."

"그럼, 당신은 규칙만 제정해놓고 우리를 버린 겁니까?"

"그런 배은망덕한 소린 하지 말게. 내가 자네들을 버린 게 아니라 자네들이 날 버린 거야. 어쨌든 내가 창조자니까 나한테도 책임이 있긴 하지. 나는 자네들을 창조할 때 이 세계가 더욱 풍부하고 흥미로워지도록 자네들에게 영혼을 불어넣었어. 이 영혼이란 건 원래 내 몸에 있었던 것들이고, 내 영혼의 일부라고 할 수 있는데, 내 몸에서 내가 유일하게 완전히 통제할 수 없는 부분이기도 해. 바로 그렇기 때문에 자네들이 나를 버리고 자네들끼리 무리를 이루는 상황이 발생한 거야. 그런데 주의할 게 있어. 나는 지금까지 계속 자네들의 언어와 개념을 써서 자네한테 말하고 있어. 그렇게 해야만 대화가 진행될 수 있으니까. 그런데 그렇게 하면 몇몇 개념은 아주 부정확해져. 그래도 어쩔 수가 없어. 정확히 말하면 자네는 이해하지 못할 테니까. 사실 지금 내 모습도 자네가 좀 더 편하게 느끼도록 바꾼 거야. 자네가 실제로 어떻게 느낄지는 모르겠지만, 아무튼 나는 아주 신경 써서 이 모습을 고른 거라네. 이 말이 자네한테 실례가 되진 않겠지?"

"그 말은, 당신도 미래를 예측할 수 없다는 겁니까?"

"그래. 현재 상황조차 바꾸지 못하는데 미래를 어떻게 예측하겠나. 미래는 자네들이 직접 써 나가는 거야. 그래도 이미 실제로 발생한 일들은 다 알고 있지."

"저한테 일어난 모든 일을 다 알고 있다고요?"

"모든 걸 알고 있지. 자네 아버지에게 일어난 일과 자네 고모에게 일어난 일, 자네의 지금 여자 친구인 무톈닝에게 일어난 일, 그리고 자네의 친구인 안거에게 일어난 일까지."

"안거는 어디에 있습니까?" 나는 벌떡 일어섰다.

그는 내게 앉으라고 손짓했다. "이게 자네에게 아주 중요한 일이라는 건 알고 있네. 하지만 난 아직은 말할 수 없어. 안거가 아직 저쪽 기슭에 가지는 않았으니 안심하라는 말밖에는 해줄 수가 없군. 자네를 약 올리려는 게 아니라, 안거에 대한 일이 우리가 맺을 계약에 포함된 거라서 그래."

"그럼 당장 계약 얘기를 합시다. 도대체 어떤 계약이죠?" 안거는 정말로 아직 살아 있었던 것이다. 나는 하마터면 '너 정말 살아 있었구나! 이제 서른 살이 됐겠지. 살아 있으면 된 거야!' 하고 소리칠 뻔했다.

"좋아, 그럼 계약 얘기를 하지. 자네는 타이베이에 가서 교회를 하나 찾아줘야 해. 찾기 어렵지는 않을 거야. 타이베이에서 제일 높은 건물이거든." 그는 서랍 속에서 계약 문서로 보이는 책을 꺼냈는데『사원辭源』이나『사해辭海』같은 백과사전만큼이나 두꺼웠다. 그는 그 책을 내 앞에 펼쳐놓았다. 슬쩍 보니 서랍 속엔 없는 게 없어 보였다.

"뭐가 이렇게 두꺼워요?" 나는 책을 몇 장 넘겨 보았다.

"계약이란 건 모름지기 신중해야 하는 법이잖나. 그리고 우리 계약은 일반적인 계약에 비하면 아주 복잡하거든. 생각나는 건 거기 전부 적어뒀네. 천천히 읽어봐. 술 한 잔 할 텐가?"

"됐습니다. 그런데 왜 타이베이죠? 저는 지금까지 산하이관山海關 밖으로 나가본 적도 거의 없는데요. 그리고 제가 타이베이에 대해서 아는 게 거의 없긴 해도 타이베이에서 제일 높은 건물이 101빌딩이란 것 정도는 압니다. 설마 최근에 소리 소문 없이 101빌딩보다 더 높은 교회를 짓기라도 했다는 겁니까?" 나는 계약 문서 책자를 덮었다.

"그건 말이야, 톈우, 난 더 이상 말해줄 수가 없어. 자네의 사명은 반드시 타이베이에서 완수해야 해. 런던도, 예루살렘도, 베이징도 아니고, 반드시 타이베이여야 하네. 다른 곳은 자네와 나에게 아무 의미도 없어. 그리고 사명 자체가 바로 타이베이에서 제일 높은 그 교회를 찾는 거야. 그게 끝이야. 너무 많이 얘기해주면 자네는 그 교회를 못 찾게 될 거야."

"도대체 그게 무슨 소리예요? 단서는 당연히 많을수록 좋죠."

"자네가 경찰이란 건 알아. 하지만 이번 일은 사건 수사와는 달라. 자네는 반드시 나를 믿어줘야 해. 나도 자네가 그 교회를 꼭 찾아주길 바라니까. 이 일은 나한테도 아주 큰 의미가 있다네."

"저한테는 무슨 의미가 있는데요? 말해줄 수 있습니까?"

"물론이지. 자네는 알 권리가 있어. 그 교회를 찾기만 하면 자네는 안거의 실종에 대한 비밀을 해결할 수 있게 될 거야. 최소한 그렇게 되겠지."

"최소한 그렇게 될 거라고요? 그것 말고 뭐가 또 있습니까?"

"있을 수도 있고, 없을 수도 있어. 나도 예측할 수 없어. 그런데 다른 각성자들의 경험으로 미루어보면 없을 가능성이 더 크긴 하지. 영혼은 통제하기 힘들다고 했던 것 기억하지?"

"시간은 얼마나 있는 거죠?"

"보통 우리가 각성자를 내려 보내면 살아 있을 수 있는 시간은 백시간 정도야. 오차가 약간 있을 순 있지만 오차 범위가 15분을 넘지는 않을 걸세."

"그럼, 저는 타이베이에 가서 백 시간 동안 살아 있다가 다시 죽는다는 거군요."

"그래. 죽는 방법은 천차만별이지만 반드시 죽게 될 거야. 죽는다는 게 기분 좋은 일이 아니라는 건 나도 알고 있네. 예전에 있었던 각성자들은 사명을 완성했든 완성하지 못했든, 대다수가 백 시간이 지난 후에도 눌러앉아서 떠나려 하지 않았어. 물론 아무 소용없는 짓이었지. 내가 보기엔, 뜻밖의 재난을 당해 엉망이 되어 죽는 것보다야 차라리 자살하는 게 나아. 그게 체면이 서지 않겠나. 물론 그게 아주 어려운 일이라는 것도 알아. 혹시나 계속 살 수 있지 않을까 싶겠지. 요행을 바라는 마음은 인지상정이니 나도 이해해. 그러니, 자네는 아직 계약서에 서명하지 않았으니, 이대로 각성자로서의 사명을 포기하는 걸 선택해도 돼. 그러면 난 곧바로 사람을 불러서 자네를 저쪽 기슭으로 태워다줄 거야. 그렇게 해도 전혀 문제없네. 각성자는 보통 사람들에 비해 선택지를 하나 더 갖는 것뿐이야. 알겠지?"

나는 계약서 책자의 마지막 장을 펴서 을측 서명란을 찾아낸 다음 물었다. 펜은요?

남자는 펜을 내게 건네며 말했다. "좀 더 생각해 보지 않아도 되겠나? 계약서를 자세히 읽어봐도 돼."

"괜찮습니다."

내 이름을 써넣기 직전에 나는 불쑥 물었다. 혹시 인도자가 있습니까?

"인도자?"

"네, 인도자요. 아무래도 타이베이는 너무 낯선 곳이고, 아는 사람도 없으니까요."

"이런 맹랑한 젊은이를 봤나. 그래도 뭐, 확실히 인도자가 있긴 할 거야. 암호 같은 것도 있고. 자세한 건 좀 이따가 말해주지." 그는 말을 마치고 내 눈앞에 놓인 계약서를 가리켜 보였다.

9.

단수이허와
태평양

서둘러 호텔로 돌아왔을 때는 이미 저녁때가 다 되어 황혼이 사방에서 내려앉고 있었다. 두 사람은 돌아오는 내내 거의 말이 없이, 급행군이라도 하듯이 발걸음을 재촉해 호텔로 들어왔다. 그날 오후가 지나면서 샤오주가 흐려지는 정도가 질적 변화 단계로 들어섰기 때문이었다.

　질적 변화란 그녀의 모습이 급속도로 배경 속으로 녹아 사라질 뿐만 아니라, 목소리도 점점 작아지고 입고 있는 옷까지 점점 흐려져 가고 있다는 뜻이다. 마치 돌 위에 물로 쓴 글자가 햇볕 아래 말라 가는 것 같았다. 표류병은 뚜껑을 아직 열어보지 않은 채 리톈우의 손에 들려 있었고, 시가 적힌 종이도 그의 옷 주머니에 들어 있었다. 샤오주가 걸치고 있거나 몸에 지니고 있는 물건도 모두 사라질 것이기 때문에, 만일의 사태를 방지하기 위해 리톈우에게 이 두 가지 물건들을 가지고 있으라고 한 것 같았다.

짐 챙겨요, 빨리. 샤오주는 방으로 들어가기 전에 리톈우에게 말했다.

리톈우는 갈아입을 내의 몇 벌 외에는 사실 챙겨야 할 짐이 거의 없었다. 그는 가져온 손가방에 내의를 챙겨 넣고, 경찰학교를 다닐 때의 습관대로 이불을 가지런히 개켜놓고는 옆방으로 가서 샤오주의 방문을 두드렸다.

열려 있어요. 샤오주가 방 안에서 말했다.

방으로 들어간 리톈우는 그가 지금까지 본 것 중 최고로 커다란 여행용 트렁크를 보았다. 가방은 그가 그 안에 들어가도 전혀 문제가 없을 정도로 컸다. 샤오주는 낑낑거리며 온몸으로 가방을 누르면서 한 손으로는 가방의 지퍼를 잠그려 하고 있었다. 리톈우는 그녀를 도와 지퍼를 잠가주었다.

"고마워요." 샤오주는 숨을 몰아쉬며 말했다. "이젠 뭘 해야 하더라? 아, 쪽지를 써야지."

그녀는 책상 앞에 앉아 호텔 메모지에 이렇게 적었다. 안녕하세요. 이 가방 안에는 긴 치마 세 벌, 짧은 치마 세 벌, 원피스 한 벌, 청바지 세 벌, 티셔츠 네 벌, 운동복 한 벌과 신발 네 켤레가 있습니다.

여기까지 쓰더니 샤오주는 고개를 들고 그에게 물었다. 혹시 기부할 물건 없어요?

"기부? 누구한테 기부하는 건데?"

"당연히 필요한 사람들한테 기부하는 거죠. 아니면 그냥 가져갈 거예요?"

"그럼 나도 기부하지 뭐. 그런데 너무 작고 사적인 물건들이라, 기부해도 될지 어떨지 모르겠네."

"당연히 되죠. 손가방도 기부해도 돼요. 걱정할 게 뭐 있어요? 돈만 안 넣으면 돼요. 그랬다간 일이 복잡해지거든요. 알겠죠?"

샤오주는 리톈우의 손가방을 받아들고 안에 든 내의를 하나하나 개켜서 자기 옷 위에 올려놓았다.

갑자기 그녀가 자리에서 일어서더니 말했다. 아, 맞다, 가위. 잊어버릴 뻔했네. 그러더니 화장실로 달려가서 전부터 준비해둔 것으로 보이는 이발용 가위를 가져와서는 여행가방 옆에 쪼그리고 앉아 머리를 자르기 시작했다.

"뭐야, 지금 머리를 자르겠다고?"

"그럼요, 머리카락도 기부할 수 있다고요. 암환자들한테는 가발이 필요하잖아요. 그런데 샤오우는 머리가 너무 짧아서 안 되겠네요. 내 머리는 딱 알맞을 거예요."

15분이 지난 후, 샤오주는 머리를 아주 짧게 바싹 잘라서 잘라낸 부분을 머리끈으로 묶어서는 가위와 함께 리톈우의 손가방 안에 넣었다. 리톈우는 그녀의 등 뒤에 떨어진 머리카락 부스러기를 쓸어 담아 쓰레기통에 버렸다. 머리카락은 샤오주의 몸에서 떨어져 나오자마자 다시 새까맣고 농밀한 모습으로 변했다.

"나한테 심장병만 없었더라도 이것보다 훨씬 많은 것들을 기부했을 거예요." 샤오주는 바닥에 주저앉아 다시 쪽지를 적기 시작했다. 남자 내의 두 벌과 18세 여자의 머리카락 세 묶음 등, 여행가방 안에 든 물건들의 목록을 일일이 적은 다음 샤오주는 이렇게 썼다. 이게 끝입니다. 필요한 사람들에게 반드시 기부해주세요. 수고를 끼쳐 죄송합니다. 샤오주가 당신을 보우할게요.

그녀는 다 쓴 쪽지를 책상 위에 이리저리 놓아보다가 마침내 제일 눈에 잘 띌 것 같아 보이는 곳에 내려놓았다. 그러고는 여행가방을 바로 세워서 책상 옆에다 밀어놓았다. 책상 앞에 놓인 거울에 비친 자기 모습을, 샤오주는 몇 초쯤 자세히 들여다보았다. "정말로 사라지려나 보네, 열심히 들여다봐도 흐릿해 보이는 걸 보니. 짧은 머리가 어떤지 잘 모르겠어." 그녀는 혼잣말처럼 말했다.

"잘 어울려."

"보여요?"

"응. 제3자의 눈이 객관적인 법이잖아."

"말이나 못하면. 그럼," 그녀는 책상 아래쪽의 캐비닛을 열더니 사진첩과 도자기로 된 항아리를 하나 꺼냈다. "이제 출발해요."

"이게 뭐야?" 리톈우는 흰색의 항아리를 받아들며 물었다.

"몰라요? 유골함이잖아요."

리톈우는 깜짝 놀랐다. 시체를 본 적은 무수히 많지만, 유골함을 직접 손에 들어본 적은 처음이었다. 자신이 곧 죽을 거라는 걸 분명히 알고 있다고는 해도, 불타서 재가 된 타인의 유골을 손에 들고 있자니 좀 이상한 기분이었다.

"여기 웬 유골함이 있어? 계속 네 방에 있었던 거야?"

"일단 빨리 들고 나가요. 차에서 얘기해요." 샤오주는 준비해둔 비닐봉지에 사진첩을 넣어 리톈우에게 건네주고는 그를 이끌고 방문을 나섰다. 그들의 등 뒤에서 방문이 작은 소리를 내며 굳게 닫혔다.

"안녕하세요. 어디로 갈까요?" 택시 기사가 물었다. 오십 대쯤 되어 보이는 중년의 택시기사는 유니폼을 입고 있었고, 머리칼이 세어 반백이 되긴 했지만 아주 깔끔하게 세어 있었다. 그는 오른손 옆, 그러니까 차의 기어가 있는 곳에 간이로 철제 선반을 설치해서, 그 안에 윗부분을 잘라낸 페트병을 놓고 백합꽃을 한 송이 꽂았다. 라디오에서는 덩리쥔鄧麗君의 〈물의 저 건너편에〉가 흘러나오고 있었다. 물을 거슬러 올라가 그대 옆에 기대고 싶어라. 덩리쥔이 노래를 불렀다.

'향기가 저기서 나는 거였군.' 리톈우는 생각했다.

"중샤오차오로 가 주세요." 샤오주가 말했다.

"선생님, 어디로 갈까요?" 기사는 시동을 걸지 않은 채였다.

"중샤오차오요." 리톈우는 기사가 샤오주의 목소리를 듣지 못했다는 걸 깨달았다.

"알겠습니다, 중샤오차오요." 기사는 액셀을 밟았다.

"내 목소리 들려요?" 샤오주는 리톈우의 귓가에 대고 말했다. 그는 샤오주의 턱이 그의 어깨를 누르는 걸 느꼈다.

"아직 들려. 사실 아직 약간은 보이기도 하고. 그러니까 이상한 표정 짓지 마." 리톈우는 고개를 돌려 그녀의 눈을 마주보며 말했다.

"선생님, 누구랑 얘기하세요?" 기사는 백미러로 그를 보며 물었다.

"아무것도 아닙니다. 제가 원래 혼잣말하길 좋아해서요. 사실대로 말하자면, 확실히 저한테 문제가 있긴 해요. 어릴 때 쇼크를 받은 적이 있어서요. 이러면 안 된다는 건 알지만, 보이지 않는 누군가가 옆에서 말을 거는 것처럼 느껴져서, 대꾸를 안 하면 그 사람들한테 실례가 될 것 같은 생각이 들어서 말이죠. 방해해서 죄송합니다." 리톈우는 성실하게 대답했다.

"괜찮아요." 기사는 한 손을 들어 휘휘 저어 보였다. "우리 어머니가 돌아가신 지 30년이 됐는데, 가끔은 저도 어머니가 제 옆에서 얘기를 하는 것 같은 기분이 든다니까요. 그런데 무슨 말을 하는지는 들리지가 않아서 그냥 제가 어떻게 지내는지나 얘기하곤 하죠. 선생님은 말소리가 들리세요?"

"부끄럽지만, 확실히 들립니다."

"그럼 그냥 얘기하세요. 대단하시네요. 제가 아예 없다고 생각하셔도 됩니다. 괜찮아요." 그는 손을 뻗어 라디오 볼륨을 좀 줄이더니 음악에 집중하며 운전하기 시작했다.

"거짓말이 특기네요." 샤오주가 말했다.

"거짓말은 아니지. 진실인 부분이 아주 많이 들어가 있잖아."

"유골함이 어디서 난 건지 알고 싶어요?"

"당연하지. 이런 물건은 들고 있으라고 한다고 그냥 안심하고 들고 있을 수 있는 게 아니잖아. 적어도 들고 있는 사람한테 내력은 말해줘야지."

택시 기사는 라디오에서 흘러나오는 노랫소리를 따라 작은 소리로 흥얼거리기 시작했다. 목이 좀 잠겨 있어서 음이 높은 부분은 들릴락 말락 했지만, 음정은 아주 정확했고 감정이 제대로 담겨 있었다. 부르는 본인은 아무 표정이 없지만 듣는 사람으로 하여금 눈물을 흘리게 할 만한 노래였다. 리톈우는 이 정도 실력이라면 음반을 내도 손색이 없을 거라고 생각했다. 최소한 그는 그 음반을 살 터였다. 택시 기사가 이렇게나 노래를 잘 한다면 혼자 차를 몰고 있을 때도 지루하거나 답답할 일이 없겠지.

"이 유골함은 어떤 할아버지가 준 거예요." 샤오주가 말했다.

"너한테 남긴 거야, 아니면 너한테 준 거야?"

"준 거예요. 그 할아버지는 쥐안춘眷村*에 살았는데, 정말 좋은 사람이었어요. 이 택시 기사 아저씨처럼 노래도 아주 잘하고, 얘기하는 것도 좋아했어요. 얘기하다 지치면 늘 오늘은 해산하고 다음에 다시 얘기하자, 라고 하곤 했죠. 그런데 그 할아버지는 3급 빈민이었고 글도 몰랐어요. 자기 팔뚝에 새긴 글귀가 뭔지 알고는 있었지만, 보고 읽은 게 아니라 외워서 아는 거였죠."

"뭐라고 새겨져 있었는데?"

"살주발모殺朱拔毛 ** 요. 그 할아버지가 글을 몰라서 내가 대신 윈난雲南에 있다는 할아버지 가족한테 보내는 편지를 써줬어요. 할아버지는 돈이 거의 없었지만 그래도 어떻게든 내지에 있는 가족들에게 조금이라도 돈을 보냈죠. 난 가끔 우리 집에서 돈을 좀 훔쳐서 할아버지한테 주기도 했어요. 그때 비로소 난 뭔가를 훔친다는 게 그리 어려운 일이 아니라는 걸, 훔치려는 생각만 있으면 누구든 고수가 될 수 있다는 걸 알게 됐어요. 그 할아버지는 여든이 넘은 나이에 혼자 살고 있었는데, 전쟁이 났을 때 다리를 다쳐서 침대에서 내려오기 힘들어했어요. 난 내가 흐려지고 있다는 걸 알게 된 후에 할아버지를 보러 가서, 어디 멀리 가야 해서 오랫동안 못 올 거라고 말했어요. 그리고 혹시 나한테 시킬 일이 있느냐고, 편지를 쓰거나 할아버지 사진을 찍어서 보내거나 할 일이 없느냐고 물었죠. 그랬더니 할아버지는 그럴 필요 없다고, 가족들이 벌써 오랫동안 답장을 보내지 않았으니까 더 이상 편지를 써봐야 아무 의미가 없다고 했어요. 그러더니 이 유골함을 꺼내서 나한테 주면서, 혹시 괜찮으면 자기 대신 이 유골을 바다에 뿌려달라고 했

* 1949년부터 1960년대까지, 타이완으로 이주해온 국민당 군대와 그 가족들의 거주를 위해 국민당 정부가 건설한 군인 집단주택.
** 주더朱德를 죽이고 마오쩌둥毛澤東을 제거하다. 국민당 군대가 공산당을 토벌할 목적으로 정한 구호.

어요."

"그럼 이 안에 든 유골은 누군데?"

"할아버지의 전우예요. 아주 사이가 좋았대요. 타이완에 온 지 얼마 안 되어 죽었는데, 할아버지는 이 유골을 계속 보관하고 있었어요. 할아버지는 이 전우가 지금까지도 기억난다고 했어요. 각진 얼굴에 키는 크지 않았지만 군복을 입으면 아주 위엄이 있었고, 글을 잘 알았고, 진심으로 삼민주의三民主義를 믿고 있었대요. 그런데 그 전우는 너무 일찍 죽었어요. 일본인이나 공산당군한테 죽은 게 아니라, 타이완에 온 후에 환경과 음식에 적응을 못 해서 계속 배앓이를 하다가 죽었대요. 안타까운 일이죠. 할아버지 얘기에 따르면 군대가 철수할 때, 우린 우회 전진한 거라고 하지만요, 아무튼 그때 할아버지와 그 전우는 참호 안에 엎드려 있었는데, 공산당 군대의 포격이 점점 가까워지다가 갑자기 멈추더니 확성기에 대고 뭐라고 말을 하더래요. 할아버지는 항복하고 싶었는데, 전우가 그러면 안 된다고, 우리 군대가 언젠가 돌아올 텐데 그때 가서 어쩌려고 그러냐고 말렸대요. 길고 긴 그날 밤 내내 공산당군은 확성기에 대고 다음날 아침이 밝자마자 총공격을 할 거라고 말했대요. 전우는 할아버지가 심하게 무서워하는 걸 보고 자기 고향의 자장가를 불러줬대요. 할아버지는 그제야 두려움이 가셔서 잠깐 잠이 들었고, 다음날 아침엔 놀랍게도 공산당 군대의 맹공격을 버텨낼 수 있었대요. 하지만 나중엔 결국 진지를 빼앗기게 됐고, 두 사람은 살아남아서 계속 남쪽으로 도망친 거예요."

"그럼 우린 이 유골을 바다에 뿌리러 가는 거야?"

샤오주는 그 말에 대답하지 않고 말했다. "그 자장가 들어볼래요? 그날 할아버지가 가르쳐줬어요."

"당연히 듣고 싶지."

샤오주는 그의 귓가에 대고 노래를 불렀다.

달은 밝고 바람은 조용하고
나뭇잎은 창살을 가리고
귀뚜라미 귀뚤귀뚤 우는 소리는
거문고 소리 같구나
고요한 거문고 소리
곡조가 듣기 좋구나
요람은 살며시 흔들거리고
엄마의 귀염둥이는 눈을 감고
요람 속에 잠들어 꿈을 꾼다.

"들어본 적 있어." 리톈우가 말했다.

"들어본 적 있다고요? 어디서 들었는데요?"

리톈우는 잃어버렸던 한 가닥의 기억이 마치 커다란 바위 아래의 계곡물처럼 불현듯 흘러나오는 걸 느꼈다. 샤오우, 샤오우. 그러더니 어떤 목소리가 그의 귓가에 노래를 불러주기 시작했고, 커다란 손이 그를 토닥였다. 방 안에 놓인 진흙 난로엔 불이 타오르고 있었고, 난로 위에선 물이 끓어 더운 김을 뿜어내고 있었다. 창문엔 온통 성에가 끼어 있었다.

"우리 아버지가 나한테 불러줬었어."

"샤오우 아버지도 이 노래를 알았어요?"

"틀림없어. 갑자기 다 기억이 나네. 그 죽었다는 전우는 성이 뭐야?"

"린林이요."

"확실해?"

"할아버지가 그 사람을 린 형이라고 불렀어요. 그 전우가 당신과 관계가 있는 사람이에요?"

"아니. 그렇게 딱 맞아떨어질 리가. 그냥 갑자기 생각나서 물어본 거야."

"저기, 이제 보니 당신은 한 번도 나한테 자기 얘기를 해준 적이 없는 것 같은데요."

"난 해줄 만한 얘기가 없어. 아주 평범하게 서른 살까지 살아왔는걸. 네 얘기가 훨씬 재미있어. 꼭 소설 같고. 참, 그렇지. 네가 쓴 소설은 어디 있어? 한 번도 못 봤는데."

"내가 가지고 있어요. 기회가 되면 샤오우 얘기도 좀 해줘요. 어때요?"

"기회가 되면 해줄게." 리텐우는 유골함이 자기 몸의 일부라도 되는 것처럼 꼭 껴안았다.

"선생님, 바로 이 앞이 중샤오차오예요. 신베이新北 시로 가세요? 아니면 다른 데로 갈까요?" 기사가 물었다.

"다리 위에서 세워주세요." 샤오주가 말했다.

"다리 위에서 세워주시면 됩니다." 리텐우가 말했다.

"알겠습니다." 다리 위로 올라가자 기사는 인도 옆에 차를 세웠다.

미터기에 표시된 요금을 지불한 후에, 리텐우는 불쑥 말했다. "기사님, 이 지갑을 드리고 싶습니다."

"무슨 말이에요? 나한테 지갑을 왜 줘요?"

"녹음실을 빌려서 음반 한 장 내시라고요. 노래를 정말 잘 하시던데요."

"아, 노래요. 어릴 때부터 부르긴 했는데, 아무래도 그럴 성격이 못돼서 그쪽 길로 나가지는 못했지요. 이 나이가 돼서야 택시를 몰 때나 가끔 손님한테 불러주곤 해요. 물론 그것도 손님을 봐가면서 부르는 거지만요. 이렇게 칭찬해주신 것만으로도 아주 기분이 좋네요. 그러니 지갑은 그냥 넣어두세요. 손님은 젊은데다가 말하는 걸 보니 내지 사람 같은데, 혹시 자살하려고 일부러 여기까지 온 건 아니겠죠? 여기가 자살의 명소거든요."

"아, 아닙니다. 절대로 자살은 안 해요. 언젠가 죽게 된다 하더라도 물에 뛰어들지는 않을 거예요."

"그럼 됐어요. 익사란 건 아주 고통스러운 일이거든요. 손님과 얘기한 사람은 여자예요?"

"네."

"아주 젊은 사람인가봐요?"

"열여덟 살인데, 타이베이 사람이에요."

"우리 딸도 그 비슷한 나이인데, 날마다 얼마나 시끄러운지 몰라요. 대화를 하려면 참을성이 필요하죠."

"저야 참을성이 있지만, 상대방 쪽은 참을성이 충분하지 않은 것 같더라고요."

"맞는 말이네요. 그래도 뭐, 남자가 좀 더 신경을 써야 하는 법이죠. 그럼 안녕히 가세요."

이미 밤이 되어 중샤오차오에는 가로등이 켜져 있었다. 달이 아주 아름다운 밤이었고, 별도 보였다. 오리온자리와 큰곰자리가 변함없이 같은 자리에서 빛을 내며 모습을 드러내고 있었다. 샤오주의 모습은 이미 어둠 속에 거의 녹아들었다. 하지만 그녀의 손은 여전히 리텐우의 팔을 붙잡고, 말없이 그를 이끌고 앞으로 걸어갔다. 500미터쯤 걸어간 그들은 다리의 거의 한가운데에 도착했다.

"여기면 됐어요. 그럼 이제 표류병 안에 뭐가 있는지 한번 봐요."

"아까부터 볼 거라고 하더니, 왜 꼭 지금까지 기다려야 했던 거야?" 리텐우는 유골함을 바닥에 내려놓고 표류병의 마개를 열어 안에 든 종이를 꺼냈다.

"난 꼭 여기서 봐야 한다고 생각했거든요. 다른 데서 열어보면 완전히 다른 물건이 될 것 같았단 말이에요." 샤오주는 고집스레 말했다.

표류병 안에는 물기가 전혀 없었다. 코르크 마개는 병 입구의 크기에 딱 맞게 세심하게 칼로 깎아 만든 듯, 완전히 빈틈없이 닫혀 있어서 물이 한 방울도 안으로 새어 들어가지 않았다. 종이를 묶고 있던 가느다란 끈을 풀고 종이를 펼친 순간, 리텐우는 사장이 찾고 있는 것을 찾아냈다는 걸, 그리고 자신이 찾고자 하던 것도 찾아냈다는 걸 알 수 있었다.

그는 지갑을 꺼내 그 안에서 그 종이를 꺼냈다. 벌써 12년이나 묵은 그 종이는 약간 누렇게 바랬고, 연필로 적힌 글자도 희미해져서 자세히 살펴봐야만 뭐라고 적혀 있는지 알아볼 수 있었다. 하지만 상관없었다. 이 종이는 리텐우에게 있어 더없이 익숙한 것이었으니까. 실수로 이 종이가 불에 타서 재가 돼버린다 해도, 그는 곧장 똑같은 종이에 2B연필로 똑같은 내용을 적어낼 수 있었다. 두 장의 종이는 같은 것이었다. 정확히 말하면, 둘 다 4절지 갱지였다. 표류병 안에 있던 그 종이에는 연필로 그림이 그려져 있었다. 그림 솜씨는 아주 단순하고 평범했다. 선은 울퉁불퉁했고, 모든 사물이 평면으로만 그려져 있어 입체감이 전혀 없었다.

그럼에도 이 그림이 아주 기묘한 작품이라는 건 분명했다. 그리고 리텐우가 잘못 본 게 아니라면, 종이에 그려진 것을 그는 이미 본 적이 있었다. 그건 교회, 그것도 바로 사장의 그 교회였다. 광활한 수면 위에 그가 들어가본 적 있는 그 석조 교회가 우뚝 서 있었다.

구름 위로 높이 솟은 꼭대기 부분은 종이 끄트머리에 잘려 보이지 않았다. 꼭대기의 약간 아래쪽엔 그가 본 그 시계판이 있었는데, 시계 바늘은 6시 18분을 가리키고 있었다. 시계판 아래로는 장방형의 교회 본체가 보였는데, 표면에는 호랑이, 코뿔소, 돌고래, 얼룩말 네 가지 동물이 부조로 새겨져 있었다. 이 동물들은 다들 표정이 좀 우울해 보였는데, 그건 정도의 차이는 있지만 다들 상처를 입은 상태였기 때문이다. 호랑이는 고개를 돌려 잃어버린 자기 꼬리를 찾고 있었고, 코뿔소는 한쪽 앞발을 들어 코 앞에 난 뿔을 가리고 있었다.

돌고래는 한쪽 지느러미가 잘려 나간 채 모래밭에 떠밀려 온 것처럼 보였다. 얼룩말의 한쪽 발은 톱니 모양의 덫을 밟고 있었는데, 목을 길게 빼고 울부짖고 있는 것 같았다. 동물 아래쪽엔 사람들의 모습이 조각되어 있었다. 사람들은 다들 벌거벗고 있었는데, 동물들과는 달리 한 쌍씩 새겨져 있었고 모두 네 쌍이었다. 한 여자가 남자 앞에 무릎을 꿇고 앉아 있었고, 남자는 그 여자의 뺨을 때리고 있었다. 두 남자가 서로 싸우고 있었는데, 그중 한 남자가 손에 든 칼로 상대방의 가슴을 찔렀다. 서로 얼굴을 딱 붙이고 있는 두 여자는 아주 친밀해 보였지만 두 사람 모두 손에는 돌멩이를 하나씩 쥐고 있었다.

마지막 한 쌍은 한 남자와 강보에 싸인 갓난아기였다. 아기는 땅바닥에 놓인 채 울고 있었지만 남자는 그 옆에서 머리를 빗고 있을 뿐이었다. 사람들의 아래쪽에는 십자가가 있었고 이 그림에서 유일하게 조금이나마 입체감을 가진 것이었다. 십자가는 굵은 나뭇가지 두 개로 이루어져 가지 위에는 아직 나뭇잎이 붙어 있는 채였다. 십자가 아래엔 사무용 책상이 하나 있었고, 그 위엔 촛불이 하나 켜져 있었는데 초가 거의 다 타버려 촛농이 책상 가장자리를 타고 흘러내렸다. 촛불 옆에는 손 두 개가 그려져 있었는데, 남자 손인지 여자 손인지 모를 그 손은 책을 한 권 든 채였다. 제목도 없는 책은 두께를 보아하니 거의 마지막 부분을 읽고 있는 듯했다. 책상 아래쪽으로 발 두 개가 튀어나와 있었고 신발도 양말도 신지 않은 맨발이었다. 발은 아주 서툴게 그려져 남자 발인지 여자 발인지 알아볼 수 없었다. 두 발의 아래쪽, 돌문 위에는 '밤낮으로 교대하며, 영원히 쉬지 않는다'라는 글귀가 적혀 있었다.

이 웅장한 건물 옆, 그러니까 잔물결이 이는 수면 위에는 한 소녀가 서 있었다. 양 갈래로 땋은 머리를 어깨 아래로 늘어뜨리고 등에 책가방을 멘 소녀는 고개를 들어 교회를 바라보고 있었다. 교회의 웅장한 모습과 부조 작품을 감상하고 있다기보다는 안으로 들어갈지 말지 망설이고 있는 것처럼 보였다. 교회 옆에는 돌문과 비슷한 높이의 건물이 하나 더 그려져 있었는데, 반은 물속에 잠겨 있었고 반은 물 위로 솟아 있었다.

물 위로 그려진 건물의 구조와 길고 가느다란 피뢰침을 보아하니 그건 타이베이 101빌딩이었다. 상식적으로 생각하면 그림 속의 이 두 건물은 모두 물속에 잠겨 있는 섬 위에 세워진 것이어야 했다. 하지만 리텐우가 다녀온 그곳에서처럼, 이 그림 속에서도 상식이란 건 별 소용이 없는 듯했다. 물 아래엔 그저 배 한 척이 있거나, 어쩌면 아무것도 없을지도 모른다.

리텐우는 그림의 의미를 이해했다. 바꿔 말하면, 그는 교회의 내부를 보았다. 교회 내부는 끝이 보이지 않을 정도로 넓게 펼쳐진 도서관이었다. 도서관은 거의 무슨 도시만큼이나 컸는데, 파도처럼 줄지어서 있는 서가에는 책이 가득 꽂혀 있었다. 도서관 안에는 무수히 많은 동물과 사람이 있었다. 코뿔소는 호랑이를 도와 꼬리를 찾아주었고, 돌고래는 코뿔소의 상처를 핥아주었다. 호랑이는 얼룩말이 덫에서 빠져나오도록 도와주었고, 얼룩말은 돌고래가 물속으로 돌아가도록 도와주었다. 불구인 사람들이 손에 공구를 들고 서로의 몸을 고쳐주고 있었다. 어떤 사람은 도끼를 들고 상대방의 머리를 쪼갰고, 또 어떤 사람은 드라이버로 상대방의 가슴팍에 달린 나사를 조이고 있었는데 다들 무척 바빠 보였다.

대머리 중년 남자가 가운데에 단추가 달린 구식 털옷을 입고 손목에는 가죽 끈이 달린 손목시계를 차고서, 도서관 가운데 놓인 커다란 책상 앞에 앉아 책을 읽고 있었다. 책상 위에는 단 한 개의 촛불이 놓여 있었지만 그 촛불은 도서관을 대낮처럼 밝히고 있었다. 책상 위에 놓인 구식 축음기에서는 LP판이 한 장 돌아가면서 〈Over the rainbow〉가 흘러나오고 있었다. 책상 위에는 또 위스키가 가득 든 병이 있었고 술잔이 아주 많았다. 동물들이나 사람들이 잠시 쉴 때면 남자의 옆에 앉아서 술을 마시면서 책을 읽었다. 그 술병은 아무리 마셔도 비지 않았다.

톈닝. 리텐우의 마음속엔 단 한 가지 생각만이 떠올랐다. 톈닝. 내 사명을 완수했어. 내 악몽도, 내 운명도 끝났어. 내 친구가 자기만의 방식으로 나를 지켜준 거야. 부디 내가 없을 때도 방법을 찾아서 너 자신을 고칠 수 있기를 진심으로 바랄게. 한없이 넓은 바다 위에서 넌 반드시 돛을 꼭 붙잡고 있어야 해. 그렇게 하기만 한다면 비바람이 아무리 거세더라도 너도, 네 배도 침몰하지 않을 거야. 제일 중요한 건 바로 자기의 돛을 꼭 붙잡고 있는 거야.

"사진 좀 찍어줘요." 샤오주의 목소리는 마치 바람 소리 같았다.

리텐우는 그림을 다시 잘 말아서 표류병에 집어넣고, 「희망은 날개 달린 것」이라는 시가 적힌 종이도 같이 넣고는 코르크 마개를 꼭 닫았다. 그리고 표류병과 유골함, 사진첩을 샤오주의 발치에 놓고 카메라를 들어올렸다.

샤오주의 모습은 이미 전혀 보이지 않아, 카메라 렌즈 속엔 가로등 불빛 아래 보이는 중샤오차오와 단수이허의 강물뿐이었다. 하지만 리텐우는 샤오주가 그곳에, 그 물건들 가운데에 있다는 걸 알고 있었다. 그는 셔터를 눌렀다.

"내가 타이베이 안에서만 놀자고 했다면 치언이 그러자고 했을까요?"

"그랬을 거야. 널 위해서 분명히 그러자고 했을 거야. 타이베이엔 볼게 아주 많잖아. 여기저기 다니면 아주 재미있었을 거야."

"사진첩은 당신한테 기념으로 줄게요. 잃어버리지 말고, 어딜 가든 늘 가지고 다니면서 사진 좀 찍어서 더 끼워줘요."

"그럴게. 고마워, 샤오주. 이 사진첩 정말 마음에 들어."

"이봐요."

"응?"

"사라진 후에 어디로 가게 될진 모르겠지만, 그래도 만약에 그럴 수 있다면 당신 옆으로 돌아올게요. 당신과 얘기를 하거나, 아니면 내 노래를 들려주러 올게요. 겁내지 않을 거죠?"

"겁 안 나. 우린 친구잖아. 정말 잊기 힘든 경험이니까, 난 절대로 잊지 않을 거야. 언제든 찾아와."

"그 말 꼭 지켜야 돼요. 날 잊기라도 하면 가만 안 둘 거라고요. 이제 유골을 강물에 뿌려줘요. 바다까진 못 갔지만, 이 강물도 바다로 흘러가겠죠."

리톈우는 어둠 속에서 유골을 강물 위에 뿌렸다. 이 사람을 꼭 가고 싶어 하는 곳으로 데려다줘, 하고 그는 마음속으로 강물에게 조용히 말했다. 그런 다음 유골함도 강물 속으로 던졌다. 첨벙 하는 소리만 들렸을 뿐, 아무것도 보이지 않았다.

"다 됐어." 리톈우가 말했다.

대답은 들려오지 않았다.

"샤오주?" 그는 작은 소리로 불렀다.

샤오주는 사라졌다. 그는 사방을 둘러봤지만 그녀는 없었다. 별들이 점점이 비추고 있는 타이베이 풍경밖에는 보이지 않았다.

리톈우는 샤오주에 대해서 자기가 도대체 얼마나 이해하고 있는 건지 확신할 수 없었다. 그녀의 부모는 어떤 사람들일까? 나쁜 사람들일까, 아니면 그저 도저히 같이 살 수 없을 뿐인 좋은 사람들일까? 그녀는 어째서 부모와 함께 찍은 사진을 남길 생각을 하지 않았던 걸까? 샤오주는 사라진 후에 어디로 갔을까? 하늘로 올라갔을까, 아니면 누군가의 마음속으로 들어갔을까, 그도 아니면 이 도시의 피부 위에 달라붙어 있을까? 이 모든 의문의 답을 그는 알 수 없었다. 하지만 그는 자신이 이미 샤오주를 이해하고 있을 거라고 믿었다. 그는 그녀가 어떤 사람인지 알고 있다. 리톈우는 고개를 들어 하늘에 뜬 달을 바라보았다. 오늘밤의 달은 어쩐지 그와 아주 가까이 있는 것 같았다.

새벽녘이 되어 달은 모습을 감췄다. 리톈우는 손목시계를 한번 보고, 다리 한쪽에 줄곧 앉아 있느라 저릿저릿한 두 발을 움직여 풀었다. 그리고 사진첩을 닫고, 표류병을 집어 들어 망설임 없이 단수이허 위로 던졌다.

10.

개입자의
사명

기차 객실에 앉은 리톈우는 노인을 발견하고 웃음이 나올 뻔했다. 전에 봤던 바로 그 노인이었다. 머리와 수염은 여전히 기다란 채로 차장의 제복을 입고서 핸들을 쥐고 있었다. 머리엔 모자를 비스듬히 쓰고 있었는데, 일부러 멋을 부린 게 아니라 머리숱이 너무 많아 모자 꼭대기가 비뚤어진 것 같았다. 리톈우는 온몸을 더듬어보았다. 총과 수갑과 지갑은 모두 그대로 있었지만, 사진첩과 표류병은 없었다. 표류병은 바다로 다시 돌아갔을 테니 걱정할 게 없었지만, 사진첩은 어디로 간 걸까? 사진첩도 강물에 떠내려가서 바다까지 흘러간 걸까?

"제 사진첩이 어디 있는지 아세요?" 리톈우가 물었다.

"사장한테 가서 물어봐. 지난번에 내가 했던 말 기억 안 나? 난 아무것도 몰라. 그냥 뱃사공일 뿐이라고."

"뱃사공이 왜 그런 옷을 입고 있어요?"

"기억 안 나. 지금은 기차 운전수가 돼버렸으니까. 사장이 명령을 내리자마자 평생 손에 쥐고 있던 노가 핸들로 바뀌었어." 노인은 고개를 절레절레 저으며 손에 난 땀을 제복에 닦았다.

"마음에 안 드세요? 아무래도 기차와 배는 너무 많이 다르니까 말이죠."

"아니, 아주 마음에 들어. 꼭 날 때부터 기차 운전수였던 것 같은 기분이라니까. 난 특별히 호의로 자네를 태워다주러 온 건데, 자네는 내가 갇혀서 벌을 받게 만들려는 거야?"

"그런 게 아닙니다. 마음에 드시면 됐죠. 우린 어디로 가는 겁니까?" 리텐우는 차창 밖을 내다보았다. 여전히 그 넓은 물이 펼쳐져 있었는데, 수면에 철로가 한 줄 놓여 있었다. 수평선을 향해 길게 뻗은 철로는 끝이 없는 것처럼 보였다. 기차 지붕에서는 검은 연기가 뿜어져 나오고 있었다.

"당연히 사무실로 가는 거지. 각성자가 돌아오면 사장은 반드시 다시 만나서 얘기를 하거든." 노인은 초보 운전수 같은 얼굴로 눈 한 번 깜빡이지 않고 앞을 주시했다.

"데리러 와주셔서 감사합니다."

"이제야 좀 말 같은 소릴 하네. 원래는 내 일이 아니었는데 내가 자원해서 온 거야."

"저를 기억하세요? 날마다 많은 사람을 실어 주시니까 벌써 잊어버리신 줄 알았는데."

"난 그렇게 바보가 아니야. 특별한 몇 사람은 그래도 기억한다고. 그리고 자네가 지난번에 나한테 또 보자고 했잖아. 그래서 생각해보니 안 올 수가 없겠더라고."

"제가 그랬던가요?"

"내가 뱃머리를 돌릴 때 자네가 손을 흔들면서 또 뵙죠, 그랬잖아. 기억 안 나?"

"기억납니다. 다시 뵐 수 있어서 정말 반갑네요."

"인사치레는 됐어. 곧 사무실에 도착할 거야. 이번에 간 일은 어떻게 됐어?"

"잘 됐습니다."

"잘 됐다는 게 무슨 뜻이야? 며칠이나 다녀오고선 그 한 마디가 다야?"

"잘 됐다는 말은, 전 이제 저쪽 기슭으로 가도 좋다는 뜻이에요."

"죽어도 여한이 없다고?"

"여한이야 있지만, 이번 일과는 상관없어요. 그쪽 세계엔 아직 걱정되는 사람들이 있으니까요. 하지만 애초에 돌아갈 수 없다는 걸 알고 있었으니까, 이번 여행은 여한 없는 여행이었다고 할 수 있겠네요."

"지난번에 봤을 때도 똑똑한 청년이다 싶었는데 과연 내가 잘못 본 게 아니군. 그런데 돌아갈 수 있을지 없을지는 그렇게 빨리 결론을 내릴 수 있는 일이 아닌 것 같아." 구름 끝에 걸린 사무실의 꼭대기와 시계판이 벌써 보이기 시작했다.

"무슨 말씀인지 이해가 안 가는데요."

"이건 수첩에 확실히 적혀 있는 얘기니까 자네한테 비밀을 누설하는 것도 아냐. 사명을 완성한 각성자는 개입할 수 있다고 적혀 있어. 나야 일개 직원일 뿐이니 개입이란 말이 무슨 뜻인지는 모르지만, 곧바로 자네를 저쪽 기슭으로 보내주는 그런 간단한 일이 아니라는 것 정도는 추측할 수 있어."

"그런 것도 있었군요. 어쩐지 계약 문서가 다 읽을 수도 없을 만큼

두껍더라니. 사장은 정말 불성실한 사람이네요."

"아마 자네를 위해서 그랬을 거야. 게다가 최종 해석권도 사장한테 있으니까, 자네는 그냥 마음을 좀 편히 먹고 있어. 다 왔네."

물 위로 내려선 리텐우는 돌문을 등지고 서서 노인을 향해 손을 흔들었다. 노인은 차창 밖으로 고개를 내밀고 말했다. "또 보자는 말은 하지 마. 자네는 아마 다른 곳으로 가게 될 테니까."

"그래도 결국은 돌아오게 되는 건 맞죠?"

"그건 그렇네."

"그렇게 되면 또 뵙고 싶은데요."

"뭐, 그렇게 되면 또 봐."

"또 뵙겠습니다."

말을 마치고, 리텐우는 몸을 돌려 회전문 안으로 들어갔다.

문 안쪽의 모습은 리텐우가 예상한 대로였다. 동물들은 서로 돕고 있었고, 사람들은 서로를 고쳐주고 있었고, 도시만큼 큰 도서관이 펼쳐져 있었다. 사장은 촛불을 밝혀 책상 앞에 앉아 책을 읽는데 한쪽엔 술병이 놓여 있었다. 예상한 모습이었다고는 해도, 머릿속에 있던 광경이 실제로 변한 것을 보자 그는 전율을 느꼈다. 도서관은 너무나 광활했고, 동물도 사람도 아주 많았기 때문이다. 연필로 그려진 그림에서 그가 본 것과 약간 다른 점은, 책상 위에 놓여 있는 것이 축음기가 아니라 오디오 세트라는 것이었다. 흘러나오는 노래도 〈Over the rainbow〉가 아니라 타이베이의 교회에서 아이들이 불렀던 그 성가였다.

"돌아왔나?" 사장은 들고 있던 책을 내려놓으며 리텐우에게 자기 맞은편에 앉으라고 손짓했다.

"돌아왔습니다."

"느낌이 어때?"

"아마 완성한 거겠죠. 적어도 저한테는 그렇습니다."

"나한테도 그렇네. 하지만 그걸 물어본 게 아냐. 완성했다는 건 이미 알고 있으니까. 사무실 느낌이 어떤가?"

"아주 좋네요. 거의 비슷해 보이고요. 그런데 오디오 세트는 좀 과한 것 아닙니까?"

"사람마다 취향이란 게 있잖나. 나도 내 취향에 따라 약간 조정할 권리 정도는 있겠지." 사장은 술을 두 잔 따랐다. 위스키와 코로나 맥주였다.

"이 성가도 당신 취향입니까? 하느님이 아니라면서 하느님을 찬양하는 노래는 왜 듣는 건데요?"

"맞고 아니고의 문제가 아니야. 직급은 비슷하다니까. 찬양하는 노래 좀 듣는 게 뭐 어때서 그러나. 아, 이 말부터 해야지. 자네 이번 일을 아주 잘해줬어. 이 일로 자네가 이득을 본 부분과는 별개로, 나로서도 자네에게 아주 고맙게 생각하네." 그는 말을 마치더니 위스키를 꿀꺽 한 모금 마셨다. 리톈우도 맥주를 반잔쯤 마시고, 다시 사장의 눈을 마주보았다.

"그렇게 노려볼 것 없어. 자네가 뭘 기다리는 건지 아니까. 그 말 많은 기차 운전수 같으니. 그래도 뭐, 별 수 없지. 나한테 들릴 걸 뻔히 알면서 말한 걸 보면 정말 자네가 손해를 볼까 걱정한 모양이야."

"그분을 가둬서 벌 줄 겁니까?"

"그럴 일은 없어. 그 사람이 말하지 않았더라도 내가 자네한테 말해줬을 테니까. 그래서 말이 많다고 했잖나. 그럼 이제 개입에 대해 얘기해주지." 사장은 그 계약 문서를 꺼냈다.

"첫째로 말해둘 건, 처음엔 확실히 내가 자네에게 개입에 대한 부분을 숨겼다는 거야. 만약에 그 얘기를 했다면 이번 사명은 완성하지 못했을 가능성이 커. 이건 자네도 이해할 거라 믿네. 둘째, 자네는 이번에 타이베이에 가서 사명을 아주 훌륭히 완성했지만, 그 과정에서 좀 번거로운 일들을 벌였어. 총으로 남의 머리를 겨눈다든가, 문을 딴다든가 하는 것 말이야. 하지만 걱정할 건 없네. 이 일들은 타이베이라는 도시가 자동으로 흡수해 소화시킬 테니까. 그리고 자네, 리톈우라는 사람도 그 도시에서 곧 잊히게 될 거야. 셋째로, 자네가 날 좀 존중해주길 바라네. 내 힘은 자네가 상상하는 것보다 커. 지난번에 만났을 때 내가 좀 겸손하게 굴었던 건 자네가 우리의 사명을 더 잘 완성할 수 있도록 하기 위해서였어. 이 점들을 잘 이해했나, 리톈우 선생?"

"이해했습니다. 저도 한 말씀 드리죠. 제 모든 사고와 행동은 당신이 제게 제공한 정보에 기초해 이루어집니다. 그러니까 당신이 도대체 어떤 사람이든, 어떤 목적으로 이 일을 하는 것이든, 어떤 힘을 가지고 있든, 당신의 말이 거짓말이든 아니든 간에 저는 당신을 진심으로 대할 겁니다. 이게 제 원칙입니다. 이해하셨으리라 믿습니다."

"좋아, 이해했네. 이제 개입 얘기를 하도록 하지." 사장은 오디오를 끄고, 손가락으로 촛불의 불꽃을 좀 더 키웠다. "원칙적으로 말해서, 우리가 각자 속한 두 세계는 오로지 죽음이라는 길을 통해서만 연결될 수 있어. 두 세계 사이는 뛰어넘을 수 없는 거리만큼 떨어져 있거든. 하늘과 땅처럼 말이야. 그런데 하늘에선 비나 눈을 내려보낼 수 있지. 이게 바로 하늘과 땅이 접촉하는 방식이야. 죽음을 제외하고, 우리의 두 세계가 서로 접촉할 수 있는 유일한 두 가지 방식이 바로 각성자와 사명을 완성한 각성자야. 이 각성자들은 빗방울처럼 땅으로 돌아가서 땅 위에 영향을 미치는데, 이걸 바로 개입이라고 한다네."

"그럼 개입은 각성자에 대한 상인 겁니까?"

"전적으로 그런 건 아냐. 그보다는 현실적인 면을 고려한 부분이 더 크지. 사명을 완성한 각성자와 완성에 실패한 각성자는 각자의 영혼이 가지고 있는 정보가 다르거든. 이 얘기는 길게 하지 않겠네. 얘기한다 해도 자네는 기억하지 못할 테니까. 아무튼, 자네는 지금 원래 세계로 돌아갈 기회를 얻었어. 게다가 자네는 상대적으로 아주 우수한 모습을 보여줬기 때문에 자네의 영혼에 담긴 정보도 더 풍부해졌어. 이 때문에 자네에겐 더 많은 기회가 주어지게 되었지. 자네는 현실로 돌아가는 방식을 선택할 수 있게 됐어. 다시 말해, 어디로 돌아갈지 선택할 수 있다는 거야." 사장은 계약서의 어느 한 조항을 가리키며 말했다.

"돌아갈 지점과 방식을 제 마음대로 선택할 수 있는 겁니까?"

"당연히 아니지. 그 정도로 대단한 건 아냐. 자네는 세 지점 중에서 선택할 수 있어. 이 세 지점은 모두 내가 자네를 통해서 현실 세계에 대한 개입을 완성할 수 있는 곳들이야. 다른 곳에선 완성할 수 없어. 이 세 지점은 각각 안거의 곁, 타이베이 시, 그리고 자네가 원래 있던 곳이야. 이렇게 세 가지가 전부야. 만약 이것저것 다 질렸다면 돌아가지 않는 걸 택할 수도 있네. 나는 이 선택을 별로 좋아하진 않지만, 그래도 자네가 이대로 돌아서서 이 문을 나가서 저쪽 기슭으로 가서 영원히 쉬는 걸 택할 수도 있다는 건 알려줘야겠지. 안거가 어디 있는지, 어떻게 지내고 있는지 알고 싶나? 말해줄 수 있네. 자네가 좀 더 공평하게 선택할 수 있도록 말이야."

"괜찮습니다." 리롄우는 간결하게 대답했다. "돌아간 후에도 저는 과거에 일어났던 모든 일들을 기억할 수 있습니까?"

"아주 좋아, 중요한 질문을 하는군. 만약 자네가 안거 곁으로 돌아간다면 시간 축에 변화가 생겨서, 자네는 그녀를 만났던 열여섯 살 때로 돌아가게 될 거야. 깨어날 지점은, 어디 보자." 사장은 손가락으로 문서를 훑으며 해당하는 조항을 찾았다.

"지점은 자네들이 공부하던 고등학교 교실에서, 자네가 안거의 CD 플레이어로 모차르트의 〈레퀴엠〉을 듣다가 잠든 그 시점이야. 자네가 돌아가면 열여섯 살의 자네가 깨어나게 되네. 당시의 다른 모든 일, 자네의 가정과 안거의 가정, 자네가 다니던 학교, 벽에 걸려 있던 칠판, 주위의 학생들은 전부 변화가 없을 거야. 그저 자네가 열여섯 살 때로 돌아가는 것뿐이지. 만약 타이베이로 가는 걸 선택한다면 시간은 현재가 되겠지만, 자네의 신분은 변하게 돼. 자네는 타이베이의 어느 중학교에서 2학년을 가르치는 국어 교사가 될 거야. 이름은 그대로 리롄우, 서른 살이고, 외지인의 3대째 자손이고 조부는 군인이야. 아내는 나름대로 유명한 무용단의 무용수로 이름은 린메이후이林美惠야. 자네 부부는 타이베이 다안大安 구의 어느 아파트에 세 들어 살고 있고, 아이를 가지려고 계획 중이지. 자네가 원래 있던 곳, 그러니까 S시 교외의 연못가로 돌아가는 걸 택한다면, 자네는 내지 경찰인 지금의 자네 그대로일 거야. 연못에 던져졌지만 익사하지 않고, 5일이 지난 후에 물 위로 떠올라 호숫가에 누워 있게 될 걸세. 이제 기억에 대한 부분을 얘기해주겠네. 세 가지 중 어느 쪽을 선택하든, 자네가 처하게 될 신분에 부합하지 않는 기억, 즉 나에 대한 기억이나 각성자와 그 사명에 대한 기억은 전부 봉해질 거야. 주의해서 잘 듣게. 사라지는 게 아니라 봉해지는 거야. 봉해진다는 건 자네 기억의 가장 깊은 곳에 묻혀서 자네가 찾지 못하게 될 거라는 뜻이야. 어쩌면 어떤 말이나 손짓, 어떤 글이나 노랫소리 같은 걸 접하고 이상하다는 생각이 들 수도 있겠지만, 도대체 왜 그런지는 생각나지 않을 걸세. 이 기억은 자네 기억의 가장 깊은 곳에서 자네의 몇몇 행동이나 결정을 지배할 거야. 이것 역시 개입이라는 것의 의미인 거지. 그리고 이 기억들은 파일의 형식으로 만들어져서 보존될 거야. 말하자면, 자네가 돌아가기로 결정하고 계약서에 서명한다면, 자네는 내가 주는 종이와 펜을 사용해서 자네가 중요하다고 생각하는 기억을 적어서 이곳에 보관하게 돼. 내가 그 기억을 정리해서 서가에 꽂아둘 걸세. 그러면 자네는 그 사람들을 잊지 않게 될 거고, 그들은 자네의 마음 속 깊은 곳으로 들어가게 되겠지. 개입에 대해서는 이제 이해했나?"

"제가 떠나 있었던 며칠 동안, 원래 있던 곳에서 바뀐 게 있습니까?"

"자네는 자네 세계를 닷새 동안 떠나 있었어. 장부판이 죽었다는 건 이미 알고 있겠지. 그는 총을 두 발 맞고 구덩이에 묻혔어. 지난번에 말해준 그 몇 명 외에는 더 죽은 사람은 없네. 상대편의 계획은 이미 완성됐으니까. 다만 자네에 대한 건 그들도 아직 찾는 중이야. 자네 시체를 찾지 못해서 마지막에 결국 어떻게 됐는지 모르고 있거든. 이 닷새간의 시간이 거의 끝나갈 때, 대략 자네가 그 유골함 속의 유골을 단수이허에 뿌리고 있을 때쯤 자네 부친이 뇌출혈이 재발해 세상을 떠났네. 하지만 자네 부친은 죽기 전에 가장 보기 좋은 모습이 되었어. 자네 고모는 여전히 혼수상태지만, 병세는 호전되고 있어. 종양은 확산되지 않았고, 뇌 속에서는 새로운 세포가 자라나고 있어서 곧 깨어나게 될 걸세. 자네 모친은 쓰러졌어. 그리 큰 문제는 아니고, 근심과 슬픔이 너무 큰 나머지 고혈압 증상이 나타나서 현기증이 난 것뿐이야. 목숨엔 지장이 없네. 무톈닝은 닷새 동안 잠도 거의 안자고, 자네 사진이 들어간 사람 찾는 광고를 만들어서 도처에 붙이고 있어. 그리고 자네가 실종된 그 연못가에도 종종 가서 자네를 찾고 있지. 그녀는 자네가 아직 살아 있을 거라고 굳게 믿는 유일한 사람이야. 이게 다일세." 사장은 계약 문서를 들여다보며 말하다가 고개를 들었다.

'아버지가 돌아가셨다고.' 리톈우는 생각했다. '아버지가 돌아가셨어.'

"만약 제가 열여섯 살 때로 돌아간다면, 그래도 톈닝을 만날 수 있을까요? 아버지는 그래도 똑같이 병이 나서 돌아가실까요? 장부판은······."

"말을 끊어서 미안하지만, 그건 나도 몰라. 내 능력의 범위를 벗어난 일들이거든. 겸손하게 구는 게 아니라 사실일세. 특히 무톈닝에 대한 부분은, 자네가 미래에 누구를 만나게 될지는 전적으로 자네의 일이고, 그 누구도 결정할 수 없는 거야. 자네는 그녀를 영원히 만날 수 없을지도 모르고, 어쩌면 만나게 될지도 몰라. 어딘가에서 그녀와 스쳐 지나가면서 갑자기 어떤 느낌이 들지도 모르지만, 그게 도대체 어떤 느낌인지 알 수 없는 사이에 그녀는 사라져버리겠지. 어쩌면 자네 둘은 친구가 될 수도 있어. 아무튼 자네들은 같은 도시 안에 살고 있고 동년배이기도 하니까, 그렇게 될 확률도 있지. 하지만 그 무톈닝은 자네가 기억하는 무톈닝이 아닐 가능성이 커. 자네가 달라졌기 때문에 그녀도 달라질 거라는 말이야. 이렇게 말하면 이해가 가나?"

"알 것도 같습니다."

"자네 부친에 대해서는, 자네가 나를 도와 사명을 완성해줬기 때문이 아니라 그냥 단순히 자네 개인과의 관계 때문에라도 이 점은 알려주고 싶네. 내 경험에 비추어 보면, 자네 부친은 이미 괜찮은 결말을 맞았어. 괜찮다는 말이 무슨 뜻인지는 자네도 이해하겠지. 그보다 더나아질 수도, 더 나빠질 수도 있지만, 더 나빠질 가능성이 더 커. 그리고 장부판과 그 관련자들, 그 어린 여자아이를 포함한 사람들에 대해서는 변수가 너무 많아서 몇 마디 말로는 명확하게 설명할 수가 없어. 요약해서 말하면 더 나아질 기회와 더 나빠질 기회가 거의 균등하다고 할 수 있겠군. 난 미래에 대한 건 확실히 알 수 없지만 과거에 대해서는 모르는 게 없어. 이 점은 자네도 알고 있겠지. 그러니 내 말을 그냥 아주 오랫동안 살아온 늙은 이웃의 제안이라고 생각해도 좋아."

"알겠습니다. 이 세 가지 가능성 속에서, 제가 타이베이에서 만났던 샤오주라는 여자애를 다시 만날 수도 있을까요?"

"아니. 그 애는 사라졌어."

"저쪽 기슭으로 간 겁니까?"

"당연히 아니지. 말했잖나, 사라졌다고."

"살아 있는 것도 죽은 것도 아니라고요?"

"자네는 왜 이렇게 계속 내 말을 못 알아듣는 거야? 사라진 건 그냥 사라진 거야. 자네는 그 애를 다시는 볼 수 없어. 그게 다야. 도대체 몇 번을 말해야 알아듣겠나?"

"그 애가 저한테 준 사진첩이 없어졌는데, 혹시 당신한테 있습니까?"

"갈수록 더하는군, 내가 자네 물건을 가져갔을 거라고 의심하다니. 자네는 사진첩과 표류병을 품에 안고 강물에 뛰어들었잖아. 자네가 의식을 잃은 후에 손에 힘이 빠져서, 당연히 사진첩도 표류병도 강물에 떠내려갔지. 나 같은 사람이 설마 자네 물건을 훔쳤겠나?"

"표류병은 확실히 제가 던졌으니 바다로 돌아갔을 겁니다. 하지만 사진첩은 제가 계속 꼭 끌어안고 있었어요. 잘못 기억하고 있을 리가 없다고요."

"이 청년 보게. 내 몸을 수색하기라도 할 텐가?" 사장은 책상 뒤쪽에서 몸을 일으켰다. 그는 하반신에 아무것도 입고 있지 않았다. 어쩐지 발에 양말도 안 신었더라니.

"제가 경찰이긴 하지만 시도 때도 없이 남의 몸수색을 하진 않습니다. 안 가져가셨다니 그럼 됐어요. 그 사진첩이 아주 중요한 물건이란 것만 알아주세요. 혹시 보시게 되면 꼭 저한테 돌려주시고요." 리톈우는 노인의 권유를 상기하며 차분하게 말했다.

사장은 자리에 앉더니 손을 들어 몇 가닥 남은 머리카락을 빗었다. "이 오랜 세월 사람들한테 곧잘 별의별 의심을 받아봤지만, 이렇게 대놓고 의심받으니 역시 기분이 별로 좋진 않군. 그리고, 정확히 말하면 자네가 경찰인 게 아니라 지금의 자네가 경찰인 거야. 이건 별개의 일이라고. 이 얘긴 그만하고, 이제 결정을 내렸나?"

"내렸습니다. 그런데 기억부터 먼저 보존하고 싶군요. 결정에 대해서 입 밖으로 내면 그 순간 몇몇 기억들이 흐릿해질 것 같은 느낌이 들어서요."

사장은 종이와 펜을 리톈우 앞으로 밀어주었다. "자네는 내가 생각한 것보다 똑똑한 사람이야. 하지만 자네의 결정이 뭔지 아직 듣지 못했으니 완전히 결론을 내릴 수는 없겠군. 파일은 반드시 진실하게 써야 해. 만약 자네가 독단적으로 고쳐 쓴다면, 자네가 어떤 삶을 선택하든 간에 거대한 불확정성이 발생하게 돼. 구체적인 이유는 자네도 잘 알고 있겠지. 바로 삶의 조화로움에 대한 문제 때문에 그런 거야."

"이치대로라면 당신은 제가 쓰는 내용을 전부 아실 텐데요."

"난 어떤 일들이 발생했는지는 알지만, 그 일들 속에 담겨 있는 의지는 알 수 없어. 그리고 의식의 힘은 심지어 현실까지도 비틀어버릴 수 있지. 이게 바로 내 한계야. 그래서 자네의 기억은 자네의 수기를 기준으로 하게 되는 거야." 사장은 잔에 위스키를 한 잔 더 따라 입가로 가져갔다.

파일은 반드시 진실하게 써야 해. 만약 독단적으로 고쳐 쓴다면, 어떤 삶을 선택하든 간에 거대한 불확정성이 발생하게 될 거야. 사장은 방금 전에 그렇게 말했다. 불확정성. 리텐우는 이미 결정을 내렸고, 그 결정을 마음속으로 계속 되풀이해 생각해보고 있었다. 어쩌면 그건 고쳐 쓰는 거라고 할 만한 게 아닐지도 모른다. 어쩌면 그는 더 많은 결말을 얻을 수도 있게 되겠지. 그는 무텐닝을, 그녀에 대한 모든 것을 생각했다. 그녀를 잃는다는 게 이렇게 급소를 찔린 듯이 고통스러운 일일 거라고는 전혀 생각지 못했다. 동시에, 그는 자기가 진정한 그리움을 마음에 품고 있었다는 걸 알게 되었다. 동시에 생겨났지만 서로를 물어뜯고 있는 듯한 이 두 가지 감정이 그의 눈가에서 눈물이 흘러나오게 했다. 눈물은 콩알처럼 동그랗게 방울져 그의 턱 밑까지 흘러내려 종이 위에 떨어졌다. 이렇게 할 수밖에 없다. 그는 만년필 뚜껑을 돌려 열었다.

11.

마지막
파일

바람이 마른 풀과 그 위에 쌓인 눈을 불어 날리고 있었다. 남풍이었다. 저 멀리서 기차가 지나가는 소리가 들려왔다. 기차 바퀴가 철로의 틈을 누르고 지나가는 덜컹덜컹하는 소리가, 강철들 사이의 언어가 들렸다. 어디서 백합 향기가 풍겨오는 걸까? 백합 향기가 확실했다. 마치 남쪽 지방의 새벽녘과도 같은 향기였다. 하늘 한가운데엔 환하고 밝은 해가 떠 있었다. 대걸레로 닦기라도 한 양, 구름 한 점 없이 깨끗한 하늘은 끝없이 펼쳐진 투명한 물 같았다. 더 먼 곳에서는 도시의 시끄러운 소리들이 들려왔다. 포클레인, 지프차, 중앙 집중식 에어컨, 컴퓨터, 핸드폰이 내는 소리들이었다. 사람의 목소리와 발자국 소리도 들려왔다. 바삐 길을 서두르는 발자국 소리, 뭔가를 찾고, 잃어버리고, 얻고 혹은 훔치는 발자국 소리들. 이런 소리들 속에서, 꼭 누군가 내 이름을 소리쳐 부르고 있는 것 같았다.

나는 몸을 일으켜 앉았다. 옆의 연못 위엔 잔물결이 일고 있었다.

작고 앙상한 검은색 물고기 한 마리가 연못 속에서 뛰어올랐다가 다시 물속으로 떨어지더니, 어디로 헤엄쳐 간 것인지 그 후로는 보이지 않았다. 어쩌면 이 연못엔 그 물고기 한 마리밖에는 없을지도 모르지. 허리에 차고 있던 총을 꺼내보았다. 아마 아무 문제없을 것이다. 총은 내가 입고 있는 옷과 마찬가지로 이미 말라 있었다. 총탄도 전부 멀쩡했다. 방아쇠를 당기면 오백 미터 밖까지 총을 쏠 수 있을 것이다. 다만 총탄 개수가 한 개 줄어들어 있었는데, 언제 한 발을 쏜 건지는 아무리 생각해봐도 기억나지 않았다. 총을 다시 총집에 꽂은 나는 입을 막고 있던 손수건도 이미 없어졌고, 손목도 마음대로 움직일 수 있게 된 걸 알아차렸다. 손목이 부러졌던 게 기억나는데. 흉터, 얼굴에 난 흉터는 당연히 두 개의 섬과도 같은 모습 그대로 있었다. 이곳은 내가 던져진 그 연못이 아니라 더 크다는 그쪽 연못인 것 같았다. 나는 정말로 그 동굴을 통해 헤엄쳐온 모양이었다. 손목이 부러졌던 건 아마도 환상이었는지도 모른다. 한겨울에 얼음처럼 차가운 물속에 던져져 필사적으로 헤엄치며 살아남으려 애썼으니, 그러는 와중에 착각을 한두 가지 했다 한들 이상할 건 없었다. 그런데 이상하지, 왜 내가 빨간색 운동화를 신고 있는 거지? 집을 나설 때 검은색 가죽구두를 신고 나온 기억이 나는데. 난 지금까지 이런 색의 신발을 사본 적도 없는 것 같은데. 설마 급하게 나오다가 실수로 텐닝 신발을 신고 나온 건가? 그런데 어떻게 이렇게 사이즈가 딱 맞을 수 있지? 정말 이상한 일이다. 그리고 그 놈들이 전부 사라진 것도 이해가 가지 않는다. 혹시 우리 쪽 사람들이 여기까지 쫓아온 건가? 아니면 불이 난 게 보여서 그런 건가? 분명히 무슨 이유가 있겠지. 그래도 살아남았으니 어쨌든 잘된 일이다. 게다가 다친 데도 없고. 나는 내게

서 그리 멀리 떨어지지 않은 곳에 웬 사진첩이 한 권 놓여 있는 걸 발견했다. 표지가 아주 예뻤는데, 웅장한 교회의 모습이었다. 하지만 그냥 웅장한 교회일 뿐, 그리 특별할 건 없었다. 아마 독일이나 이탈리아 어디의 명승지겠지. 표지를 넘겨보니 사진첩 안에는 사진이 단 한 장도 없이 텅 비어 있었고, 온통 먼지가 묻어 있었다. 몇 장은 종이가 꺾여 못쓰게 되었고, 성한 부분도 전부 누렇게 색이 바랬거나 아니면 좀먹은 흔적이 있었다. 아무래도 사진첩이 너무 낡았다고 생각한 주인이 전부 떼어내고 빈 사진첩을 여기다 버린 모양이었다. 생사의 기로를 지나왔기 때문인지, 아니면 물속에 너무 오래 잠겨 있느라 머리에 습기가 차서 그런 건지, 내 머릿속에는 갖가지 생각이 떠올랐다. 안거는 어쩌면 정말로 찾을 수 없을지도 모른다. 지금까지 경찰 일을 하면서 두 번이나 죽을 위기를 넘기면서도 나는 아직까지 그녀의 행방을 찾을 수 없었다. 사실 그녀를 찾는 일을 계속하는 것도 그리 힘들 건 없다. 두려움은 조금도 없으니까. 다만 나는, 이 일에서 가장 중요한 건 안거 본인이 사실은 숨어버린 게 아니라 그저 계속 어딘가로 움직이고 있는 건지도 모른다는 점이라는 데에 생각이 미쳤다. 어쩌면 그녀는 세계 일주를 하기로 해서, 지금쯤은 남극과 북극, 사할린 섬, 피지 섬까지 전부 다 돌아봤는지도 모른다. 그러면 그냥 그녀를 귀찮게 하지 않는 게 나을 것이다. 어쩌면 그녀는 어느 날 돌아와서, 떠난 적이 아예 없었던 듯한 모습으로 책가방을 메고 내 눈앞에 나타날지도 모른다. 친구란 게 바로 이런 거겠지. 각자 자기 삶 속에서 앞으로 나아가다가, 서로가 생각나면 시간을 내서 잠시 얼굴을 볼 뿐, 상대방의 상황을 매 순간 알고 있어야 할 필요는 없는 그런 사이. 어디에도 가지 않고 여기서 그녀를 기다리다가 그녀가 나를 찾고 싶을 때 그녀 앞에 나타나는, 그런 것도 어쩌면 그녀를 지키는 방식 중 하나라 할 수 있을지도 모른다. 만약 그녀가 지금 자기가 원하는 삶을 살고 있고, 제일 좋아하는 시간 속에 살고 있다면 이대로 놔둬도 나쁠 게 전혀 없을 것이다. 그녀를 찾게 된다 해도 아마 이 이상의 것들을 알게 되지는 못할지도 모르는 일이다. 경찰 일은 어쨌거나 계속 해나가야 한다. 장부관이 내게 부탁한 일도 잊지 않고 있다. 어쩌면 어느 날 결국 죽어서 저쪽 기슭으로 가게 될지도 모른다. 그놈들이 이대로 가만히 있을 리가 없다. 이번에는 날 놓아줬다 해도 곧 다시 오겠지. 하지만 사람은 결국 다 죽게 되는 법이니까, 그리 큰일도 아니다. 게다가 놈들이 가만히 있든 말든 그건 나와는 정말로 별 상관이 없다. 마침 나도 놈들을 찾을 생각이니까. 놈들과 힘을 겨뤄 승패를 가려봐야지. 아니, 이렇게 말하면 안 된다. 더 정확히 말하자면, 청소에 힘써서 어두운 집에 불을 하나라도 더 밝히도록 해야 하는 거지. 집 안의 어둠은 끝이 없어서, 불을 전부 다 밝힌다 해도 아무 소용이 없을 것이다. 오랫동안 보아온 바, 어둠이 한 사람을 집어삼키는 건 손가락을 튕겨 소리를 내는 것만큼이나 간단한 일이다. 아니, 어쩌면 나도 한때 어둠의 일부였다고 해야 할지도 모른다. 하지만 그렇다 하더라도, 어둠이 내 몸에 스며든 적이 있다 할지라도, 그리고 내 손엔 손전등 하나 말고는 아무것도 없다 하더라도, 그럼에도 나는 손바닥만 한 불빛이 비추는 곳을 따라가며 천천히 청소를 해서, 그 작은 불빛으로 나를 비추고, 또 앞길을 비춰야만 한다. 이게 바로 내 사명, 사람으로서 내가 가진 사명이다. 크고 거창한 도리 때문도 아니고, 다른 무엇 때문도 아니다. 그저 내가 사람이기 때문에, 그리고 이 집이 내가 사는 곳이고, 나와 가까운 이들이 사는 곳이기 때문에 이렇게 해야 하는 것이다. 타이베이. 왜 갑자기 타이베이라는 도시가 생각났을까? 나는 영문을 알 수 없었다. 섬 위에 세워진 동쪽의 도시. 80살에 알프스 산에 올라가기 전에, 30살에 톈닝과 함께 우선 타이베이에 한번 가봐도 좋을 것 같다. 아무 이유도 없이 그냥 한번 가보고 싶어졌다. 가서 우리와 같은 그 사람들이 어떻게 사는지, 그곳은 사람들에게 어떤 집인지 보고 싶다. 타이베이에 대한 호기심이 내 마음속에서 갑자기 자라나서, 그곳에 가는 게 반드시 해야 할 일이 되어버렸다. 톈닝과 함께 타이베이에 가자. 등대와도 같은 뭔가가 내 마음속에서 반짝 스치고 지나갔다.

"리톈우, 이 바보야, 빨리 나와." 톈닝의 목소리였다. 벌써 목이 잔뜩 쉰 듯했다. 목소리는 적어도 300미터 밖에서 들려오고 있었는데, 중간에 언덕이 가로막고 있어서 그녀의 모습은 보이지 않았다.

"나 여기 있어." 나는 자리에서 일어서서 소리쳤다.

"리톈우, 이래도 안 나오면 지금 당장 널 잊어버릴 거야. 진짜 그럴 거야. 빨리 나와. 진짜 이게 마지막이야." 톈닝은 내 목소리를 듣지 못했는지 다른 방향으로 가버렸다.

"빨리 안 쫓아가고 뭐 해요? 쫓아가서 무릎 꿇고 잘못했다고 빌어요." 어떤 목소리가 말했다.

"무릎은 꿇어봐야 소용없겠지만, 잘못했다고 빌기는 해야지." 나는 걸음을 옮길 준비를 했다.

"사진첩은 안 가져갈 거예요?"

"아 참, 그렇지. 사진첩은 아직 쓸 수 있겠네. 완전히 못쓰게 되진 않았으니까, 타이베이에 가면 사진을 좀 찍어서 넣어둘 수 있겠어. 잊고 가면 안 되지." 나는 좀이 슨 사진첩을 주워들고, 총을 뽑아 손에 들고서 텐닝이 있는 쪽으로 그녀를 쫓아갔다.

알고 있다. 나는 너를 절대로 잊지 못할 거라는 걸. 영원히.

2012년 초 나는 타이베이 시에서 지원금을 받아 『녹아 사라지는 도시融城記』라는 제목의 소설(발표하고 출판할 때는 제목을 『형사 텐우의 수기』로 바꿨다)을 준비하기 시작했다. 나는 글쓰기를 늦게 시작해서, 스물일곱 살에야 처음으로 소설다운 소설을 썼다. 소설을 쓰는 게 재미있었기 때문에 나는 스물여덟 살에 한 편을 더 썼다. 당시는 은행에서 일하고 있었는데, 정장을 입어야 할 필요는 없었지만 그래도 너무 구겨진 셔츠를 입어서도 안 되었다.

이런 규칙은 내 성격과 썩 맞지 않았지만, 그렇다고 일을 그만둘 생각을 해본 적은 한 번도 없었다. 왜냐하면 내가 기억하는 한, 내가 하는 일이 내 성격에 완전히 잘 맞았던 적은 많지 않았기 때문이다. 그래서 나는 내 성격이 어떤지에 대해서도 깊이 따지고 싶어 하지 않게 되었다. 그런 건 별로 중요하지 않은 것 같았다. 특히 생존하는 데 있어서는. 그런데 스물일곱 살이 되던 그해에 소설을 썼기 때문에, 나는 내 성격을 다시금 인식하기 시작했다. 아, 내가 원래 이랬었지, 하는 생각이 소설을 쓰고 있노라면 곧잘 들었다. 스물여덟 살 때 쓴 두 번째 소설은 어린 시절 이야기에서 시작했는데, 그래서 생애 처음으로 나 자신에게 아주 집중하게 되었다. 별다른 구상 없이 그저 쭉 써 나갔지만 시간은 상당히 많이 걸렸다. 하지만 특별히 힘들다고 느끼지는 않았다. 자기 자신에 대해서라면 어쨌거나 얘기할 거리가 있게 마련이니까. 사람은 자기의 흥미에 대해서는 특별히 구상할 필요가 없는 법이다. 이 소설은 지금까지와는 달리 우선 대충의 줄거리를 잡고, 어렴풋한 주제를 정하고, 타이베이라는 도시를 선택한 후에야 쓰기 시작했다. 지원금의 제약 조건이 그랬기 때문만은 아니고, 그보다는 내가 새로운 방법을 시험해보고 싶었기 때문이었다.

소설을 준비한 과정은 상당히 길었다. 이전에도, 이후에도 이런 식으로 준비한 소설은 없었다. 나는 2012년 8월에 일을 그만두었다. 그 후에 타이완에 있는 내 친구 두 사람이 특별히 선양으로 와서 40일 동안 같이 지내면서, 우리 집 아래층에 있는 스타벅스에 앉아 날마다 내게 이야기를 들려주었다. 그러면 나는 커다란 빨간색 노트에 그 얘기를 받아 적고 저녁이 되면 정리하면서 머릿속으로 구상했고, 다음 날 또 만나서 얘기를 들으며 받아 적었다.

실제로 소설을 쓰기 시작한 건 겨울에 들어선 이후였다. 나는 새 집으로 이사를 했다. 가진 돈은 전부 계약금으로 내버려 집 안엔 가구 하나 없이 텅텅 비어 있었다. 유일하게 쓸 만한 가구는 예전 집주인이 두고 간 좁고 기다란 철제 책상이었는데 여기저기 녹슨 자국이 가득했다. 나와 내 여자 친구(나중에 아내가 된다)는 바로 이 책상에서 일을 했다. 책상이 길었기 때문에 서로에게 방해가 되지는 않았지만,

그해엔 난방이 잘 되지 않아 몹시 추웠다. 난방기구의 파이프가 막혀서 그랬던 건지, 당시엔 알 수 없었지만 아무튼 나는 외투를 껴입고 뜨거운 물을 연달아 마시며 억지로 글을 써 나갔다. 소설을 완성하는 데는 석 달이 걸렸다.

쓰던 도중에 생각이 난방 파이프처럼 꽉 막혀서 억지로라도 도저히 쓸 수 없게 될 때가 몇 번쯤 있었는데, 그러면 나는 모자를 쓰고 장갑을 끼고 밖으로 나가 사람들이 장기 두는 걸 구경했다. 우리 집에서 멀지 않은 곳에 자전거를 수리하는 노점이 있었는데, 가운데에 철제 난로를 놔두고 장작을 때고 있어 노인들 몇몇이 그 난로를 둘러싸고 앉아 장기를 두곤 했다. 그들은 나처럼 가진 것이 그리 많지 않았다. 시간과 난롯불 그리고 장기판 뿐. 내가 소설을 쓰던 석 달 동안 그중 한 노인이 죽었다. 그는 죽기 전에 자기가 쓰던 찻잔을 다른 노인에게 주었다. 또 다른 노인 한 사람은 갑자기 몹시 여위기 시작했다. 그 사람도 죽는 건가 했는데, 그는 이틀 후에 다시 나타났다. 얼굴에 검버섯이 몇 개 더 늘었을 뿐, 여전히 머리도 잘 돌아갔고, 여전히 매번 수를 물러 달라며 막무가내로 고집을 피웠다. 가끔은 거기 서서 장기판 위에 내리는 눈을 바라보며 발에 감각이 없어질 때까지 서 있다 보면 머릿속에 뭔가가 떠올라서, 곧장 집으로 돌아가 기록한 뒤에 밤에 소설 속에 더해 넣곤 했다.

소설의 이야기 자체는 썩 훌륭하지 못하다. 주된 이유는 이야기 흐름이 그리 자연스럽지 못하고, 거슬리는 부분이 좀 있기 때문이다. 당시 나는 무라카미 하루키에 빠져 있어서, 재미를 추구하다보니 가끔은 좀 지나쳤고, 좀 경박해지기도 했다. 그런데 지금에 와서 다시 읽어보니, 몇몇 단락은 읽다가 웃음이 나왔다. 그 단락들은 글쓰기를 막 시작해 문자의 모든 배치에 호기심을 느낄 당시에 썼던 것들로, 지금은 아무리 해도 써낼 수 없는 그런 부분들이다.

나는 타이베이에 두 번 다녀왔는데, 두 번 다 상을 받으러 다녀왔다. 나는 이 도시에 꽤 깊은 감정이 있는데, 그건 타이베이에서 친구 몇을 사귀게 되었기 때문이다. 이 소설을 읽을 때면 그들의 얼굴이 떠오르곤 한다. 타이완 사람 중에 아는 사람이라곤 그 몇 사람뿐이어서 소설에 등장하는 타이완의 인물들은 전부 그들 모습 속의 몇몇 부분을 뽑아와서 만든 것이다. 그들의 모습은 문자 속에 고정되어 기이한 모습으로 변해서 영원히 사라지지 않고 잊히지도 않는다.

내 아내는 그 당시에는 아직 아내가 아니었지만, 그래도 온 힘을 다해 내 옆에 앉아서 나와 함께 덜덜 떨다가 결국 한데 같이 얼어붙어 버려서, 얼음이 녹을 때가 되어도 떨어지지 못하게 되었다. 나는 그녀에 대한 소소한 이야기들도 소설 속에 적어 넣었다. 내가 변형시켜서 감춰뒀기 때문에 거의 확인할 수 없게 되긴 했지만, 그래도 나만은 알고 있다. 그래서, 말하자면 이 소설은 내 친구들과 내 아내와 관련이 있는 소설이다. 이런 점에서 보면 소설에 대한 내 감정은 아주 특별하다. 마치 가장 추운 겨울날에 내가 역참에서 난롯불을 피우고, 몇 사람이 모여들어 난로를 둘러싸고 앉아서 고구마를 구워 먹으며 한담을 나누지만, 마음속으로는 내일 아침이면 다시 먼 길을 떠나야 한다는 걸 알고 있는, 그런 느낌이다.

리위팅李喩婷과 추샤오천邱少辰(당시 두 사람은 연인 비슷한 친구였는데, 지금은 이미 결혼식을 앞두고 있다)의 도움에 감사드린다. 타이베이 시 문화국이 내게 보내준 신뢰에도 감사드린다. 그리고 추위를 두려워하지 않던 그 노인들에게도 감사드린다. 나는 그들이 매일을 보내는 방식을 존경한다. 마지막으로, 내 고향이 해마다 때맞춰 준비해주는 추위에 감사한다. 이 추위야말로 나로 하여금 더욱 꿋꿋하게 따뜻한 뭔가를 향해 다가갈 수 있도록 해주었기 때문이다.

2016년 3월 15일

쌍쉐타오

쌍쉐타오는 중국의 대표적인 바링허우 작가이며, 현재 가장 주목받고 있는 젊은 작가라고 할 수 있다. 1983년 랴오닝성 선양시에서 출생한 그는 지린대학을 졸업하고 은행원으로 일하다가 27세 때인 2010년부터 소설을 쓰기 시작했다. 이해에 쓴 첫 소설로 제1회 화문세계전영소설상을 수상하고, 2012년에 두 번째 소설인 『형사 톈우의 수기』에 대한 창작 계획으로 제14회 타이베이문학상 연금상을 받은 그는 은행원 일을 그만두고 전업작가의 길을 걷기 시작해 그 후로 쉬지 않고 작품을 발표하고 있다.

스물일곱 살까지 평범하게 살며 글을 쓸 생각은 한 번도 해보지 않은 그는 우연히 친구가 신문에서 보고 알려준 제1회 화문세계전영소설상 공모전에 대해 관심을 갖게 되었다. 당선되어 상금 60만 타이완 달러(우리 돈 약 2500만 원)를 받으면 집 계약금을 낼 수 있겠다는 생각에 그는 20여 일 동안 6만 자 분량의 첫 중편소설 『날개 귀신』을 써서 응모하여 1등상에 당선되었다. 이렇게 해서 작가로서 첫 발을 내딛었지만 그는 여전히 은행원 일을 계속하고 있었는데, 2011년에 상을 받기 위해 타이완으로 갔던 당시에 알게 된 친구 한 사람이 이듬해인 2012년에 타이베이문학상 중에 '연금상'이라는 항목이 있다는 것을 그에게 알려주었다. 이 연금상은 장편소설에 대한 창작 계획을 제출해 연금처럼 창작비를 지원받을 수 있는 상인데, 반드시 타이베이에 관련된 소설을 써야 한다는 규정이 있었다. 그는 두 번째 소설인 『형사 톈우의 수기』에 대한 창작 계획을 제출해, 대륙 작가 최초로 타이베이문학상 연금상 수상자 명단에 이름을 올리게 되었다.

이 상을 받은 후에 쌍쉐타오는 직장을 그만두었는데, 이 당시의 일에 대해 그는 이렇게 말한다. "당선된 후에 나는 이런 생각을 하기 시작했다. 나는 일생 동안 도대체 무슨 일을 해야 할까? 운명이 내게 이런 계시를 내려준 건 내가 글을 써야 한다는 걸 암시하는 게 아닐까? 어느 여름날 밤에, 나는 글쓰기에 대한 책임을 져야 하지 않을까 하는 생각이 들었다. 다음날 아침, 은행에 가서 사직서를 냈다." 그가 '글쓰기에 대한 책임'을 느끼고, 이렇게 과감한 결정을 할 수 있었던 이유는 그가 난생 처음으로 쓴 소설과 그 다음으로 구상한 소설이 모두 큰 상과 상금을 받게 되었기 때문일 것이다. 그리고 그가 이렇게 큰 상을 두 번 연속으로 받을 수 있었던 이유는 그가 타고난 이야기꾼이기 때문이다. 쌍쉐타오는 "이야기를 하려는 충동이야말로 소설의 가장 원시적인 발단"이며, "만약 내게 이야기를 하려는 충동이 없었다면 나는 결코 글을 쓰지 않았을 것이다"라고 밝혔다. 직장에 다니며 평범한 생활을 하면서도 마음속에 계속 품어 왔던 '이야기 충동'이 그를 훌륭한 이야기꾼이자 소설가로 만들어준 것이다.

『형사 톈우의 수기』는 솽쉐타오의 이런 이야기꾼다운 재능이 아낌없이 드러난 소설이다. 그는 2011년에 상을 받기 위해 타이베이에 가서 열흘 동안 머무르며 받은 강렬한 인상과, 이때 사건 친구들이 그에게 이야기해준 타이베이 사람들의 생활과 인생에 풍부한 상상력을 더해 장편소설을 써냈다. 자신의 고향인 S시(선양시)와 타이베이는 작품 속에서 전혀 다른 두 도시로서 독특한 배경을 제공한다.

주인공 리톈우는 열여섯 살에 우울하지만 신비롭고 아름다운 안거라는 여학생을 알게 되고, 이 여학생은 그에게 아주 중요한 존재가 된다. 하지만 안거는 그들이 열여덟이 되던 해의 어느 날 갑자기 실종된다. 톈우는 안거가 실종 전날 밤에 그에게 들려준 이야기와 불러준 노래를 단서 삼아 그녀를 찾기 시작한다. 그는 오로지 그녀를 찾겠다는 일념으로 형사가 되어 안거를 찾기 위한 노력을 계속해 나간다. 그렇게 12년이 흘러 톈우가 서른이 된 어느 날, 그는 어떤 사건에 휘말려 타이베이로 가게 되고, 낯선 도시인 그곳에서 샤오주라는 소녀의 도움을 받아 어떤 임무를 수행하게 된다. 과거와 현재, 현실과 환상 세계를 넘나드는 작품의 오묘한 분위기와 줄거리는 소설의 장르를 쉽게 짐작할 수 없게 한다.

"순문학과 장르문학은 사실상 명확한 경계가 없다"는 솽쉐타오의 말처럼, 이 소설은 순문학과 장르소설의 경계 위 어딘가에 위치하고 있다. '이야기'로서의 흥미를 시종일관 잃지 않으면서도 끊임없이 '존재'에 대해 탐구하고 있다. 존재하다가 사라진 것, 존재가 흐려져 가는 것, 존재 자체에 위협을 받는 것 등 그는 소설에서 존재의 여러 형태에 대해 이야기하고 있다. 이러한 주제는 '바다' '쪽배' '하늘' '등대' 등의 상징을 통해 표현하는데, 이 상징들은 타이완이라는 공간과 어우러져 더욱 독특하고도 기묘한 분위기를 만들어낸다.

이 소설에 특유의 분위기를 더해주는 요소 중 하나는 쌍쉐타오가 소설 속에서 끊임없이 다른 작품에 대해 이야기하고 있다는 점이다. 그는 위화, 왕샤오보, 주톈신 등 다른 소설가들의 책을 인용하기도 하고, 혹은 시나 노래 가사를 인용하기도 한다. 또한 이 소설은 무라카미 하루키의 『1Q84』와도 아주 밀접한 관련이 있다. 주인공의 이름인 텐우天吾를 한자로 쓰면 『1Q84』의 주인공 텐고의 이름과 같다. 그리고 소설 도입부에 샤오주가 리텐우에게 해주는 고양이 마을 이야기 역시 『1Q84』에도 등장하는 이야기다. 쌍쉐타오는 이 소설을 쓰던 당시 무라카미 하루키에 완전히 빠져 있어서 그의 거의 모든 장편소설을 읽었으며, 그중에서도 『1Q84』에서 가장 큰 영향을 받았다고 말했다. 무라카미 하루키가 전업 작가가 된 것이 그 자신이 전업 작가의 길을 선택하는 데 아주 큰 격려가 되었기 때문에 그는 『형사 텐우의 수기』를 쓰면서 하루키에 대한 경의를 표했다고 밝히고 있다.

국내에 처음 소개되는 쌍쉐타오의 책이자 그에게 큰 영예를 가져다준 이 소설의 번역을 맡게 되어 영광스럽게 생각한다. 대륙과 타이완에서 이미 인정받은 이 좋은 작품이 국내 독자들에게도 부디 널리 읽히기를, 그래서 더 많은 독자가 좋은 이야기를 접하는 기쁨과 설렘을 누리기를 희망한다.

2019년 12월
박희선

형사
톈우의
수기

초판 인쇄 2019년 12월 16일
초판 발행 2019년 12월 23일

지은이 쌍쉐타오
옮긴이 박희선
펴낸이 강성민
편집장 이은혜
마케팅 정민호 이숙재 양서연 안남영
홍보 김희숙 김상만 오혜림 지문희 우상희

펴낸곳 (주)글항아리 | 출판등록 2009년 1월 19일 제406-2009-000002호
주소 10881 경기도 파주시 회동길 210
전자우편 bookpot@hanmail.net
전화번호 031-955-8891(마케팅) 031-955-1936(편집부)
팩스 031-955-2557

ISBN 978-89-6735-692-7 03820

글항아리는 (주)문학동네의 계열사입니다.

이 도서의 국립중앙도서관 출판시도서목록(CIP)은 서지정보유통지원시스템 홈페이지(http://seoji.nl.go.kr)와 국가자료공동목록시스템(http://www.nl.go.kr/kolisnet)에서 이용하실 수 있습니다. (CIP제어번호 : CIP2019050668)

geulhangari.com